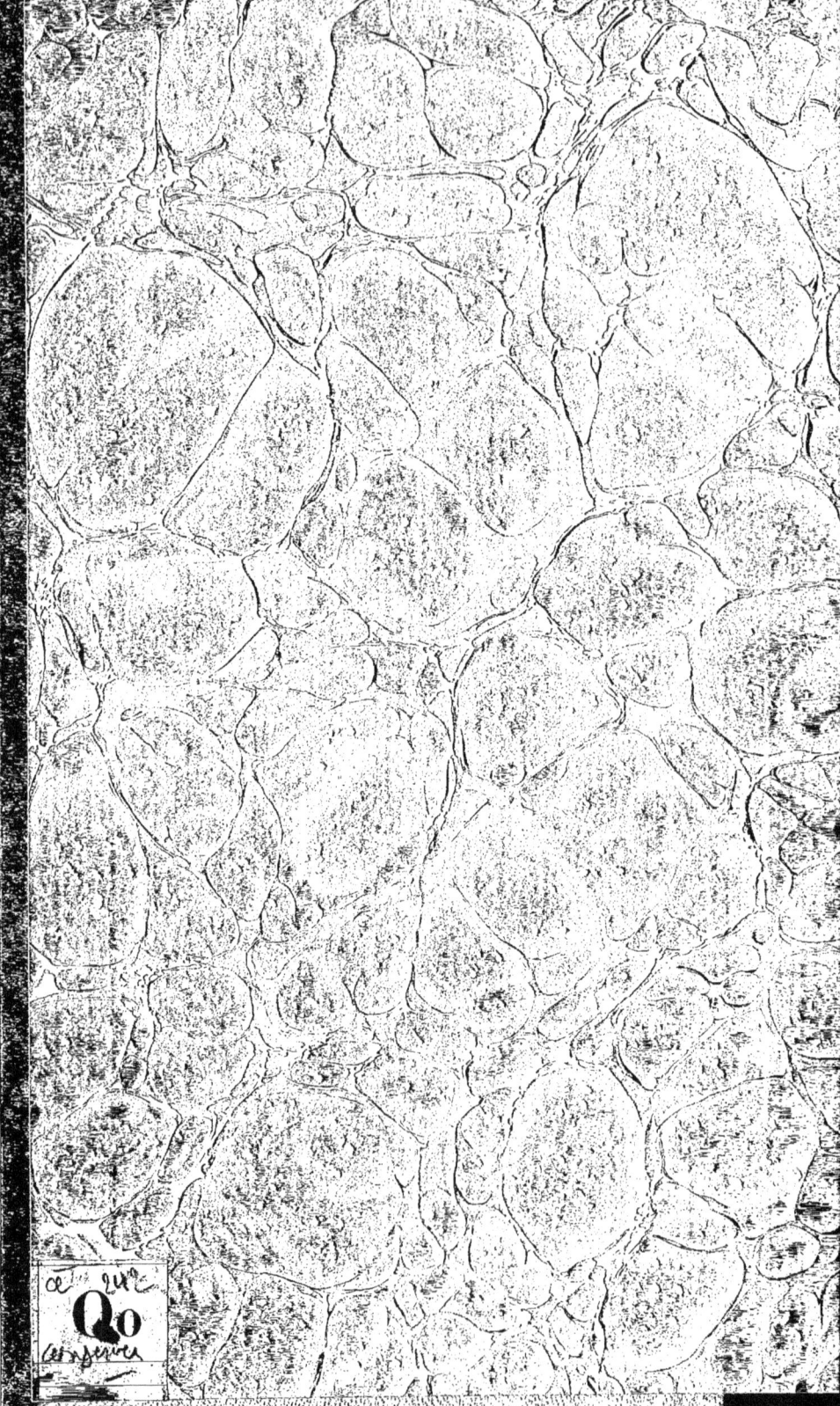

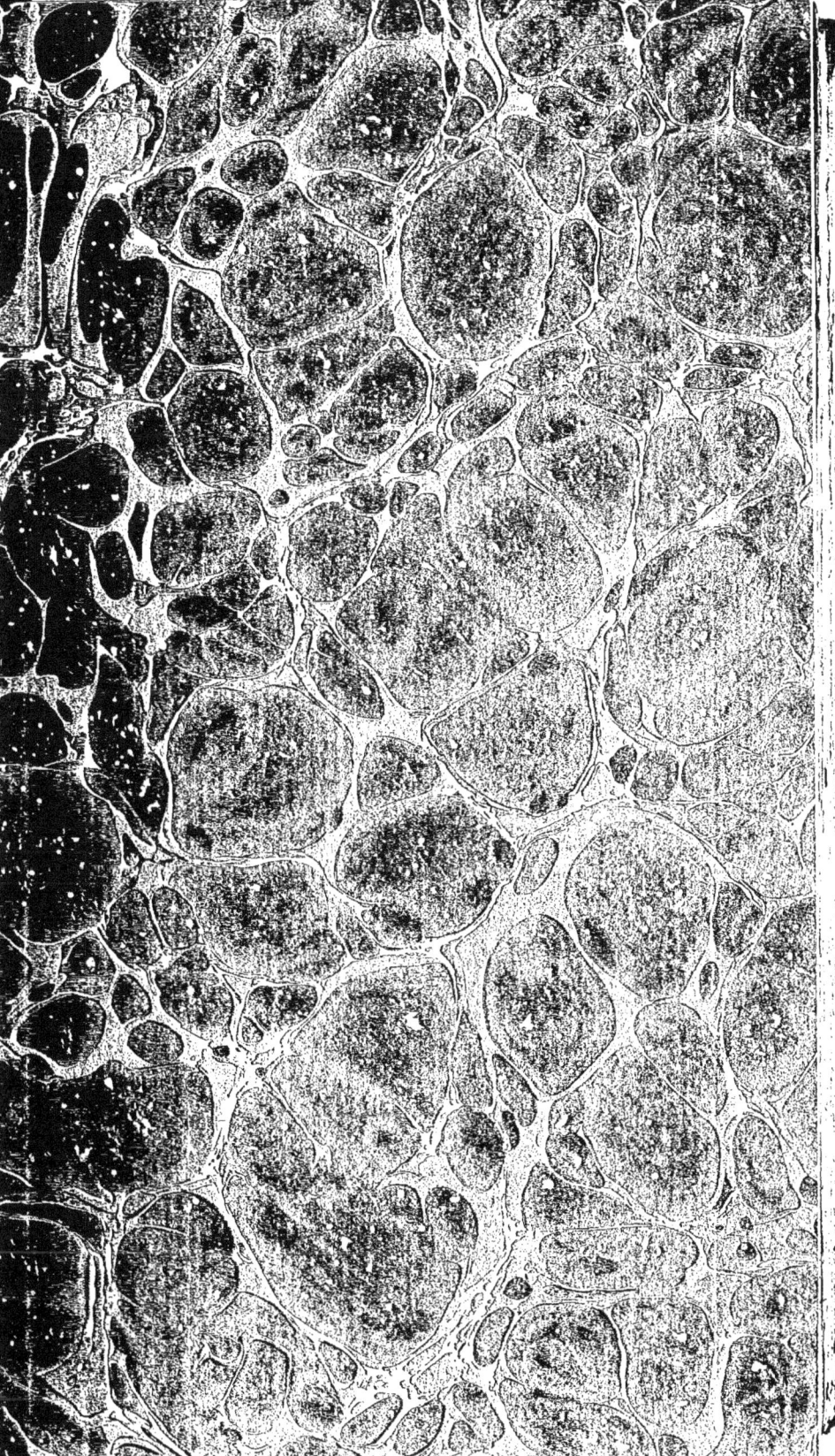

R

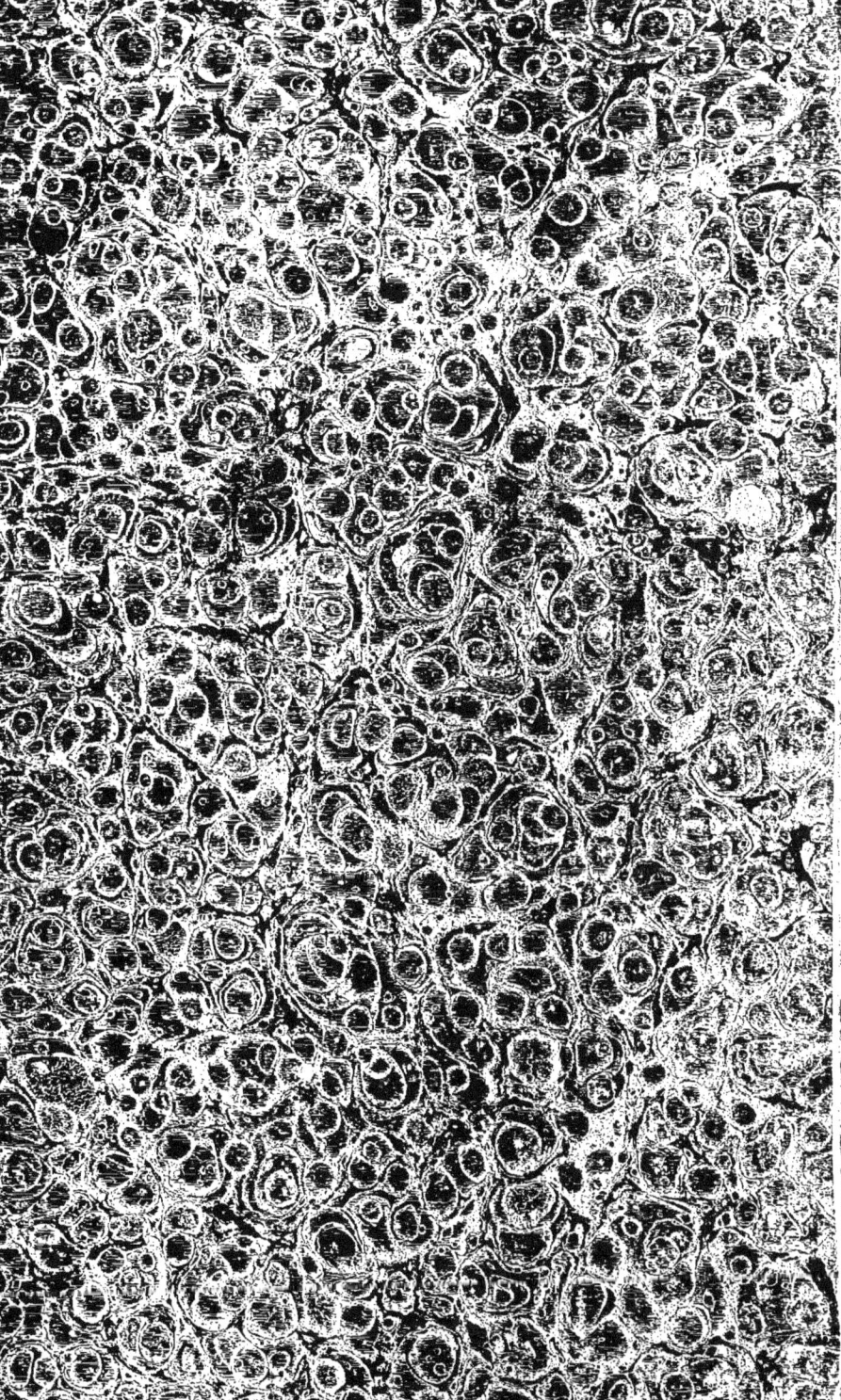

à censurer

19967 (3)

OEUVRES

DE

P.-L. COURIER.

IMPRIMERIE DE TENCÉ FRÈRES,
RUE DE SCHAERBEEK.

OEUVRES

COMPLÈTES

DE P. L. COURIER,

ORNÉES DU PORTRAIT DE L'AUTEUR.

———

TOME TROISIÈME.

BRUXELLES,

A LA LIBRAIRIE PARISIENNE,

FRANÇAISE ET ÉTRANGÈRE,

RUE DE LA MADELAINE, SECTION 8, N.° 438.

———

1828.

L'ANE

DE

LUCIUS DE PATRAS.

3.   I

PRÉFACE.

« Nous avons lu, dit Photius, les Métamorphoses
» de Lucius de Patras en plusieurs livres. Sa phrase
» est claire et pure ; il y a de la douceur dans son
» style ; il ne cherche point à briller par un bizarre
» emploi des mots, mais dans ses récits il se plaît
» trop au merveilleux ; tellement qu'on le pourroit
» appeler un second Lucien : et même ses deux pre-
» miers livres sont quasi copiés de celui de Lucien,
» qui a pour titre, *la Luciade ou l'Ane ;* ou peut-
» être Lucien a copié Lucius ; car nous n'avons pu
» découvrir qui des deux est le plus ancien. Il sem-
» ble bien, à dire vrai, que de l'ouvrage de Lucius,
» l'autre a tiré le sien comme d'un bloc, duquel
» abattant et retranchant tout ce qui ne convenoit
» pas à son but, mais dans le reste conservant et les
» mêmes tournures et les mêmes expressions, il a
» réduit le tout à un livre intitulé par lui *la Lu-*
» *ciade ou l'Ane*. L'un et l'autre ouvrage est rempli
» de fictions et de saletés ; mais avec cette différence

» que Lucien plaisante et se rit des superstitions
» païennes, comme il a toujours fait, au lieu que
» Lucius parle sérieusement et en homme persuadé
» de tout ce qui se raconte de prestiges, d'enchante-
» ments, de métamorphoses d'hommes en bêtes,
» et autres pareilles sottises des fables anciennes. »

Voilà ce que dit Photius, ou du moins ce qu'il a
voulu dire; car ses expressions dans le grec sont
assez embarrassées. Son jugement d'ailleurs, et le
grand sens que quelques-uns lui ont attribué, bril-
lent peu dans cette notice. Qu'est-ce, en effet, que
ce parallèle de Lucien et de Lucius, et cet amour
du merveilleux qu'il leur reproche, comme s'il parlait de Ctesias ou d'Onesicrite? Lucien s'est moqué
des histoires pleines de merveilles et des fables extravagantes dont la lecture, à ce qu'il paraît, était
de son temps fort goûtée. C'est dans ce dessein qu'il
a écrit son Histoire véritable, parodie très-ingé-
nieuse, et depuis souvent imitée, des contes à dormir debout, d'Iamblique et de Diogène. L'auteur
de cette plaisanterie aime les récits merveilleux,
comme Molière le langage précieux. Sans mentir,
il fallait que Photius ne connût guère les deux écrivains qu'il compare si mal à propos.

Ce qu'il ajoute, et cette différence qu'il prétend
établir entre Lucien et Lucius, dont l'un, dit-il,

parle tout de bon , l'autre se moque en écrivant les
mêmes choses, dans les mêmes termes, c'est bien
là encore une rêverie toute manifeste, moins étrange
cependant que celle de saint Augustin sur le même
sujet. *On ne sait , * dit ce père, *s'il est vrai que
Lucius ait été quelque temps transformé en âne.*
Je ne vois pas pourquoi il en doute, ayant accoutumé de dire : *Credo quia absurdum.* Mais à moins
d'une pareille raison , qui jamais se persuadera que
Lucius ait pu conter sérieusement sa métamorphose
en âne, sa vie, ses misères sous cette forme, ses
amours avec de grandes dames, et donner tout cela
pour des faits? Quelle apparence qu'un récit dont
l'Ane que nous avons est l'abrégé fidèle, fût débité
comme historique? Si cet abrégé représente, ainsi
que le dit Photius, les propres phrases et les mots
du livre des Métamorphoses; si ce sont en tout les
mêmes traits qu'on a seulement raccourcis, le même
narré, les mêmes paroles, comment donc concevoir
que de ces deux ouvrages où tout était pareil , l'un
fût sérieux, l'autre bouffon? et comment l'exacte
copie d'un conte ennuyeux était-elle une satire si
gaie? Voilà ce que Photius ne nous explique point.
Je ne veux pas dire qu'il n'eût lu ou vu à tout le
moins les deux livres; mais ou sa notice ne fut faite
que long-temps après cette lecture, ou en écrivant il

pensait à toute autre chose. Il ne sait et n'a pu, dit-il, encore découvrir quel est le plus ancien de Lucien ou de Lucius, ni qui des deux a copié l'autre, et il demeure dans ce doute, sagement ; car il se pourrait que Lucien, bien avant Lucius, eût fait cette histoire de Lucius, lequel, venant après cela, aurait copié son historien, et redit de soi les mêmes choses que l'autre en avait déjà dites. Tout cet amas d'absurdités montre avec quelle distraction écrivait le bon Patriarche.

Pour moi, je ne puis croire que Lucien ait jamais rien abrégé ; ce n'était pas son caractère ; il amplifie tout, au contraire, et donne souvent à ce qu'il dit beaucoup trop de développement, ayant peut-être retenu ce défaut de son premier métier de sophiste et de déclamateur, esprit d'ailleurs plein d'invention qui n'avait nul besoin d'emprunt, et certes n'eût su se contraindre à retracer ainsi froidement une composition étrangère sans y jamais mettre du sien, chose dont les traducteurs même et les plus serviles copistes ont peine à se défendre. Voltaire peut dans ses contes parfois imiter d'autres écrivains, prendre une pensée, un sujet ; mais ira-t-il transcrire des morceaux de Rabelais, des pages de Cyrano? Ces vives imaginations ne suivent personne à la trace, ne copient point trait pour trait. Dans l'abrégé que

Théopompe fit de l'histoire d'Hérodote, il ne mit pas un mot d'Hérodote; cela se voit par les fragments qui nous en restent. Denys d'Halicarnasse au contraire, en abrégeant lui-même ses Antiquités Romaines, ne fit apparemment, comme dit ici Photius, que resserrer, élaguer, réduire en moindre dimension ce qui se trouvait plus étendu dans son premier ouvrage, dont il put très-bien conserver les phrases et les expressions, s'il n'espérait pas trouver mieux. Ainsi de notre auteur; car je ne fais nul doute que cet abrégé, si c'en est un, ne soit de Lucius lui-même, qui se déclare et se fait connaître avec assez de détail à la fin de son ouvrage, pour qu'on n'eût jamais dû l'attribuer à un autre. Cela ne fût pas arrivé non plus, selon toute apparence, si à l'exemple des anciens, il eût pris soin de se nommer en tête, non à la fin du livre, et eût dit dès l'abord : Lucius a écrit ce qui suit. Mais ce n'était plus la coutume, et Longin se moque en un endroit de ceux qui alors prétendaient imiter en cela Hérodote et les auteurs du vieux temps. Il y fallait plus de façon. On se nommait quelque part en passant, dans le corps de l'ouvrage, comme fait ici Lucius, et comme Lucien l'a pratiqué dans son Histoire véritable, ou on ne se nommait point du tout. L'ancien usage toutefois, s'il eût subsisté, valait mieux et eût

épargné aux libraires une infinité de méprises ; car
il n'y a guère d'auteur célèbre de l'antiquité auquel
ils n'aient attribué faussement différents ouvrages.

Mais je vais plus loin, et je dis que ceci n'est
point un abrégé ; ce n'est point la copie réduite,
mais l'original, au contraire, du livre des Métamorphoses, qui n'étoit qu'un développement ou plutôt une pitoyable amplification de celui-ci, écrite
depuis par quelqu'autre, je crois, que Lucius, ou
si l'on veut, par Lucius vieilli, mal inspiré, brouillé
avec les Muses, ayant perdu toute sa verve ; et voici
sur quoi je me fonde. D'abord les anciens n'abré-
geaient que des ouvrages historiques. Ce fut bien
tard, sous les empereurs de Constantinople, qu'on
étendit à d'autres livres cette espèce de mutilation.
Alors quelques compilations, de longs traités de
grammaire et de philosophie, furent réduits en petit
volume ; mais toujours on s'abstint de toucher aux
ouvrages d'imagination, qui sont chose subtile et
légère, dont la substance ne se peut saisir ni presser.
Théopompe abrégea l'histoire d'Hérodote, Philiste
celle de Thucydide, Brutus les livres de Polybe,
quelques-uns leurs propres ouvrages, comme Denys
d'Halicarnasse, Timosthène, Philochorus, tous historiens ; mais nul ne s'avisa jamais de raccourcir
les Mimes de Sophron, ni les Satires Ménippées :

et que serait-ce qu'un abrégé de Gulliver ou de
Gargantua?

Puis, ce livre aujourd'hui perdu des Métamorphoses, nous l'avons en latin traduit par Apulée. Je
dis traduit au sens des anciens ; car à présent on
nommerait cela imitation ou paraphrase. Dans cet
Ane latin qui représente pour nous l'ouvrage de
Lucius, se retrouve en effet le prétendu abrégé,
l'Ane grec, tellement qu'ayant lu celui-ci, on le
reconnaît dans l'autre, mais démesurément étendu
par de froides amplifications et des épisodes sans fin.
Les plus beaux traits de l'auteur grec sont là mêlés
parmi un tas d'extravagantes fictions, de contes de
sorciers, de fables à faire peur aux petits enfants,
toutes inventions si absurdes et si dépourvues d'a-
grément, qu'on n'en peut soutenir la lecture. De
pareilles sottises ont à bon droit choqué Photius
dans le livre des Métamorphoses, d'où Apulée les
a prises, et sont cause qu'il taxe l'auteur de ridicule
crédulité. L'abréviateur, selon lui, ayant seulement
supprimé ces impertinences, le reste s'est trouvé
faire un ouvrage achevé dans toutes ses parties, un
véritable poëme *dont le début, la fin, répondent
au milieu.....* Voilà ce que je ne crois point. D'un
amas de confuses rêveries, cet abréviateur aurait
fait un chef-d'œuvre de narration en coupant seu-

lement des feuillets! cela me paraît impossible ; on
trouve de l'or dans le sable, mais des vases ciselés,
non ; et je demanderais volontiers à Photius, comment, de ce monstrueux chaos, de cette rapsodie
informe des Métamorphoses, certaines pièces auraient pu faire un tout régulier, si elles n'eussent
été forgées à part exprès et façonnées pour s'unir.
Je trouve donc fort vraisemblable que Lucius, ayant
d'abord composé ce joli ouvrage tel à peu près que
nous l'avons, y aura voulu joindre depuis différents
morceaux, et par ces additions de pièces battues à
froid et hors de proportion, aura gâté son premier
jet. Qu'on prenne la peine de comparer au grec que
nous avons, le latin d'Apulée ; tout ce qu'il a de
plus est hors d'œuvre ; comme dès le commencement
cette longue et puérile histoire de ce Socrate ensor-
celé et égorgé par ces deux vieilles, ces outres changées en voleurs, et l'homme qui, en gardant un
mort, a le nez coupé par une sorcière ; tout cela est
ajouté au grec et cousu à la narration, dieu sait
comment! Otez cela et vous retrouvez l'introduction
de Lucius telle qu'elle est ici ; toute naïve, toute
dramatique, où pour la clarté rien ne manque,
pour l'agrément, rien n'est de trop, où enfin ne se
peut méconnaître la conception originale. Et quelle
apparence qu'un esprit assez faible ou assez malade

pour enfanter tant d'inepties traduites par Apulée,
ait pu en même temps imaginer la fable et le char-
mant récit où ces sottises sont insérées? Je n'y vois,
quant à moi, nulle possibilité.

Quoi qu'il en soit de ces conjectures, qu'on ne
peut appuyer de preuves, car la pièce principale
nous manque, et les témoignages anciens se rédui-
sent à celui de Photius, qui, comme on voit, est
peu de chose, en somme c'est ici l'œuvre de Lucius,
puisque le plan et les détails, les pensées, les phrases
et les mots lui appartiennent, de l'aveu de ceux qui
donnent l'ouvrage à un autre. Le style n'en est pas
aussi pur que le prétend Photius, ni en tout exempt
des défauts du siècle où l'auteur a vécu. Il y avait alors
grand nombre d'écrivains dont l'étude principale
était de créer des expressions, de tourmenter la langue, de tenailler les mots, si l'on peut ainsi dire,
pour en étendre le sens à des acceptions dont personne ne se fût avisé. Cette secte a été de tout temps;
elle fleurissait alors, et notre auteur n'en était pas
autant ennemi qu'on le pourrait croire d'après ce
qu'en dit Photius. Il a parfois d'étranges manières
de s'exprimer, qui, dans le fait, sont à lui, et dont
on aurait peine à trouver des exemples. Mais son
plus grand tort, ce me semble, c'est d'aimer trop le
vieux langage et les expressions surannées. En effet,

il n'est point plus aise que lorsqu'il trouve à placer quelque vieille phrase d'Hérodote appropriée à son sujet. Il ose même faire usage de ces singulières façons de dire, que Platon aura employées une fois peut-être en passant. Il ne s'abstient pas davantage des tournures et des locutions réservées à la poésie, et emprunte aussi bien d'Homère que de Thucydide, se souciant assez peu du précepte des maîtres, qui recommandent d'user avec sobriété de ces phrases antiques et poétiques. Il est vrai qu'on ne peut lui reprocher de ne pas s'en servir habilement, soit pour donner à son style de la grace dans les petits détails et les discours familiers, soit pour le relever à propos ; car c'est chose reconnue de tous les anciens rhéteurs, que les archaïsmes, pourvu qu'on n'en abuse point, ennoblissent le langage ; mais la mesure en cela est difficile à garder. Salluste ne sut pas l'observer. Il se fit une étude de parler à l'antique, et encourut le blâme de ses contemporains, ayant pillé le vieux Caton sans discrétion, disait Auguste. La Fontaine lui-même, chez nous, tout divin qu'il est, et le premier de nos écrivains pour la connaisance de la langue, souvent ne distingue pas assez le français du gaulois. Virgile seul, plein d'archaïsmes, se pare et s'embellit des dépouilles d'Ennius, et chez lui *le vieux style a des graces nouvelles.*

Mais que dire d'Apulée, qui, sous les Césars, veut parler la langue de Numa? Je doute fort que de son temps on le pût lire sans commentaire. Il a senti l'agrément que donnait à l'auteur grec ce vernis d'antiquité répandu sur sa diction, et il pense l'imiter. Firenzuola, en traduisant le latin d'Apulée, a su éviter cet excès. Sans reproduire les phrases obscures, les termes oubliés de Fra Jacopone ou du Cavalcanti, il emprunte du vieux toscan une foule d'expressions naïves et charmantes ; et sa version, où l'on peut dire que sont amassées toutes les fleurs de cet admirable langage, est, au sentiment de bien des gens, ce qu'il y a de plus achevé en prose italienne.

On ne trouvera point ces beautés dans ma traduction. Aussi n'était-ce pas mon but, quand même il m'eût été possible, de dire mieux que mon auteur, mais de dire les mêmes choses et d'un ton approchant du sien, de représenter enfin, si j'ose ainsi parler, l'âne de Lucius avec son pas et son allure. Qui ne verrait dans cet ouvrage qu'une narration enjouée, une lecture propre à distraire aux heures de loisir, en jugerait comme ont pu faire les contemporains. Mais pour nous l'éloignement des temps y ajoute un autre intérêt. Comme monument des mœurs antiques, nous avons vraiment peu de livres aussi curieux que celui-ci ; on y trouve des notions sur la vie privée des anciens, que chercheraient vainement ailleurs ceux qui se plaisent à cette étude. Voilà par où de tels écrits se recommandent aux savants. Ce sont des tableaux de pure imagination, où néanmoins chaque trait est d'après nature, des fables vraies dans les détails, qui non-seulement divertissent par la grace de l'invention et la naïveté du langage, mais instruisent en même temps par les remarques qu'on y fait et les réflexions qui en naissent. C'est là qu'on connaît en effet comment vivaient les hommes il y a quinze siècles, et ce que le temps a pu changer à leur condition. Là se voit une vive image du monde tel qu'il était alors ; l'audace des brigands, la fourberie des prêtres, l'insolence des soldats sous un gouvernement violent et despotique, la cruauté des maîtres, la misère des esclaves toujours menacés du supplice pour les moindres fautes ; tout est vrai dans des fictions si frivoles en apparence, et ces récits de faits, non-seulement faux, mais impossibles, nous représentent les temps et les hommes mieux que nulle chronique, à mon sens. Thucydide fait l'histoire d'Athènes ; Ménandre celle des Athéniens, aussi intéressante, moins suspecte que l'autre. Il y a plus de vérités dans Rabelais que dans Mézerai.

LA LUCIADE

L'ANE.

Un jour j'allois en Thessalie pour certaines affaires de famille. Un cheval me portoit, moi et mon bagage ; un valet me suivoit. Or, chemin faisant, je me trouvai avec quelques-uns de la ville d'Hypate, qui s'en retournoient au pays ; et marchant de compagnie, causant, mettant vivres en commun, nous nous entr'aidions à tromper l'ennui du voyage ; et comme nous fûmes près de la ville, je m'enquis d'eux s'ils connoissoient point Hipparque, un habitant de-là, pour qui j'avois des lettres de recommandation, comptant même loger chez lui ; ils me dirent qu'oui, qu'ils le connoissoient, que c'étoit un des riches du lieu, bien qu'il n'eût qu'une servante seule pour tout domestique, et sa femme ; car il est avare, me dirent-ils, et vit chichement. A l'entrée de la ville un jardin clos de murs, une maison petite, mais jolie, c'étoit la demeure d'Hipparque, où me laissèrent mes com-

pagnons. Nous nous embrassâmes. Eux partis, je frappe
à la porte. Une femme à grand' peine me répondit du
dedans, puis me vint ouvrir; et sur ma demande, si
le maître étoit au logis; oui, fit-elle; mais qui es-tu?
que lui veux-tu? Je lui veux, dis-je, rendre une lettre
du sophiste Decrianus de Patras. Attends, me dit-elle;
et fermant la porte, elle nous laisse dehors, et s'en va.
Elle revint enfin. Introduit près d'Hipparque, je lui
présente ma lettre en le saluant. Ils alloient souper à
l'heure même, lui et sa femme, couchés sur un petit
lit, seuls; devant eux une table, non encore servie.
Ayant lu la lettre : Oh! le brave homme, s'écria-t-il,
que Decrianus! Oui, certes, il fait bien de m'adresser ses
amis. Tu vois, Lucius, ajouta-t-il, ce que c'est que mon
logis, une maisonnette peu digne de te recevoir, mais
que j'estime un palais si tu t'en veux contenter. Cela dit,
il appelle la servante : Va, Palestre, donne à notre hôte
une chambre et ce qu'il lui faut, et puis tu l'enverras
au bain; car ce n'est pas peu de fatigue qu'un pareil
voyage.

La fille aussitôt nous conduit dans une petite chambre
fort propre. Toi, me dit-elle, voici ton lit; et, en ce
coin, j'arrangerai un matelas pour ton valet, avec un
coussin. Lui ayant donné de quoi acheter de l'orge à
mon cheval, nous sortîmes et allâmes au bain, pendant qu'elle serroit mon peu de bagages et d'équipages.
De retour, nous entrons dans la salle, où me prenant
par la main, Hipparque me fit mettre à table près de

lui. La chére fut assez honnête, le vin bon. Quand on eut mangé, on se mit à boire, et nous passâmes ainsi la soirée, devisant, causant, póts sur table, jusqu'à ce qu'il fût heure de dormir. Le lendemain matin Hipparque me demande où j'avois dessein d'aller ; si je ne ferois point quelque séjour en leur ville ? Je vais, dis-je, à Larisse, et compte partir d'ici dans quatre ou cinq jours. Mais c'étoit feinte que cela ; j'y voulois trop bien demeurer, m'étant mis en tête de trouver quelque magicienne qui me pût faire voir de ces prodiges, comme un homme volant, ou bien changé en pierre. L'esprit plein de cette pensée, j'allois par la ville sans savoir trop comment m'y prendre, mais j'allois, quand je me vois venir au-devant une femme jeune encore, et riche, comme il paroissoit à son train et toute sa personne ; beaux habits, joyaux, riches atours, grande suite de gens et de valets. Plus proche, comme je la regardois, la voilà qui me salue par mon nom ; moi de le lui rendre, au mieux que je sçus ; et elle me dit : Je suis Abrœa, si tu ne connois l'amie de ta mère, qui tous vous aime ses enfans, comme ceux même que j'ai mis au monde. Que ne viens-tu, mon fils, de ce pas chez moi demeurer ? Grand merci, lui dis-je, c'est trop de grace. Un ami qui me reçut et me traite en sa maison, le quitter ainsi seroit injure. Mais de cœur et de volonté je demeure chez toi, noble dame, et ne t'en suis pas moins tenu. Qui donc te loge ? reprit-elle. Hipparque, dis-je. Cet avare ? Ah, mère, ne parle pas ainsi d'un homme en-

3.

vers moi magnifique, et de qui chose ne me fâche, sinon le trop de chère qu'il me fait. Lors, avec un sourire me tirant à l'écart : Prends garde, me dit-elle, prends bien garde à sa femme ; c'est la plus grande sorcière qui soit en tout le pays. Libertine ! elle en veut à tous les jeunes gens ; et, qui ne fait à sa guise, elle te les change en bêtes, ou de male mort les fait périr. Tu es jeune, mon enfant, bien fait de ta personne, et ne peux que tu ne lui plaises, étranger d'ailleurs de qui nul n'aura de souci.

A ces paroles, connoissant que j'avois chez moi ce que je cherchois dehors, je ne l'écoute plus ; mais sitôt que je la pus quitter, je m'en revins tout courant, et me disois à part moi : Or ça, voici l'occasion venue que tu as tant désirée, de voir des choses extraordinaires. Sus donc, alerte, Lucius ! tâche par quelqu'invention... La femme de ton hôte, tu la dois respecter ; mais fais tant que d'avoir la servante pour amie. En te jouant, folâtrant avec elle, mais que tu lui viennes à gré, elle te dira tout. Chose ne se fait au logis que ne sçachent les valets.

Ainsi fantasiant, j'arrive à la maison, où ne se trouvoit de fortune, les maîtres étant sortis, que Palestre seule occupée à préparer le souper. D'entrée, je l'aborde et lui dis : Oh, que doucement tu remues, gentille Palestre, tes fesses ensemble et ta poële ! Que telle cuisine est friande, et heureux qui peut tremper un doigt en ta sauce. Elle (car c'étoit la plus frisque et gente petite

femelle !) me repart de bonne grace : Fuis, jeune
homme, si tu es sage, et si tu veux vivre; ma poële est
ardente et mon brouet bouillant; que si tu y touches
tant seulement, jamais ne guériras de la brûlure. Et
n'est physicien tant expert, qui te sçût alléger ce mal,
fors moi seule, ce qui est de plus admirable, moi cause
de ta douleur. Mais alors me criant merci, tu seras tout
le jour après moi. Plus je te ferai souffrir, moins tu me
voudras quitter; non, tu ne t'en iras pas, quand je te
jetterois des pierres, ayant éprouvé que c'est de la douceur de mon baume. Tu nourriras ta blessure; toujours
requérant médecine, jamais ne voudras guérison. Qu'as-
tu à rire? Sçais-tu bien que je fais cuisine d'hommes ?
qu'autant que j'en prends, je les écorche comme beaux
petits lapins, les désosse, les fricasse, n'épargnant foie,
ni courée? Je te crois, lui répondis-je; car de t'avoir vue
seulement, je suis déjà sur la braise. Ton feu, sans que
je t'approche, m'entrant par les yeux, me cuit et me
brûle jusqu'à la moelle; pourtant si tu ne me veux laisser
mourir de mon mal, baille-moi, ma mie, tout à l'heure
cette tant douce médecine ; ou bien, puisque tu me tiens
et m'as pris, comme tu dis, fais de moi ce que tu voudras,
et m'écorche à ton plaisir.

Adonc, s'éclatant de rire, la bonne gouge me regarde,
et de ce moment fut à moi; nous complotâmes ensemble
qu'aussitôt ses maîtres couchés, elle me viendroit trouver, et passeroit avec moi la nuit. Hipparque et sa femme
de retour, on soupe après le bain ; bon vin, joyeux devis,

allongeoient le repas. Moi, feignant me sentir aggravé
de sommeil, je me retire dans ma chambre. Là, je trouvai tout en bel ordre; le lit de mon valet dehors, près
du mien une table, un gobelet, du vin, eau froide, eau
chaude; Palestre avoit songé à tout; davantage, mon lit
partout jonché de roses, ou entières, ou effeuillées, ou
en beaux chapelets arrangées. Voyant toutes choses ainsi
prêtes pour le festin, j'attendois mon convive en bonne
dévotion.

Elle, sitôt qu'elle eut mis dormir sa maîtresse, s'en
vint devers moi sans tarder; et lors ce fut à nous de boire
et de faire carousse de vin ensemble et de baisers; par où
nous étant confortés et préparés au déduit, Palestre se
lève et me dit : Songe, jeune homme, comme je m'appelle, et te souvienne que tu as affaire à Palestre. Or sus,
on va voir en cette joute ce que tu sçais faire, et si tu es
appris aux armes comme gentil compagnon. J'accepte
ton défi, lui dis-je, et me dure mille ans que nous ne
soyons aux prises. Déshabille-toi; fais tôt. Lors elle :
C'est moi qui suis le maître d'exercices et qui vais éprouver ton adresse et ta force en divers tours de lutte; toi,
fais devoir d'obéir et d'exécuter à point ce que je com-
manderai. Commande, lui dis-je. Cependant elle se déshabilloit, et quand elle fut toute nue : Dépouille-toi,
jouvenceau, et te frotte de cette huile. Allons, ferme,
bon pied, bon œil. Accolle ton adversaire, et d'un croc
en jambe le renverse. Bon, bras à bras, corps à corps,
flanc contre flanc; appuye et toujours tiens le dessus. Çà,

sous les reins cette main, l'autre sous la cuisse; lève haut, donne la saccade, redouble, serre, sacque, choque, boute, coup sur coup; point de relâche; dès que tu sens mollir, étreins; là, là, bellement; te voilà déjà tout mouillé.

Ainsi faisois-je, obéissant comme novice à sa parole, et quand j'eus d'elle congé de reposer sur les armes, je lui dis : Maître, tu vois de quel air je m'y prends, que je n'ai faute d'adresse ni de bonne volonté; mais, toi, qu'il ne te déplaise, tu commandes trop en hâte, et n'a pas besogne faite qui veut suivre ta leçon. Elle, du revers de sa main, me baille gentiment sur la joue : Tu fais le raisonneur, indocile écolier; tu seras châtié, si tu faux au commandement; attention. Ce disant, elle se lève en pieds; et après s'être un peu soignée : Voyons, dit-elle, si tu es champion à l'épreuve en toutes joutes et combats jusques à outrance. Puis tombant à genoux sur le lit : Ce n'étoit que jeu tout à l'heure ce que nous faisions, et pour rompre quelque lance, il ne vaudroit pas la peine d'entrer en champ clos. Maintenant nous allons combattre à fer émoulu (1).................................

En tels ébats se passa cette nuit, tant doux et plaisants à tous deux, où nous emportâmes le prix des combats nocturnes. Grand plaisir y avois-je de vrai. A peu que je n'en oubliai du tout mon voyage à Larisse, et le désir qui m'avait mû de telles armes entreprendre contre cette

(1) Il y a ici dans le grec une suite d'équivoques qui ne se peuvent traduire. (*Voyez* la note (1).

gente Palestre. Mais à la fin il m'en souvint, et je lui
dis : ma mie, ma chère, fais que je voye ta maîtresse en
ses besognes de sorcellerie, ou prenant quelqu'étrange
forme; car je meurs d'envie, long-temps a, de voir semblable prodige ; ou toi-même, si tu t'en mêles, montre-
moi quelqu'œuvre magique et te transforme à mes yeux.
Il m'est bien avis que tu dois être du métier, m'ayant
changé comme tu as fait et transmué de telle sorte, que
moi insensible, farouche (ainsi m'appeloient femmes et
filles), moi que nulle amour n'avoit encore sçu appri-
voiser, me voilà mouton devenu; tu me mènes à ta fantaisie serf et captif, chose impossible, sinon par enchan-
tement ; et pourtant il faut bien, ma belle, que tu t'en
aides quelque peu. Cesse, me dit-elle, badin, cesse de te
moquer. Et quel charme jamais sçauroit captiver amour,
qui lui-même est maître en cet art? Quand est de moi,
je n'y sçais rien. Je te jure, et crois-moi, mon unique
souci, par cette chère tête, par ce lit bienheureux témoin
de nos plaisirs, oncques je n'appris à lire seulement.
Aussi ma maîtresse est par trop jalouse de sa science.
Toutefois s'il avient que je te la puisse montrer en quelqu'une de ses métamorphoses, tu la verras, mon doux
ami ; et à tant nous nous couchâmes.

Quelques jours écoulés, Palestre vient à moi, et me
dit que sa maîtresse, le soir même, se devoit changer
en oiseau pour aller devers un sien amant. Et moi : C'est
à ce coup, lui dis-je, ah, ma chère! c'est maintenant que
tu peux combler mes souhaits. Ne t'inquiète, me fit-elle.

Et le soir venu, elle me mène à la porte de la chambre où couchoient Hipparque et sa femme; et là me montre entre les ais une petite ouverture, où mettant l'œil, je vis cette femme qui se déshabilloit. Déshabillée nue qu'elle fut, s'approchant de la lampe, elle y brûla deux grains d'encens en murmurant quelques paroles, et puis ouvrit un gros coffret où étoient force petites fioles; elle en prit une. Ce qu'il y avoit en cette fiole contenu, au vrai, je ne le sçaurois dire. A voir, il me parut comme une sorte d'huile, dont elle se frotta toute des pieds jusqu'à la tête, commençant par le bout des ongles; et lors voilà de tout son corps plumes qui naissent à foison, puis un bec, au lieu de son nez, fort et crochu. Que vous dirai-je? En moins de rien, elle se fit oiseau de tout point, le plus beau chat-huant qui fut oncques : puis se voyant bien emplumée, bien empennée, battit des aîles, et puis, avec un cri lugubre, par la fenêtre s'envola.

Pour moi d'abord je crus rêver, et que c'étoit songe que tout cela, et je me frottois les yeux, ne pouvant me persuader que je ne fusse endormi. A toute force enfin, voyant qu'il étoit vrai que je ne sommeillois, ni n'en avois envie, je me mis à prier Palestre qu'elle me voulût par cette drogue faire avoir forme d'oiseau et des ailes, et me laissât voler, pour voir si j'aurois en cette guise sens et entendement humain; elle, me voulant satisfaire, entre dans la chambre, m'apporte une de ces fioles; et moi de me frotter aussitôt comme j'avois vu faire à cette femme, pour devenir oiseau; mais hélas! je devins toute autre chose ; car j'eus, au lieu de plumes, à l'heure même, poil bourru par tout le corps, queue au derrière, oreilles en tête, longues sans mesure, corne dure aux pieds et aux mains. En me regardant, je vis que j'étais un âne. Et si n'avois-je plus ni voix ni paroles pour me plaindre, mais baissant la tête semblois d'un regard piteux lamenter ma déconvenue, et accuser Palestre. Elle de ses deux mains se frappant le visage : Ah ! malheureuse, qu'ai-je fait ? J'ai pris une fiole pour l'autre, trompée par la ressemblance. Mais ne te chaille, mon amour ; le remède en est aisé. Tu n'as seulement qu'à manger des feuilles de rose, pour dépouiller cette laide forme, et me rendre l'amant que j'aime. Aye patience cette nuit, et dès qu'il sera jour demain, je t'en apporterai des roses, dont tu n'auras pas sitôt goûté, que tu seras remis en ta beauté première. Ce disant, elle me caressoit, me polissoit les oreilles, et me passait la main sur le dos et partout.

Or avois-je corps de baudet, mais le sens et la pensée tout de même qu'auparavant, fors de ne pouvoir parler. Adonc maudissant en moi-même et l'erreur de Palestre et ma propre sottise, je m'en allai l'oreille basse à l'étable, où étoit mon cheval avec le vrai âne de la maison, lesquels aussitôt qu'ils me virent, comme ils crurent que je m'allois mettre à la mangeoire et partager leur pitance, me vouloient festoyer de ruades pour ma bienvenue ; mais je connus leur malice et me retirai en un coin, là où je me déconfortois ; et pensant pleurer, c'étoit braire ce

que je faisois; et me disois à part moi : O fatale curio--
sité! que seroit-ce, si à cette heure survenoit d'emblée
quelque loup ou autre bête sauvage? Las, sans avoir méfait, tu vas mourir peut-être de la mort des méchants!
Ainsi raisonnant en moi-même, j'étois loin de prévoir le
sort qui m'attendoit.

Sur le tard, que tout étoit muet et coi partout, à l'heure
du meilleur somme, un bruit s'entend comme de gens
qui, par dehors, eussent voulu percer la muraille; et de
fait on la pérçoit; et tantôt est l'ouverture large assez
pour passer un homme; et un homme entre, et puis un
autre, et puis plusieurs autres après, tant que l'étable
en étoit pleine; et avoient tous des épées. De-là ils s'en
vont dans les chambres, où d'abord ayant lié Hipparque,
mon valet et Palestre, ils se mirent à piller et vuider la
maison de tout ce qui s'y trouva d'argent, vaisselle et
autres biens qu'ils amassèrent dans la cour; et n'y ayant
plus rien à prendre, ils nous bâtèrent et nous sanglèrent,
mon cheval et l'autre âne et moi; et de cet amas de butin,
tant que nous en pûmes porter, nous le chargèrent sur
le dos, puis à grands coups de bâton, nous chassent dans
la montagne par des sentiers détournés. De ce que souf-
frirent dans cette marche mes deux compagnons, je n'en
puis que dire; mais moi accablé sous le faix, et n'ayant
de coutume d'aller ainsi déchaux sur ces cailloux pointus,
je mourois, je bronchois à chaque pas; et s'il m'arrivoit
de choir, l'un me tiroit par le licol, l'autre me doloit de
son bâton la croupe et les cuisses. En cette extrémité,

je voulus plus d'une fois m'écrier, ô César; mais je ne
faisois que braire l'ô, et César ne pouvoit venir; ce qui
m'attiroit chaque fois nouvelle tempête de coups, parce
qu'ils craignoient que mon braire ne les découvrît. Voyant
donc que rien n'y servoit et que même ma plainte empi-
roit mon marché, je pris le parti de me taire et d'aller
ainsi qu'on voudroit.

Il étoit jour, et cheminant par monts et par vaux,
nous avions déjà fait longue traite; on eut soin de nous
emmuseler d'un nœud du licol, pour nous garder de
perdre temps à brouter de–çà et de–là, au moyen de quoi
nous jeûnions tous trois également pour cette heure.
Mais sur le midi que nous vînmes en une métairie de
gens affidés à ces ribauds, comme il paroissoit à l'accueil
et bonne chère qu'ils leur firent, les embrassant, les
priant de se reposer et leur servant à manger, lors on
nous mit, nous autres bêtes, dans la paille jusqu'au
ventre avec plein ratelier de foin et mesure comble d'a-
voine, dont mes compagnons se régalèrent, et moi pour
lors je demeurai tout seul à jeûner; car je ne me pouvois
résoudre encore à goûter de tels mets. Regardant de tous
côtés si je ne trouverois point quelque chose à ma guise,
j'aperçois au fond de la cour une manière de potager où
étoient de beaux et bons légùmes et des rosiers en fleurs,
à ce qu'il me parut. Adonc sans être vu de personne,
ainsi que chacun entendoit à préparer le souper, je me
dérobe et entre là où je pensois, mangeant de ces roses,
redevenir Lucius. Or, ce n'étoient pas de vraies roses,

mais bien des roses de laurier qu'on appelle Rhodo-
daphné, triste pâture aux ânes et chevaux; car ce leur
est venin, ce dit-on, qui les fait mourir en peu d'heures.
Je sçavois cela et je m'abstins de ces dangereuses fleurs,
mais non des raves, laitues, fenouils et autres légumes
dont je mangeois à grand appétit, et m'étois déjà fait
bon ventre, quand le maître du jardin survint, lequel,
soit qu'il m'eût aperçu, ou fût autrement averti, tenoit
en main un fort bâton; ce qu'il en fit n'est pas à demander; car de l'air d'un prévôt qui prend quelque marau-
deur sur le fait, il commença à m'en donner sans regarder
où il frappoit, la croupe, l'échine, la tête, battant comme
sur seigle verd; dont, à la fin, je perdis patience, et lui
détachai une ruade si à propos, que je le jetai demi-mort
sur ses choux, et m'enfuyois grand erre du côté de la
montagne. Mais le traître, quand il me vit ainsi détaler,
s'écria qu'on lâchât les chiens. C'étoient dogues de forte
race, et y en avoit bon nombre pour faire la chasse aux
ours. Cela me donna à penser; je retournai crainte de
pis, et m'en revins tout courant à l'écurie, dont bien me
prit; car ces mâtins qu'on avoit déjà déchaînés, m'alloient étrangler sans remède. Rentrant au logis, je fus
reçu à grand renfort de bastonnades et en devois être
assommé, n'eût été l'explosion soudaine du mélange,
comme je crois, de tous ces herbages dans mon ventre,
qui leur éclatant au nez avec grand bruit et infection de
méphytique vapeur, mit en fuite tous mes ennemis.

Quand il fut heure de partir, on nous rechargea, et

alors m'échûrent à porter les choses les plus pesantes. Je pris patience toutefois, et ainsi allions par pays; mais n'en pouvant plus à la fin de fatigue, moulu de coups (aussi que ma corne s'usant, j'en ressentois à chaque pas douleur non pareille), je résolus de me laisser choir et ne bouger, me dût-on tuer. Car voici comme je raisonnois : Ils se lasseront de me battre, et partageant ma charge aux autres, me laisseront là pour les loups. Mais il en avint autrement, quelque démon prenant plaisir à me tourmenter. Car ainsi que je méditois ce projet à part moi, l'autre âne, mon camarade, ayant même dessin possible, s'abat au milieu du chemin, et eux de le battre et de crier pour le faire relever; mais rien n'y sert; l'animal reste gisant comme un bloc; quoi voyant, l'un le prend par la queue, l'autre par les oreilles, et tâchoient à le remettre en pieds. Mais en fine fin, connoissant qu'ils n'y faisoient œuvre, et qu'ils perdent le temps âprès un malheureux âne en grand danger d'être surpris, ils lui ôtent sa charge et nous la font porter à moi et mon cheval, puis lui coupent les jarrets avec leurs coutelas, et le poussent dans un précipice, où roulant à bonds du haut en bas des rochers, notre pauvre compagnon de voyage et d'infortune fit le saut de mal mort. Quant à moi, sage à ses dépens, je me résolus de porter vaillamment ma mauvaise fortune et de marcher sans me faire prier, ayant espérance de trouver quelque part des roses qui me rendroient mon premier être, avec ce que j'entendois dire qu'il n'y avoit plus que peu de chemin jusqu'au manoir de ces larrons ; comme de fait, allant d'un bon pas, nous y arrivâmes avant le soir, et entrâmes au logis. Là étoit une vieille assise et un grand feu allumé. Eux premièrement nous déchargèrent, puis serrèrent le butin que nous avions apporté, et disoient à cette vieille : Que fais-tu, que tu ne prépares tantôt à souper ? Voire, fit-elle, tout est prêt ; pain frais, vin vieux, et sauvagine que je vous viens d'habiller. Ils louèrent sa diligence, et devant le feu se dépouillant, se frottèrent, s'oignirent ; et d'un chaudron qui pendoit à la crémaillère, puisant de l'eau, se la jetoient sur les épaules et sur le corps en guise de bain.

Or arriva une autre troupe de jeunes gens qui apportoient foison de tous biens, riches bagues, comme on pourroit dire, vases d'or et d'argent, étoffes et brocards de grands prix, joyaux, affiquets, vêtements, tant de femme que d'homme ; et ceux-là se joignant aux autres, et ayant serré leur butin, se lavèrent pareillement, puis se mirent à table tous, et entr'eux commencèrent tant et si divers propos, que c'étoit merveille de les ouïr. Moi et mon cheval cependant, fûmes par la vieille servis de bel orge à la mangeoire, dont mon camarade, pensant avoir meilleure part, s'emplissait le ventre à grand'hâte ; mais je ne lui fis nul tort ; car pendant que la vieille étoit ailleurs empêchée ; je mangeois à bon escient du pain de la provision.

Le lendemain, ils s'en allèrent tous à leurs besognes, nous laissant pour garde un jeune homme dont la pré-

sence me fàchoìt fort ; car la vieille seule ne m'eût sçu
empêcher de me sauver. Mais lui d'un regard farouche ,
fort et roide jeune gars , l'épée à la main , faisoit le guet ,
et tenoit la porte close. Trois jours après , sur la minuit,
voici revenir nos larrons , sans or ni argent cette fois , ni
autre butin qu'une fille en fleur d'âge et belle à merveille,
qui jetoit des cris lamentables. L'ayant fait seoir sur une
natte, ils la confortoient de leur mieux, la recommandoient
à la vieille, avec ordre d'en prendre soin et ne la jamais quitter. Elle cependant ne vouloit ni manger , ni boire , mais
ne faisoit rien que gémir et se désespérer. Ce que voyant,
moi de bonne nature , j'en pleurois à mon ratelier , et
ne me pouvois quasi tenir de sangloter avec cette belle.

Or s'étoient mis les voleurs à boire et banqueter toute
la nuit ; mais au point du jour, un de ceux qu'ils avoient
accoutumé de laisser en aguet sur les routes, leur vint
dire qu'un étranger alloit passer ce matin ; homme de
grosse dépense , menant grand train avec soi, et qui
montroit être fort riche. Ce qu'entendant , tous se lèvent,
s'arment en hâte, nous équipent moi et mon cheval, et
nous chassent devant eux. Moi qui sçavois où l'on alloit,
et que nous marchions au combat, je ne voulois pour
rien avancer , et fusse demeuré derrière si le bâton ne
m'eût contraint d'aller. Venus à l'endroit où devoit passer
ce voyageur, on l'attend ; il vient, on l'attaque, on le tue
lui et ses gens ; et de ce qui se trouva de meilleur dans
son bagage, on nous charge moi et mon cheval : le reste
demeura caché dans la forêt.

Au retour, ils avoient hâte de s'éloigner, et nous touchoient à grands coups. Ainsi pressé, harcelé, je heurte du pied contre une pierre; pierre, non, mais rasoir tranchant, qui m'ouvrit le sabot jusqu'au vif, dont je souffrois et boitois bas le reste du chemin : et eux; que faisons-nous, disoient-ils, de ce malencontreux animal qui bronche à chaque pas, chet à tout bout de champ, et ne sert pas pour ce qu'il mange? Que ne le jetons-nous à la malheure dans quelque fondrière? Oui, jetons-le, disoit un autre; et nous débarrassons de cette maudite bête. Pendant qu'ils me faisoient de la sorte mon procès, moi qui entendois leurs discours, oubliant mon mal aussitôt, je me mis à trotter, et sembloit que jamais je n'eusse été si sain. En peu d'heures nous fûmes au logis; on serra ce que nous apportions, puis nos maîtres soupèrent, et après repartirent à nuit close pour aller quérir dans le bois le demeurant du butin. Ce malheureux âne, dit un d'eux, est-ce la peine de l'emmener estropié comme le voilà? ce que nous ne pourrons sur le cheval charger de ce reste de bagage, portons-le nous-mêmes; c'est le mieux. Ainsi dit, ainsi fait. Ils vont avec le cheval éclairés par la lune, qui lors étoit en son plein. Moi demeuré seul, je me disois : Qu'attends-tu, malheureux? qu'on régale de ta chair les loups et les corbeaux? tu vois le sort qu'on te prépare. Veux-tu pourrir au pied de ces roches, et n'as-tu pas tantôt ouï.....? La nuit te convie, la lune brille; fuis avant que reviennent tes bourreaux.

Ainsi discourant à part moi, je m'avise que je n'étois

point lié : le licol avec quoi ils me menoient lorsque nous marchions étoit là pendu à un clou. L'occasion me parut trop belle ; je sors et je m'en allois partir, quand la vieille. qui me vit prêt à prendre l'essor, accourt, me saisit par la queue, et tirant à deux mains de toute sa puissance, me pensoit retenir ; mais moi, je fusse mort plutôt que de me laisser prendre et ramener par cette orde vieille, croyant qu'il y alloit de mon honneur ; tirois de ma part et l'entraînois ; et elle de crier et d'appeler à l'aide la jeune prisonnière, laquelle venue en toute hâte, n'eut pas sitôt vu cette Dircé à la queue d'un âne, que prenant son parti en fille de généreux courage, elle me saute sur le dos à califourchon, et commence à me talonner. Moi qui n'avois que faire d'éperon, mû de peur pour ma peau et d'envie de m'évader, je cours et gagne au haut, laissant là la vieille par terre étendue de son long, qui ne cessoit de crier ; et la pucelle cependant s'adressoit aux Dieux, faisant mille vœux pour son salut. Si tu me sauves, disoit-elle, et me ramènes à mes parents, ô gentil roussin, tu vivras chez nous sans rien faire, et auras d'avoine par jour un boisseau comble, disoit-elle. Pour faire servir à cette belle, autant que pour me dérober au supplice qui m'attendoit, je détalois, n'ayant souvenance de mon mal ; mais arrivés là où le chemin se partageoit en deux, voici fâcheuse rencontre. Les voleurs qui s'en revenoient, nous ayant vus de loin et reconnus au clair de la lune, tout-à-coup nous barrent le chemin : Holà ! où vas-tu, jouvencelle, qu'il ne te déplaise, à cette heure ? N'as-tu point de peur des esprits? viens-çà, belle, viens par ici; on va te remener tantôt à tes parents : ce disant d'un sourire amer, ils me chassent arrière et nous font rebrousser chemin; mais lors, j'allois boitant, me soutenant à peine et semblois m'être à ce moment ressouvenu de ma blessure. Tu cloches, disoient-ils, à présent qu'il te faut retourner au logis; et pour fuir tu avois des ailes, malicieuse bête! propos qu'accompagnoient toujours force coups, dont j'eus en peu d'heures une large plaie à la cuisse.

De retour, nous trouvâmes que la vieille s'étoit pendue au roc, pour la crainte qu'elle eut, ainsi qu'il est à croire, du courroux de ses maîtres, ayant laissé s'enfuir la pucelle avec moi. Ils louèrent son courage et sa fidélité, la détachèrent et la jetèrent la corde au col, comme elle étoit, à val des rochers, puis entendirent à manger, ayant lié la fille en un coin; et tout en buvant parloient d'elle : Qu'en allons-nous faire, disoit l'un? et comment la punirons-nous de cette jolie escapade? Comment? dit un autre; en la jetant après cette vieille. Mais non, ajouta-t-il, elle a mérité pis pour nous avoir trahis autant qu'en elle étoit; car afin que vous le sçachiez, si cette belle eût sçu tant faire que d'arriver chez ses parents, pas un de nous n'en échappoit; notre retraite découverte, on eût pris des mesures sûres pour nous exterminer tous. Traitons-la donc en ennemie, qui nous a voulu faire du pis qu'elle pouvoit, et lui rendons la pareille; que sa mort ne soit pas si prompte; inventons un supplice qui la

3.   3

fasse long-temps languir dans les tourments et lentement
expirer. Puis ils cherchoient quel genre de mort seroit
le plus douloureux; et un se prit à dire : Écoutez une
rare et nouvelle invention, qui vous plaira, ou je me
trompe fort; l'âne doit mourir, c'est la justice, étant
couard et paresseux, et de plus ayant fait le malade pour
avoir occasion de s'enfuir avec la donzelle, dont il est
fauteur et complice; égorgeons-le demain sitôt qu'il sera
jour, et lui ouvrant le ventre, tirons-en les entrailles;
puis au creux de la bête étrippée, logeons cette demoiselle vivante, bien et duement cousue dans la peau du
baudet, la tête seulement dehors, afin qu'elle puisse
respirer; ainsi l'un dans l'autre empaquetés, portons-les
là-haut sur quelque roche, friande pâture aux vautours.
Et considérez, je vous prie, ce que sera pour cette tendre
et délicate personne, d'habiter au corps d'un âne mort,
endurer sur ce roc brûlant toute l'ardeur du soleil, la
furie des insectes, la faim toujours croissante, et n'avoir
moyen d'abréger de pareils tourments. Je laisse à part ce
qu'elle souffrira de l'infection de cette charogne et d'une
fourmillière de vers, qui, à travers les chairs de l'âne,
pénétrant jusques à elle, la déchireront toute vive.

Chacun là-dessus s'écria; chose ne leur parut à tous
mieux imaginée. Cependant je me lamentois et déplorois
mon triste sort, pensant que j'allois mourir d'une mort
si cruelle à la fleur de mes ans, et privé de sépulture,
devenir le tombeau de cette malheureuse fille.

Or étoit-il à peine jour; tout-à-coup entre avec fracas

une troupe de gens armés, qui se saisissent des voleurs
et les emmènent garottés au gouverneur de la province.
Avec eux de fortune étoit le jeune homme amoureux de
cette belle fille et son fiancé, qui lui-même les avoit conduits jusqu'au repaire de ces larrons, et lors ayant recouvré sa belle, la fit monter sur moi et l'emmena chez lui.
Partout où nous passions, les villages entiers accouroient
au devant de nous; et bonnes gens de nous faire fête, et
de nous caresser et s'éjouir avec nous de l'heureux événement que j'annonçois de loin par un braire éclatant,
faisant office de trompette dans cette espèce de triomphe.

Au logis je fus traité en âne favori de ma jeune maîtresse, qui n'avoit garde d'oublier le compagnon de sa
fuite et de sa captivité, avec elle jà destiné à ce barbare
supplice. Par son ordre exprès on me donna foin, paille,
avoine, orge de quoi saouler un chameau. Mais lors plus
que jamais je maudissois Palestre de m'avoir fait âne et
non chien; car je voyois mâtins à toute heure entrer à la
cuisine, en emporter force reliefs de belles et bonnes
viandes, et s'en remplir très-bien le ventre, comme
chiens sçavent faire étant de nôces.

A quelque temps de là, sur le récit que fit ma maîtresse à son père des obligations qu'elle m'avoit, et du
zèle que j'avois montré pour son service, le père me
voulant récompenser, commanda qu'on me lâchât dans
les prés où paissoient ses juments poulinières. Ainsi,
selon lui, j'allois vivre en toute liesse, n'ayant souci que
de paître l'herbe et saillir ces belles cavales; et pour tout

autre âne, à vrai dire, c'eût été contentement. Arrivés
que nous fûmes au haras, on me mit avec les juments
qui le matin alloient en pâture. Mais il eût été mal, je
crois, que la chose passât ainsi sans quelque disgrace
pour moi. Au lieu de me lâcher dehors emmi les prés,
selon l'ordre du maître, pour paître en liberté, le chef
du haras me laissoit à sa femme Mégapole, qui m'attachoit au moulin, et là me faisoit tourner tant que duroit
le jour, à moudre son orge et son grain. Encore si j'eusse
travaillé pour la maison seulement! Mais elle prenoit à
moudre le bled des voisins, dont elle se payoit en farine,
et le tout à mes dépens, trafiquant ainsi des fatigues de
mon pauvre col; et ce qui étoit de pis, c'est que l'orge
qu'on lui donnoit pour ma nourriture, elle me le faisoit
bien moudre, mais non pas pour moi; car, de la farine
se faisoient beaux gâteaux au four, belles fouaces; et ne
m'en restoit à moi que le son pour mes repas. Que si par
hasard on me menoit avec les cavales au pâtis, je me
voyois de tous côtés assailli par ces étalons, qui, me
croyant là venu pour m'ébattre avec leurs femelles, me
poursuivoient à coup de pieds, me déchiroient à belles
dents, dont je pensai périr mainte fois victime de la jalousie de messieurs les chevaux.

Telle vie n'étoit pas pour me refaire; aussi devins-je
en peu de temps maigre et décharné, n'ayant ni pâture
aux champs, ni repos à la maison; de plus, on me menoit souvent à la montagne, et j'en revenois chargé de
bois : c'étoit là le comble de mes maux. D'abord il me

falloit gravir au haut et au loin des pentes escarpées, des
sentiers raboteux, où l'on me donnoit pour conducteur
un petit scélérat d'enfant qui me faisoit enrager; car il
ne cessoit de me battre, encore que j'allasse mon grand
trot, et me frappoit, non d'un bâton, mais d'une massue
pleine de nœuds, et toujours au même endroit, où bientôt, par l'effet des continuels horions, s'ouvrit une plaie
vive, sur laquelle le traître alloit frappant toujours. Puis,
des charges qu'il me mettoit parfois sur le dos, il n'est
éléphant qui n'en eût été assommé. Où la descente étoit
la plus roide et pénible, c'étoit là qu'il redoubloit de
coups. Si ma charge mal agencée venoit à pencher d'un
côté, en ôter de ce côté pour l'ajouter de l'autre, et rétablir l'équilibre, c'est ce qu'eût fait tout bon ânier;
mais lui, d'une grosse pierre qu'il ramassoit en chemin,
faisant le contre-poids à la partie pesante, augmentoit
d'autant mon fardeau; sans compter qu'au pied du cô-
teau, nous traversions à gué une petite rivière; là où
mon brave conducteur, soigneux de ménager sa chaussure, me sautoit en croupe et passoit ainsi sans se mouiller. Que si d'aventure je tombois accablé sous le faix,
alors vraiment, alors mon sort étoit à plaindre; car de
descendre pour m'aider à me relever, soit en me soutenant de la main, ou en m'allégeant au besoin d'une
part de mon fardeau, le petit maraud n'avoit garde;
mais sans s'émouvoir, commençoit à me donner de son
bâton sur la tête et sur les oreilles, tant que pour faire
cesser cette rage, force m'étoit de me remettre de moi-

même en pieds. Mais un beau jour il s'avisa d'une invention pour achever de me désespérer. Ayant fait un bouchon d'épines fort piquantes, bien arrangées en rond, les pointes en dehors, il me le pend sous la queue. Lors à chaque pas que je faisois, ainsi qu'on peut croire, les épines me meurtrissoient de mille piqûres, sans que je les pusse éviter, portant avec moi cette pelotte hérissée d'aiguilles qui me battoit au derrière. Si je pensois m'y soustraire en rallentissant mon pas, le bâton m'atteignoit aussitôt; voulant échapper aux coups, je me déchirois moi-même. Bref, il avoit pris à tâche de me faire mourir.

Endurant ainsi chaque jour des maux infinis, une fois je perdis patience, et lui détachai un coup de pied dont il se souvint, et m'en vouloit toujours depuis, ayant ce coup de pied sur le cœur. Or, avint qu'un jour on lui dit d'apporter de quelque hameau, non tant voisin de chez nous, certaines étoupes, à quoi faire il se devoit servir de moi. M'ayant donc mené sur le lieu et chargé d'un tas de ces étoupes liées sur mon dos et affermies d'une double corde étreinte avec un bâton, il me préparoit ce nouveau tour de son métier. Un tison brûlant qu'il avoit au partir dérobé de l'âtre, quand nous fûmes en voie assez loin, il le fourre dans ses étoupes, lesquelles d'abord prenant feu (et se pouvoit-il autrement?), me voilà enveloppé de flamme et de fumée, prêt à brûler, si une mare, par bonheur, ne se fût trouvée proche, où je me jetai à corps perdu, et me roulant dans la vase, éteignis cet incendie; après quoi je repris mon chemin, sûr de n'être pas ars, au moins pour cette fois, n'y ayant moyen de rallumer ces étoupes mouillées comme il eût bien voulu, le bourreau. Mais force lui fut d'y renoncer et de me laisser en vie. Toutefois arrivant au logis, encore trouva-t-il manière de faire entendre que j'étois cause de tout le mal, m'étant, ce disoit-il, en passant frotté tout exprès contre un four. Ainsi échappai-je par miracle au feu des étoupes.

Mais ce petit scélérat, acharné à me persécuter, me joua bientôt d'un autre tour pire encore que celui-là. Me ramenant de la montagne avec du bois sur le dos tant que j'en pouvois porter, il vend ma charge à un quidam habitant de ces quartiers, et revenu à la maison sans un seul fagot, pour s'exempter des étrivières qui ne lui pouvoient faillir, il forge contre moi d'insignes calomnies : Maître, ce dit-il, à quoi bon nourrir cet âne fainéant qui ne nous rend nul service ? Puis, sais-tu quelle habitude il a prise depuis peu ? De si loin qu'il voit femme ou fille en fleur d'âge, belle et jolie, rien ne le sauroit tenir qu'il ne rompe son lien pour courir après, comme feroit quelqu'amant à la vue de sa maîtresse ; et mon drôle se prend à braire et à la mordre et baiser amoureusement, et pis si l'on n'y donnoit ordre. Vrai, j'ai peur qu'un de ces jours il ne nous fasse quelqu'affaire ; car tout le monde s'en plaint. Quand telle chaleur lui monte, il rompt et renverse tout. A cette heure encore qu'a-t-il fait ? Je le ramenois du bois chargé de bourrées ; il voit une femme passer au long de

ces champs, et maître âne de ruer et de jeter là sa charge
à travers le chemin; et si gens de là entour ne fussent
tôt accourus au secours de la pauvrette, Dieu sait ce qu'il
en allait faire, la tenant déjà sous soi en devoir de besogner d'étrange façon.

Ce que le maître entendant : Vraiment dit-il, s'il est
ainsi que ce méchant âne ne veuille porter charge ni
marcher, et qu'encore il courre sus à femmes et filles,
tuez-le; j'en suis content; donnez – en les tripes aux
chiens, et la chair aux ouvriers; et si quelqu'un demande
ce qu'il est devenu, nous dirons que les loups l'ont mangé.
Qui fut aise alors? Ce fut mon coquin de conducteur. Il
me vouloit tuer sur-le-champ; mais de fortune se trouvoit
là un bonhomme de nos voisins, qui par un conseil mille
fois pire, me sauva la vie néanmoins. Vous seriez de
grands sots, dit-il, de perdre ainsi un animal qui vous
peut encore être utile, et cela pour une bagatelle; car
enfin quel est son défaut? Trop de vigueur le fait courir
à toute femelle; eh bien, châtrez-le, croyez-moi; dès
qu'il aura perdu cette galante humeur, vous le verrez do-
cile et doux, porter le bât, tourner la meule, et travailler
à plaisir. Que si nul de vous ne s'entend à faire cette opération; j'ai affaire pour l'heure et ne puis; mais dans deux
jours je reviens ici, et en un tour de main je vous le rends
doux comme un agneau.

Cet avis fut approuvé; chacun demeura d'accord qu'il
n'étoit rien plus à propos. Moi je gémissois et me lamentois, pensant que j'allois d'âne encore devenir eunuque,

et je ne voulais plus vivre, délibéré de mettre fin à ma triste destinée, ou par m'abstenir de manger, ou en me jetant en bas de quelque rocher, pour conserver l'homme dans l'âne, et mourir du moins tout entier. Mais le même soir à nuit close, nouvelles vinrent du village à la métairie, que le jeune seigneur et sa femme sauvée avec moi des brigands, étoient morts par étrange cas. Se promenant au long du rivage de la mer une après-dînée, comme ils s'ébattoient sur la grève, le flot soulevé tout-à-coup les engloutit; et ainsi étoient disparus; commune fin à tous les deux et d'infortunes et d'amours. Ce qu'entendant, nos gens qui voyent la maison sans maîtres, autres que bien anciens et cassés de vieillesse, prennent leur parti de ne plus demeurer en servitude ; et faisant main basse sur tout, s'en vont, qui de-çà, qui de-là, chacun avec ce qu'il avoit pu attrapper; là où le maître du haras, mieux que nul autre, fit sa main, aidé de sa femme et de nous, de moi s'entend et des autres bêtes, sur lesquels il mit son butin. Nous partîmes ainsi emportant bagues et biens à foison, et toute nuit marchâmes par chemins de traverse âpres et malaisés; que s'il me fâchoit de la fatigue, j'étois aise d'échapper à cette maudite opération ; et fîmes tant par nos journées, que nous vînmes en une ville de Macédoine, grande et peuplée, qui s'appeloit Beroë. Là nos conducteurs s'arrêtèrent en résolution d'y demeurer et de nous vendre, comme ils firent un jour de foire en plein marché. Le crieur nous fit mettre en rang et nous crioit au plus

offrant. Gens s'approchèrent pour nous voir et nous
marchander, examinant puis l'un, puis l'autre et de
temps en temps nous levoient le pied, nous regardoient
aux dents et nous tâtoient les jambes; tant qu'à la fin
tous furent vendus, hors moi dont personne ne voulut;
et déjà le crieur me renvoyoit, disant: Celui-là n'a pu
trouver marchand; quand fortune qui se jouoit à me
faire éprouver tant d'accidents divers, m'amena un nouveau maître, non tel que j'eusse pu souhaiter; car c'étoit
un de ces vagabonds, de ces quêteurs qui vont portant
par les campagnes la déesse de Syrie, et la font mendier
de maison en maison, homme déjà sur l'âge et le plus
sale bardache de toute sa confrairie, lequel ayant offert
de moi un demi écu, fut pris au mot, et tout sur-le-
champ m'emmena, bien malgré moi qui gémissois d'avoir
à servir telles gens.

Arrivés que nous fûmes où demeuroit Philèbe (car ainsi
avait-il nom), de loin il s'écria tant qu'il put: Holà, ho!
fillettes, accourez voir votre nouveau galant; je vous
ai acheté, mesdemoiselles, un vigoureux Cappadocien
qui va vous servir à souhait. Ces demoiselles c'étoient les
infâmes débauchés de la séquelle de Philèbe, qui tous
sortirent à sa voix, pensant bien trouver quelque fort et
roide jeune drôle avec lui. Mais quand ils ne virent
qu'un âne conduit à la longe par Philèbe, ils se prirent
à le brocarder: Non, non, ce n'est pas là un serviteur
pour nous. Bien est-ce ton époux, mignonne, que tu
nous amènes; et où as-tu pris ce beau mari? N'en se-

rois-tu point déjà grosse? Bon prou te fasse; puissiez-
vous avoir lignée qui vous ressemble.

Le lendemain, ils se mirent à l'ouvrage, comme ils
disoient. Premièrement ils habillèrent la déesse et me la
chargèrent sur le dos; puis nous sortîmes de la ville, et
allant par pays, arrivâmes en un bourg. Là, on m'établit porte-Dieu; je ne bougeois, tandis que la sainte pé-
naille faisoit rage de danser et de souffler dans ses flûtes
avec mille contorsions et grimaces épouvantables, roulant les yeux, tordant le col, la tête renversée, leurs
mitres en arrière, ils se tailladoient les bras avec des
épées, se coupoient la langue avec les dents, et remplissoient de sang toute la place à l'entour; ce que voyant,
j'entrai dans des peurs non pareilles, doutant qu'il ne
fallût aussi du sang du baudet de la Déesse. Après s'être
ainsi déchiquetés, ils commencèrent leur quête, et re-
cueillirent des assistants d'abord force menue monnoie,
puis des provisions de toute espèce que ces bonnes gens
leur apportoient, qui un baril de vin, qui un sac de farine, du pain, du fromage, des figues, et jusqu'à de l'orge
pour l'âne. C'étoit de ces dons qu'ils vivoient et entrete-
noient la Déesse dont j'étois porteur.

Or, un jour s'étant accointés, dans quelque village,
d'un jeune rustre grand et fort, ils l'amènent au logis et
se font par lui besogner en la manière accoutumée de
tels abominables bardaches. Moi, témoin de ces infa-
mies, je n'y pus tenir davantage, et d'indignation oubliant ce que j'étois : O Jupiter! m'écriai-je. Cela du

moins voulois-je dire; mais mon gosier me trahit et ne
produisit qu'un braire qui fut entendu de dehors; car
d'aventure passoient par-là quelques paysans, lesquels,
ne sçais comment, ayant perdu leur âne, l'alloient cherchant de tous côtés, et n'eurent pas sitôt ouï la tempête
de ma voix, que croyant avoir découvert ce dont ils
étoient en quête, sans hucher, ni parler à ame, ils en-
trent, et trouvent nos gens empêchés avec ce coquin et
virent très-bien ce qu'ils faisoient, non sans rire, ainsi
qu'on peut croire : et sortant, s'en vont dire à qui voulut
l'entendre, ce qui se passoit là-dedans. Si bien qu'en peu
de temps le conte en courut partout. Eux, de honte qu'ils
eurent de se voir reconnus pour ce qu'ils étoient, dès la
nuit suivante délogent et partent sans bruit. Chemin faisant ils murmuroient, blasphémoient, pestoient contre
moi qu'ils appelloient leur dénonciateur, m'accusant
d'avoir à dessein et malicieusement révélé le mystère. Je
prenois patience, et me serois peu soucié de leur malé-
dictions : mais venus en un endroit qui sembloit fort
solitaire, ils s'arrêtent, et m'ayant ôté la Déesse et ma
housse et tout, ainsi nud, m'attachent à un arbre, puis
de leurs fouets garnis d'osselets, me donnent à tour de
bras sur le dos et partout, m'avertissant à chaque coup
d'être à l'avenir plus discret, et de tout voir sans rien
dire. Davantage, ils me vouloient tuer comme celui qui
seul avoit causé le scandale, outre la perte non petite
que ce leur étoit de quitter sitôt le pays; et l'eussent fait,
sans la Déesse qui fort les embarrassoit, étant là gisante

à terre : et si n'y avoit nul moyen de la voiturer autrement. Par quoi force leur fut de me laisser en vie.

De-là, relevant leur Madonne, ils se remettent en voie,
et le soir nous vînmes coucher en une maison des champs
appartenante à un homme riche qui pour lors s'y trouvoit, et tenant à grand honneur d'avoir chez soi la Déesse,
nous recueillit, nous logea et nous fit grand'chère. Là,
il m'en souvient, je courus un péril extrême, et ce fut
que le maître du logis ayant reçu naguère en présent de
quelque sien ami un quartier d'âne sauvage, le cuisinier
l'avoit pris et le devoit accommoder. Mais il le perdit
faute de soin, l'ayant possible laissé dérober à quelque
chien ; dont ce pauvre homme craignant les coups qui
ne lui pouvoient faillir, et peut-être pis, résolut de se
pendre haut et court, comme il alloit faire, si sa femme,
à mon dam, ne l'en eût gardé. Ne veuilles pour cela
mourir, ce lui dit-elle, mon ami ; il y a remède à tout,
si tu m'en veux croire. Prends l'âne de ces mendiants,
et le menant à l'écart, tu le tueras, l'écorcheras ; puis
coupant habilement le quartier gauche de derrière, apporte le sous ton manteau et le prépare pour le maître
en guise de ce gibier. Ce qui restera du baudet, nous le
jetterons quelque part dans ces fondrières ; on croira
qu'il s'est perdu et l'on n'y pensera plus. Vois-tu comme
il est gras et refait et meilleur de tout point que l'autre ?
Mon homme goûte ce conseil. Oui vraiment, femme, tu
dis bien : c'est le seul moyen de me soustraire aux fouets
et à la torture.

Pendant que ce bourreau et sa femme tenoient ainsi conseil entr'eux , moi qui entendois leur devis , je compris d'abord où cela alloit aboutir, et vis bien qu'il ne me restoit pour échapper aux couteaux qu'un moyen , c'étoit de m'enfuir, comme je fis , rompant mon lien et détalant , après quelques ruades en l'air , du côté de la maison, où j'entrai tout courant jusqu'en la salle à manger. Là le maître du logis étoit à table avec ses hôtes , les prêtres de la Déesse. Entrant de vîtesse lancé , je donne au travers des convives et renverse du choc tables et guéridons. Je croyois avoir bien imaginé cela pour me tirer d'affaire, pensant qu'on m'alloit arrêter et mettre quelque part en lieu sûr pour me garder à l'avenir de semblables vivacités ; mais autrement en alla ; car me croyant enragé , ces gens s'arment contre moi de coutelas et d'épieux , et étoient en point pour me faire un mauvais parti , si je ne me fusse sauvé dans une chambre voisine où devoient coucher mes maîtres , et où je ne fus pas plus tôt qu'on m'y enferma sous clef.

Le lendemain, au plus matin, nous partîmes les mendiants et moi qui toujours portois la Déesse, et vînmes en un autre gros bourg non moins habité que le premier, où ils s'avisèrent d'une toute nouvelle invention, qui fut de dire que la Déesse ne se pouvoit bonnement loger en maison bourgeoise ; mais qu'il la falloit mettre avec la divinité du lieu. Ces gens bien volontiers , ouvrant le sanctuaire qu'habitoit leur Déesse grandement honorée d'eux , y placèrent la nôtre fort révérencieusement. Pour

nous, on nous donna logis en une assez pauvre maison.
Étant demeurés là quelqu'espace de temps, et voulant
ensuite se rendre à la ville voisine, mes maîtres rede-
mandèrent leur Déesse aux gens de l'endroit, qui les laissèrent entrer dans le temple et eux–mêmes la reprendre.
Après quoi nous nous mîmes en chemin. Or est à sçavoir
que ces bons prêtres à l'heure du départ, entrés seuls
dans le temple, en avoient dérobé une coupe de fin or
qui étoit là pour offrande, et l'emportoient cachée sous
l'image de la Déesse, de quoi ceux du bourg s'aperçurent
quand nous fûmes partis, et envoyèrent gens après nous,
qui étant à cheval bien montés, ne mirent guère à nous
atteindre, arrêtèrent ces coquins de mendiants, les appelant scélérats, impies, et redemandoient le vase sacré,
lequel, ayant fouillé partout, ils trouvent au giron de la
Déesse; si prennent au corps mes larrons convaincus de
ce sacrilége, les emmènent liés au bourg, et les retien-
nent en prison, pour le procès leur être fait; et la Déesse
cependant, que j'avois jusque-là portée, fut placée en
un autre temple, et la coupe remise en son lieu.

Le jour suivant il fut résolu par publique délibération,
qu'on me vendroit et tout ce qui avoit appartenu à ces
quêteurs, et je fus vendu de fait à un homme, non du
pays, mais du village voisin, boulanger de son métier,
qui ayant acheté le même jour au marché dix boisseaux
de bled, me les met très-bien sur le dos, et me touche
ainsi chargé vers le lieu de sa demeure. Quand nous y
fûmes arrivés, d'abord on me mène au moulin, où en-

trant je vis nombre de bêtes, dont j'allois être camarade, et y avoit là plusieurs meules que ces bêtes faisoient tourner; partout ce n'étoit que farine. Quant à moi, comme nouveau venu qui avois porté tout le jour charge si pesante et cheminé par la traverse, on me laissa reposer pour l'heure; mais le lendemain, dès qu'il fut jour, on me couvrit la tête d'un sac, puis on m'attache au bras de la meule. Je sçavois, dieu merci, ce que c'étoit de moudre, l'ayant trop bien appris ailleurs; mais je n'en fis pas semblant, dont mal me prit; car ces gens-là, me voyant faire le rétif, armés chacun d'un fort bâton, m'entourent que je n'en voyois rien, ayant la tête dans ce sac, et tous à la fois me chargent d'un merveilleux accord, ce qui me fit aussitôt partir et tourner comme un sabot; par où je connus qu'il est vrai ce que l'on dit communément, que sot est le serf qui attend pour obéir la main du maître.

Cependant je maigrissois à vue d'œil, et devins bientôt si chétif que le boulanger résolut de se défaire de moi. Si me vend à un jardinier tenant un jardin, non guère grand, qu'il avoit pris à affier. C'étoit là toute notre besogne. Me voilà donc chaque matin portant des herbes au marché, lesquelles mon maître laissoit aux revendeurs de telles denrées, puis me ramenoit au logis, et là faisoit devoir de fouir, semer, sarcler et arroser planches et carreaux. Je demeurois tout ce temps oisif; mais je n'en étois de rien plus aise; au contraire, ma condition me sembloit pire que jamais; car il étoit hyver alors, et

le pauvre homme qui ne gagnoit pas de quoi se vêtir lui-
même, n'avoit garde de me couvrir contre le froid ; avec
ce que j'étois toujours les pieds dans la boue, fors seulement quand il geloit, qu'à peine me pouvois-je soutenir sur le verglas et la terre dure. Pour vivre, nous
n'avions tous deux que quelques méchantes feuilles de
chicorée dont les plus amères me demeuroient.

Or, une fois entre les autres, nous nous en allions au
jardin ; passe un homme de haute taille, soldat ainsi qu'on
pouvoit voir à sa soubreveste, lequel commence à nous
parler dans le langage des Italiens, et demanda au jardinier où il alloit avec cet âne. A quoi lui bonnement,
comme je pense, ne comprenant mot, le regardoit sans
rien répondre, ce que l'autre tint à mépris, se fâche et
lui donne de son fouet. Le villageois saisit mon homme,
d'un croc en jambe le renverse, l'étend au beau milieu du
chemin, et le tenant sous soi terrassé, des pieds et des
poings le meurtrissoit, et d'une grosse pierre qu'il trouva. Le soldat, du commencement, se défendoit quoiqu'a-
battu et le menaçoit de son épée, par où l'autre averti de
ce qu'il devoit craindre, lui tire l'épée du fourreau et la
jette au loin, puis recommençoit à le battre. Le soldat,
se voyant en ce point, use de finesse, fait le mort. L'autre
prit peur, quand il le vit ainsi sans mouvement, et tout
effrayé, le laisse-là, monte sur moi, pique à la ville,
emportant avec soi l'épée. A la ville venu, il avoit un
compère, lequel se chargea du jardin ; et lui, de crainte
des poursuites, se retire avec moi chez un autre sien

3.   4

compagnon et ami. Le lendemain ayant délibéré entr'eux, ce qu'ils trouvèrent de plus expédient pour mon maître, ce fut de le cacher dans un bahut. Quant à moi, on me lie les pieds, et à l'aide d'un bâton passé entre mes jambes, ils me portent à deux en une chambre haute, où l'on me tint enfermé.

Le soldat cependant, sur la route, ainsi que j'entendis depuis, s'étant relevé à toute peine et acheminé vers la ville, moulu de coups et mal en point, fut rencontré de ses camarades, auxquels il raconte tout au long ce qui lui étoit avenu, et l'action désespérée de ce maraud de jardinier. Eux aussitôt prennent son parti, et ayant, je ne sçais comment, découvert où nous étions, y viennent accompagnés des magistrats du lieu et de leurs familiers, un desquels entré, fait sortir tout le monde de la maison ; tout le monde dehors, le jardinier ne paroissoit point. Soldats de crier qu'il est dedans ; et gens de répondre que non et d'affirmer avec serment n'y avoir céans homme ni bête, âne ni mulet que ce fût. Grand débat là-dessus, grands cris de part et d'autre, grande rumeur dans tout le quartier. Moi qui de mon grenier entendois ce vacarme, toujours sot, et toujours curieux mal à propos, j'avance la tête un bien petit hors de la fenêtre pour regarder en bas, et voir ce que c'étoit. Mais je ne sçus si bien faire, qu'ils n'aperçussent mes oreilles, et me voyant, tous s'écrièrent, et par ainsi ceux du logis furent convaincus de mensonge. On entre alors, on fouille partout ; mon maître fut trouvé par les gens de justice, tapi dans son bahut. Ils le prennent, l'emmènent, le mettent en prison, pour son procès lui être fait; et moi, me dévalant tout ainsi qu'on m'avoit guindé; ils me donnent au soldat pour dédommagement. S'il en fut ri et brocardé, de mon apparition là-haut et de la manière dont j'avois aidé à découvrir mon maître, il n'est jà besoin de le dire; on en fit le dicton qui court : guigne baudet à la fenêtre.

Ce que devint après cela le pauvre jardinier, je ne sais. Mais le soldat qu'il avoit battu, me vendit dès le lendemain, et eut de moi cinq beaux écus. Celui qui m'acheta étoit le serviteur d'un homme merveilleusement riche et puissant, faisant sa demeure ordinaire à Thessalonique, ville principale de Macédoine, et voici quel étoit l'office de ce serviteur. Il préparoit les mets particuliers du maître; et il avoit un frère dans la même maison, esclave comme lui, excellent pâtissier, et de plus panetier, qui faisoit le pain pour leur seigneur. Ces deux vivoient, logeoient ensemble, ainsi que bons frères, toute besogne faisoient en commun, tout profit partageoient entr'eux. Ils m'installent en leur logis. Or, par le devoir de leur charge, ils assistoient aux repas du maître, et retournant en rapportoient force reliefs de toute façon, l'un de chair et de poisson, l'autre de tartes et de gâteaux, et laissant le tout à ma garde, s'en alloient au bain. Moi qui de si long-temps n'avois goûté pain ni viande, je quittois volontiers mon avoine pour faire honneur aux mets préparés par mes maîtres. Ils furent un temps qu'ils ne s'en donnèrent de garde rentrant au logis, et ne s'avisoient qu'il manquât chose de leur provision, à cause qu'il n'y paroissoit guère sur la quantité, joint que j'usois de discrétion au commencement, et prenois de tout un peu; mais bientôt j'y fis moins de façon, m'assurant sur leur peu de soin; je choisissois le plus beau et le meilleur, dont je me bourrois à bon escient, comme s'il n'eût rien coûté, ce qui fit qu'ils s'en aperçurent et entrèrent en soupçon l'un contre l'autre, tant qu'ils en vinrent aux injures, s'appelant fripon, voleur, larron des communs profits, et de là en avant, tenoient compte de tout par le menu fort exactement.

Faisant si bonne chère et vivant à mon aise, j'engraissois et revins bientôt en meilleur point que jamais j'eusse été, rond, poli, le poil luisant; c'étoit plaisir de me voir; dont les deux frères s'étonnèrent, ne pouvant comprendre comment je me portois si bien, quand toute mon avoine restoit dans la mangeoire, sans que jamais j'y touchasse. Ils se doutent du fait; et pour s'en éclaircir, un beau jour, font semblant de s'en aller au bain; mais ils demeurèrent derrière la porte en aguet, d'où par quelque ouverture ils virent toute ma manière de faire : car n'ayant nul soupçon de l'embûche, dès que je les sentis dehors, je commençai mon repas. Eux d'abord se prennent à rire, voyant l'étrange parasite qui vivoit à leurs dépens; puis appellent à ce spectacle leurs camarades; on accourt, et gens de rire et d'éclater; mais si haut et si fort le long des galeries, que le bruit en vint

jusqu'au maître , qui voulut savoir ce que c'étoit ; et
comme on lui eut dit la chose, il se lève de table, vient,
et entr'ouvrant quelque peu l'huis, me voit que j'enta-
mois un morceau de sanglier. Ce fut à lui de rire pour
lors. Il entre où j'étois , et croyez qu'il me déplaisoit
ainsi surpris par le maître en flagrant délit de gourmandise
et de friponnerie ; bien qu'il ne s'en fît que gaudir et se
tenir les côtés , le bon seigneur. Il voulut que tout sur-le-
champ on me conduisît en la salle , où me fut servi sur
table de beaucoup et diverses choses que baudets n'ont
coutume de manger, telles que potages, viandes, poissons, et ragoûts à toutes sauces. Moi qui voyois que fortune me commençoit à sourire , ayant quelqu'espérance
aussi, que ce qui d'abord n'étoit que jeu , me pourroit
devenir occasion de sortir de cette misère , encore que je
vinsse de me bourrer, je me remis à manger comme si
j'eusse été à jeûn , au grand plaisir des spectateurs, dont
les éclats de rire et les applaudissements remplissoient
toute la salle. Quelqu'un même s'avisa de dire : Que ne
lui verse-t-on du vin? Ce qui fut aussitôt fait par commandement du maître , et j'en avalai un bon trait sans
me faire prier.

Le maître donc voyant en moi un animal rare et curieux , fit payer par son trésorier à celui qui m'avoit
acheté, deux fois ce que je lui coûtois, et me donna pour
gouverneur un jeune homme sien affranchi , lequel eut
charge de m'instruire et me montrer mille gentillesses
pour divertir sa seigneurie , à quoi il n'eut pas grand'-

peine; car au moindre mot je faisois tout ce qu'on vouloit. Il m'apprit à me tenir à table en grave personnage,
modestement couché, appuyé sur le coude, à lutter bras
à bras et danser avec lui, à faire signe de oui et de non,
toutes choses pour lesquelles je n'avois pas besoin de
leçons. Cela fit du bruit dans le pays; on ne parloit que
de mes talents et de l'âne de monseigneur, qui mangeoit
à table, dansoit, et faisoit cent choses surprenantes.
Mais ce qui plus les étonnoit, c'est que je répondois par
signe et toujours juste à leurs propos; ayant soif, je
demandois à boire, en clignant de l'œil à l'échanson;
dont chacun demeuroit ébahi et faisoit de grandes excla-
mations, ne se doutant pas qu'il y avoit un homme caché
dans cet âne; et moi je triomphois, et me riois en moi-
même de l'erreur de ces gens. On m'apprit aussi les allures pour le maître, quand il me chevauchoit en voyage
ou à la promenade. Il n'étoit mulet au pays qui allât
l'amble mieux que moi. J'avois un fort bel équipage,
et portois monseigneur en magnifique arroi; housse de
pourpre brodée d'or, mors d'argent à bossettes d'or, têtière garnie de plaques d'or et de grelots, et de sonnettes
qui sonnoient fort plaisamment.

Ce bon Meneclès, notre maître, n'habitoit pas, comme
j'ai dit, d'ordinaire aux champs, mais s'y trouvoit alors
pour une telle occasion. Il avoit promis à sa ville un
spectacle de gladiateurs, et ces gladiateurs étant prêts,
et le temps venu pour les montrer, il lui falloit s'en retourner à Thessalonique. Nous partîmes donc un matin.

Le maître me montoit quand il se rencontroit quelque pas difficile ou dangereux aux voitures. Or, à notre entrée dans la ville; il n'y eut nul si empêché qui n'accourut pour me voir; car ma renommée me précédoit, et chacun avoit ouï parler des prodiges de mon adresse et de mon intelligence. Mon maître d'abord me fit voir privément aux personnes de distinction qu'il invitoit exprès à des repas magnifiques, et dans ces grands jours de gala, j'étois la pièce principale dont il festoyoit ses amis. Mais mon gouverneur me montroit à tout venant pour de l'argent, dont il acquit en peu de temps bonne somme de deniers. Il me tenoit en une salle basse, n'ouvrant qu'à ceux qui lui donnoient certain prix pour me voir et être spectateurs de mes faits surprenants. Il n'en venoit guère qui ne m'apportassent à manger de choses et autres, et surtout de ce qui sembloit le moins convenir à un âne. Mangeant donc quasi tout le jour, et soupant chaque soir à table avec la meilleure compagnie, je ne pouvois manquer d'engraisser comme je fis, et pris bientôt un embonpoint merveilleux, dont avint qu'une dame étrangère fort riche, de figure agréable, pour m'avoir une fois vu dîner, me trouvant le plus bel âne du monde, s'éprit pour moi de telle amour (touchée aussi comme je crois de ma gloire et de mes talents), qu'elle en perdoit le repos, et délibérée à tout prix de satisfaire sa passion, vient parler à mon gouverneur, lui offrant tout ce qu'il voudroit moyennant qu'elle pût passer avec moi une nuit; lui, sans autrement se soucier de ce qu'elle pourroit faire de moi, demande tant : marché fut fait, et le soir même, revenant de souper avec le maître, nous la trouvâmes qui m'attendoit. On avoit apporté pour elle force matelas et coussins mols et parfumés, des couvertures et des tapis, dont on nous fit un lit à terre, après quoi, tous ses gens sortirent et se couchèrent comme ils purent devant la porte de la chambre.

Elle, restée seule avec moi, d'abord allume une grande lampe dont la lueur éclairoit partout. Puis debout près de cette lampe, s'étant dépouillée toute nue, elle prit de l'essence d'une certaine fiole, en versa sur soi, s'en oignit, et à moi aussi me parfuma le corps et le museau surtout d'une soëve odeur ; puis me baisa et me caressoit avec pareil langage et toute telle façon comme si j'eusse été son amant. Enfin me prenant par ma longe, elle m'entraîna sur le lit. Je n'avois nulle envie de me faire prier, la voyant belle de tout point, avec ce que la bonne chère, et le vin vieux que je venois de boire, me rendoient assez disposé à la satisfaire ; mais je ne sçavois comment m'y prendre, n'ayant touché femelle depuis ma métamorphose. Une chose encore me troubloit ; j'avois peur de la blesser, voire même de la tuer, qui eût été pour moi une fâcheuse affaire. Il ne me sembloit pas que, fait comme j'étois, femme si gente et délicate me pût recevoir sans en mourir. Mais l'expérience me fit voir que je m'abusois, car emportée par ses désirs, elle s'étendit sous moi, et de ses bras me tirant à soi et se soulevant du corps, me mit dedans tout entier. Moi pauvre, je craignois encore et me retirois bellement pour la ménager. Mais elle, tant plus je reculois, tant plus me serroit et s'enferroit de tout ce que je lui dérobois. A la fin donc pour lui complaire (ainsi que je pensois valoir bien, tout âne que j'étois, l'amant de Pasiphaé), la voulant servir à gré, je fus ébahi que je me trouvai petitement outillé pour la demoiselle, et connus que j'avois eu tort d'y faire tant de façons. J'eus assez affaire toute nuit à la contenter, tant elle étoit amoureuse et infatigable au déduit. Sitôt qu'il fit jour, elle se leva et partit, étant convenue du même prix pour les autres nuits.

Mon gouverneur par tel moyen s'enrichissoit; et un jour, ainsi que j'étois enfermé avec cette femme, voulant faire sa cour au maître, il lui va dire qu'il avoit quelque chose à lui montrer, un tour de plaisant exercice qu'il m'avoit appris disoit-il; lui conte ce que c'étoit et l'amène sans bruit à la porte, d'où, par une fente, il nous vit moi et ma belle couchés ensemble. Cela lui parut singulier. Si pensa d'en tirer parti pour les jeux qu'il devoit donner, croyant faire chose agréable à tous ses concitoyens, s'il les régaloit de ce spectacle. Dans ce dessein, il recommande le secret à ses gens, leur fait expresses défenses d'en parler à qui que ce fût; afin que nous puissions dit-il, au jour de la fête, le produire sur le théâtre avec quelque femme condamnée, et qu'il la caresse aux yeux de toute l'assemblée qui en verra l'ébattement. Peu après, on m'amène une femme condamnée aux bêtes, à laquelle on dit de me parler et de me toucher, pour d'a—

bord nous accoutumer l'un à l'autre ; et finalement venu le jour des magnificences de mon maître, ils délibérèrent et conclurent de me faire paroître au théâtre en cette façon.

Il y avoit un fort grand lit d'écaille de tortue de l'Inde, tout incrusté d'or, sur lequel on me fit monter et me coucher la femme avec moi ; et puis on nous plaça, âne, femme, lit et tout, sur une machine qui à force d'engins et de poulies, en moins de rien nous transporta au beau milieu de l'assemblée. Ce ne fut qu'un cri, quand je parus, de tous les endroits du théâtre, et des applaudissements sans fin. Un couvert somptueux étoit dressé près de nous, où bientôt nous fûmes servis de tout ce dont gens délicats ont accoutumé de dîner ; valets de tous côtés, écuyers pour trancher, beaux jeunes échansons pour nous verser à boire dans des coupes de fin or. D'abord mon gouverneur, qui étoit là présent, me commanda de manger. Mais moi, je n'en voulus rien faire, de honte que j'avois de tant de monde et d'être à table en plein théâtre, aussi que j'appréhendois fort qu'il ne saillît de quelque part un ours, un tigre ou autre bête. Comme j'étois en cette peine, quelqu'un passe portant des couronnes et guirlandes de toutes sortes de fleurs, et des roses fraîches parmi, ce que je ne vis pas plus tôt, que je me jette au bas du lit. On crut que j'allois danser ; mais m'approchant de ces fleurs, je commence à choisir entre toutes, et trier une à une les roses les plus belles et en broutois les feuilles à mesure, lorsqu'aux yeux des assis-

tants qui me regardoient étonnés, ma forme extérieure
d'animal se va perdant peu à peu, et enfin disparoît du
tout; si bien qu'il n'y avoit plus d'âne, mais à sa place
Lucius nud comme quand il vint au monde.

Dire le bruit qui se fit alors, et combien ce change-
ment surprit toute l'assemblée, ne seroit pas chose facile. On s'émeut, chacun parle ainsi qu'il l'entendoit.
Les uns me vouloient brûler vif tout sur-le-champ
comme sorcier, monstre de qui l'apparition pronosti-
quoit quelque malheur; d'autres étoient d'avis de m'interroger d'abord, pour voir ce que je pourrois dire, et
décider après cela ce qu'il faudroit faire de moi. Cependant je m'avance vers le préfet de la province, qui
d'aventure étoit venu voir l'ébattement des jeux, et lui
conte d'en bas au mieux qu'il me fut possible, comme
une femme de Thessalie, en me frottant de quelque drogue, m'avoit fait âne devenir, le suppliant de me vouloir
garder en prison, tant que par enquête il eût pu sçavoir
la vérité du fait; et le préfet : Dis-nous un peu ton nom,
tes parents, ton pays; il n'est pas que tu n'ayes quelque
part des amis qu'on puisse connoître? Je lui répondis,
et lui dis : Mon nom à moi est Lucius, et celui de mon
frère Caïus, et avons commun le surnom, tous deux auteurs connus par différents ouvrages. J'ai écrit des histoires, il a composé, lui, des vers élégiaques, étant avec
cela bon devin; et sommes de Patras d'Achaïe. Ce qu'entendant le Magistrat : Vraiment, dit-il, tu es né de gens
qui, de tout temps, me furent amis et mes bons hôtes,

qui plus est, m'ayant reçu et festoyé chez eux en toute
courtoisie, et suis témoin que tu dis vrai, te connoissant
bien pour leur fils. Cela dit, il se lève, m'embrasse et me
mène en son logis, me faisant caresses infinies; et cependant arrive mon frère, qui m'apportoit hardes, argent et tout ce dont j'avois besoin. Le Préfet, en pleine
assemblée, me déclara franc et libre. J'allai avec mon
frère au port, où nous louâmes un bâtiment, et fîmes
nos provisions pour retourner au pays.

Mais avant de partir, je voulus visiter cette dame qui
m'avoit tant aimé lorsque j'étois âne, dans la pensée
qu'homme elle m'aimeroit davantage encore. J'allai donc
chez elle qui fut aise de me voir, prenant plaisir, comme
je crois, à la bizarrerie de l'aventure. Elle me convie à
souper avec elle et passer la nuit, à quoi volontiers je
consentis, ne voulant pas faire le fier ni méconnoître
mes amis du temps que j'étois pauvre bête. Je soupe le
soir, parfumé, couronné de cette chère fleur qui, après
Dieu, m'avoit fait homme, et ainsi faisions chère lie.
Le repas fini, quand il fut heure de dormir, je me lève,
me déshabille et me présente à elle triomphant, comme
certain de lui plaire plus que jamais. ainsi fait. Mais
quand elle me vit tout homme de la tête aux pieds, et
que je n'avois plus rien de l'âne : Va-t'en, me dit-elle,
va, crachant sur moi dépitée; sors de ma maison, misérable, que je ne t'en fasse chasser. Va coucher où tu
voudras. Et moi tout étonné demandant ce que j'avois
fait : Non, tu ne fus jamais, dit-elle, l'ânon que j'aimois

d'amour, avec qui j'ai passé tant de si douces nuits; ou
si c'est toi, que n'en as-tu gardé telles enseignes à quoi
je te pusse connoître ? C'étoit bien la peine de changer
pour te réduire en ce point, et le beau profit pour moi
d'avoir un pareil magot au lieu de ce tant plaisant et
caressant animal. Cela dit, elle appelle ses gens qui
m'emportent l'un par les pieds, l'autre par les épaules;
et me laissent au milieu de la rue, tout nud, tout parfumé, fleuri, en galant qui ne m'attendois guères à coucher cette nuit sur la dure. L'aube commençant à poindre, nud, je m'en cours au vaisseau où je trouvai mon
frère, et le fis rire du récit de mon aventure. Nous mîmes
à la voile par un vent favorable, et en peu de jours vînmes au pays sans nulle fâcheuse rencontre. Je sacrifiai
aux dieux sauveurs et fis les offrandes d'usage pour mon
heureux retour, étant à grand'peine recous, non de la
gueule du loup, comme on dit, mais de la peau de l'âne
où m'avoit emprisonné ma sotte curiosité (1).

(1) *Voyez* Note 2.

NOTES

LA LUCIADE, OU L'ANE.

(1) Tùm subnixa genibus, in lecto prona : Age tu luctator, mediam corporis partem valenter aggressus percute, vulnusque adige profundiùs. Nudam vides, utere promptiùs, injice introrsiùs telum, deindè introrsiùs flectes iterùm impellens, absconde et comprime, necquicquam huic certamini adjicias intervalli. Cave autem ne citiùs quàm jusserim telum extrahas ; sed incurvans adversarium insequere : quo prostrato rursùs certamini incumbe, quoàd lassus victusque deficias, et sudore sis madefactus. Ego in risum effusus : vellem, magistra, inquam, à me quoque aliqua hujusmodi tibi præcepta tradi, in quibus mihi obtemperes velim. Sed jam te erige, poneque sedens datâ dextrâ mihi reconcilieris : nam tempus est jàm dormiendi.

Voici comment ce morceau est traduit dans l'édition de Belin de Balu.

« Elle tombe aussitôt sur les siens (ses genoux) en s'arran- » geant sur le lit, et me tourna le dos. « Ça, beau lutteur, me » dit-elle, vous voilà en présence, préparez-vous au combat,

» avancez ; portez-vous encore plus avant. Vous voyez votre
» adversaire nu , ne l'épargnez pas ; et d'abord il est à propos
» de l'enlacer fortement ; ensuite il faut le pencher , fondre sur
» lui , tenir ferme , et ne laisser aucun intervalle entre vous
» deux. S'il commence à lâcher prise , ne perdez pas un mo-
» ment ; enlevez-le et tenez-le en l'air en le couvrant de votre
» corps , et continuant de le harceler ; mais surtout ne vous
» retirez pas en arrière avant que vous en ayez reçu l'ordre ;
» courbez son dos en voûte ; contenez-le par-dessous ; donnez-
» lui de nouveau le croc-en-jambe , afin qu'il ne vous échappe
» pas ; tenez-le bien et pressez vos mouvemens : lâchez-le , le
» voilà terrassé , il est tout en nage ». Je partis d'un grand
éclat de rire , puis je repris : « Notre maître , il me prend fan-
» taisie de vous prescrire à mon tour quelque petit exercice.
» Songez à m'obéir ponctuellement. Relevez-vous et asseyez-
» vous ; avancez une main officieuse ; caressez-m'en légère-
» ment , et promenez-la sur moi ; enlacez-moi bien , et
» faites-moi tomber dans les bras du sommeil. »

Ce morceau et les précédens sont d'autant plus intéressans ,
que presque tous les termes techniques de la lutte et du pugilat
s'y trouvent rassemblés. Malheureusement le texte n'est pas
venu très-pur jusqu'à nous.

(2) L'invention de cette fable charmante est due à Lucius de
Patras ; c'est de lui que Lucien paraît l'avoir empruntée. Cependant Photius , dans sa *Bibliothèque*, *Cod.* cxxix, *page* 310,
doute si ce n'est pas au contraire Lucius qui a pris de Lucien le
sujet de ses *Métamorphoses ;* car on ne sait lequel de ces deux
écrivains a vécu le premier : mais il y a lieu de croire, ainsi
que l'observe le savant patriarche , que Lucien n'a fait qu'abré-

ger le récit élégant, mais souvent trop diffus, de Lucius. Que serait-ce si ni l'un ni l'autre n'était le véritable auteur de cette fiction, et que nous eussions, sous le titre de l'*Ane*, une de ces agréables fables milésiennes dont la lecture avait tant d'attraits pour Aristide, et qui étaient estimées des anciens comme un chef-d'œuvre de narration. Deux réflexions pourroient rendre cette opinion probable. Apulée, au commencement de son *Ane d'Or*, insinue que ce sujet est une fable milésienne, et si l'on considère le style dont la fable attribuée à Lucien est écrite, on sentira qu'il diffère essentiellement de celui de cet auteur, par une simplicité touchante et une naïveté qui décèlent plutôt les premiers siècles littéraires de la Grèce, que celui des Antonins. Quoi qu'il en soit, ce sujet a paru si heureux, que, depuis Lucien, d'autres auteurs l'ont encore employé avec succès. Apulée en a fait la base de son roman; et sans parler des Italiens, et de *l'Asino d'Oro de Machiavel*, chez nous l'ingénieux auteur de *Gilblas* en a tiré l'épisode de la caverne des voleurs, qui n'est pas le moins piquant de son ouvrage.

3.

5

LES

PASTORALES DE LONGUS,

ou

DAPHNIS ET CHLOÉ;

TRADUCTION DE MESSIRE JACQUES AMYOT,

REVUE, CORRIGÉE, COMPLÉTÉE,

DE NOUVEAU REFAITE EN GRANDE PARTIE

PAR P.-L. COURIER.

PRÉFACE.

DU TRADUCTEUR. (1)

La version faite par Amyot des Pastorales de Longus, bien que remplie d'agrément, comme tout le monde sait, est incomplète et inexacte ; non qu'il ait eu dessein de s'écarter en rien du texte de l'auteur, mais c'est que d'abord il n'eut point l'ouvrage grec entier, dont il n'y avait en ce temps-là que des copies fort mutilées. Car tous les anciens manuscrits de Longus ont des lacunes et des fautes considérables, et ce n'est que depuis peu qu'en en comparant plusieurs, on est parvenu à suppléer l'un par l'autre, et à donner de cet auteur un texte lisible. Puis, Amyot, lorsqu'il entreprit cette traduction, qui fut de ses premiers ouvrages, n'était pas aussi habile qu'il le devint dans la suite, et cela se voit en beaucoup d'endroits où il ne rend point le sens de l'au-

(1) Voir dans le premier volume la lettre à M. Renouard.

teur, partout assez clair et facile, faute de l'avoir
entendu. Il y a aussi des passages qu'il a entendus et
n'a point voulu traduire. Enfin, il a fait ce travail
avec une grande négligence, et tombe à tous coups
dans des fautes que le moindre degré d'attention lui
eût épargnées. De sorte qu'à vrai dire, il s'en faut de
beaucoup qu'Amyot n'ait donné en français le roman
de Longus ; car ce qu'il en a omis exprès, ou pour ne
l'avoir point trouvé dans son manuscrit, avec ce
qu'il a mal rendu par erreur ou autrement, fait en
somme plus de la moitié du texte de l'auteur, dont
sa version ne représente que certaines parties, des
phrases, des morceaux bien traduits parmi beaucoup de contre-sens, et quelques passages rendus
avec tant de grâce et de précision, qu'il ne se peut
rien de mieux. Aussi s'est-on appliqué à conserver
avec soin dans cette nouvelle traduction jusqu'aux
moindres traits d'Amyot conformes à l'original, en
suppléant le reste d'après le texte tel que nous l'avons
aujourd'hui, et il semble que c'était là tout ce qui se
pouvait faire. Car de vouloir dire en d'autres termes
ce qu'il avait si heureusement exprimé dans sa traduction, cela n'eût pas été raisonnable, non plus que
d'y respecter ces longues traînées de langage, comme
dit Montaigne, dans lesquelles croyant développer
la pensée de son auteur, car il n'eut jamais d'autre

but, il dit quelquefois tout le contraire, ou même ne dit rien du tout. Si quelques personnes toutefois n'approuvent pas qu'on ose toucher à cette version, depuis si long-temps admirée comme un modèle de grâce et de naïveté, on les prie de considérer que telle qu'Amyot l'a donnée, personne ne la lit maintenant. Le Longus d'Amyot imprimé une seule fois il y a plus de deux siècles, n'a reparu depuis qu'avec une foule de corrections, et des pages entières de suppléments, ouvrage des nouveaux éditeurs qui, pour en remplir les lacunes et remédier aux contresens les plus palpables d'Amyot, se sont aidés comme ils ont pu d'une faible version latine, et ainsi ont fait quelque chose qui n'est ni Longus ni Amyot. C'est là ce qu'on lit aujourd'hui. Le projet n'est donc pas nouveau de retoucher la version d'Amyot ; et si on le passe à ceux-là qui n'ont pu avoir nulle idée de l'original, en fera-t-on un crime à quelqu'un qui, voyant les fautes d'Amyot changées plutôt que corrigées par ses éditeurs, aura entrepris de rétablir dans cette traduction, avec le vrai sens de l'auteur, les belles et naïves expressions de son interprète ? Un ouvrage, une composition, une œuvre créée ne se peut finir ni retoucher que par celui qui l'a conçue ; mais il n'en va pas ainsi d'une traduction, quelque belle qu'elle soit ; et cette Vénus qu'Apelle laissa imparfaite, on aurait pu la terminer, si c'eût été une copie, et la corriger même d'après l'original.

Nous ne savons rien de l'auteur de ce petit roman : son nom même n'est pas bien connu. On le trouve diversement écrit en tête des vieux exemplaires, et il n'en est fait nulle mention dans les notices que Suidas et Photius nous ont laissées de beaucoup d'anciens écrivains : silence d'autant plus surprenant, qu'ils n'ont pas négligé de nommer de froids imitateurs de Longus, tels qu'Achilles Tatius et Xénophon d'Éphèse. Ceux-ci contrefaisant son style, copiant toutes ses phrases et ses façons de dire, témoignent assez en quelle estime il était de leur temps. On n'imite guère que ce qui est généralement approuvé. Nicétas Eugénianus, dont l'ouvrage se trouve dans quelques bibliothèques, n'a presque fait que mettre en vers la prose de Longus. Mais le plus malheureux de tous ceux qui ont tenté de s'approprier son langage et ses expressions, c'est Eumathius, l'auteur du roman des Amours d'Ismène et d'Isménias. Quant à Héliodore, ce qu'il a de commun avec notre auteur se réduit à quelques traits qu'ils ont pu puiser aux mêmes sources, et ne suffit pas pour prouver que l'un d'eux ait imité l'autre. Quoi qu'il en soit, on voit que le style de Longus a servi de modèle à la plupart de ceux qui ont écrit en grec de ces sortes de fables que nous appelons romans. Il avait lui-même imité d'autres écrivains plus anciens. On ne peut douter qu'il n'ait pris des poètes érotiques, qui étaient en nombre infini , et de la nouvelle Comédie , ainsi qu'on l'appelait, la disposition de son sujet, et beaucoup de détails , dont même quelques-uns se reconnaissent encore dans les fragments de Ménandre et des autres comiques. Il a su choisir avec goût et unir habilement tous ces matériaux , pour en composer un récit où la grâce de l'expression et la naïveté des peintures se font admirer dans l'extrême simplicité du sujet. Aussi aura-t-on peine à croire qu'un tel ouvrage ait pu paraître au milieu de la barbarie du siècle de Théodose , ou même plus tard , comme quelques savants l'ont conjecturé.

LES PASTORALES

DE LONGUS.

LIVRE PREMIER.

En l'île de Lesbos, chassant en un bois consacré aux
Nymphes, je vis la plus belle chose que j'aie vue en ma
vie, une image peinte, une histoire d'amour. Le parc,
de soi-même, étoit beau; fleurs n'y manquoient, arbres
épais, fraîche fontaine qui nourrissoit et les arbres et les
fleurs; mais la peinture, plus plaisante encore que tout
le reste, étoit d'un sujet amoureux et de merveilleux
artifice; tellement que plusieurs, même étrangers, qui
en avoient ouï parler, venoient là devôts aux Nymphes,
et curieux de voir cette peinture. Femmes s'y voyoient
accouchant, autres enveloppant de langes des enfans, de
petits poupards exposés à la merci de fortune, bêtes qui
les nourrissoient, pâtres qui les enlevoient, jeunes gens
unis par amour, des pirates en mer, des ennemis à terre

qui couroient le pays, avec bien d'autres choses, et toutes
amoureuses, lesquelles je regardai en si grand plaisir, et
les trouvai si belles, qu'il me prit envie de les coucher
par écrit. Si cherchai quelqu'un qui me les donnât à entendre par le menu; et ayant le tout entendu, en com-
posai ces quatre livres, que je dédie comme une offrande
à Amour, aux Nymphes et à Pan, espérant que le conte
en sera agréable à plusieurs manières de gens; pour ce
qu'il peut servir à guérir le malade, consoler le dolent,
remettre en mémoire de ses amours celui qui autrefois
aura été amoureux, et instruire celui qui ne l'aura encore
point été. Car jamais ne fut ni ne sera qui se puisse tenir
d'aimer, tant qu'il y aura beauté au monde, et puissance
de regarder; veuille le Dieu qu'exempts de passions, nous
décrivions celles des autres !

Mitylène est ville de Lesbos, belle et grande, coupée
de canaux par l'eau de la mer qui flue dedans, ornée de
ponts de pierre blanche et polie; à voir, vous diriez non
une ville, mais comme un amas de petites îles. Environ
huit ou neuf lieues loin de cette ville de Mitylène, un riche
homme avoit une terre : plus bel héritage n'étoit en
toute la contrée; bois remplis de gibier, coteaux revêtus
de vignes, champs à porter froment, pâturages pour le
bétail, et le tout au long de la marine, où le flot lavoit
une plage étendue de sable fin.

En cette terre un chevrier nommé Lamon, gardant son
troupeau, trouva un petit enfant qu'une de ses chèvres
allaitoit, et voici la manière comment. Il y avoit un hal-

lier fort épais de ronces et d'épines, tout couvert par-
dessus de lierre, et au dessous, la terre feutrée d'herbe
menue et délicate, sur laquelle étoit le petit enfant gisant.
Là s'en couroit cette chèvre, de sorte que bien souvent on
ne sçavoit ce qu'elle devenoit, et abandonnant son chevreau, se tenoit auprès de l'enfant. Pitié vint à Lamon
du chevreau délaissé. Un jour il prend garde par où elle
alloit, la suivant à la trace sur le chaud du midi, la voit
qui entroit sous le hallier et passoit ses pattes tout beau
par dessus l'enfant, peur de lui faire mal; et l'enfant
prenoit à belles mains son pis comme si c'eût été mamelle de nourrice. Surpris, ainsi qu'on peut penser, il
approche, et trouve que c'étoit un petit garçon, beau,
bien fait, et en plus riche maillot que convenir ne sembloit à tel abandon; car il étoit enveloppé d'un mantelet
de pourpre avec une agrafe d'or, près de lui avoit un petit
couteau à manche d'ivoire.

Si fut entre deux d'emporter ces enseignes de reconnoissance, sans autrement se soucier de l'enfant; puis
ayant honte de ne se montrer du moins aussi humain
que sa chèvre, quand la nuit fut venue il prend tout, et
les joyaux, et l'enfant, et la chèvre qu'il conduisit à sa
femme Myrtale, laquelle, ébahie, s'écria si à cette heure
les chèvres faisoient de petits garçons? et Lamon lui
conta tout, comme il l'avoit trouvé gisant et la chèvre
le nourrissant, et comment il avoit eu honte de le laisser
périr. Elle fut bien d'avis que vraiment il ne l'avoit pas
dû faire; et tous deux d'accord de l'élever, ils serrèrent

ce qui s'étoit trouvé quant et lui, disant partout qu'il est à eux, et afin que le nom même sentît mieux son pasteur, l'appelèrent Daphnis.

A quelques deux ans de là, un berger des environs, qui avoit nom Dryas, vit une toute pareille chose et trouva semblable aventure. Un antre étoit en ce canton, qu'on appeloit l'antre des Nymphes, grande et grosse roche creuse par le dedans, toute ronde par le dehors, et dedans y avoit les figures des Nymphes, taillées de pierre, les pieds sans chaussure, les bras nuds jusques aux épaules, les cheveux épars autour du col, ceintes sur les reins, toutes ayant le visage riant et la contenance telle comme si elles eussent ballé ensemble. Du milieu de la roche et du plus creux de l'antre sourdoit une fontaine, dont l'eau, qui s'épandoit en forme de bassin, nourrissoit là au devant une herbe fraîche et touffue, et s'écouloit à travers le beau pré verdoyant. On voyoit attachées au roc force seilles à traire le lait, force flûtes et chalumeaux, offrandes des anciens pasteurs.

En cette caverne une brebis, qui naguères avoit agnelé, alloit si souvent, que le berger la crut perdue plus d'une fois. La voulant châtier, afin qu'elle demeurât au troupeau, comme devant, à paître avec les autres, il coupe un scion de franc osier, dont il fit un collet en manière de lacs courant, et s'en venoit pour l'attraper au creux du rocher. Mais quand il y fut, il trouva autre chose : il voit la brebis donner son pis à un enfant, avec amour et douceur telles que mère autrement n'eût sçu faire ; et l'enfant, de sa petite bouche belle et nette, pour ce que la brebis lui léchoit le visage après qu'étoit saoul de tetter, prenoit sans un seul cri puis l'un puis l'autre bout du pis, de grand appétit. Cet enfant étoit une fille, et avec elle aussi, pour marques à la pouvoir un jour connoître, on avoit laissé une coîffe de réseau d'or, des patins dorés et des chaussettes brodées d'or.

Dryas estimant cette rencontre venir expressément des Dieux, et instruit à la pitié par l'exemple de sa brebis, enlève l'enfant dans ses bras, met les joyaux dans son bissac, non sans faire prière aux Nymphes qu'à bonne heure pût-il élever leur pauvre petite suppliante : puis, quand vint l'heure de remener son troupeau au tect, retournant au lieu de sa demeurance champêtre, conte à sa femme ce qu'il avoit vu, lui montre ce qu'il avoit trouvé, disant qu'elle ne feroit que bien si elle vouloit de là en avant tenir cet enfant pour sa fille, et comme sienne la nourrir, sans rien dire de telle aventure. Napé, c'étoit le nom de la bergère, Napé, de ce moment, fut mère à la petite créature et tant l'aima qu'elle paroissoit proprement jalouse de surpasser en cela sa brebis, qui toujours l'allaitoit de son pis : et pour mieux faire croire qu'elle fût sienne, lui donna aussi un nom pastoral, la nommant Chloé.

Ces deux enfans en peu de temps devinrent grands, et d'une beauté qui sembloit autre que rustique. Et sur le point que l'un fut parvenu à l'âge de quinze ans, et l'autre de deux moins, Lamon et Dryas en une même

nuit songèrent tous deux un tel songe. Il leur fut avis
que les Nymphes, celles-là mêmes de l'antre où étoit
cette fontaine, et où Dryas avoit trouvé la petite fille,
livroient Daphnis et Chloé aux mains d'un jeune garçonnet fort vif et beau à merveille, qui avoit des ailes
aux épaules, portoit un petit arc et de petites flèches, et
les ayant touchés tous deux d'une même flèche, commandoit à l'un paître de là en avant les chèvres, et à
l'autre les brebis. Telle vision à ces pasteurs présageant
le sort à venir de leurs nourrissons, bien leur fâchoit
qu'ils fussent aussi destinés à garder les bêtes. Car jusque
là ils avoient cru que les marques trouvées quant et eux
leur promettoient meilleure fortune ; et aussi les avoient
nourris plus délicatement qu'on ne fait les enfans des
bergers, et leur avoient fait apprendre les lettres, et
tout le bien et honneur qui se pouvoit en un lieu champêtre ; toutefois ils délibérèrent d'obéir aux Dieux touchant l'état de ceux qui, par leur providence, avoient
été sauvés, et, après avoir communiqué leurs songes
ensemble, et sacrifié en la caverne à ce jeune garçonnet
qui avoit des ailes aux épaules (car ils n'en eussent sçu
dire le nom), les envoyèrent aux champs, leur ensei-
gnant toutes choses que bergers doivent sçavoir; comment il faut faire paître les bêtes avant midi, et comment
après que le chaud est passé ; à quelle heure convient
les mener boire, à quelle heure les ramener au tect ; à
quoi il est besoin user de la houlette, à quoi de la voix
seulement. Eux prirent cette charge avec autant de joie

comme si c'eût été quelque grande seigneurie, et aimoient leurs chèvres et brebis trop plus affectueusement que n'est la coutume des bergers ; elle parce
qu'elle se sentoit tenue de la vie à une brebis, et lui
parce qu'il se souvenoit qu'une chèvre l'avoit nourri.

Or étoit-il lors environ le commencement du printemps, que toutes fleurs sont en vigueur, celles des
bois, celles des prés, et celles des montagnes. Aussi jà
commençoit à s'ouïr par les champs bourdonnement
d'abeilles, gazouillement d'oiseaux, bêlement d'agneaux
nouveaux nés. Les troupeaux bondissoient sur les collines, les mouches à miel murmuroient par les prairies,
les oiseaux faisoient résonner les buissons de leur chant.
Toutes choses adonc faisant bien leur devoir de s'égayer
à la saison nouvelle, eux aussi tendres, jeunes d'âge, se
mirent à imiter ce qu'ils entendoient et voyoient. Car
entendant chanter les oiseaux, ils chantoient ; voyant
bondir les agneaux, ils sautoient à l'envi ; et, comme
les abeilles, alloient cueillant des fleurs, dont ils jetoient les unes dans leur sein, et des autres arrangeoient
des chapelets pour les Nymphes ; et toujours se tenoient
ensemble, toute besogne faisoient en commun, paissant leurs troupeaux l'un près de l'autre. Souventefois
Daphnis alloit faire revenir les brebis de Chloé, qui
s'étoient un peu loin écartées du troupeau ; souvent Chloé
retenoit les chèvres trop hardies voulant monter au plus
haut des rochers droits et coupés ; quelquefois l'un tout
seul gardoit les deux troupeaux, pendant le temps que

3.   6

l'autre vacquoit à quelque jeu. Leurs jeux étoient jeux de bergers et d'enfans. Elle, s'en allant dès le matin cueillir quelque part du menu jonc, en faisoit une cage à cigale, et cependant ne se soucioit aucunement de son troupeau ; lui d'autre côté ayant coupé des roseaux, en pertuisoit les jointures, puis les colloit ensemble avec de la cire molle, et s'apprenoit à en jouer bien souvent jusques à la nuit. Quelquefois ils partageoient ensemble leur lait ou leur vin, et de tous vivres qu'ils avoient portés du logis se faisoient part l'un à l'autre. Bref, on eût plutôt vu les brebis dispersées paissant chacune à part, que l'un de l'autre séparés Daphnis et Chloé.

Or, parmi tels jeux enfantins, Amour leur voulut donner du souci. En ces quartiers y avoit une louve, laquelle ayant naguères louveté, ravissoit des autres troupeaux de la proye à foison, dont elle nourrissoit ses louveteaux ; et pour ce, gens assemblés des villages d'alentour faisoient la nuit des fosses d'une brasse de largeur et quatre de profondeur, et la terre qu'ils en tiroient, non toute, mais la plupart, l'épandoient au loin ; puis étendant sur l'ouverture des verges longues et grêles, les couvroient en semant par-dessus le demeurant de la terre, afin que la place parût toute plaine et unie comme devant ; en sorte que s'il n'eût passé par-dessus qu'un lièvre en courant, il eût rompu les verges, qui étoient, par manière de dire, plus foibles que brins de paille, et lors eût-on bien vu que ce n'étoit point terre ferme, mais une feinte seulement. Ayant fait plusieurs telles fosses en la montagne et en la plaine, ils ne purent prendre la louve, car elle sentit l'embûche ; mais furent cause que plusieurs chèvres et brebis périrent, et presque Daphnis lui-même par tel inconvénient.

Deux boucs s'échauffèrent de jalousie à cosser l'un contre l'autre, et si rudement se heurtèrent que la corne de l'un fut rompue ; de quoi sentant grande douleur celui qui était écorné, se mit en bramant à fuir, et le victorieux à le poursuivre, sans le vouloir laisser en paix. Daphnis fut marri de voir ce bouc mutilé de sa corne ; et, se courrouçant à l'autre, qui encore n'étoit content de l'avoir ainsi laidement accoutré, si prend en son poing sa houlette et s'en court après ce poursuivant. De cette façon le bouc fuyant les coups, et lui le poursuivant en courroux, guères ne regardoient devant eux ; et tous deux tombèrent dans un de ces piéges, le bouc le premier et Daphnis après, ce qui l'engarda de se faire mal, pour ce que le bouc soutint sa chûte. Or au fond de cette fosse, il attendoit si quelqu'un viendroit point l'en retirer et pleuroit. Chloé ayant de loin vu son accident, accourt, et voyant qu'il étoit en vie, s'en va vite appeler au secours un bouvier de là auprès. Le bouvier vint : il eût bien voulu avoir une corde à lui tendre, mais il n'en purent trouver brin. Par quoi Chloé déliant le cordon qui entouroit ses cheveux, le donne au bouvier, lequel en dévale un bout à Daphnis, et tenant l'autre avec Chloé, tant firent-ils eux deux en tirant de dessus le bord de la fosse, et lui en s'aidant et grimpant du mieux qu'il pouvoit, que finalement ils le mirent hors du piége. Puis retirant par même moyen le bouc, dont les cornes en tombant s'étoient rompues toutes deux (tant le vaincu avoit été bien et promptement vengé), ils en firent don au bouvier pour sa récompense, et entre eux convinrent de dire au logis, si on le demandoit, que le loup l'avoit emporté.

Revenus ensuite à leurs troupeaux, les ayant trouvés qui paissoient tranquillement et en bon ordre, chèvres et brebis, ils s'assirent au pied d'un grand chêne, et regardèrent s'il n'étoit point quelque part blessé de sa chûte. Il n'y avoit en tout son corps trace de sang ni mal quelconque, mais bien de la terre et de la boue parmi ses cheveux et sur lui. Si résolut de s'aller laver, afin que Lamon et Myrtale ne s'aperçussent de rien. Venant donc avec Chloé à la caverne des Nymphes, il lui donna sa panetière et son sayon à garder, et se mit au bord de la fontaine à laver ses cheveux et son corps.

Ses cheveux étoient noirs comme ébène, tombant sur son col bruni par le hâle; on eût dit que c'étoit leur ombre qui en obscurcissoit la teinte. Chloé le regardoit, et lors elle s'avisa que Daphnis étoit beau; et comme elle ne l'avoit point jusque-là trouvé beau, elle s'imagina que le bain lui donnoit cette beauté. Elle lui lava le dos et les épaules, et en le lavant sa peau lui sembla si fine et si douce, que plus d'une fois, sans qu'il en vît rien, elle se toucha elle-même, doutant à part soi qui des deux avoit

le corps plus délicat. Comme il se faisoit tard pour lors,
étant déjà le soleil bien bas, ils ramenèrent leurs bêtes
aux étables, et de là en avant Chloé n'eut plus autre chose
en l'idée que de revoir Daphnis se baigner. Quand ils furent le lendemain de retour au pâturage, Daphnis, assis
sous le chêne à son ordinaire, jouoit de la flûte et regardoit ses chèvres couchées, qui sembloient prendre plaisir
à si douce mélodie. Chloé pareillement assise auprès de
lui, voyoit paître ses brebis; mais plus souvent elle avoit
les yeux sur Daphnis jouant de la flûte, et alors aussi elle
le trouvoit beau; et pensant que ce fût la musique qui le
faisoit paroître ainsi, elle prenoit la flûte après lui, pour
voir d'être belle comme lui. Enfin, elle voulut qu'il se
baignât encore, et pendant qu'il se baignoit elle le voyoit
tout nud, et le voyant elle ne se pouvoit tenir de le toucher; puis le soir, retournant au logis, elle pensoit à
Daphnis nud, et ce penser-là étoit commencement d'a-
mour. Bientôt elle n'eut plus souci ni souvenir de rien
que de Daphnis, et de rien ne parloit que de lui. Ce
qu'elle éprouvoit, elle n'eût sçu dire ce que c'étoit, simple fille nourrie aux champs, et n'ayant ouï en sa vie le
nom seulement d'amour. Son âme était oppressée; malgré elle bien souvent ses yeux s'emplissoient de larmes.
Elle passoit les jours sans prendre de nourriture, les
nuits sans trouver de sommeil : elle rioit et puis pleuroit;
elle s'endormoit et aussitôt se réveilloit en sursaut; elle
pâlissoit et au même instant son visage se coloroit de feu.
La génisse piquée du taon n'est point si follement agitée.

De fois à autre elle tomboit en une sorte de rêverie, et toute seulette discouroit ainsi : « A cette heure je suis » malade, et ne sais quel est mon mal. Je souffre, et n'ai » point de blessure. Je m'afflige, et si n'ai perdu pas une » de mes brebis. Je brûle, assise sous une ombre si » épaisse. Combien de fois les ronces m'ont égratignée! » et je ne pleurois pas. Combien d'abeilles m'ont piquée » de leur aiguillon! et j'en étois bientôt guérie. Il faut » donc dire que ce qui m'atteint au cœur cette fois est » plus poignant que tout cela. De vrai Daphnis est beau, » mais il ne l'est pas seul. Ses joues sont vermeilles, aussi » sont les fleurs; il chante, aussi font les oiseaux; pour- » tant quand j'ai vu les fleurs ou entendu les oiseaux, je » n'y pense plus après. Ah! que ne suis-je sa flûte, pour » toucher ses lèvres! que ne suis-je son petit chevreau, » pour qu'il me prenne dans ses bras! O méchante fon- » taine qui l'as rendu si beau, ne peux-tu m'embellir » aussi? O Nymphes! vous me laissez mourir, moi que » vous avez vu naître et vivre ici parmi vous! Qui après » moi vous fera des guirlandes et des bouquets, et qui » aura soin de mes pauvres agneaux, et de toi aussi, » ma jolie cigale, que j'ai eu tant de peine à prendre? » Hélas! que te sert maintenant de chanter au chaud du » midi? Ta voix ne peut plus m'endormir sous les voûtes » de ces antres; Daphnis m'a ravi le sommeil. » Ainsi disoit et soupiroit la dolente jouvencelle, cherchant en soi-même que c'étoit d'amour, dont elle sentoit les feux, et si n'en pouvoit trouver le nom.

Mais Dorcon, ce bouvier qui avoit retiré de la fosse Daphnis et le bouc, jeune gars à qui le premier poil commençoit
à poindre, étant jà dès cette rencontre féru de l'amour de
Chloé, se passionnoit de jour en jour plus vivement pour
elle, et tenant peu de compte de Daphnis qui lui sembloit
un enfant, fit dessein de tout tenter, ou par présents, ou
par ruse, ou à l'aventure par force, pour avoir contentement, instruit qu'il étoit, lui, du nom et aussi des œuvres d'amour. Ses présents furent d'abord, à Daphnis une
belle flûte ayant ses cannes unies avec du laiton au lieu
de cire, à la fillette une peau de faon toute marquetée de
de taches blanches, pour s'en couvrir les épaules. Puis
croyant par de tels dons s'être fait ami de l'un et de
l'autre, bientôt il négligea Daphnis; mais à Chloé chaque jour il apportoit quelque chose. C'étoient tantôt
fromages gras, tantôt fruits en maturité, tantôt chapelets de fleurs nouvelles, ou bien des oiseaux qu'il prenoit
au nid; même une fois il lui donna un gobelet doré sur
les bords, et une autre fois un petit veau qu'il lui porta
de la montagne. Elle, simple et sans défiance, ignorant
que tous ces dons fussent amorce amoureuse, les prenoit
bien volontiers, et en montroit grand plaisir; mais son
plaisir étoit d'avoir que donner à Daphnis.

Et un jour Daphnis (car si falloit-il qu'il connût aussi
la détresse d'amour) prit querelle avec Dorcon. Ils contestoient de leur beauté, devant Chloé, qui les jugea, et
un baiser de Chloé fut le prix destiné au vainqueur; là
où Dorcon le premier parla : « Moi, dit-il, je suis plus

» grand que lui. Je garde les bœufs, lui les chèvres; or
» autant les bœufs valent mieux que les chèvres, d'au-
» tant vaut mieux le bouvier que le chevrier. Je suis
» blanc comme le lait, blond comme gerbe à la moisson,
» frais comme la feuillée au printemps. Aussi est–ce ma
» mère, et non pas quelque bête, qui m'a nourri enfant.
» Il est petit lui, chétif, n'ayant de barbe non plus
» qu'une femme, le corps noir comme peau de loup. Il
» vit avec les boucs, ce n'est pas pour sentir bon. Et
» puis, chevrier, pauvre hère, il n'a pas vaillant tant
» seulement de quoi nourrir un chien. On dit qu'il a tété
» une chèvre; je le crois, ma fy, et n'est pas merveille
» si, nourrisson de bique, il a l'air d'un biquet. »

Ainsi dit Dorcon, et Daphnis : « Oui, une chèvre m'a
» nourri de même que Jupiter, et je garde les chèvres,
» et les rends meilleures que ne seront jamais les vaches
» de celui–ci. Je mène paître les boucs, et si n'ai rien de
» leur senteur, non plus que Pan, qui toutefois a plus
» de bouc en soi que d'autre nature. Pour vivre je me
» contente de lait, de fromage, de pain bis, et de vin
» clairet, qui sont mets et boissons de pâtres comme
» nous, et les partageant avec toi, Chloé, il ne me sou-
» cie de ce que mangent les riches. Je n'ai point de barbe,
» ni Bacchus non plus; je suis brun, l'hyacinthe est
» noire, et si vaut mieux pourtant Bacchus que les Sa-
» tyres, et préfère-t-on l'hyacinthe au lys. Celui-là est
» roux comme un renard, blanc comme une fille de la
» ville, et le voilà tantôt barbu comme un bouc. Si c'est

» moi que tu baises, Chloé, tu baiseras ma bouche; si
» c'est lui, tu baiseras ces poils qui lui viennent aux
» lèvres. Qu'il te souvienne, pastourelle, qu'à toi aussi
» une brebis t'a donné son lait, et cependant tu es belle. »
A ce mot Chloé ne put le laisser achever : mais, en partie pour le plaisir qu'elle eut de s'entendre louer, et aussi
que de long-temps elle avoit envie de le baiser, sautant
en pieds, d'une gentille et toute naïve façon, elle lui
donna le prix. Ce fut bien un baiser innocent et sans art;
toutefois c'étoit assez pour enflammer un cœur dans ces
jeunes années.

Dorcon se voyant vaincu, s'enfuit dans le bois pour
cacher sa honte et son déplaisir, et depuis cherchoit
autre voye à pouvoir jouir de ses amours. Pour Daphnis,
il étoit comme s'il eût reçu non pas un baiser de Chloé,
mais une piqûre envenimée. Il devint triste en un moment, il soupiroit, il frissonnoit, le cœur lui battoit, il
pâlissoit quand il regardoit la Chloé, puis tout à coup
une rougeur lui couvroit le visage. Pour la première fois
alors il admira le blond de ses cheveux, la douceur de ses
yeux et la fraîcheur d'un teint plus blanc que la jonchée
du lait de ses brebis. On eût dit que de cette heure il
commençoit à voir et qu'il avoit été aveugle jusque-là. Il
ne prenoit plus de nourriture que comme pour en goûter,
de boisson seulement que pour mouiller ses lèvres. Il
étoit pensif, muet, lui auparavant plus babillard que les
cigales; il restoit assis, immobile, lui qui avoit accoutumé de sauter plus que ses chevreaux. Son troupeau

étoit oublié; sa flûte par terre abandonnée; il baissoit la tête comme une fleur qui se penche sur sa tige; il se consumoit, il séchoit comme les herbes au temps chaud, n'ayant plus de joie, plus de babil, fors qu'il parlât à elle ou d'elle. S'il se trouvoit seul aucune fois, il alloit devisant en lui-même : « Dea, que me fait donc le baiser » de Chloé? Ses lèvres sont plus tendres que roses, sa » bouche plus douce qu'une gauffre à miel, et son baiser » est plus amer que la piqûre d'une abeille. J'ai bien » baisé souvent mes chevreaux; j'ai baisé de ses agneaux » à elle, qui ne faisoient encore que naître; et aussi ce » petit veau que lui a donné Dorcon; mais ce baiser ici » est toute autre chose. Le pouls m'en bat; le cœur m'en » tressaut; mon âme en languit, et pourtant je désire » la baiser derechef. O mauvaise victoire! O étrange mal » dont je ne saurois dire le nom! Chloé avoit-elle goûté » de quelque poison avant que de me baiser? Mais com- » ment n'en est-elle point morte? Oh! comme les aron- » delles chantent, et ma flûte ne dit mot! Comme les » chevreaux sautent, et je suis assis! Comme toutes fleurs » sont en vigueur, et je n'en fais point de bouquets ni » de chapelets! La violette et le muguet florissent, » Daphnis se fane. Dorcon à la fin paroîtra plus beau » que moi. » Voilà comment se passionnoit le pauvre Daphnis, et les paroles qu'il disoit, comme celui qui lors premier expérimentoit les étincelles d'amour.

Mais Dorcon, ce gars, ce bouvier amoureux aussi de Chloé, prenant le moment que Dryas plantoit un arbre

pour soutenir quelque vigne, comme il le connoissoit
déjà, d'alors que lui Dryas gardoit les bêtes aux champs,
le vient trouver avec de beaux fromages gras, et d'abord
il lui donna ses fromages ; puis commençant à entrer en
propos par leur ancienne connoissance, fit tant qu'il
tomba sur les termes du mariage de Chloé, disant qu'il la
veut prendre à femme, lui promet pour lui de beaux présents, comme bouvier ayant bien de quoi. Il lui vouloit
donner, dit-il, une couple de bœufs de labour, quatre
ruches d'abeilles, cinquante pieds de pommiers, un cuir
de bœuf à semeler souliers, et par chacun an un veau
tout prêt à sevrer ; tellement que touché de son amitié,
alléché par ses promesses, Dryas lui cuida presque accorder le mariage. Mais songeant puis après que la fille
était née pour bien plus grand parti, et craignant qu'un
jour si elle venait à être reconnue, et ses parents à sçavoir que pour la friandise de tels dons il l'eût mariée en
si bas lieu, on ne lui en voulût mal de mort, il refusa
toutes ses offres, et l'écondaisit en le priant de lui pardonner.

Par ainsi Dorcon se voyant pour la deuxième fois frus-
tré de son espérance, et encore qu'il avoit pour néant
perdu ses bons fromages gras, délibéra, puisqu'autrement ne pouvoit, la première fois qu'il la trouveroit
seule à seul, mettre la main sur Chloé. Pour à quoi parvenir, s'étant avisé qu'ils menoient l'un après l'autre
boire leurs bêtes, Chloé un jour, et Daphnis l'autre, il
usa d'une finesse de jeune pâtre qu'il étoit. Il prend la

peau d'un grand loup qu'un sien taureau, en combattant
pour la défense des vaches, avait tué avec ses cornes, et
se l'étend sur le dos, si bien que les jambes de devant
lui couvroient les bras et les mains, celles de derrière lui
pendoient sur les cuisses jusqu'aux talons, et la hure le
coîffoit en la forme même et manière du cabasset d'un
homme de guerre. S'étant ainsi fait loup tout au mieux
qu'il pouvoit, il s'en vient droit à la fontaine, où buvoient
chèvres et brebis après qu'elles avoient pâturé. Or étoit
cette fontaine en une vallée assez creuse, et toute la place
à l'entour pleine de ronces et d'épines, de chardons et
bas genevriers, tellement qu'un vrai loup s'y fût bien
aisément caché. Dorcon se musse là dedans entre ces
épines, attendant l'heure que les bêtes vinssent boire; et
avoit bonne espérance qu'il effrayeroit Chloé sous cette
forme de loup, et la saisiroit au corps pour en faire à son
plaisir.

Tantôt après elle arriva. Elle amenoit boire les deux
troupeaux, ayant laissé Daphnis coupant de la plus
tendre ramée verte pour ses chevreaux après pâture. Les
chiens qui leur aidoient à la garde des bêtes suivoient;
et comme naturellement ils chassent mettant le nez
partout, ils sentirent Dorcon se remuer voulant assaillir la fillette : si se prennent à aboyer, se ruent sur lui
comme sur un loup, et l'environnant qu'il n'osoit encore, tant il avoit de peur, se dresser tout à fait sur ses
pieds, mordent en furie la peau de loup, et tiroient à belles dents. Lui, d'abord honteux d'être reconnu, et dé-

fendu quelque temps de cette peau qui le couvroit , se
tenoit tapi contre terre dans le hallier , sans dire mot ;
mais quand Chloé, apercevant au travers de ces broussail-
les oreille droite et poil de bête, appela toute épouvantée
Daphnis au secours, et que les chiens lui ayant arraché
sa peau de loup, commencèrent à le mordre lui-même à
bon escient, lors il se prit à crier si haut qu'il put, priant
Chloé et Daphnis qui jà étoit accouru, de lui vouloir être
en aide ; ce qu'ils firent, et avec leur sifflement accoutumé, eurent incontinent appaisé les chiens ; puis ame-
nèrent à la fontaine le malheureux Dorcon, qui avoit été
mors et aux cuisses et aux épaules, lui lavèrent ses blessures où les dents l'avoient atteint, et puis lui mirent dessus de l'écorce d'orme mâché, étant tous deux si peu rusés
et si peu expérimentés aux hardies entreprises d'amour,
qu'ils estimèrent que cette embûche de Dorcon avec sa
peau de loup ne fût que jeu seulement ; au moyen de quoi
ils ne se courroucèrent point à lui, mais le reconfortèrent
et le reconvoyèrent quelque espace de chemin, en le menant par la main ; et lui qui avoit été en si grand danger
de sa personne, et que l'on avoit recous de la gueule, non
du loup, comme il se dit communément, mais des chiens,
s'en alla panser les morsures qu'il avoit par tout le corps.

Daphnis et Chloé cependant travaillèrent, avant qu'il
fût nuit, à chercher de tous côtés leurs chèvres et brebis,
qui, effrayées de la peau de loup, effarouchées d'ouïr si fort
aboyer les chiens, étoient les unes montées à la cime des
rochers, les autres descendues jusqu'au bord de la mer,

toutes en demeurant bien apprises de venir à la voix de leurs pasteurs, se ranger au son du flageolet, s'amasser ensemble en oyant seulement battre des mains ; mais la peur leur avoir alors fait tout oublier ; et après les avoir suivies à la trace comme des lièvres, et à grand'peine retrouvées, les ramenèrent toutes au tect ; puis s'en allèrent aussi reposer ; là où ils dormirent cette seule nuit de bon sommeil. Car le travail qu'ils avoient pris leur fut un remède pour l'heure au mésaise d'amour : mais revenant le jour, ils eurent même passion qu'auparavant, joye à se revoir, peine à se quitter ; ils souffroient, ils vouloient quelque chose, et ne sçavoient ce qu'ils vouloient. Cela seulement sçavoient-ils bien, l'un que son mal étoit venu d'un baiser, l'autre, d'un baigner.

Mais plus encore les enflammoit la saison de l'année. Il étoit jà environ la fin du printemps et commencement de l'été, toutes choses en vigueur ; et déjà montroient les arbres leurs fruits, les blés leurs épis ; et aussi étoit la voix des cigales plaisante à ouïr, tout gracieux le bêlement des brebis, la richesse des champs admirable à voir, l'air tout embaumé soève à respirer ; les fleuves paroissoient endormis, coulant lentement et sans bruit ; les vents sembloient orgues ou flûtes, tant ils soupiroient doucement à travers les branches des pins. On eût dit que les pommes d'elles-mêmes se laissoient tomber enamourées, que le soleil amant de beauté faisoit chacun dépouiller. Daphnis de toutes parts échauffé se jetoit dans les rivières, et tantôt se lavoit, tantôt s'ébattoit à vouloir saisir les poissons, qui glissant dans l'onde se perdoient sous sa main ; et souvent buvoit , comme si avec l'eau il eût dû éteindre le feu qui le brûloit. Chloé après avoir trait toutes ses brebis , et la plupart aussi des chèvres de Daphnis , demeuroit longtemps empêchée à faire prendre le lait et à chasser les mouches, qui fort la molestoient , et les chassant la piquoient ; cela fait, elle se lavoit le visage , et couronnée des plus tendres branchettes de pin , ceinte de la peau de faon , elle emplissoit une sébile de vin mêlé avec du lait, pour boire avec Daphnis.

Puis quand ce venoit sur le midi , adonc étoient-ils tous deux plus ardemment épris que jamais, pource que Chloé, voyant en Daphnis entièrement nud une beauté de tout point accomplie, se fondoit et périssoit d'amour , considérant qu'il n'y avoit en toute sa personne chose quelconque à redire ; et lui, la voyant, avec cette peau de faon et cette couronne de pin , lui tendre à boire dans sa sébile , pensoit voir une des Nymphes mêmes qui étoient dans la caverne ; si accouroit incontinent , et lui ôtant sa couronne qu'il baisoit d'abord, se la mettoit sur la tête , et elle, pendant qu'il se baignoit tout nud , prenoit sa robe et se la vêtissoit, la baisant aussi premièrement. Tantôt ils s'entre-jetoient des pommes , tantôt ils aornoient leurs têtes et tressoient leurs cheveux l'un à l'autre , disant Chloé que les cheveux de Daphnis ressembloient aux grains de myrte , pource qu'ils étoient noirs , et Daphnis accomparant le visage de Chloé à une belle pomme , pource qu'il étoit blanc et vermeil. Aucune fois il lui ap—

prenoit à jouer de la flûte, et quand elle commençoit à souffler dedans, il la lui ôtoit; puis il en parcouroit des lèvres tous les tuyaux d'un bout à l'autre, faisant ainsi semblant de lui vouloir montrer où elle avoit failli, afin de la baiser à demi, en baisant la flûte aux endroits que quittoit sa bouche.

Ainsi comme il étoit après à en sonner joyeusement sur la chaleur de midi pendant que leurs troupeaux étoient tapis à l'ombre, Chloé ne se donna de garde qu'elle fût endormie : ce que Daphnis apercevant, pose sa flûte pour la regarder à son aise, comme celui qui n'avoit lors nulle honte, et disoit à part soi ces paroles tout bas : « Oh! » comme dorment ses yeux! Comme sa bouche respire! » Pommes ni aubépines fleuries n'exhalent un air si » doux. Je ne l'ose baiser toutefois; son baiser pique au » cœur, et fait devenir fou, comme le miel nouveau. » Puis, j'ai peur de l'éveiller. O fâcheuses cigales! elles » ne la laisseront jà dormir, si haut elles crient. Et » d'autre côté ces boucquins ici ne cesseront aujour- » d'hui de s'entre-heurter avec leurs cornes. O loups » plus couards que renards, où êtes-vous à cette heure, » que vous ne les venez happer? »

Ainsi qu'il étoit en ces termes, une cigale poursuivie par une arondelle se vint jeter d'aventure dedans le sein de Chloé; pourquoi l'arondelle ne la put prendre, ni ne put aussi retenir son vol, qu'elle ne s'abattit jusqu'à toucher de l'aile le visage de Chloé, dont elle s'éveilla en sursaut, et ne sçachant que c'étoit, s'écria bien haut :

mais quand elle eut vu l'arondelle volletant encore autour d'elle, et Daphnis riant de sa peur, elle s'assura, et frottoit ses yeux qui avoient encore envie de dormir; et lors la cigale se prend à chanter entre les tetins mêmes de la gente pastourelle, comme si dans cet asyle elle lui eût voulu rendre grâce de son salut; dont Chloé de nouveau surprise, s'écria encore plus fort, et Daphnis de rire; et usant de cette occasion, il lui mit la main bien avant dans le sein, d'où il retira la gentille cigale, qui ne se pouvoit jamais taire, quoiqu'il la tînt dans la main. Chloé fut bien aise de la voir, et l'ayant baisée, la remit chantant toujours dans son sein.

Une autre fois ils entendirent du bois prochain un ramier, au roucoulement duquel Chloé ayant pris plaisir, demanda à Daphnis que c'étoit qu'il disoit, et Daphnis lui fit le conte qu'on en fait communément. « Ma mie, » dit-il, au temps passé y avoit une fille belle et jolie, » en fleur d'âge comme toi. Elle gardoit les vaches et. » chantoit plaisamment; et, tant ses vaches aimoient » son chant! elle les gouvernoit de la voix seulement; » jamais ne donnoit coup de houlette ni piqûre d'aiguil- » lon; mais assise à l'ombre de quelque beau pin, la » tête couronnée de feuillage, elle chantoit Pan et Pitys; » dont ses vaches étoient si aises qu'elles ne s'éloignoient » point d'elle. Or y avoit-il non guères loin de là un » jeune garçon qui gardoit les bœufs, beau lui-même, » chantant bien aussi, lequel étrivoit à chanter à l'en- » contre d'elle, d'un chant plus fort, comme étant mâle,

3.

7

» et aussi doux, comme étant jeune; tellement qu'il
» attire à travers le bocage et emmène avec soi huit des
» plus belles vaches qu'elle eût en son troupeau. La
» pauvrette adonc déplaisante autant de son troupeau
» diminué comme d'avoir été vaincue au chanter, de-
» mandoit aux Dieux d'être oiseau avant que retourner
» ainsi à la maison. Les Dieux accomplirent son désir,
» et en firent un oiseau de montagne, qui aime toujours
» à chanter comme quand elle étoit fille, et encore au-
» jourd'hui se plaint de sa déconvenue, et va disant
» qu'elle cherche ses vaches égarées. »

Tels étoient les plaisirs que l'été leur donnoit. Mais la
saison d'automne venue, au temps que la grappe est
pleine, certains corsaires de Tyr s'étant mis sur une fûte
du pays de Carie, afin possible qu'on ne pensât que ce
fussent barbares, vinrent aborder en cette côte, et descendant à terre armés de corselets et d'épées, pillèrent ce
qu'ils purent trouver, comme vin odorant, force grain,
miel en rayons, et même emmenèrent quelques bœufs
et vaches de Dorcon. Or en courant çà et là, ils rencon-
trèrent de male aventure Daphnis qui s'alloit ébattant le
long du rivage de la mer, seul, car Chloé, comme simple
fille, crainte des autres pasteurs, qui eussent pu en folâtrant lui faire quelque déplaisir, ne sortoit si matin du
logis, et ne menoit qu'à haute heure paître les brebis de
Dryas. Eux voyant ce jeune homme grand et beau, et de
plus de valeur que ce qu'ils eussent pu davantage ravir
par les champs; ne s'amusèrent plus ni à poursuivre les

chèvres, ni à chercher à dérober autre chose de ces campagnes, mais l'entraînèrent dans leur fûte, pleurant et
ne sachant que faire, sinon qu'il appeloit à haute voix
Chloé tant qu'il pouvoit crier.

Or ne faisoient-ils guères que remonter en leur esquif
et mettre les mains aux rames, quand Chloé vint qui
apportoit une flûte neuve à Daphnis. Mais voyant çà et
là les chèvres dispersées, et entendant sa voix, qu'il
l'appelait toujours de plus fort en plus fort, elle jette la
flûte, laisse là son troupeau, et s'en va courant vers Dorcon, pour le faire venir au secours. Elle le trouva étendu
par terre, tout taillé de grands coups d'épée que lui
avoient donnés les brigands, et à peine respirant encore,
tant il avoit perdu de sang; mais lorsqu'il entrevit Chloé,
le souvenir de son amour le ranimant quelque peu :
« Chloé, ma mie, lui dit-il, je m'en vas tout à l'heure
» mourir. J'ai voulu défendre mes bœufs, ces méchans
» larrons de corsaires m'ont navré comme tu vois. Mais
» toi, Chloé, sauve Daphnis; venge-moi; fais-les périr.
» J'ai accoutumé mes vaches à suivre le son de ma flûte,
» et de si loin qu'elles soient, venir à moi dès qu'elles
» en entendent l'appel. Prends-la, va au bord de la mer,
» joue cet air que j'appris à Daphnis et qu'il t'a montré.
» Au demeurant laisse faire ma flûte et mes bœufs sur le
» vaisseau. Je te la donne, cette flûte, de laquelle j'ai
» gagné le prix contre tant de bergers et bouviers; et
» pour cela, seulement, je te prie, baise-moi avant que
» je meure, pleure-moi quand je serai mort, et à tout

» le moins, lorsque tu verras vacher gardant ses bêtes
» aux champs, aie souvenance de moi. »

Dorcon achevant ces paroles et recevant d'elle un dernier baiser, laissa sur ses lèvres, avec le baiser, la voix
et la vie en même temps. Chloé prit la flûte, la mit à sa
bouche, et sonnant si haut qu'elle pouvoit, les vaches qui
l'entendent reconnoissent aussitôt le son de la flûte et la
note de la chanson, et toutes d'une secousse se jettent en
meuglant dans la mer; et comme elles prirent leur élan
toutes du même bord, et que par leur chute la mer s'en-
trouvrit, l'esquif renversé, l'eau se refermant, tout fut
submergé. Les gens plongés en la mer revinrent bientôt
sur l'eau, mais non pas tous avec même espérance de salut. Car les brigands avoient leurs épées au côté, leurs
corselets au dos, leurs bottines à mi-jambe, tandis que
Daphnis étoit tout déchaux, comme celui qui ne menoit
ses chèvres que dans la plaine, et quasi nud au demeurant; car il faisoit encore chaud. Eux donc, après avoir
duré quelque temps à nager, furent tirés à fond et noyés
par la pesanteur de leurs armes; mais Daphnis eut bientôt quitté si peu de vêtements qu'il portoit, et encore se
lassoit-il à force, n'ayant coutume de nager que dans les
rivières. Nécessité toutefois lui montra ce qu'il devoit
faire. Il se mit entre deux vaches, et se prenant à leurs
cornes avec les deux mains, fut par elles porté sans peine
quelconque, aussi à son aise comme s'il eût conduit un
chariot. Car le bœuf nage beaucoup mieux et plus long-
temps que ne fait l'homme; et n'est animal au monde qui

en cela le surpasse, si ce ne sont oiseaux aquatiques, ou
bien encore poissons; tellement que jamais bœuf ni vache
ne se noyeroient, si la corne de leurs pieds ne s'amollissoit
dans l'eau, de quoi font foi plusieurs détroits en la mer,
qui jusques aujourd'hui sont appelés Bosphores, c'est-à-
dire, trajet ou passage de bœufs.

Voilà comment se sauva Daphnis, et contre toute espérance échappant deux grands dangers, ne fut ni pris ni
noyé. Venu à terre là où étoit Chloé sur la rive, qui pleuroit et rioit tout ensemble, il se jette dans ses bras, lui
demandant pourquoi elle jouoit ainsi de la flûte; et Chloé
lui conta tout : qu'elle avoit été pour appeler Dorcon, que
ses vaches étoient apprises à venir au son de la flûte ; qu'il
lui avoit dit d'en jouer, et qu'il étoit mort. Seulement ou-
blia-t-elle, ou possible ne voulut dire qu'elle l'eut baisé.

Adonc tous deux délibérèrent d'honorer la mémoire de
celui qui leur avoit fait tant de bien, et s'en allèrent avec
ses parents et amis, ensevelir le corps du malheureux
Dorcon, sur lequel ils jetèrent force terre, plantèrent à
l'entour des arbres stériles, y pendirent chacun quelque
chose de ce qu'il recueilloit aux champs, versèrent du lait
sur sa tombe, y épreignirent des grappes, y brisèrent des
flûtes. On ouït ses vaches mugir et bramer piteusement ;
on les vit çà et là courir comme bêtes égarées ; ce que ces
pâtres et bouviers déclarèrent être le deuil que les pauvres
bêtes menoient du trépas de leur maître.

Finies en cette manière les obsèques de Dorcon, Chloé
conduisit Daphnis à la caverne des Nymphes où elle se

lava, et lors elle-même pour la première fois en présence de Daphnis, lava aussi son beau corps blanc et poli, qui n'avoit que faire de bain pour paroître beau ; puis cueillant ensemble des fleurs que portoit la saison, en firent des couronnes aux images des Nymphes, et contre la roche attachèrent la flûte de Dorcon pour offrande. Cela fait ils retournèrent vers leurs chèvres et brebis, lesquelles ils trouvèrent toutes tapies contre terre, sans paître ni bêler, pour l'ennui et regret qu'elles avoient, ainsi qu'on peut croire, de ne voir plus Daphnis ni Chloé. Mais sitôt qu'elles les aperçurent, et qu'eux se mirent à les appeler comme de coutume et à leur jouer du flageolet, elles se levèrent incontinent, et se prirent les brebis à paître, et les chèvres à sauteler en bêlant, comme pour fêter le retour de leur chevrier.

Mais quoi qu'il y eût, Daphnis ne se pouvoit éjouir à bon escient depuis qu'il eut vu Chloé nue, et sa beauté à découvert, qu'il n'avoit point encore vue. Il s'en sentoit le cœur malade ne plus ne moins que d'un venin qui l'eût en secret consumé. Son souffle aucune fois étoit fort et hâté, comme si quelque ennemi l'eût poursuivi prêt à l'atteindre, d'autres fois foible et débile, comme d'un à qui manque tout-à-coup la force et l'haleine, et lui sembloit le bain de Chloé plus redoutable que la mer dont il étoit échappé. Bref, il lui étoit avis que son âme fût toujours entre les brigands, tant il avoit de peine, jeune garçon nourri aux champs, qui ne sçavoit encore que c'est du brigandage d'amour.

LIVRE SECOND.

Étant jà l'automne en sa force et le temps des vendanges venu, chacun aux champs étoit en besogne à faire ses apprêts ; les uns racoutroient les pressoirs, les autres nettoyoient les jarres ; ceux-ci émouloient leurs serpettes, ceux-là se tissoient des paniers ; aucuns mettoient à point la meule à pressurer les grappes écrasées, d'autres apprêtoient l'osier sec dont on avoient ôté l'écorce à force de le battre, pour en faire flambeaux à tirer le moût pendant la nuit ; et à cette cause Daphnis et Chloé, cessant pour quelques jours de mener leurs bêtes aux champs, prêtoient aussi à tels travaux l'œuvre et labeur de leurs mains. Il portoit lui la vendange dedans une hotte et la fouloit en la cuve, puis aidoit à remplir les jarres ; elle d'autre côté préparoit à manger aux vendangeurs, et leur versoit du vin de l'année précédente ; puis elle se mettoit à vendanger aussi les plus basses branches des vignes où elle pouvoit avenir. Car les vignes de Lesbos sont basses pour la plupart, au moins non élevées sur arbres fort hauts, et les branches en pendent jusque contre terre, s'étendant çà et là comme lierre, si qu'un enfant hors du maillot, par manière de dire, atteindroit aux grappes.

Et comme la coutume est en telle fête de Bacchus, à la naissance du vin, on avoit appelé des champs de là entour bon nombre de femmes pour aider, lesquelles jetoient toutes les yeux sur Daphnis, et en le louant disoient qu'il étoit aussi beau que Bacchus; et y en eut une d'elles, plus éveillée que les autres, qui le baisa, dont il fut bien aise; mais non Chloé qui en avoit de la jalousie. Les hommes, d'autre part, dans les cuves et pressoirs, jetoient à Chloé plusieurs paroles à la traverse, et en la voyant trépignoient comme des Satyres à la vue de quelque Bacchante, disant que de bon cœur ils deviendroient moutons, pour être gardés par une telle bergère, à quoi Chloé prenoit plaisir, mais Daphnis en avoit de l'ennui. Tellement que l'un et l'autre souhaitoient que les vendanges fussent bientôt finies, pour pouvoir retourner aux champs en la manière accoutumée, et au lieu du bruit et des cris de ces vendangeurs, entendre le son de la flûte ou le bêlement des troupeaux.

En peu de jours tout fut achevé, le raisin cueilli, la vendange foulée, le vin dans les jarres, si qu'il ne fut plus besoin d'en empêcher tant de gens; au moyen de quoi ils recommencèrent à mener leurs bêtes aux champs comme devant, et portant aux Nymphes des grappes pendantes encore au sarment pour prémices de la vendange, les vinrent en grande joie honorer et saluer, de quoi faire ils n'avoient par le passé jamais été paresseux. Car et le matin dès que leurs troupeaux commençoient à paître, ils les venoient d'abord saluer, et le soir retournant de

pâture, les alloient de rechef adorer ; et jamais n'y alloient qu'ils ne leur portassent quelque offrande, tantôt
des fleurs, tantôt des fruits, une fois de la ramée verte,
et une autre fois quelque libation de lait ; dont puis après
ils reçurent des déesses bien ample récompense. Mais
pour lors ils folâtroient comme deux jeunes levrons, ils
sautoient, ils flûtoient ensemble, ils chantoient, lut-
toient bras à bras l'un contre l'autre, à l'envi de leurs
béliers et bouquins.

Et ainsi comme ils s'ébattoient, survint un vieillard
portant grosse cape de poil de chèvre, des sabots en ses
pieds, à son col un bissac, et le bissac aussi tout vieux,
lequel se séant auprès d'eux se prit à leur dire : « Le bon-
» homme Philétas, enfants, c'est moi, qui jadis ai chanté
» maintes chansons à ces Nymphes, maintefois ai joué
» de la flûte à ce Dieu Pan que voici, grand troupeau de
» bœufs gouvernois avec la seule musique, et m'en viens
» vers vous à cette heure, vous déclarer ce que j'ai vu et
» annoncer ce que j'ai ouï.

» J'ai un beau jardin que j'ai moi-même planté, foui,
» affié, accoutré de mes propres mains, depuis le temps
» que pour ma vieillesse j'ai cessé de garder les bêtes
» aux champs. Toujours y a dans ce jardin tout ce qu'on
» y sçauroit souhaiter selon la saison ; au printemps des
» roses, des lys, des violettes simples et doubles ; en
» été du pavot, des poires, des pommes de plusieurs
» espèces ; maintenant qu'il est automne, du raisin, des
» figues, des grenades, des myrtes verts ; et y viennent

» chaque matin à grandes volées toutes sortes d'oiseaux,
» les uns pour y trouver à repaître, les autres pour y
» chanter; car il est à couvert d'ombrage, arrosé de trois
» fontaines, et si épais planté d'arbres, que qui en ôte-
» roit la muraille qui le clôt, on diroit à le voir que ce
» seroit un bois.

» Aujourd'hui environ midi, j'y ai vu un jeune gar-
» çonnet sous mes myrtes et grenadiers, qui tenoit en
» ses mains des grenades et des grains de myrte, blanc
» comme lait, rouge comme feu, poli et net comme ne
» venant que d'être lavé. Il étoit nud, il étoit seul, et se
» jouoit à cueillir de mes fruits comme si le verger eût
» été sien. Si m'en suis couru pour le tenir, crainte,
» comme il étoit frétillant et remuant, qu'il ne me rom-
» pît quelque arbuste; mais il m'est légèrement échappé
» des mains, tantôt se coulant entre les rosiers, tantôt
» se cachant sous les pavots, comme feroit un petit per-
» dreau. J'ai autrefois eu bien affaire à courir après quel-
» ques chevreaux de lait, et souvent ai travaillé voulant
» attraper de jeunes veaux qui sautaient autour de leur
» mère; mais ceci est toute autre chose, et n'est pas pos-
» sible au monde de le prendre. Par quoi me trouvant
» bientôt las, comme vieux et ancien que je suis, et m'ap-
» puyant sur mon bâton, en prenant garde qu'il ne s'en-
» fuît, je lui ai demandé à qui il étoit de nos voisins, et à
» quelle occasion il venoit ainsi cueillir les fruits du jardin
» d'autrui. Il ne m'a rien répondu; mais s'approchant de
» moi, s'est pris à me sourire fort délicatement, en me

» jetant des grains de myrte, ce qui m'a, ne sais com-
» ment, amolli et attendri le cœur, de sorte que je n'ai
» plus sçu me courroucer à lui. Si l'ai prié de s'en venir
» à moi sans rien craindre, jurant par mes myrtes que
» je le laisserois aller quand il voudroit, avec des pom-
» mes et des grenades que je lui donnerois, et lui souf-
» frirois prendre des fruits de mes arbres, et cueillir de
» mes fleurs autant comme il voudroit, pourvu qu'il me
» donnât un baiser seulement.

   » Et adonc se prenant à rire avec une chère gaye, et
» bonne et gentille grace, m'a jeté une voix si aimable
» et si douce, que ni l'arondelle, ni le rossignol, ni le
» cygne, fût-il aussi vieux comme je suis, n'en sauroit
» jeter de pareille, disant : Quant à moi, Philétas, ce
» ne me seroit point de peine de te baiser; car j'aime plus
» être baisé que tu ne desires toi retourner en ta jeu-
» nesse : mais garde que ce que tu me demandes ne soit
» un don mal séant et peu convenable à ton âge, pource
» que ta vieillesse ne t'exemptera point de me vouloir
» poursuivre, quand tu m'auras une fois baisé ; et n'y
» a aigle ni faucon, ni autre oiseau de proie, tant ait-il
» l'aile vîte et légère, qui me pût atteindre. Je ne suis
» point enfant, combien que j'en aye l'apparence; mais
» suis plus ancien que Saturne, plus ancien même que
» tout le temps. Je te connois dès-lors qu'étant en la
» fleur de ton âge, tu gardois en ce prochain pâtis un
» si beau et gras troupeau de vaches, et étois près de toi,
» quand tu jouois de la flûte sous ces hêtres, amoureux

» d'Amaryllide. Mais tu ne me voyois pas, encore que
» je fusse avec ton amie, laquelle je t'ai enfin donnée,
» et tu en as eu de beaux enfants, qui maintenant sont
» bons laboureurs et bouviers ; et pour le présent je gou-
» verne Daphnis et Chloé ; et après que je les ai le matin
» mis ensemble, je m'en viens en ton verger, là où je
» prends plaisir aux arbres et aux fleurs, et me lave en
» ces fontaines ; qui est la cause que toutes les plantes et
» les fleurs de ton jardin sont si belles à voir, pour ce
» que mon bain les arrose. Regarde si tu verras pas une
» branche d'arbre rompue, ton fruit aucunement abattu
» ou gâté, aucun pied d'herbe ou de fleur foulée, ni ja-
» mais tes fontaines troublées ; et te répute bien heureux
» de ce que toi seul entre les hommes, dans ta vieillesse,
» tu es encore bien voulu de cet enfant.

« Cela dit, il s'est enlevé sur les myrtes ne plus ne
» moins que feroit un petit rossignol, et sautelant de
» branche en branche par entre les feuilles, est enfin
» monté jusques à la cime. J'ai vu ses petites aîles, son
» petit arc et ses flèches en écharpe sur ses épaules, puis
» ai été tout ébahi que je n'ai plus vu ni ses flèches ni
» lui. Or, si je n'ai pour néant vécu tant d'années, et di-
» minué de sens en avançant d'âge, mes enfans, je vous
» assure que vous êtes tous deux dévoués à l'Amour, et
» qu'Amour a soin de vous. »

Ils furent aussi aises d'ouïr ce propos comme si on leur
eût conté quelque belle et plaisante fable. Si lui demandèrent que c'étoit d'Amour ; s'il étoit oiseau ou enfant,

et quel pouvoir il avoit. Adonc Philétas se prit de rechef à leur dire : « Amour est un Dieu, mes enfants. Il est » jeune, beau, a des ailes ; pourquoi il se plaît avec la » jeunesse, cherche la beauté et ravit les ames, ayant » plus de pouvoir que Jupiter même. Il règne sur les as- » tres, sur les éléments, gouverne le monde, et conduit » les autres Dieux comme vous avec la houlette menez » vos chèvres et brebis. Les fleurs sont ouvrage d'Amour ; » les plantes et les arbres sont de sa facture ; c'est par lui » que les rivières coulent, et que les vents soufflent. J'ai » vu les taureaux amoureux ; ils mugissoient ne plus ne » moins que si le taon les eût piqués ; j'ai vu le bouquin » aimer sa chèvre, et il la suivoit partout. Moi-même » j'ai été jeune, et j'aimois Amaryllide ; mais lors il ne » me souvenoit de manger ni de boire, ni ne prenois au- » cun repos ; mon ame souffroit ; mon cœur palpitoit ; » mon corps tressailloit ; je pleurois, je criois comme » qui m'eût battu : je ne parlois non plus que si j'eusse » été mort ; je me jetois dans les rivières comme si un » feu m'eût brulé ; j'invoquois Pan, qui fut aussi blessé » de l'amour de Pitys ; je remerciois Écho, qui appeloit » Amaryllide après moi, et de dépit rompois ma flûte de » ce qu'elle savoit bien mener mes vaches, et ne me pou- » voit faire venir mon Amaryllide. Car il n'est remède, » ni breuvage quelconque, ni charme, ni chant, ni paro- » les qui guérissent le mal d'amour, sinon le baiser, em- » brasser, coucher ensemble nue à nud. »

Philétas, après les avoir ainsi enseignés, se départit

d'avec eux , emportant pour son loyer quelques fromages
et un chevreau daguet , qu'ils lui donnèrent. Mais quand
il s'en fut allé , eux demeurés tous seuls et ayant alors
pour la première fois entendu le nom d'amour , se trouvèrent en plus grande détresse qu'auparavant , et retournés en leurs maisons, passèrent la nuit à comparer ce
qu'ils sentoient en eux-mêmes avec les paroles du vieillard : « Les amants souffrent, nous souffrons ; ils ne font
» compte de boire ni de manger , aussi peu en faisons-
» nous ; ils ne peuvent dormir, ni nous clorre la paupière ;
» il leur est avis qu'ils brûlent ; nous avons le feu au
» dedans de nous ; ils désirent s'entrevoir ; las ! pour
» autre chose ne prions que le jour revienne bientôt.
» C'est cela sans point de doute qu'on appelle amour ;
» tous deux sommes énamourés , et si ne le sçavions
» pas. Mais si c'est amour ce que nous sentons , je suis
» aimé ; que me manque-t-il donc ? Et pourquoi sommes-
» nous ainsi mal à notre aise ? A quoi faire nous entre-
» cherchons-nous ? Philétas nous dit vrai ; ce jeune
» garçonnet qu'il a vu en son jardin, c'est lui-même qui
» jadis apparut à nos pères et leur dit en songe qu'ils
» nous envoyassent garder les bêtes aux champs. Com-
» ment le pourra-t-on prendre ? Il est petit et s'enfuira ;
» de lui échapper n'est possible , car il a des ailes et nous
» atteindra. Faut-il avoir recours aux Nymphes ? Pan
» n'aida de rien Philétas quand il aimoit Amaryllide.
» Essayons les remèdes qu'il a dit , baiser, accoler, cou-
» cher nue à nud. Vrai est qu'il fait froid ; mais nous

» l'endurerons. » Ainsi leur étoit la nuit une seconde
école en laquelle ils recordoient les enseignemens de Philétas.

Le lendemain au point du jour ils menèrent leurs bêtes
aux champs, s'entre-baisèrent l'un l'autre aussitôt qu'ils
se virent, ce qu'ils n'avoient oncques fait encore, et croisant leurs bras s'accolèrent ; mais le dernier remède....,
ils n'osoient, se dépouiller et coucher nuds. Aussi eût-ce
été trop hardiment fait, non pas seulement à jeune bergère telle qu'étoit Chloé, mais même à lui chevrier. Ils ne
purent donc la nuit suivante reposer non plus que l'autre,
et n'eurent ailleurs la pensée qu'à remémorer ce qu'ils
avoient fait, et regretter ce qu'ils avoient omis à faire,
disant ainsi en eux-mêmes : « Nous nous sommes baisés,
» et de rien ne nous a servi ; nous nous sommes l'un
» l'autre accolés, et rien ne nous en est amendé. Il faut
» donc dire que coucher ensemble est le vrai remède d'a-
» mour ; il le faut donc essayer aussi. Car pour sûr il y
» doit avoir quelque chose plus qu'au baiser. »

Après semblables pensers, leurs songes, ainsi qu'on
peut croire, furent d'amour et de baisers, et ce qu'ils
n'avoient point fait le jour, ils le faisoient lors en songeant, couchés nue à nud. Dès le fin matin donc ils se
levèrent plus épris encore que devant, et chassant avec
le sifflet leurs bêtes aux champs, leur tardoit qu'ils ne se
trouvoient pour répéter leurs baisers, et de si loin qu'ils
se virent, coururent en souriant l'un vers l'autre, puis
s'entre-baisèrent, puis s'entre-accolèrent ; mais le troi-

sième point ne pouvoit venir ; car Daphnis n'osoit en parler, ni ne vouloit Chloé commencer, jusqu'à ce que l'aventure les conduisît à ce faire en cette manière.

Ils étoient sous le chêne assis l'un près de l'autre, et ayant goûté du plaisir de baiser, ne se pouvoient saouler de cette volupté. L'embrassement suivoit quand et quand pour baiser plus serré, et en ce point comme Daphnis tira sa prise un peu trop fort, Chloé sans y penser se coucha sur un côté, et Daphnis en suivant la bouche de Chloé pour ne perdre l'aise du baiser, se laissa de même tomber sur le côté, et reconnoissant tous deux en cette contenance la forme de leur songe, long-temps demeurèrent couchés de la sorte, se tenant bras à bras aussi étroitement comme s'ils eussent été liés ensemble, sans y chercher rien davantage : mais pensant que ce fût le dernier point de jouissance amoureuse, consumèrent en ces vaines étreintes la plus grande partie du jour, tant que le soir les y trouva ; et lors en maudissant la nuit, ils se séparèrent et ramenèrent leurs troupeaux au tect. Et peut-être enfin eussent-ils fait quelque chose à bon escient, n'eût été un tel tumulte qui survint en la contrée.

Des jeunes gens riches de Methymne voulant passer joyeusement le temps des vendanges et s'aller ébattre quelque peu au loin, tirèrent un bateau en mer, mirent leurs valets à la rame, et s'en vinrent dans les parages du territoire de Mitylène, pour ce qu'il y a partout bons abrits pour se retirer, belle plage pour se baigner, et est bordée de beaux édifices, avec jardins, parcs et bois que les uns nature a produits, les autres la main de l'homme. En voguant ainsi au long de la côte, et descendant cy et là, où désir leur en prenoit, ils ne faisoient mal quelconque ni déplaisir à personne, mais s'ébattoient entre eux à divers passe-temps. Tantôt avec des hameçons attachés d'un brin de fil au bout de quelque long roseau, ils pêchoient, de dessus un écueil jeté bien avant en la mer, des poissons qui hantent autour des rochers; tantôt prenoient avec leurs chiens et leurs filets les lièvres qui fuyoient des vignes pour le bruit des vendangeurs; quelquefois ils tendoient aux oiseaux, trouvant temps et lieu favorables, et avec des lacs courants, prenoient des oies sauvages, des halbrans, des outardes et autre tel gibier de plaine, dont ils avoient, outre le plaisir, de quoi fournir à leurs repas. S'il leur falloit quelque chose plus, ils l'achetoient au prochain village, payant le prix et au-delà. Il ne leur falloit que le pain et le vin, et le logis aussi, car ils ne trouvoient pas qu'il fût sûr, étant la saison de l'automne, de coucher en mer, et à cette cause ils tiroient la nuit leur bateau à terre, peur de la tourmente pendant qu'ils dormoient.

Mais quelque paysan de là entour ayant affaire d'une corde dont on suspend la meule à presser la vendange, étant la sienne par aventure usée ou rompue, s'en vint de nuit au bord de la mer, et trouvant le bateau sans garde, délia la corde qui le lioit, l'emporta en son logis et s'en servit à son besoin. Le matin ces jeunes gens cherchèrent partout leur corde; mais nul ne confessoit l'avoir prise :

3.   8

par quoi, après qu'ils eurent un peu querellé avec leurs hôtes, ils tirèrent outre, et ayant fait environ deux lieues, vinrent aborder à ces champs où se tenoient Daphnis et Chloé, pour ce qu'il y avoit, ce leur sembla, belle plaine à courir le lièvre. Or n'avoient-ils plus de corde pour attacher leur bateau, et à cette cause prirent du franc osier vert, le plus long qu'ils purent finer, le tordirent et en firent une hart, dont ils lièrent leur bateau à terre, puis lâchant leurs chiens, se mirent à chasser et tendirent leurs toiles aux passages qu'ils trouvèrent plus à propos. Ces chiens en courant çà et là, et aboyant, effrayèrent les chèvres de Daphnis, lesquelles abandonnèrent incontinent les coteaux, et s'enfuirent vers la marine, là où ne trouvant rien à brouter parmi le sable, aucunes plus hardies que les autres s'approchèrent du bateau, et rongèrent la hart d'osier vert dont il étoit attaché.

La mer étoit un peu émue d'un vent de terre qui se levoit; le bateau une fois délié, les vagues le poussèrent, l'éloignèrent du bord et le portoient en mer; de quoi les chasseurs s'étant aperçus, les uns accoururent au rivage, les autres rappelèrent leurs chiens, et tous ensemble menoient tel bruit que les gens de là autour, pâtres, vignerons, laboureurs, les entendant, vinrent de toutes parts; mais ils n'y purent que faire. Car le vent fraîchissant toujours de plus en plus, mena la barque au gré du flot si roide et si loin, qu'elle fut tantôt hors de vue.

Par quoi ces jeunes gens dolents outre-mesure, perdant leur bateau, biens et tout, cherchèrent le chevrier qui devoit garder les chèvres, et trouvant là Daphnis parmi les regardants, en chaude colère commencèrent à le battre et à le vouloir dépouiller ; même y en eut un d'entre eux qui détacha la laisse dont il menoit son chien, et prit les deux mains à Daphnis pour les lui lier derrière le dos. Lui, comme ils le battoient, crioit, imploroit l'aide d'un chacun, mais sur tous appeloit à son secours Lamon et Dryas, lesquels accourus, tous deux verds vieillards, ayant les mains rudes, endurcies du labeur des champs, prirent très-bien sa défense contre les jeunes Méthymniens, en leur remontrant qu'il falloit entendre du moins ce garçon, pour voir s'il avoit tort, et que chacun dît ses raisons. Ceux de Méthymne le voulurent, et d'un commun accord on élut pour arbitre le bouvier Philétas, à cause que c'étoit le plus ancien qui se trouvât là présent, et qu'entre ceux de son village, il avoit le bruit d'être homme de grande foi et loyauté. Adonc les jeunes gens prenant la parole, firent en termes courts et clairs leur plainte de telle sorte, devant le juge bouvier.

« Nous étions descendus en ces champs pour chas-
» ser, et avions attaché notre barque au rivage avec
» une hart d'osier verd, puis nous nous étions mis en
» quête avec nos chiens, et cependant les chèvres de
» celui-ci sont venues, ont mangé l'osier dont notre
» bateau étoit attaché, et par ainsi l'on détaché. Vous
» mêmes l'avez pu voir emporté en pleine mer. Et ce
» qu'il y a dedans perdu pour nous, combien pensez-
» vous qu'il vaille ? Combien d'habits et d'équipages !

» Combien de beaux harnois pour nos chiens ! et de
» l'argent plus qu'il n'en faudroit pour acheter tous
» ces champs ! En récompense de quoi nous voulons
» emmener ce méchant chevrier-ci, lequel entend si
» mal le métier dont il se mêle, que de hanter avec
» ses chèvres au long des plages de la mer, comme s'il
» étoit marinier. »

Voilà ce que dirent les Méthymniens. Daphnis était
tout moulu des coups qu'il avoit reçus ; mais voyant
Chloé présente, il ne s'étonna de rien et leur répondit
franchement. « Je garde bien mes chèvres, et n'y a
» personne en tout le village qui se soit jamais plaint
» que pas une d'elles ait rien brouté en son jardin, ni
» rompu ou gâté un bourgeon dans sa vigne. Mais ceux-
» ci eux-mêmes sont mauvais chasseurs, et ont des
» chiens mal appris, qui ne font que courir çà et là,
» et aboyer tant et si fort, qu'ils ont effarouché mes
» chèvres, et les ont chassées de la plaine et de la
» montagne vers la mer, comme eussent pu faire des
» loups. Or à présent elles ont mangé quelqu'osier ;
» pouvoient-elles emmi ces sables brouter le thym ou
» le serpolet ? Leur bateau est péri en mer ; qu'ils s'en
» prennent à la tourmente ; mes chèvres n'en sont pas
» cause. Voire mais il y avoit dedans tant de biens,
» des habits, de l'argent ? Et qui seroit si sot de croire
» qu'un bateau portant tout cela, n'eût pour l'attacher
» qu'une hart d'osier ? »

En disant ces paroles il se prit à pleurer, et fit grande

pitié à tous les assistants ; tellement que Philétas, qui devoit donner sa sentence, jura le Dieu Pan et les Nymphes que Daphnis n'avoit point de tort, ni ses chèvres non plus., et que la faute, si faute y avoit, étoit aux vents et à la mer, desquels il n'étoit pas juge pour la leur faire réparer. Ce néanmoins le bon Philétas ne sçut si bien dire que les Méthymniens s'en contentassent ; mais de rechef en grande fureur prirent Daphnis, et le vouloient lier pour l'emmener, n'eût été que les paysans, de ce mutinés, se ruèrent, en criant, sur eux, comme une volée d'étourneaux, et leur ôtèrent des mains Daphnis, qui se défendoit bien aussi et à son tour les chargeoit. Si qu'à grands coups de pierres et de bâtons, ils chassèrent les Méthymniens, et ne cessèrent de les poursuivre, qu'ils ne les eussent menés battant hors de leur territoire. Daphnis et Chloé restés seuls, elle eut tout loisir de le conduire en la caverne des Nymphes, où elle lui lava le visage tout souillé du sang qui lui était coulé du nez ; puis tirant de sa panetière un peu de fromage et du tourteau, elle lui en fit manger, et qui plus le conforta, lui donna de sa tendre bouche un baiser plus doux que miel.

Ainsi échappa Daphnis de ce danger : mais la chose n'en demeura pas là. Car ces jeunes gens de Méthymne, retournés chez eux à pied, au lieu qu'ils étoient venus en un beau bateau ; blessés et mal menés, au lieu qu'ils étoient partis gais et bien délibérés, firent assembler le conseil de la ville, auquel ils requirent, en habits et cou-

tenance de suppliants, être vengés de l'outrage qu'ils
avoient souffert, ne disant de vrai pas un mot, de peur
que s'ils eussent conté le fait comme il étoit allé, on ne
se fût moqué d'eux de s'être ainsi laissé battre par des
paysans, mais accusant hautement les Mityléniens de les
avoir pillés, et pris leur bateau sans autre forme de procès, comme en guerre ouverte.

Ceux de Méthymne ajoutèrent aisément foi à leur dire,
pour autant mêmement qu'ils les voyoient blessés; et
quant et quant estimant chose juste et raisonnable de
venger un tel outrage fait aux enfants des plus nobles
maisons de leur ville, décernèrent sur-le-champ la
guerre contre les Mityléniens, sans leur envoyer ni héraut ni déclaration, et commandèrent à leur capitaine
qu'il mît promptement en mer dix galères pour aller faire
du pis qu'il pourroit en toute leur côte. Ils pensèrent que
ce ne seroit pas sûrement ni sagement fait de hasarder
plus grosse flotte à l'approche de l'hiver.

Le capitaine dès le lendemain eut dressé son équipage,
et usant pour moins d'embarras de ses soldats mêmes au
lieu de rameurs, alla fourrager toutes les terres des Mityléniens qui étoient voisines de la mer, là où il prit
force bétail, force grain, du vin en quantité, pour ce
qu'il n'y avoit guères que vendanges étoient faites, et
grand nombre de prisonniers, gens qui travailloient à
ces champs; et aussi s'en vint débarquer où gardoient
leurs bêtes Daphnis et Chloé, courut le pays, ravit et
pilla tout ce qu'il y trouva. Daphnis pour lors n'étoit pas

avec son troupeau; il étoit dans le bois à cueillir de la
ramée verde pour donner l'hiver aux chevreaux, et
voyant du haut des arbres les ennemis dans la plaine,
se cacha au creux d'un vieux chêne. Chloé, qui étoit de-
meurée avec les troupeaux, se cuida sauver de vîtesse,
et se jeta comme en un asyle dans l'antre des Nymphes,
poursuivie jusqu'au lieu même, et là, prioit au nom des
Nymphes ces soldats de ne voüloir faire déplaisir ni à
elle ni à ses bêtes; mais en vain. Car les gens de Méthymne, après avoir fait plusieurs villenies et moqueries aux images des Nymphes, l'emmenèrent elle et ses
bêtes, en la chassant devant eux à coups de houssine
comme une chèvre ou une brebis, et voyant qu'ils
avoient déjà plein leurs vaisseaux de toute sorte de butin,
ne voulurent plus tirer outre, mais reprirent la route de
leurs maisons, craignant l'hiver et les ennemis.

Ainsi s'en alloient les Méthymniens à force de rames,
faisant peu de chemin; car le temps fut si calme, qu'il
ne tiroit ni vent ni haleine quelconque, et Daphnis sorti
de son creux, après que tout ce bruit fut passé, s'en vint
dans la plaine où leurs bêtes avoient coutume de pâturer,
et n'y voyant plus ni ses chèvres, ni les brebis, ni Chloé,
mais seulement les champs tout seuls, et la flûte de laquelle Chloé se souloit ébattre jetée là, se prit à crier et
pleurer, et en soupirant amèrement, s'en couroit tantôt
sous le fouteau à l'ombre duquel ils avoient accoutumé
de se seoir, tantôt au rivage da la mer, pour voir s'il la
trouveroit point, et tantôt dans l'antre des Nymphes où

il l'avoit vue fuir, et là, se jetant par terre devant leurs images, se complaignit à elles , disant qu'elles lui avoient bien failli au besoin. « Chloé, disoit-il, vient d'être ar-
» rachée de vos autels, et vous avez bien eu le cœur de
» le voir et l'endurer ! elle qui vous a fait tant de beaux
» chapelets de fleurs ! elle qui vous offroit toujours du
» premier lait ! elle qui vous a donné ce flageolet même
» que je vois ici pendu ! Jamais loup ne me ravit une
» seule de mes chèvres, et les ennemis m'ont mainte-
» nant ravi le troupeau entier et ma compagne bergère
» aussi. Mes chèvres, ils les tueront et écorcheront in-
» continent ; les brebis , ils en feront des sacrifices aux
» Dieux ; et Chloé demeurera en quelque ville loin de
» moi. Comment oserai-je à cette heure m'en aller de-
» vers mon père et ma mère, sans mes chèvres, sans
» Chloé, pour être désormais misérable manœuvre; car
» il n'y a plus chez nous de bêtes que je pusse garder.
» Mais non , je ne bougerai d'ici, attendant la mort ou
» d'autres ennemis qui m'emmènent aussi. Hélas! Chloé,
» es-tu en même peine que moi ? te souvient-il de ces
» champs ? as-tu point de regret aux Nymphes et à moi ?
» ou si te reconfortent nos brebis et nos chèvres prison-
» nières avec toi? »

Comme il achevoit ces paroles, le cœur gros de cha-
grin, de pleurs, le voilà pris d'un profond somme, et lui apparoissoit les trois Nymphes, en guise de belles et grandes femmes, demi-nues, les pieds sans chaussure, les cheveux épars, en tout semblables aux images. Si lui

fut avis, dès l'abord, qu'elles avoient pitié de lui ; puis
d'elles trois la plus âgée lui dit en le reconfortant : « Ne
» te plains point de nous, Daphnis ; nous avons plus de
» souci de Chloé que tu n'as toi-même. Nous en prîmes
» pitié dès-lors qu'elle venoit de naître, et abandonnée en
» cet antre, l'avons fait élever et nourrir. Car afin que
» tu le saches, rien n'a de commun Chloé avec Dryas et
» ses brebis, ni toi non plus avec Lamon. Et quant à ce
» qui est d'elle, nous y avons déjà pourvu. Elle n'ira
» point prisonnière avec ces soldats à Méthymne, ni ne
» sera partie de leur butin. Pan, qui est là sous ce pin,
» et que vous n'honorez jamais seulement de quelques
» fleurettes, c'est lui que nous avons prié de secourir
» Chloé, parce qu'il fréquente volontiers entre gens de
» guerre, et lui même a conduit des guerres, quittant le
» repos des champs. Il marche dès cette heure, dange-
» reux ennemi, contre ceux de Méthymne. Pourtant ne
» t'afflige point, mais te lève et t'en va consoler Lamon et
» Myrtale, qui sont jetés à terre comme toi, croyant que
» tu aies été pris et emmené sur les vaisseaux. Demain
» reviendra ta Chloé avec vos brebis et vos chèvres ; et
» si les garderez encore et jouerez de la flûte ensemble.
» Au demeurant Amour aura soin de vous. »

Daphnis ayant ouï et vu telles choses, s'éveilla soudain
en sursaut, et pleurant autant de joie que de tristesse,
adora les Nymphes prosterné devant leurs images, et leur
promit, si Chloé retournoit à sauveté, de leur sacrifier la
plus grasse de ses chèvres, et courant au pin sous lequel

étoit le dieu Pan représenté avec les pieds d'un bouc, deux
cornes en la tête, qui d'une main tenoit sa flûte, et de
l'autre arrêtoit un bouquin, l'adora aussi, et le pria qu'il
lui plût faire promptement revenir Chloé, lui promettant
semblablement de lui sacrifier un bouc ; et jusques au soir
environ le soleil couchant, à peine cessa-t-il ses larmes
et ses vœux pour le retour de Chloé. Enfin ramassant sa
feuillée, il s'en retourna au logis, où il ôta de grand émoi
Lamon et Myrtale, et les remplit de liesse, puis mangea
un petit et s'en alla dormir ; mais ce ne fut pas sans pleurer, ni sans faire prière aux Nymphes qu'elles lui appa-
russent encore, et que le jour revînt bientôt, et avec le
jour, selon leur promesse, Chloé. Jamais nuit ne lui fut
si longue. Or voici comme il en alla.

Le capitaine de Méthymne ayant navigué à la rame environ cinq quarts de lieue, voulut un petit rafraîchir ses
gens las d'avoir couru le pays, et trouvant un promontoire
assez avancé en mer, dont l'extrémité présentoit deux
pointes en manière de croissant, abrit aussi sûr qu'aucun
port, il y jeta l'ancre sous une roche haute et droite, sans
autrement aborder, afin que de la côte à toute aventure
on ne lui pût faire nul déplaisir, et ainsi permit à ses gens
de se traiter et réjouir en pleine assurance. Eux ayant à
bord foison de tous vivres qu'ils avoient pillés, se mirent
à manger, boire et faire fête, comme on fait pour une
victoire. Mais dès que le jour fut failli, et que la nuit eut
mis fin à leur bonne chère, il leur fut avis soudainement
que la terre étoit toute en feu, et vers la haute mer enten-

dirent un bruissement dans le lointain , comme des rames d'une grosse flotte qui fût venue contre eux. L'un crioit aux armes , l'autre appeloit ses compagnons ; l'un pensoit être jà blessé , l'autre croyoit voir un homme mort gisant devant lui. Bref , il y avoit tout tel tumulte comme en un combat de nuit ; et si, n'y avoit point d'ennemis.

Après une nuit si terrible , le jour vint qui les effraya encore davantage. Car ils virent les boucs de Daphnis et ses chèvres, les cornes toutes entortillées de rameaux de lierre avec leurs grappes ; ils entendirent les brebis et béliers de Chloé qui hurloient comme loups ; elle-même on la vit couronnée de branchages de pin. Et en la mer se faisoient aussi choses étranges à conter. Car quand ils pensoient lever les ancres , elles tenoient au fond ; quand ils cuidoient abattre leurs rames pour voguer, elles se rompoient. Les dauphins sautant autour des vaisseaux et les battant de leur queue , en décousoient les jointures. Et entendoit-on du haut de la roche le son d'une flûte à sept cannes telle qu'en ont les bergers ; mais ce son n'étoit point plaisant à ouïr, comme seroit le son d'une flûte ordinaire, ains épouvantoit ceux qui l'entendoient comme l'éclat imprévu d'une trompette de guerre : de quoi ils étoient tous en merveilleux effroi, et couroient aux armes , disant que c'étoient les ennemis qui les ve- noient attaquer, et ne sçavoit-on par où; et lors dési- roient que la nuit revînt, comme s'ils eussent dû avoir trève quand elle seroit venue.

Or n'étoit celui parmi eux conservant tant soit peu de

sens, qui ne connût clairement que tous ces prodiges venoient du dieu Pan irrité contre eux pour quelque méfait, mais ils n'en pouvoient deviner la cause, n'ayant touché chose qu'ils sçussent appartenir à Pan; jusqu'à ce qu'environ midi le capitaine, non sans expresse ordonnance divine, s'endormit, et lui apparut Pan lui-même disant telles paroles : « O méchants sacriléges! comme » avez-vous été si forcenés que d'oser emplir d'alarme les » champs que j'aime uniquement, ravir les troupeaux » qui sont en ma protection, et arracher par force d'un » lieu saint une jeune fille de laquelle Amour veut faire » une histoire singulière, et n'avez point eu de crainte » ni de révérence aux Nymphes qui le vous ont vu faire, » ni à moi qui suis le dieu Pan! Jamais vous ne verrez » Méthymne, si vous y prétendez porter un tel butin, » ni jamais n'échapperez le son de cette mienne flûte, » qui vous a naguère effrayés. Je vous ferai tous abymer » au fond de la mer et manger aux poissons, si tu ne » rends, et bientôt, Chloé aux Nymphes à qui vous l'a- » vez enlevée, et quant et elle ses brebis et tout le trou- » peau des chèvres. Pourtant lève-toi sans délai, et la » remets à terre avec ce que je t'ai dit, et je vous con- » duirai tous deux en vos maisons, elle par terre et toi » par mer. »

A ces paroles tout troublé, le capitaine Bryaxis (car ainsi avoit-il nom) s'éveilla en sursaut, et de chaque galère aussitôt faisant appeler les chefs, commanda qu'on cherchât entre les prisonniers Chloé jeune bergère; et

fut fait; et n'eurent pas de peine à la trouver, car elle
étoit assise la tête couronnée de pin. Si la mènent au
capitaine; et lui, connoissant bien à cela que c'étoit pour
elle qu'il avoit eu cette apparition en dormant, la conduisit lui-même à terre dans la galère capitainesse, dont
elle ne fut pas plutôt hors, que du haut de la roche aussitôt on entend un nouveau son de flûte, non plus épou-
vantable en manière de l'alarme, mais tel que bergers
ont coutume de sonner quand c'est pour mener leurs
bêtes aux champs; et brebis aussitôt de sortir du navire par l'escale sans broncher, et les chèvres encore
mieux, comme celles qui sçavoient jà gravir et descendre tous lieux escarpés. Puis chèvres et brebis à terre
entourèrent Chloé, bondissant, sautelant et bêlant, et
sembloient s'éjouir avec elle de leur commune déli-
vrance.

Mais les troupeaux des autres bergers et chevriers demeurèrent où on les avoit mis, et ne bougèrent de dessous le tillac des galères, comme n'étant point pour eux
le son de la flûte; de quoi tout le monde s'émerveilla
grandement, et en loua la puissance et bonté de Pan. Et
encore vit-on de plus étranges merveilles en l'un et en
l'autre élément. Car les galères des Mythymniens démar-
rèrent d'elles-mêmes, avant qu'on eût levé les ancres,
et y avoit un dauphin qui les conduisoit sautant hors de
l'eau devant la capitainesse; et sur terre un fort doux et
plaisant son de flûte conduisoit les deux troupeaux, sans
que l'on pût voir qui en jouoit; si que les brebis et les

chèvres marchoient et paissoient en même temps, avec
très grand plaisir d'ouïr telle mélodie.

C'étoit environ l'heure qu'on ramène les bêtes aux
champs après midi. Daphnis apercevant de tout loin,
d'une vedette élevée, Chloé avec les deux troupeaux, ô
Nymphes! ô Pan! s'écria-t-il; et descendu dans la plaine,
court à elle, se jette dans ses bras, épris de si grande
joie qu'il en tomba tout pâmé. A peine purent le ranimer
les baisers même de Chloé qui le pressoit contre son sein.
Ayant enfin repris ses esprits, il s'en fut avec elle sous
le hêtre, là où s'étant tous deux assis, il ne faillit à lui
demander comme elle avoit pu échapper des mains de
tant d'ennemis; et Chloé lui conta tout, son enlèvement
dans la grotte, son départ sur le vaisseau, et le lierre
venu aux cornes de ses chèvres, et la couronne de feuillage de pin sur sa tête; ses brebis qui avoient hurlé, le
feu sur la terre, le bruit en la mer, les deux sortes de son
de flûte, l'un de paix, l'autre de guerre, la nuit pleine
d'horreur, et comme une certaine mélodie musicale l'a-
voit conduite tout le chemin sans qu'elle en vît rien.

Adonc reconnaissant Daphnis le secours manifeste de
Pan et l'effet de ce que les Nymphes lui avoient promis,
conta de sa part à Chloé tout ce qu'il avoit ouï, tout ce
qu'il avoit vu, et comme, se mourant d'amour et de regret, il avoit été par les Nymphes rendu à la vie. Puis
il l'envoya querir Dryas et Lamon, et quant et quant tout
ce qui fait besoin pour un sacrifice, et lui-même cependant prit la plus grasse chèvre qui fût en son troupeau,

de laquelle il entortilla les cornes avec du lierre, en la
même sorte et manière que les ennemis les avoient vues,
et après lui avoir versé du lait entre les cornes, la sacrifia
aux Nymphes, la pendit et l'écorcha, et leur en consacra
la peau attachée au roc. Puis quand Chloé fut revenue,
amenant Dryas et Lamon et leurs femmes, il fit rôtir une
partie de la chair et bouillir le reste ; mais avant tout il
mit à part les prémices pour les Nymphes, leur épandit
de la cruche pleine une libation de vin doux, et ayant
accommodé de petits lits de feuillage et verde ramée pour
tous les convives, se mit avec eux à faire bonne chère,
et néanmoins avoit toujours l'œil sur les troupeaux,
crainte que le loup survenant d'emblée ne fît son coup
pendant ce temps-là. Puis tous ayant bien repu, se mirent à chanter des hymnes aux Nymphes que d'anciens
pasteurs avoient composées. La nuit venue ils se couchèrent en la place même emmi les champs, et le lendemain
eurent aussi souvenance de Pan. Si prirent le bouc chef
du troupeau, et couronné de branchages de pin le menèrent au pin sous lequel étoit l'image du Dieu, et louant
et remerciant la bonté de Pan, le lui sacrifièrent, le pendirent, l'écorchèrent, puis firent bouillir une partie de
la chair et rôtir l'autre, et le tout étendirent emmi le
beau pré sur verde feuillade. La peau avec les cornes fut
au tronc de l'arbre attachée tout contre l'image de Pan,
offrande pastorale à un dieu pastoral ; et ne s'oublié-
rent non plus de lui mettre à part les prémices, et si
firent en son honneur les libations accoutumées. Chloé

chanta, Daphnis joua de la flûte, et chacun prit place à
table.

Ainsi qu'ils faisoient chère lie, survint de cas d'aventure le bon homme Philétas, apportant à Pan quelques
chapelets de fleurs, et des moissines avec les grappes et
la pampre encore au sarment; et quant et lui amenoit
son plus jeune fils Tityre, jeune petit gars ayant cheveux
blonds et couleur vermeille, air vif et malin, et qui en
courant sautoit ne plus ne moins qu'un chevreau. Dès
qu'ils aperçurent Philétas, ils se levèrent tous, allèrent
avec lui couronner l'image de Pan, et suspendirent les
moissines du bon Philétas aux branches du pin; puis,
lui faisant place parmi eux, le convièrent à leur repas.
Or quand ces vieillards eurent un peu bu, adonc com-
mencèrent-ils à conter de leurs jeunes ans, comme ils
gardoient leurs bêtes aux champs, comme ils étoient
échappés de plusieurs dangers et surprises d'écumeurs
de mer et de larrons. L'un se vantoit qu'il avoit une fois
tué un loup, l'autre qu'après Pan il n'y avoit homme qui
sçut si bien jouer de la flûte que lui. C'étoit Philétas qui
se donnoit cette louange. Daphnis et Chloé le prièrent
qu'il leur voulût de grâce montrer un petit de sa science,
et qu'en ce sacrifice fait à Pan, il honorât avec sa flûte le
Dieu amateur de tels sons. Philétas y consentit, encore
que pour sa vieillesse il se plaignît de n'avoir plus guère
d'haleine, et prit la flûte de Daphnis. Mais elle se trouva
trop petite pour y pouvoir montrer beaucoup de sçavoir
et d'artifice, comme celle de quoi jouoit un jeune garçon

seulement; par quoi il envoya Tityre en son logis, distant d'environ demi-lieue, pour lui apporter la sienne. L'enfant jette là son hocqueton, et s'en court comme un faon de biche; et cependant Lamon se mit à leur conter la fable de Syringe, pour laquelle apprendre il avoit donné à un chevrier de Sicile, qui en sçavoit la chanson, un bouc et une flûte.

« Cette Syringe, leur dit-il, aujourd'hui flûte pasto-
» rale, jadis étoit une belle fille ayant voix mélodieuse
» et grande science de musique. Elle gardoit les chè-
» vres, chantoit et se jouoit avec les Nymphes. Pan qui la
» voyoit aux champs garder ses bêtes, jouer, chanter,
» un jour vient à elle et la prie de ce qu'il vouloit, lui
» promettant faire que ses chèvres porteroient toutes
» deux chevreaux à chaque portée. Elle se moqua de son
» amour, et dit que jamais elle n'auroit ami, non-seu-
» lement tel comme lui qui sembloit proprement un
» bouc, mais ni autre quel qu'il fût. Pan la voulut pren-
» dre à force; elle s'enfuit; il la poursuivit; tant que
» pieds la purent porter, elle courut; mais lasse à la fin
» de courir, elle se jette en un marais et là se perd dans
» les roseaux. Pan coupe les cannes en courroux, et n'y
» trouvant point la pucelle, connut son inconvénient,
» et lors unissant avec de la cire les roseaux taillés iné-
» gaux, en signe d'amour non égal, il en fit cet instru-
» ment. Ainsi elle qui paravant étoit belle jeune fille,
» depuis a été un plaisant instrument de musique. »

Lamon à peine achevoit son conte, et bon Philétas de

3.   9

le louer, disant n'avoir ouï en sa vie chanson si jolie que
cette fable, quand Tityre arriva portant la flûte de son
père, grande à merveille; composée des plus grosses cannes que l'on trouve, accoutrée de laiton par dessus la
cire. On eût dit que c'étoit celle-là même que Pan fit la
première. Philétas adonc se leva et assis sur son lit de
feuillage, premièrement il essaya tous les chalumeaux
voir si rien empêchoit le vent, et voyant que chaque
tuyau rendoit le son convenable, souffla dedans à bon
escient. Si sembloit proprement un air de plusieurs fla-
geolets jouants ensemble, tant menoient de bruit ces
pipeaux : puis petit à petit diminuant la force du vent,
ramena son jeu en un son tout à fait doux et plaisant, et
leur montrant tout l'artifice de la musique pastorale pour
bien mener et faire paître les bêtes aux champs, leur fit
voir comment il falloit souffler pour un troupeau de
bœufs, quel son est mieux séant à un chevrier, quel jeu
aiment les brebis et moutons; celui des brebis étoit gracieux, fort et grave celui des bœufs, celui des chèvres
clair et aigu; et une seule flûte imitoit toutes ces diverses
flûtes du berger, du bouvier et du chevrier.

La compagnie à table écoutoit sans mot dire, couchée
sur le feuillage, prenant très-grand plaisir d'ouïr si bien
jouer Philétas, jusqu'à ce que Dryas se levant, le pria de
jouer quelque gaye chanson en l'honneur de Bacchus, et
lui cependant leur dansa une danse de vendange, faisant
les gestes comme s'il eût, tantôt cueilli la grappe au cep,
et tantôt porté le raisin dans la hotte, puis les mines

d'un qui foule la vendange, qui verse le vin dans les
jarres, et d'un qui hume à bon escient la liqueur nouvelle. Toutes lesquelles choses il fit si proprement et de
si bonne grâce, approchant du naturel, qu'ils pensoient
voir devant leurs yeux la vigne, le pressoir, et les jarres,
et Dryas buvant le vin doux.

Ayant ainsi le troisième vieillard bien et gentiment
fait son devoir de danser, à la fin alla baiser Daphnis et
Chloé, lesquels incontinent se levèrent et dansèrent le
conte de Lamon. Daphnis contrefaisoit le Dieu Pan ,
Chloé la belle Syringe; il lui faisoit sa requête, et elle
s'en rioit; elle s'enfuyoit, lui la poursuivoit, courant sur
le bout des orteils pour mieux contrefaire les pieds de
bouc; elle feignoit d'être lasse et de ne pouvoir plus courir, et au lieu des roseaux s'alloit cacher dans le bois.

Et Daphnis alors prenant la grande flûte de Philétas,
en tira d'abord un son douloureux, comme Pan qui se
fût plaint de la jouvencelle ; puis un son passionné ,
comme la priant d'amour ; puis un son de rappel, comme
cherchant partout ce qu'elle étoit devenue. Si que le bonhomme lui-même Philétas tout émerveillé accourut le
baiser, et après l'avoir baisé lui fit présent de sa flûte, en
priant aux Dieux que Daphnis la laissât un jour à pareil
successeur que lui. Daphnis donna la sienne petite à Pan ,
et ayant baisé Chloé comme revenue et retrouvée d'une
véritable fuite, ramena jouant de la flûte ses bêtes aux
étables, pource qu'il étoit déjà tard; et aussi fit Chloé les
siennes au son des mêmes chalumeaux. Les chèvres mar-

choient côte à côte des brebis, et Chloé tout joignant
Daphnis, de sorte qu'à chaque pas ils se baisoient l'un
l'autre, et durèrent ainsi jusques à nuit close, et en se
quittant complottèrent ensemble de ramener paître leurs
troupeaux le lendemain au plus matin, comme ils firent.
Car incontinent que le jour commença à poindre, ils
revinrent au pâturage, et ayant premièremeut salué les
Nymphes, puis après Pan, s'allèrent asseoir dessous le
chêne, où ils jouèrent de la flûte ensemble, s'entre-baisèrent, s'embrassèrent, se couchèrent l'un près de l'autre,
et sans y faire rien davantage, se relevèrent. Ensuite ils
songèrent à manger; et ils buvoient en même sébile du
vin mêlé avec du lait.

Or échauffés et rendus plus hardis par toutes ces choses, ils contestoient entre eux d'amour, et en vinrent
jusqu'à se vouloir assurer par serment l'un de l'autre.
Daphnis allant dessous le pin, jura par le Dieu Pan qu'il
ne vivroit jamais un seul jour sans Chloé; et Chloé dans
l'antre des Nymphes, jura devant leurs images de vivre
et mourir avec Daphnis. Mais elle, comme une jeune et
innocente fillette, fut si simple de vouloir que Daphnis
au sortir de l'antre lui jurât un autre serment. Si lui dit:
« Ce Dieu Pan, Daphnis, est un Dieu volage auquel il
» n'y a point de fiance; il a aimé Pitys, il a aimé Sy-
» ringe; il ne cesse de pourchasser les Nymphes Épimé-
» lides, et on le voit toujours après les Dryades. Si tu
» me fausses la foi que tu m'as jurée, il ne s'en fera
» que rire, voire quand tu aurois plus de maîtresses qu'il

» n'a de chalumeaux en sa flûte. Et comment te puni-
» roit-il, lui qui chaque jour fait amour nouvelle? Jure-
» moi par ton troupeau, et par la chèvre qui te nourrit
» et allaita, que jamais tu ne laisseras Chloé tant qu'elle
» te sera fidelle ; et là où elle te fera faute et aux Nym-
» phes qu'elle a jurées, fuis-la et la hais ou la tue,
» comme tu ferois un loup. »

Daphnis prit plaisir à ce doute, et debout au milieu
de son troupeau, tenant d'une main un bouc et de l'autre
une chèvre, jura qu'il aimeroit Chloé tant qu'il en seroit
aimé, et que si elle en aimoit un autre, il se tueroit au
lieu d'elle; dont elle fut bien aise, et s'en assura plus
que du premier serment, croyant les brebis et les chèvres être Dieux propres aux bergers et aux chevriers.

LIVRE TROISIÈME.

MAIS les Mityléniens apprenant comme ceux de Méthymne avoient envoyé dix galères à leur dommage, et
mêmement étant informés, par gens qui venoient de la
campagne, comme on avoit couru leurs terres et pillé
leurs biens, estimèrent que ce seroit lâcheté d'endurer
un tel outrage des Méthymniens, et délibérèrent promptement prendre les armes contre eux. Si levèrent incontinent trois mille hommes de pied et cinq cents chevaux,
et envoyèrent par terre leur capitaine général Hippase,
craignant de les mettre sur mer en temps approchant de
l'hyver.

Le capitaine parti aussitôt avec ses gens, ne fourragea
point les terres des Méthymniens, ni n'emmena le bétail
des laboureurs et paysans, parce qu'il estimoit cela être
le fait d'un larron et non pas d'un capitaine; ains tira
droit vers la ville, espérant la surprendre les portes
ouvertes et sans garde. Mais quand il en fut près environ
six lieues, un héraut lui vint au devant, qui lui demanda
trêve au nom des Méthymniens. Car ayant entendu depuis par leurs prisonniers, que ceux de Mitylène ne sçavoient du tout rien de ce qui s'étoit passé, mais que c'étoit

une querelle entre paysans et jeunes gens, où ceux-ci avoient eu des coups pour quelque insolence par eux faite, ils regrettoient fort d'avoir si à la légère offensé leurs voisins, et n'avoient autre désir que de rendre et restituer ce qui auroit été pris, pour pouvoir trafiquer et hanter comme devant les uns avec les autres sans crainte ni danger. Hippase envoya le héraut porter ces paroles au Sénat des Mityléniens, combien qu'il eût tout pouvoir et autorité absolue, et cependant alla camper à demi-lieue de Méthymne, attendant les ordres de sa ville. De là à deux jours ordre lui vint de recevoir les restitutions et s'en retourner sans faire nul dommage. Car ayant le choix de la paix ou de la guerre, ils avoient pensé que la paix valoit mieux. Ainsi se termina la guerre entre Méthymne et Mitylène, finie comme elle fut commencée par soudaine résolution.

Et là-dessus survint l'hyver plus fâcheux que la guerre à Daphnis et à sa Chloé. Car incontinent la neige, tombant en grande abondance, couvrit les chemins et enferma les laboureurs en leurs maisons; les torrents impétueux tomboient aval du haut des montagnes, l'eau se geloit, les arbres sembloient morts, on ne voyoit plus la terre, sinon alentour des fontaines et de quelques ruisseaux; ainsi ne se pouvoient plus mener les bêtes aux champs, ni n'osoient les gens mettre seulement le nez hors la porte; mais demeurant tous au logis, faisoient un grand feu, alentour duquel, dès que les coqs avoient chanté le matin, chacun venoit faire sa besogne. Les uns retordoient du fil, les autres tissoient du poil de chèvre, ou faisoient des collets à prendre les oiseaux. Le soin qu'il falloit lors avoir des bœufs, étoit de leur donner de la paille à manger en la bouverie, aux chèvres et brebis de la feuillée en la bergerie, aux pourceaux de la faîne et du gland en la porcherie.

Étant ainsi chacun contraint de garder la maison pour la rudesse du temps, les autres, tant laboureurs que pasteurs, en étoient aises, parce qu'ils avoient un peu de relâche en leurs travaux, faisoient bons repas et long somme; tellement que l'hyver leur sembloit plus doux que non pas l'été, ni l'automne, ni le printemps avec. Mais Daphnis et Chloé se souvenant des plaisirs passés, comme ils s'entrebaisoient, comme ils s'entr'embrassoient, et de leurs joyeux passetemps emmi ces champs et ces prairies, toute nuit soupiroient en grande peine sans pouvoir dormir, attendant la saison nouvelle ne plus ne moins qu'une seconde vie après la mort. Chaque fois qu'ils trouvoient sous leur main la panetière dont ils souloient tirer leur manger, cela leur mettoit deuil au cœur; apercevant la sébile où ils étoient coutumiers de boire l'un après l'autre, ou bien la flûte, qui étoit un don d'amourette, jetée à terre quelque part sans que l'on en tînt compte, cela renouveloit leur regret. Si prio'ent aux Nymphes et à Pan qu'ils les délivrassent de ces maux, et leur remontrassent enfin à eux et à leurs bêtes le soleil beau et clair, et quant et quant faisant ces prières aux Dieux, cherchoient quelque invention par laquelle ils se pussent entrevoir. Chloé de soi n'y eût sçu que faire, et aussi n'avoit guère moyen; car celle qu'on estimoit sa mère étoit tout le jour après elle, lui montrant à carder la laine et à tourner le fuseau, et lui parlant de la marier; mais Daphnis, comme celui qui avoit plus de loisir et plus de sens aussi que la fillette, trouva pour la voir une telle finesse.

Devant le logis de Dryas, tout contre le mur de la cour, étoient deux grands myrtes et un lierre; les myrtes bien près l'un de l'autre et quasi joints par le pied, tellement que le lierre les embrassant tous deux, et s'étendant en guise de vigne sur l'un et sur l'autre, y faisoit une manière de loge fort couverte, tant les feuilles étoient épaisses et tissues, s'il faut ainsi dire, les unes avec les autres, par dedans pendoient force grappes noires, comme raisins à la treille; à l'occasion de quoi y avoit toujours, mêmement l'hyver, grande multitude d'oiseaux qui lors ne trouvoient rien ailleurs, force merles, force grives, force ramiers, force bisets, et de tous autres oiseaux aimant à manger grains de lierre. Daphnis sortit de la maison sous couleur d'aller tendre à ces oiseaux, ayant plein son bissac de fouaces et de gâteaux au miel, et portant aussi, afin qu'on le crût mieux, de la glu et des collets. La distance de l'une des maisons à l'autre étoit d'environ demi-lieue, et la neige, non encore durcie par le froid, lui eût fait avoir bien de la peine, n'eût été qu'Amour passe partout et franchit le feu, l'eau, la neige, voire même celle de la Scythie. Daphnis fit le chemin tout d'une course, et arrivé devant la demeure de Dryas, secoua la neige qu'il avoit aux pieds, tendit ses collets, englua de longues verges, puis se mit en aguet là auprès, épiant quand viendroient les oiseaux et à l'aventure Chloé.

Or quant aux oiseaux, il en vint grande compagnie, et en prit tant qu'il avoit assez affaire à les amasser, à les tuer et à les plumer, mais de la maison ne sortoit personne, homme ni femme, ni coq, ni poule; ains se tenoient tous au dedans clos et cois au long du feu; dont le pauvre Daphnis étoit en grand émoi d'être venu si mal à point et à heure si malheureuse. Si osa bien penser de trouver un prétexte pour tout droit entrer léans, discourant en lui-même quelle couleur seroit la plus croyable. « Je viens querir du feu. Comment? n'avez-vous point » de plus proches voisins? Je demande du pain. Ton » bissac est plein de vivres. Du vin. Il n'y a que trois » jours que vous avez fait vendanges. Le loup m'a pour- » suivi. Et où en est la trace? Je suis venu chasser aux » oiseaux. Que ne t'en vas-tu donc après que tu en as » assez pris? Je veux voir Chloé. » Telle chose ne se pouvoit bonnement confesser à un père et à une mère. Ainsi n'y avoit-il pas une de toutes ces occasions-là qui ne portât quelque soupçon. « Mieux vaut, disoit-il, que » je m'en aille. Je la reverrai au printemps : non cet » hiver, puisque les Dieux, comme je crois, ne veulent » pas. » Ayant fait en lui-même ces devis, et serrant jà ce qu'il avoit pris de grives et autres oiseaux, il s'en alloit

partir. Mais comme si expressément Amour eût eu pitié
de lui, voici qu'il avint.

Dryas et sa famille à table, le pain et la viande toute
prête, chacun entendoit à boire et à manger, et cependant un des chiens de la bergerie, voyant qu'on ne se
donnoit point de garde de lui, happe un lopin de chair
et s'enfuit hors de la maison; de quoi Dryas courroucé,
pour autant mêmement que c'étoit sa part, prend un
bâton et court après. En le poursuivant il vint à passer
au long de ce lierre où Daphnis avoit tendu ses gluaux,
et le vit comme il chargeoit déjà sa prise sur ses épaules,
prêt à s'en retourner; et sitôt qu'il l'aperçut, oubliant et
chair et chien : Dieu te gard, mon fils, s'écria-t-il; puis
le vient accoler et baiser, le prend par la main et le mène
en sa maison.

Quand ils se virent l'un l'autre, à peine qu'ils ne tombèrent tous deux, de grande aise qu'ils eurent. Ils se for-
cèrent toutefois de se tenir sur leurs pieds, s'entr'appelèrent, se donnèrent le bon jour, et se baisèrent, ce qui
leur fut comme un étai et appui qui leur vint à point pour
les engarder de tomber.

Ayant ainsi Daphnis contre son espérance vu, et davantage ayant baisé sa Chloé, s'assit auprès du feu et déchargea
sur la table ses grives et ses ramiers, contant à la compagnie comment, ennuyé de tant demeurer à la maison,
il s'en étoit venu chasser aux oiseaux, et comment il en
avoit pris aucuns avec des collets, d'autres avec des gluaux,
ainsi qu'ils venoient aux grains de lierre et de myrte.

Ceux de la maison le louèrent grandement de son bon esprit, et le prièrent de manger à bonne chère de ce que le mâtin leur avoit laissé, commandant à Chloé qu'elle leur versât à boire, ce qu'elle fit bien volontiers, à tous les autres premièrement, et puis à Daphnis le dernier; car elle faisoit semblant d'être fâchée contre lui, de ce qu'étant venu si près, il s'en étoit voulu aller sans la voir ni parler à elle; et néanmoins avant que lui présenter à boire, elle but un trait en la tasse, puis lui bailla le demeurant, et lui, encore qu'il eût grand soif, but lentement et à longue haleine, pour en avoir tant plus de plaisir.

Si fut tantôt la table vide de pain et chair, et lors assis, ils lui demandèrent nouvelles de Myrtale et Lamon, disant qu'ils étoient bien heureux d'avoir un tel bâton de leur vieillesse; desquelles louanges Daphnis n'étoit pas marri, mêmement qu'on les lui donnoit en présence de sa Chloé. Mais quand ils lui dirent qu'ils le retenoient ce jour et celui d'après, à cause qu'ils devoient le lendemain faire un sacrifice à Bacchus, peu s'en fallut qu'il ne les adorât au lieu de Bacchus. Si tira de son bissac force gâteaux et des oiseaux qu'ils habillèrent pour le souper. Ainsi fut de rechef le feu allumé, le vin tiré, la table dressée, et sitôt qu'il fut nuit close se mirent à manger, après quoi ils passèrent le temps, partie à faire de plaisants contes, et partie à chanter, jusqu'à ce que sommeil leur vînt; et lors ils s'en allèrent coucher, Chloé avec sa mère, Daphnis avec Dryas. Chloé n'eut autre bien la nuit que de penser à son Daphnis, qu'elle verroit le lendemain tout le jour, et lui se repaissoit d'une vaine volupté, tenant à grand heur de coucher seulement avec le père de sa Chloé ; de sorte que plus d'une fois il l'embrassa et baisa, croyant en rêve embrasser et baiser Chloé.

Le matin il fit un froid extrême, et tira un vent de bise si âpre qu'il brûloit et perçoit tout. Quand ils furent levés, Dryas sacrifia à Bacchus un chevreau d'un an, alluma un grand feu et apprêta le dîner. Adonc, cependant que Napé entendoit à cuire le pain, et Dryas à faire bouillir le chevreau, Chloé et Daphnis étant de loisir, sortirent tous deux de la maison et s'en allèrent sous le lierre, où ils dressèrent des collets, tendirent des gluaux et prirent encore grand nombre d'oiseaux en s'entre-baisant parmi continuellement, et tenant tels propos amoureux : « Je suis venu pour toi, Chloé. Je sçais bien,
» Daphnis. A cause de toi, belle, je tue ces pauvres oi-
» seaux. Qu'est-il de nos amours ? m'as-tu point oublié ?
» Non, par les Nymphes que je t'ai jurées, dans cette
» grotte où nous nous reverrons, dès que la neige sera
» fondue. Ah ! Chloé, qu'elle est haute cette neige ! ne
» fondrai-je point moi-même avant elle ? Ne te soucie,
» Daphnis ; le soleil sera chaud, mais que vienne prime-
» vère. Ah ! le fût-il déjà comme le feu qui brûle mon
» cœur ! Badin, tu te moques de moi, et tu me tromperas
» quelque jour. Non ferai, par mes chèvres que tu m'as
» fait jurer. »

Ainsi que Chloé répondoit en cette sorte à son Daphnis ne plus ne moins que l'écho, Napé les appela : ils s'y en coururent, portant avec eux leur prise bien plus grande que celle de la veille, et après avoir fait des libations à Bacchus, se mirent à manger, ayant sur leurs têtes des couronnés de lierre; et à la fin ayant bien repu et chanté l'hymne à Bacchus, renvoyèrent Daphnis en lui garnissant très-bien son bissac de pain et de chair, et si lui rendirent ses grives et ramiers, disant que quant à eux ils en prendroient bien toujours quand ils voudroient, tant que dureroit l'hyver, et que les grappes ne faudroient au lierre. Ainsi se partit Daphnis, en les baisant tous premier que Chloé, afin que son baiser lui restât pur et net. Depuis il y revint plusieurs fois par autres subtilités, de sorte que l'hyver ne se passa point tout pour eux sans quelque plaisir amoureux.

Et sur le commencement du printemps, que la neige se fondoit, la terre se découvroit et l'herbe dessous poignoit, les bergers alors sortirent et menèrent leurs bêtes aux champs, mais devant tous Daphnis et Chloé, comme ceux qui servoient eux-mêmes à un bien plus grand pasteur; et d'abord s'en coururent droit aux Nymphes dans la caverne, ensuite à Pan sous le pin, puis sous le chêne, où ils s'assirent en regardant paître leurs troupeaux et s'entre-baisant quant et quant; puis allèrent chercher des fleurs pour en faire des couronnes aux Dieux. Mais les fleurs à peine commençoient d'éclore, par la douceur du petit béat de zéphyre qui les ranimoit et la chaleur du soleil qui les entrouvroit. Toutefois encore trouvèrent-ils de la violette, des narcisses, du muguet, et autres telles premières fleurs que produit la saison nouvelle, dont ils firent des chapelets et en couronnèrent les têtes aux images, en leur offrant du lait nouveau de leurs brebis et de leurs chèvres, puis essayèrent à jouer un peu de leurs chalumeaux, comme s'ils eussent voulu provoquer les rossignols à chanter, lesquels leur répondoient de dedans les buissons, commençant petit-à-petit à lamenter encore Itys et recorder leur ramage, qu'un long silence leur avoit fait oublier.

Et alors aussi les brebis bêloient, les agneaux sautoient et se courboient sous le ventre de leur mère, les béliers poursuivoient les brebis qui n'avoient point encore agnelé, et les ayant arrêtées, sailloient puis l'une, puis l'autre; autant en faisoient les boucs après les chèvres, sautant à l'environ, combattant et se cossant fièrement pour l'amour d'elles. Chacun avoit les siennes à soi, et gardoit qu'autre ne fît tort à ses amours. Toutes choses dont la vue auroit en des vieillards éteints rallumé le feu de Vénus, et trop mieux échauffoit ces deux jeunes personnes, qui de long-temps inquiets, pourchassant le dernier but du contentement d'amour, brûloient et se consumoient de tout ce qu'ils entendoient et voyoient, cherchant quelque chose qu'ils ne pouvoient trouver outre le baiser et l'embrasser. Mêmement Daphnis qui devenu grand et en bon point, pour n'avoir bougé tout l'hyver de la maison à ne rien faire, frissoit après le baiser, et étoit gros, comme l'on dit, d'embrasser, faisant toutes choses plus curieusement et plus hardiment que paravant, pressant Chloé de lui accorder tout ce qu'il vouloit, et de se coucher nue à nud avec lui plus longuement qu'ils n'avoient accoutumé. « Car il n'y a, disoit-il, que » ce seul point qui nous manque des enseignements de » Philétas, pour la dernière et seule médecine qui appaise » l'amour. »

Et Chloé lui demandant ce qu'il y pouvoit avoir outre se baiser, s'embrasser et se coucher tout vêtus, et ce qu'il pensoit faire plus quand ils seroient couchés nuds? « Cela, lui dit-il, que les béliers font aux brebis et les » boucs aux chèvres. Vois-tu comment après cela les » brebis ne s'enfuyent plus, ni les béliers ne se travail- » lent plus à courir après; mais paissent tous les deux » amiablement ensemble, comme étant l'un et l'autre » assouvis et contents; et doit bien être quelque chose » plus douce que ce que nous faisons, et dont la douceur » surpasse l'amertume d'amour. Et mais, fit-elle, vois- » tu pas que les béliers et les brebis, les boucs et les » chèvres faisant ce que tu dis, se tiennent debout; les » mâles montent dessus, les femelles soutiennent les » mâles sur le dos. Et toi tu veux que je me couche avec » toi à terre, et toute nue. Sont-elles donc pas plus vêtues » de leur laine ou bien de leur poil que moi de ce qui » me couvre ? »

Il la crut, et comme elle voulut, se coucha près d'elle, où il fut long-temps, ne sçachant comment faire pour venir à bout de ce qu'il désiroit. Il la fit relever, l'embrassa par derrière en imitant les boucs; mais il s'en trouvoit encore moins satisfait que devant. Si se rassit à terre, et se prit à pleurer de ce qu'il savoit moins que les béliers accomplir les œuvres d'amour.

Or y avoit-il non guéres loin de là un qui cultivoit son propre héritage et s'appeloit Chromis, homme ayant jà passé le meilleur de son âge et étant tout à l'heure cassé. Il tenoit avec soi certaine petite femme, jeune et belle, et délicate, pour autant mêmement qu'elle étoit de la ville, et avoit non Lycenion; laquelle voyant passer tous les matins Daphnis, qui menoit ses bêtes en pâture et le soir les ramenoit au tect, eut envie de s'accointer de lui pour en faire son amoureux, et tant le guetta, qu'une fois le trouvant seulet, elle lui donna une flûte, une gauffre à miel, et une panetière de peau de cerf; mais elle n'osa lui rien dire, se doutant qu'il aimoit Chloé, parce qu'il étoit toujours avec elle; et néanmoins n'en sçavoit autre chose sinon qu'elle les avoit vu sourire l'un à l'autre et se faire des signes. Si fit entendre à Chromis un matin, qu'elle s'en alloit voir une sienne voisine en travail d'enfant, suivit les jeunes gens pas à pas, et se cachant entre des buissons pour n'être point aperçue, vit de là tout ce qu'ils faisoient, entendit tout ce qu'ils disoient, et très-bien sçut remarquer comment et pour quelle cause pleuroit le pauvre Daphnis. Par quoi ayant pitié de leur peine, et quant et quant considérant que double occasion de bien faire se présentoit à elle, l'une de les instruire de

3.   10

leur bien, l'autre d'accomplir son désir, elle usa d'une
telle finesse.

Le lendemain feignant d'aller voir sa voisine qui travailloit d'enfant, elle vient droit au chêne sous lequel
étoit Daphnis avec Chloé, et contrefaisant la marrie trou-
blée : « Hélas ! mon ami, dit-elle, Daphnis, je te prie,
» aide-moi. De mes vingt oisons, voilà un aigle qui m'en
» emporte le plus beau. Mais parce qu'il est trop pesant,
» l'aigle ne l'a pu enlever jusque sur cette roche là haut,
» où est son aire, ains est allé choir avec au fond du
» vallon, dedans ce bois ici : et pour ce, je te prie, mon
» Daphnis, viens-y avec moi, car toute seule j'ai peur,
» et m'aide à le recourir. Ne veuille souffrir que mon
» compte demeure imparfait. A l'aventure pourras-tu
» bien tuer l'aigle même, qui ainsi ne ravira plus vos
» agneaux ni vos chevreaux ; et Chloé ce temps pendant
» gardera vos deux troupeaux. Tes chèvres la connois-
» sent aussi bien comme toi ; car vous êtes toujours en-
» semble. »

Daphnis ne se doutant de rien, se leva incontinent,
prit sa houlette en sa main, et s'en fut avec Lycenion.
Elle le mena loin de Chloé, dans le plus épais du bois,
près d'une fontaine, où l'ayant fait seoir : « Tu aimes,
» lui dit-elle, Daphnis, tu aimes la Chloé. Les Nymphes
» me l'ont dit cette nuit. Elles me sont venues, ces
» Nymphes, conter en dormant les pleurs que tu faisois
» hier, et si m'ont commandé que je t'ôtasse de cette
» peine, en t'apprenant l'œuvre d'amour, qui n'est pas

» seulement baiser et embrasser, ni faire comme les bé-
» liers et bouquins; c'est bien autre chose, et bien plus
» plaisante que tout cela. Par quoi si tu veux être quitte
» du déplaisir que tu en as, et trouver l'aise que tu y
» cherches, ne fais seulement que te donner à moi ap-
» prentif joyeux et gaillard, et moi, pour l'amour des
» Nymphes, je te montrerai ce qui en est. »

Daphnis perdit toute contenance, tant il fut aise,
comme un pauvre garçon de village jeune et amoureux.
Si se met à genoux devant Lycenion, la priant à mains
jointes de tôt lui montrer ce doux métier, afin qu'il pût
faire à Chloé ce qu'il désiroit; et comme si c'eût été
quelque grand et merveilleux secret, lui promit un chevreau de lait, des fromages frais, de la crème, et plustôt
la chèvre avec. Adonc le voyant Lycenion plus naïf et
plus simple encore qu'elle n'avoit imaginé, se prit à l'instruire en cette façon. Elle lui commanda de s'asseoir
auprès d'elle, puis de la baiser tout ainsi qu'ils avoient
de coutume entre eux, et en la baisant de l'embrasser, et
finablement de se coucher à terre au long d'elle. Comme
il se fut assis, qu'il l'eut baisée, se fut couché, elle, le
trouvant en état, le souleva un peu et se glissa sous lui,
puis elle le mit dans le chemin qu'il avoit jusque-là
cherché, ou chose ne fit qui ne soit en tel cas accoutumée, nature elle-même du reste l'instruisant assez.

Finie l'amoureuse leçon, Daphnis, aussi simple que
devant, s'en voulut courir vers Chloé pour lui faire tout
aussitôt ce qu'il venoit d'apprendre, comme s'il eût eu

peur de l'oublier. Mais Lycenion le retint et lui dit :
« Il faut que tu sçaches encore ceci, Daphnis ; c'est que
» comme j'étois déjà femme, tu ne m'as point fait mal
» à ce coup ; car un autre homme, il y a déjà quelque
» temps, m'enseigna cela que je te viens d'apprendre et
» en eut mon pucelage pour son loyer. Mais Chloé, lors-
» qu'elle luttera cette lutte avec toi, la première fois elle
» criera, elle pleurera, et si saignera, comme qui l'au-
» roit tuée ; mais n'aye point de peur, et quand elle vou-
» dra se prêter à toi, amène-la ici, afin que si elle crie,
» personne ne l'entende, et si elle pleure, personne ne
» la voye, et si elle saigne, qu'elle se puisse laver en
» cette fontaine. Et te souvienne cependant que je t'ai
» fait homme premier que Chloé. »

Après lui avoir donné ces avis, Lycénion s'en alla d'un
autre côté du bois, faisant semblant de chercher encore
son oison, et Daphnis alors songeant à ce qu'elle lui avoit
dit, ne sçavoit plus s'il oseroit rien exiger de Chloé outre
le baiser et l'embrasser. Il ne vouloit point la faire crier,
car ce lui sembloit acte d'ennemi, ni la faire pleurer,
car c'eût été signe qu'elle eût senti mal ; ou la faire sai-
gner, car étant novice, il craignoit ce sang, et pensoit
être impossible qu'il sortît du sang sinon d'une blessure.
Si s'en revint du bois en résolution de prendre avec elle
les plaisirs accoutumés seulement, et venu à l'endroit
où elle étoit assise faisant un chapelet de violette, lui
controuva qu'il avoit arraché des serres mêmes de l'aigle
l'oison de Lycenion ; puis l'embrassant, la baisa comme

Lycenion l'avoit baisé durant le déduit ; car cela seul lui pouvoit-il, à son avis, faire sans danger ; et Chloé lui mit sur la tête le chapelet qu'elle avoit fait, et en même temps lui baisoit les cheveux, comme sentant à son gré meilleur que les violettes ; puis lui donna de sa panetière à repaître du raisin sec et quelques pains, et souventefois lui prenoit de la bouche un morceau et le mangeoit, elle, comme petits oiseaux prennent la becquée du bec de leur mère.

Ainsi qu'ils mangeoient ensemble, ayant moins de souci de manger que de s'entrebaiser, une barque de pêcheurs parut, qui voguoit au long de la côte. Il ne faisoit vent quelconque, et étoit la mer fort calme, au moyen de quoi ils alloient à rames et ramoient à la plus grande diligence qu'ils pouvoient, pour porter en quelque riche maison de la ville leur poisson tout frais pêché ; et ce que tous mariniers ont accoutumé de faire pour alléger leur travail, ceux-ci le faisoient alors ; c'est que l'un d'eux chantoit une chanson marine, dont la cadence régloit le mouvement des rames, et les autres, de même qu'en un cœur de musique, unissoient par intervalles leur voix à celle du chanteur. Or, tant qu'ils voguèrent en pleine mer, le son dans cette étendue, se perdoit, et la voix s'évanouissoit en l'air ; mais quand ils vinrent à passer la pointe d'un écueil et entrer en une baye profonde en forme de croissant, on ouït bien plus fort le bruit des rames, et bien plus distinctement le refrain de leur chanson ; pource que le fond de la baye se terminoit en un vallon creux, lequel recevant le son, comme le vent qui s'entonne dedans une flûte, rendoit un retentissement qui représentoit à part le bruit des rames, et la voix des chanteurs à part, chose plaisante à ouïr. Car comme une voix venoit d'abord de la mer, celle qui répondoit de terre résonnoit d'autant plus tard, que plus tard avoit commencé l'autre.

Daphnis qui sçavoit que c'étoit de ce retentissement, ne regardoit rien qu'en la mer, et prenoit singulier plaisir à voir la barque voguer vîte comme voleroit un oiseau, tâchant à retenir quelque chose de la chanson qu'il pût jouer après sur sa flûte. Mais Chloé n'ayant jamais ouï ce résonnement de la voix qu'on appelle écho, tournoit la tête, tantôt du côté de la mer, lorsque les pêcheurs chantoient, tantôt vers le bois, cherchant qui leur répondoit. Eux passés, tout se tut en la mer et dans le valllon; et Chloé demandoit à Daphnis si derrière l'écueil y avoit point une autre mer, une autre barque et d'autres rameurs qui chantassent. Il se prit doucement à sourire, et plus doucement encore la baisa, puis lui mettant sur la tête le chapelet de violettes, commença à lui conter la fable d'Echo, lui demandant pour loyer de lui faire ce beau conte, dix autres baisers. Si lui dit : « Il y a, ma » mie, plusieurs sortes de Nymphes; les unes sont Nym- » phes des bois, les autres des prés ou des eaux, toutes » belles, toutes savantes en l'art de chanter; et fille » d'une d'elles fut jadis Echo, mortelle, pource qu'elle » étoit née d'un père mortel; belle, comme fille de belle

» mère. Elle fut nourrie par les Nymphes et apprise par
» les Muses, qui lui montrèrent à jouer de la flûte, à
» former des sons sur la lyre et sur la cithare, et lui en-
» seignèrent toute sorte de chant; si qu'étant jà venue
» en la fleur de son âge, elle dansoit avec les Nymphes
» et chantoit avec les Muses : mais elle fuyoit les mâles,
» autant les Dieux que les hommes, aimant la virginité.
» Pan se courrouça contre elle, jaloux de ce qu'elle chan-
» toit si bien, et dépité de ne pouvoir jouir de sa beauté.
» Il rendit furieux les pâtres et chevriers du pays, qui
» comme loups ou chiens enragés se jetèrent sur la
» pauvre fille, la déchirèrent chantant encore, et çà et
» là dispersèrent ses membres pleins d'harmonie. Terre
» les reçut en faveur des Nymphes, conserva son chant,
» retient sa musique, et depuis, par le vouloir des Muses,
» imite les voix et les sons, et représente, comme faisoit
» la pucelle de son vivant, hommes, Dieux, bêtes, ins-
» truments et Pan, quand il joue de la flûte, lequel en-
» tendant contrefaire son jeu, saute et court par les
» montagnes, non pour autre envie, mais cherchant où
» est l'écolier qui se cache et répète son jeu, sans qu'il
» le voye ni connoisse. »

Daphnis ayant fait ce conte, Chloé le baisa, non-seulement dix fois, comme il avoit demandé, mais beaucoup
plus. Car Echo redit, peu s'en faut, tout ce qu'il avoit
dit, comme pour témoigner qu'il n'avoit point menti.

La chaleur alloit tous les jours de plus en plus augmen-
tant, parce que le printemps finissoit et l'été commen-

çoit; et aussi avoient-ils de nouveaux passetemps convenables à la saison d'été. Daphnis nageoit dans les rivières, Chloé se baignoit dans les fontaines; il jouoit de la flûte à l'envi des pins que les vents faisoient résonner; elle chantoit à l'encontre des rossignols à qui mieux mieux. Ensemble ils chassoient aux cigales, prenoient des sauterelles, cueilloient les fleurs, crouloient les arbres, mangeoient les fruits; et à la fin se couchèrent tous deux sous une même peau de chèvre, nue à nud; et lors eût Chloé facilement été faite femme, si Daphnis n'eût craint de lui faire sang; de quoi il avoit si belle peur, qu'appréhendant de n'être pas toujours maître de soi, souvent il empêchoit Chloé de se dépouiller toute nue, tellement qu'elle même s'en étonnoit; mais elle avoit honte de lui en demander la cause.

Il y eut durant cet été grande presse et pourchas amoureux autour de Chloé pour l'avoir en mariage, et venoit-on de tous côtés la demander à Dryas. Aucuns lui portoient des présents, et tous lui faisoient de grandes promesses; tellement que Napé, mue d'avarice, lui conseilloit de la marier, et ne tenir point plus long-temps une fille si grande en sa maison; que si on ne se hâtoit de lui donner mari, elle pourroit à l'aventure bientôt, en gardant ses bêtes par les champs, perdre son pucelage, et se marier pour des pommes ou des roses avec quelque berger; et, ce disoit Napé, valoit mieux, pour le bien d'elle et d'eux aussi, la faire maîtresse de la maison de quelque bon laboureur, et prendre ce qu'on leur offroit qu'ils garderoient à leur propre fils. Car non-guères auparavant leur étoit né un petit garçon. Et Dryas lui-même quelquefois se laissoit aller à ces raisons; aussi que chacun lui faisoit des offres bien au-delà de ce que méritoit une simple bergère; mais considérant puis après que la fille n'étoit pas née pour s'allier en paysannerie, et que s'il arrivoit qu'un jour elle retrouvât sa famille, elle les feroit tous heureux, il différoit toujours d'en rendre certaine réponse, et les remettoit d'une saison à l'autre, dont lui venoit à lui cependant tout plein de présents qu'on lui faisoit.

Ce que Chloé entendant en étoit fort déplaisante, et toutefois fut long-temps sans vouloir dire à Daphnis la cause de son ennui. Mais voyant qu'il l'en pressoit et importunoit souvent, et s'ennuyoit plus de n'en rien sçavoir qu'il n'auroit pu faire après l'avoir sçu, elle lui conta tout : combien ils étoient de poursuivants qui la demandoient; combien riches! les paroles que disoit Napé à celle fin de la faire accorder, et comment Dryas n'y avoit point contredit, mais remettoit le tout aux prochaines vendanges. Daphnis oyant telles nouvelles, à peine qu'il ne perdit sens et entendement, et se séant à terre, se prit à pleurer, disant qu'il mourroit si Chloé cessoit de venir aux champs garder les bêtes avec lui, et que non lui seulement, mais que les brebis et moutons en mourroient de déplaisir, s'ils perdoient une telle bergère. Puis y ayant un peu pensé, il reprit courage et se mit en tête qu'il la pourroit avoir lui-même, s'il la demandoit à son père, espérant facilement l'emporter sur tous les autres, et leur être préféré. Une chose pourtant le troubloit ; Lamon n'étoit pas riche ; ce seul point lui affoiblissoit fort son espérance. Toutefois il se résolut, quoi qu'il en pût arriver, de la demander à femme, et Chloé même en fut d'avis. Si n'en osa de prime abord rien dire à Lamon, mais découvrit plus hardiment son amour à Myrtale, et lui tint propos comme il désiroit épouser Chloé.

Myrtale la nuit en parla à son mari. Mais Lamon le trouva fort mauvais, et appela sa femme bête, de vouloir marier à une fille de simples bergers, tel gars, à qui elle savoit bien que les marques et enseignes trouvées quant à lui, promettoient autre fortune, et qui un jour ou l'autre étant reconnu des siens, les pourroit, eux, non-seulement affranchir de servitude, mais les faire maîtres de meilleure et de plus grande terre que celle qu'ils tenoient comme serfs. Myrtale toutefois craignant que le garçon épris d'amour, s'il perdoit ainsi tout espoir de ce que tant il désiroit, ne fût capable de quelque funeste résolution, lui allégua d'autres motifs et prétextes de refus : « Nous sommes, ce lui dit-elle, pauvres, mon
» enfant, et avons besoin d'une fille qui nous apporte
» plustôt qu'à qui il faille donner : au contraire ils sont
» riches, eux, et si veulent avoir un mari qui leur donne.
» mais va, fais tant envers Chloé, et elle envers son
» père, qu'il ne nous demande pas grand'chose et qu'il
» te la donne en mariage. Sans doute elle t'aime aussi,
» et elle aimera bien mieux coucher avec toi pauvre et

» beau, qu'avec pas un de ceux-là, qui sont riches et
» laids comme marmots. »

Myrtale crut par ce moyen avoir doucement éconduit
Daphnis. Car elle tenoit pour tout assuré que jamais
Dryas n'y consentiroit, ayant en main de plus riches
partis qui lui offroient beaucoup de bien. Daphnis quant
à lui ne se pouvoit plaindre de la réponse, mais se voyant
si loin d'espérance, fit ce que les amants qui sont pauvres ont accoutumé de faire ; il se prit à pleurer et invo-
qua les Nymphes, lesquelles la nuit ensuivante, ainsi
qu'il dormoit, s'apparurent à lui, en même forme et
manière que la première fois ; et lui dit la plus âgée d'elles : « A un autre Dieu touche le soin du mariage de
» Chloé : nous te donnerons, nous, de quoi gagner
» Dryas. Le bateau des Méthymniens, dont tes chèvres
» broutèrent le lien l'année passée, fut ce jour-là par
» les vents emporté bien loin de terre : mais d'autres
» souffles la nuit le jetèrent contre la côte, où il périt
» et tout ce qui étoit dedans, sinon qu'avec le débris
» l'onde poussa sur la grève une bourse de trois cents
» écus, et est là couverte d'algue, près d'un dauphin
» mort, qui a été cause que nul passant ne s'en est en-
» core approché, fuyant un chacun la puanteur de cette
» pourriture. Vas-y, prends la bourse, et la donne. Ce
» sera assez à cette heure pour montrer que tu n'es point
» pauvre : mais un temps viendra que tu seras riche. »

Aussitôt dites ces paroles, elles disparurent avec la
nuit, et le jour commençant à poindre, Daphnis se leva

tout joyeux, chassa ses bêtes aux champs avec les sons accoutumés, et ayant baisé Chloé, salué les Nymphes, s'en courut au bord de la mer, comme s'il eût voulu s'asperger d'eau marine. Là se promenant sur le sable, il alloit partout regardant s'il trouveroit point ces trois cents écus, à quoi il n'eut pas grand peine ; car la mauvaise odeur du dauphin corrompu lui donna incontinent au nez, et lui servit de guide jusqu'au lieu, où ayant écarté les algues, il trouva dessous la bourse pleine, qu'il enleva, et la mit dans sa panetière. Mais il ne partit point de là qu'il n'eût adoré et remercié les Nymphes, et même la mer ; car tout berger qu'il étoit, il aimoit la mer alors, et elle lui sembloit douce et bonne plus que la terre, pource qu'elle l'aidoit à parvenir au mariage de son amie. Étant saisi de cet argent, il n'attendit pas davantage ; ainsi s'estimant le plus riche, non pas seulement de tous les paysans de là entour, mais aussi de tous les vivants, s'en alla droit à Chloé, lui conta le songe qu'il avoit eu, lui montra la bourse qu'il avoit trouvée, et lui dit de garder leurs bêtes jusqu'à ce qu'il fût de retour ; puis prit sa course vers Dryas, lequel il trouva battant le bled dans l'aire avec sa femme Napé. Si lui commença un brave propos, en lui disant ces paroles :

« Donne-moi Chloé en mariage. Je sais bien jouer
» de la flûte ; je sçais bien besogner aux vignes et aux
» arbres, labourer la terre, vanner le bled au vent ; et
» comment je sçais gouverner les bêtes, elle-même Chloé
» te le peut témoigner. On me bailla au commencement

» cinquante chèvres ; je les ai fait multiplier deux fois
» autant ; et si ai élevé de beaux et grands boucs jusqu'à
» dix, là où premièrement n'en ayant que deux , nous
» falloit la plupart du temps mener nos chèvres ailleurs;
» et si suis jeune et votre voisin , de qui nul ne se sau-
» roit plaindre. Une chèvre m'a nourri , comme Chloé
» une brebis ; et bien que pour tant de choses , je dusse
» être préféré aux autres qui la demandent, encore te
» donnerai -je plus qu'eux. Ils te donneront , eux, quel-
» ques chèvres , quelques moutons , quelque couple de
» bœufs galeux , du bled de quoi nourir trois poules ;
» mais moi, voici trois cents écus. Seulement , je te
» prie, que personne n'en sache rien, non pas même
» mon père Lamon. » En disant ces mots, il lui délivra
l'argent, et le baisa quant et quant.

Dryas et Napé . voyant si grosse somme de deniers ,
qu'ils n'en avoient jamais tant vu ensemble, lui promirent
aussitôt qu'il auroit Chloé pour sa femme , et dirent
qu'ils feroient bien trouver bon ce mariage à Lamon. Si
demeurèrent Daphnis et Napé à chasser les bœufs sur
l'aire, et faire sortir avec la herse le bled des épis, pendant que Dryas, ayant premièrement serré la bourse et
l'argent, s'en alla devers Lamon et Myrtale, pour leur
demander, à vrai dire au rebours de la coutume, leur
jeune garçon en mariage.

Il les trouva qu'ils mesuroient l'orge après l'avoir
vanné, et se plaiguoient qu'à grand peine en recueil-
loient-ils autant comme ils en avoient semé. Il les recon-

forta, disant qu'ainsi étoit-il partout; puis leur demanda
Daphnis à mari pour Chloé, et leur dit que combien que
d'autres lui offrissent et donnassent beaucoup pour l'accorder, il ne vouloit d'eux rien avoir, ains plustôt étoit
prêt à leur donner du sien. Car ils ont, disoit-il, été
nourris ensemble, et gardant leurs bêtes aux champs, se
sont pris l'un l'autre en telle amitié, qu'il seroit maintenant malaisé de les séparer; et si étoient bien d'âge tous
deux pour coucher ensemble. Il leur alléguoit ces raisons
et assez d'autres, comme celui qui pour loyer de les persuader, avoit reçu trois cents écus.

Lamon ne pouvant plus s'excuser sur sa pauvreté,
puisque les parents même de la fille l'en prioient, ni sur
l'âge de Daphnis, car il étoit déjà en son adolescence bien
avant, n'osa néantmoins dire encore à quoi tenoit qu'il
n'y consentît, qui étoit que tel parentage ne convenoit
point à Daphnis; mais après y avoir un peu de temps
pensé, il lui répondit en cette sorte: « Vous êtes gens de
» bien de préférer vos voisins à des étrangers, et de
» n'aimer point plus la richesse que l'honnête pauvreté.
» Veuillent Pan et les Nymphes vous en récompenser!
» Et quant à moi, je vous promets que j'ai autant d'en-
» vie comme vous que ce mariage se fasse; autrement
» serois-je bien insensé, me voyant déjà sur l'âge et
» ayant plus besoin d'aide que jamais, si je n'estimois
» un grand heur d'être allié de votre maison; et si est
» Chloé telle que l'on la doit souhaiter, belle et bonne
» fille, et où il n'y a que redire. Mais étant serf comme

» je suis, je n'ai rien dont je puisse disposer, ains faut
» que mon maître le sache et qu'il y consente. Or donc,
» différons, je vous prie, les noces jusques aux vendan-
» ges, car il doit, au dire de ceux qui nous viennent de
» la ville, se trouver alors ici ; et lors ils seront mari et
» femme, et en attendant s'aimeront comme frère et
» sœur. Mais veux-tu que je te dise ? tu prétends pour
» gendre, Dryas, un qui vaut trop mieux que nous. »
Cela dit, il le baisa et lui présenta à boire ; car il étoit jà
près de midi ; et le convoya au retour quelque espace de
chemin, lui faisant caresses infinies.

Mais Dryas, qui n'avoit pas mis en oreille sourde les
dernières paroles de Lamon, s'en alloit songeant en lui-
même qui pouvoit être Daphnis : « Une chèvre fut sa
» nourrice, les Dieux ont eu soin de lui. Il est beau et ne
» tient en rien de ce vieillard camus ni de sa femme pe-
» lée. Il a trouvé à son besoin ces trois cents écus ; à
» peine pourroit un chevrier finer autant de noisettes.
» N'auroit-il point été exposé comme Chloé ? Lamon
» l'auroit-il point trouvé, comme moi cette petite, avec
» telles marques ou enseignes comme j'en trouvai quant
» et elle ? O Pan, et vous, Nymphes ! veuillez qu'il soit
» ainsi ! A l'aventure un jour Daphnis, reconnu de ses
» parents, pourra bien faire connoître ceux de Chloé
» aussi. »

Dryas s'en alloit discourant et rêvant ainsi en lui-même
jusques à son aire, où il trouva le gars en grande dévotion
d'ouïr quelles nouvelles il apportoit. Si le reconforta en

l'appelant de tout loin son gendre; lui promit les noces
sans faute aux prochaines vendanges , lui donna la main,
foi de laboureur, que Chloé jamais ne seroit à autre que
lui. Daphnis aussitôt, sans vouloir ni boire ni manger,
s'en recourut vers elle, et l'ayant trouvée qui tiroit ses
brebis et faisoit des fromages, il lui annonça la bonne
nouvelle de leur futur mariage, et de là en avant ne feignoit de la baiser devant tout le monde, comme sa fian-
cée, et l'aider en toutes ses besognes, tiroit les brebis
dans les seilles, faisoit prendre le lait pour en faire des
fromages, mettoit les agneaux sous leur mère, comme
aussi ses chevreaux à lui; puis quand tout cela étoit fait,
ils se baignoient, mangeoient, buvoient; puis alloient
en quête des fruits mûrs , dont y avoit grande abondance,
pource que c'étoit après l'oût, dans la richesse de l'automne; force poires de bois, force neffles et azeroles, force
pommes de coin, les unes à terre tombées, les autres
aux branches des arbres. A terre elles avoient meilleure
senteur, aux branches elles étoient plus fraîches; les
unes sentoient comme malvoisie, les autres reluisoient
comme or.

Parmi ces pommiers, un ayant été déjà tout cueilli,
n'avoit plus ni feuille ni fruit. Les branches étoient nues,
et n'étoit demeuré qu'une seule pomme à la cime de la
plus haute branche. La pomme belle et grosse à merveille, sentoit aussi bon ou mieux que pas une; mais qui
avoit cueilli les autres n'avoit osé monter si haut, ou ne
s'étoit soucié de l'abattre; ou possible une si belle pomme

étoit réservée pour un pasteur amoureux. Daphnis ne l'eut pas sitôt vue qu'il se mit en devoir de l'aller cueillir. Chloé l'en voulut garder; mais il n'en tint compte : pourquoi elle peureuse et dépite de n'être point écoutée, s'en fut où étoient leurs troupeaux, et Daphnis montant au fin faîte de l'arbre, atteignit la pomme qu'il cueillit et la lui porta, et la voyant mal contente, lui dit telles paroles : « Cette pomme, Chloé ma mie, les beaux jours » d'été l'ont fait naître, un bel arbre l'a nourrie; puis » mûrie par le soleil, fortune l'a conservée. J'eusse été » aveugle vraiment de ne la pas voir là, et sot l'ayant vue » de l'y laisser, pour qu'elle tombât à terre, et fût foulée » aux pieds des bêtes, ou envenimée de quelque serpent » qui eût frayé au long; ou bien demeurant là haut, re-» gardée, admirée, enviée, eût été gâtée par le temps. » Une pomme fut donnée à Vénus comme à la plus » belle; tu mérites aussi bien le prix. Ayant même » beauté l'une et l'autre, vous avez juges pareils. Il étoit » berger, lui; moi je suis chevrier. »

Disant ces mots il mit la pomme au giron de Chloé, et elle, comme il s'approcha, le baisa si soevement, qu'il n'eut point de regret d'être monté si haut, pour un baiser qui valoit mieux à son gré que les pommes d'or.

3.   11

LIVRE QUATRIÈME.

———

Cependant un des gens du maître de Lamon, envoyé
de la ville, lui apporta nouvelles que leur commun seigneur viendroit un peu devant les vendanges, voir si la
guerre auroit point fait de dommage en ses terres ; à l'occasion de quoi Lamon, étant la saison avancée et passé
le temps des chaleurs, accoutra diligemment logis et
jardins, pour que le maître n'y vît rien qui ne fût plaisant à voir. Il cura les fontaines, afin que l'eau en fût
plus nette et plus claire ; il ôta le fumier de la cour,
crainte que la mauvaise odeur ne lui en fâchât ; il mit en
ordre le verger afin qu'il le trouvât plus beau.

Vrai est que le verger de soi étoit une bien belle et
plaisante chose, et qui tenoit fort de la magnificence des
rois. Il s'étendoit environ demi-quart de lieue en longueur, et étoit en beau site élevé, ayant de largeur cinq
cents pas, si qu'il paroissoit à l'œil comme un quarré
alongé. Toutes sortes d'arbres s'y trouvoient, pommiers,
myrtes, mûriers, poiriers, comme aussi des grenadiers,
des figuiers, des oliviers, et en plus d'un lieu de la vigne
haute sur les pommiers et les poiriers, où raisins et fruits
mûrissant ensemble, l'arbre et la vigne entre eux sem-

bloient disputer de fécondité. C'étoient là les plants cul-
tivés ; mais il y avoit aussi des arbres non portant fruit
et croissant d'eux-mêmes, tels que platanes, lauriers,
cyprès, pins; et sur ceux-là, au lieu de vigne, s'éten-
doient des lierres, dont les grappes grosses et já noir-
cissantes contrefaisoient le raisin. Les arbres fruitiers
étoient au-dedans vers le centre du jardin, comme pour
être mieux gardés, les stériles aux orées tout alentour
comme un rempart, et tout cela clos et environné d'un
petit mur sans ciment. Au demeurant tout y étoit bien
ordonné et distribué, les arbres par le pied distants les
uns des autres ; mais leurs branches par en haut tellement
entrelacées, que ce qui étoit de nature sembloit exprès
artifice. Puis y avoit des carreaux de fleurs, desquelles
nature en avoit produites aucunes et l'art de l'homme les
autres ; les roses, les œillets, les lys y étoient venus
moyennant l'œuvre de l'homme ; les violettes, le narcisse,
les marguerites, de la seule nature. Bref, il y avoit de
l'ombre en été, des fleurs au printemps, des fruits en
automne, et en tout temps toutes délices.

On découvroit de là grande étendue de plaine, et pou-
voit-on voir les bergers gardant leurs troupeaux et les
bêtes emmi les champs, de là se voyoit en plein la mer
et les barques allant et venant au long de la côte, plaisir
continuel joint aux autres agréments de ce séjour. Et
droit au milieu du verger, à la croisée de deux allées qui
le coupoient en long et en large, y avoit un temple dédié
à Bacchus avec un autel, l'autel tout revêtu de lierre et

le temple couvert de vigne. Au dedans étoient peintes les histoires de Bacchus ; Séméle qui accouchoit, Ariane qui dormoit , Lycurgue lié , Penthée déchiré , les Indiens vaincus ; les Tyrrhéniens changés en dauphins, partout des Satyres gaiment occupés aux pressoirs et à la vendange , partout des Bacchantes menant des danses. Pan n'y étoit point oublié, ains étoit assis sur une roche , jouant de sa flûte, en manière qu'il sembloit qu'il jouât une note commune, et aux Bacchantes qui dansoient , et aux Satyres qui fouloient la vendange.

Le verger étant tel d'assiette et de nature , Lamon encore l'approprioit de plus en plus , ébranchant ce qui étoit sec et mort aux arbres , et relevant les vignes qui tomboient. Tous les jours il mettoit sur la tête de Bacchus un chapeau de fleurs nouvelles ; il conduisoit l'eau de la fontaine dedans les carreaux où étoient les fleurs ; car il y avoit dans ce verger une source vive que Daphnis avoit trouvée, et pour ce l'appeloit-on la fontaine de Daphnis, de laquelle on arrosoit les fleurs. Et à lui , Lamon lui recommandoit qu'il engraissât bien ses chèvres le plus qu'il pourroit, parce que le maître ne faudroit à les vouloir voir comme le reste , n'ayant de long-temps visité ses terres et son bétail.

Mais Daphnis n'avoit pas peur qu'il ne fût loué de quiconque verroit son troupeau, car il l'avoit accrû du double, et montroit deux fois autant de chèvres comme on lui en avoit baillé, n'en ayant le loup ravi pas une ; et si étoient en meilleur point et plus grasses que les

ouailles. Afin néantmoins que son maître en eût de tant
plus affection de le marier où il vouloit, il employoit
toute la peine, soin et diligence qu'il pouvoit à les rendre
belles, les menant aux champs dès le plus matin et ne les
ramenant qu'il ne fût bien tard. Deux fois le jour il les
faisoit boire, et leur cherchoit tous les endroits où il y
avoit meilleure pâture; il se souvint aussi d'avoir des
battes neuves, force seilles à traire et des éclisses plus
grandes; enfin, tant il y mettoit d'amour et de souci! il
leur oignoit les cornes, il leur peignoit le poil; à les voir
on eût dit proprement que c'étoit le troupeau sacré du
Dieu Pan. Chloé en avoit la moitié de la peine, et oubliant
ses brebis, étoit la plupart du temps embesognée après
les chèvres; et Daphnis croyoit qu'elles sembloient belles
à cause que Chloé y mettoit la main.

Eux étant ainsi occupés, vint un second messager dire
qu'on vendangeât au plustôt, et qu'il avoit charge de
demeurer là jusqu'à ce que le vin fût fait, pour puis après
s'en retourner en la ville quérir leur maître, qui ne viendroit sinon au temps de cueillir les derniers fruits, sur
la fin de l'automne. Ce messager s'appeloit Eudrome,
qui vaut autant dire comme coureur, et étoit son métier
de courir partout où on l'envoyoit. Chacun s'efforça de
lui faire la meilleure chère qu'on pouvoit. Et cependant
ils se mirent tous à vendanger, si qu'en peu de jours on
eut dépouillé la vigne, pressé le raisin, mis le vin dans
les jarres, laissant une quantité des plus belles grappes
aux branches pour ceux qui viendroient de la ville, afin

qu'ils eussent une image du plaisir de la vendange, et pensassent y avoir été.

Quand Eudrome fut près de s'en aller, Daphnis lui fit don de plusieurs choses, mêmement de ce que peut donner un chevrier, comme de beaux fromages, d'un petit chevreau, d'une peau de chèvre blanche ayant le poil fort long, pour se couvrir l'hyver quand il alloit en course; dont il fut aise, baisa Daphnis en lui promettant dire de lui tous les biens du monde à leur maître. Ainsi s'en retourna le coureur à la ville bien affectionné en leur endroit, et Daphnis demeura aux champs en grand souci avec Chloé. Elle avoit bien autant de peur pour lui que lui-même, songeant que c'étoit un jeune garçon qui n'avoit jamais rien vu, sinon ses chèvres, la montagne, les paysans et Chloé, et bientôt alloit voir son maître, dont à peine il avoit ouï le nom avant cette heure-là. Elle s'inquiétoit aussi comment il parleroit à ce maître, et étoit en grand émoi touchant leur mariage, ayant peur qu'il ne s'en allât comme un songe en fumée; tellement que pour ces pensers, leurs ordinaires baisers étoient mêlés de crainte et leurs embrassements soucieux, où ils demeuroient long-temps serrés dans les bras l'un de l'autre, et sembloit que déjà ce maître fût venu et que de quelque part il les eût pu voir. Comme ils étoient en cette peine, encore leur survint-il un trouble nouveau.

Il y avoit là auprès un bouvier nommé Lampis, de naturel malin et hardi, qui pourchassoit aussi avoir Chloé en mariage, et à Lamon avoit fait pour cela plusieurs présents, lequel ayant senti le vent que Daphnis la devoit épouser, pourvu que le maître en fût content, chercha les moyens de faire que ce maître fût courroucé à eux, et sçachant qu'il prenoit surtout grand plaisir à son jardin, délibéra de le gâter et diffamer tant qu'il pourroit. Or s'il se fût mis à couper les arbres, on l'eût pu entendre et surprendre; il pensa donc de plustôt faire le gât dans les fleurs. Si attendit la nuit, et passant par-dessus la petite muraille, s'en va les arracher, rompre, froisser, fouler toutes comme un sanglier, puis sans bruit se retire; âme ne l'aperçut.

Lamon, le jour venu, entrant au jardin, comme de coutume, pour donner aux fleurs l'eau de la fontaine, quand il vit toute la place si outrageusement vilenée qu'un ennemi en guerre ouverte, venu pour tout saccager, n'y eût sçu pis faire; lors il déchira sa jaquette, s'écriant: « ô Dieux! » si fort que Myrtale laissant ce qu'elle avoit en main, s'en courut vers lui, et Daphnis qui déjà chassoit ses bêtes aux champs, s'en recourut aussi au logis, et voyant ce grand désarroi, se prirent tous à crier, et en criant à larmoyer; mais vaines étoient toutes leurs plaintes.

Si n'étoit pas merveille que eux qui redoutoient l'ire de leur seigneur en pleurassent; car un étranger même à qui le fait n'eût point touché en eût bien pleuré de voir un si beau lieu ainsi dévasté, la terre toute en désordre jonchée du débris des fleurs, dont à peine quelqu'une, échappée à la malice de l'envieux, gardoit ses vives cou-

leurs, et ainsi gisante étoit encore belle. Les abeilles vo-
loient alentour en murmurant continuellement, comme
si elles eussent lamenté ce dégât, et Lamon tout éploré
disoit telles paroles : « Ah! mes beaux rosiers, comme
» ils sont rompus! Ah! mes violiers, comme ils sont
» foulés! Mes hyacinthes et mes narcisses sont arrachés!
» Ç'a bien été quelque méchant et mauvais homme qui
» me les a ainsi perdus. Le printemps reviendra, et ceci
» ne fleurira point; l'été retournera, et ce lieu demeu-
» rera sans parure; l'automne, il n'y aura point ici de
» quoi faire un bouquet seulement. Et toi, sire Bacchus,
» n'as-tu point eu de pitié de ces pauvres fleurs, que
» l'on a ainsi, toi présent et devant tes yeux, diffamées,
» desquelles je t'ai fait tant de couronnes! Comment
» maintenant montrerai-je à mon maître son jardin?
» que me dira-t-il quand il le verra si piteusement ac-
» coutré? ne fera-t-il pas pendre ce malheureux vieil-
» lard, comme Marsyas, à l'un de ces pins? Si fera,
» et à l'aventure Daphnis aussi quant et quant, pen-
» sant que c'aura été sa faute pour avoir mal gardé ses
» chèvres. »

Ces regrets et pleurs de Lamon leur redoublèrent le
deuil à tous, pource qu'ils déploroient non plus le gât des
fleurs, mais le danger de leurs personnes. Chloé lamen-
toit son pauvre Daphnis, s'il falloit qu'il fût pendu, et
prioit aux Dieux que ce maître tant attendu ne vînt plus; et
lui étoient les jours bien longs et pénibles à passer, pensant voir déjà comme l'on fouettoit le pauvre Daphnis.

Sur le soir Eudrome leur vint annoncer que dans trois jours seulement arriveroit leur vieux maître, mais que le jeune, qui étoit son fils viendroit dès le lendemain. Si se mirent à consulter entre eux ce qu'ils avoient à faire touchant cet inconvénient, et appelèrent à ce conseil Eudrome, qui voulant du bien à Daphnis, fut d'avis qu'ils déclarassent la chose à leur jeune maître comme elle étoit avenue; et si leur promit qu'il les aideroit, ce qu'il pouvoit très-bien faire, étant en la grâce de son maître à cause qu'il étoit son frère de lait; et le lendemain firent ce qu'il leur avoit dit. Car Astyle vint le lendemain, à cheval, et quant et lui un sien plaisant qu'il menoit pour passer le temps, à cheval aussi, lui jeune homme à qui la barbe commençoit à poindre, l'autre rasé jà de long-temps. Arrivé ce jeune maître, Lamon se jeta devant ses pieds, avec Myrtale et Daphnis, le suppliant avoir pitié d'un pauvre vieillard et le sauver du courroux de son père, attendu qu'il ne pouvoit mais de l'inconvénient, et lui conte ce que c'étoit. Astyle en eut pitié, entra dans le jardin, et ayant vu le gât, leur promit de les excuser, et en prendre sur lui la faute, disant que ç'auroient été ses chevaux qui s'étant détachés, auroient ainsi rompu, foulé, froissé, arraché tout ce qui étoit de plus beau.

Pour cette bénigne réponse Lamon et Myrtale firent prières aux Dieux de lui accorder l'accomplissement de ses désirs. Mais Daphnis lui apporta davantage de beaux présents, comme des chevreaux, des fromages, des oi-seaux avec leurs petits, des grappes tenant au sarment et

des pommes encore aux branches ; et aussi lui donna
Daphnis de ce fameux vin odorant que produit Lesbos,
vin le meilleur de tous à boire. Astyle loua ses présents
et lui en sçut fort bon gré, et en attendant son père, se
divertissoit à chasser au lièvre, comme un jeune homme
de bonne maison, qui ne cherchoit que nouveaux passe-
temps et étoit là venu pour prendre l'air des champs.

Mais Gnathon étoit un gourmand, qui ne sçavoit autre
chose faire que manger et boire jusqu'à s'enyvrer, et
après boire assouvir ses déshonnêtes envies, en un mot,
tout gueule et tout ventre, et tout...., ce qui est au-dessous du ventre ; lequel ayant vu Daphnis quand il apporta
ses présents, ne faillit à le remarquer ; car outre ce qu'il
aimoit naturellement les garçons, il rencontroit en celui-ci une beauté telle que la ville n'en eût sçu montrer
de pareille. Si se proposa de l'accointer, pensant aisément venir à bout d'un jeune berger comme lui. Ayant
tel dessein dans l'esprit, il ne voulut point aller à la chasse
avec Astyle, ains descendit vers la marine, là où Daphnis gardoit ses bêtes, feignant que ce fût pour voir les
chèvres, mais au vrai c'étoit pour voir le chevrier. Et
afin de le gagner d'abord, il se mit à louer ses chèvres ;
le pria de lui jouer sur sa flûte quelque chanson de chevrier, et lui promit qu'avant peu il le feroit affranchir,
ayant, disoit-il, tout pouvoir et crédit sur l'esprit de son
maître.

Et comme il crut s'être rendu ce jeune garçon obéissant, il épia le soir sur la nuit qu'il ramenoit son trou-

peau au tect, et accourant à lui, le baisa premièrement puis lui dit qu'il se prêtât à lui en même façon que les chèvres aux boucs. Daphnis fut long-temps qu'il n'entendoit point ce qu'il vouloit dire, et à la fin lui répondit : que c'étoit bien chose naturelle que le bouc montât sur la chèvre, mais qu'il n'avoit oncques vu qu'un bouc saillit un autre bouc, ni que les béliers montassent l'un sur l'autre, ni les coqs aussi, au lieu de couvrir les brebis et les poules.

Non pour cela Gnathon lui met la main au corps comme le voulant forcer. Mais Daphnis le repoussa rudement, avec ce qu'il étoit si yvre qu'à peine se tenoit-il en pieds, le jeta à la renverse, et partant comme un jeune levron, le laisse étendu ayant affaire de quelqu'un pour le relever. Daphnis de là en avant ne s'approcha plus de lui, mais menoit ses chèvres paître tantôt en un lieu, tantôt en un autre, le fuyant autant qu'il cherchoit Chloé. Gnathon même ne le poursuivoit plus depuis qu'il l'eut reconnu non-seulement beau, mais fort et roide jeune garçon ; si cherchoit occasion propre pour en parler à Astyle, et se promettoit que le jeune homme lui en feroit don, ayant accoutumé de ne lui refuser rien. Toutefois pour l'heure il ne put, car Dionysophane et sa femme Cléariste arrivèrent, et y avoit dans la maison grand tumulte de chevaux, de valets, d'hommes et de femmes; mais en attendant qu'il le trouvât seul, il lui préparoit une belle harangue de son amour.

Or avoit Dionysophane les cheveux déjà demi-blancs,

grand et bel homme d'ailleurs , et qui de la disposition de sa personne eût encore tenu bon aux jeunes gens; riche autant que qui que ce fût des citoyens de sa ville et de meilleur cœur que pas un. Il sacrifia le premier jour de de son arrivée aux divinités champêtres , à Cérès , à Bacchus , à Pan , aux Nymphes , et fit un festin à toute sa famille. Les jours suivants il visita les champs que tenoit Lamon , et voyant partout terres bien labourées , vignes bien façonnées , le verger beau au demeurant , car Astyle avoit pris sur lui le gât des fleurs et du jardin , il fut fort joyeux de trouver tout en si bon ordre , et louant Lamon de sa diligence , il lui promit la liberté.

Cela vu , il alla voir aussi les chèvres et le chevrier qui les gardoit. Cholé ayant peur et honte tout ensemble de si grande compagnie , s'enfuit cacher dans le bois. Daphnis demeura , et se présenta les épaules couvertes d'une peau de chèvre à long poil , une panetière toute neuve en écharpe à son côté , tenant en l'une de ses mains de beaux fromages tout frais faits , et en l'autre deux chevreaux de lait. Si jamais , comme l'on dit , Apollon garda les bœufs de Laomédon , il étoit tel que parut alors Daphnis , lequel quant à lui ne dit mot , mais le visage plein de rougeur et les yeux baissés , s'inclinant devant le maître , lui offrit ses dons , et donc Lamon prenant la parole , dit : « C'est celui , mon maître , qui garde tes chèvres. Tu » m'en baillas cinquante avec deux boucs , et il t'en a » fait cent , et dix boucs. Vois-tu comme elles sont grasses et bien vêtues , et qu'elles ont les cornes entières et

» helles! Il les a instruites, et sont toutes apprises à en-
» tendre la musique, et font tout ce qu'on veut en oyant
» seulement le son de la flûte. »

Cléariste, qui étoit là présente, eut envie d'en voir
l'expérience. Si commanda à Daphnis qu'il jouât de la
flûte ainsi qu'il avoit accoutumé quand il vouloit faire
faire quelque chose à ses chèvres, et lui promit, s'il flû-
toit bien, de lui donner un sayon neuf, une chemisette
et des souliers. Adonc Daphnis debout sous le chêne,
toute la compagnie en rond autour de lui, tira sa flûte
de sa panetière, et premièrement souffla un bien peu
dedans; soudain ses chèvres s'arrêtant, levèrent toutes la
tête : puis sonna pour les faire paître ; et toutes aussitôt,
mettant le nez en terre, se prirent à brouter : puis il
leur sonna un chant mol et doux, et incontinent se couchèrent à terre, un autre clair et aigu, et elles s'enfuirent
dans le bois comme à l'approche du loup; tôt après un
son de rappel, et adonc sortant toutes du bois, se vinrent rendre à ses pieds. Varlets ne sçauroient être plus
obéissants au commandement de leur maître, qu'elles
étoient au son de sa flûte; de quoi tous les assistants demeurèrent émerveillés, spécialement Cléariste, laquelle
jura qu'elle donneroit ce qu'elle avoit promis au gentil
chevrier, qui étoit si beau et sçavoit si bien jouer de la
flûte. Après cela ils s'en allèrent, et rentrés au logis,
soupèrent et envoyèrent à Daphnis de ce qui leur fut
servi, qu'il mangea avec Chloé, joyeux de goûter des
mets apprêtés à la façon de la ville, au reste ayant bonne

espérance de parvenir du gré de ses maîtres au mariage de son amie.

Mais Gnathon, que la beauté de Daphnis, tel qu'il l'avoit vu avec son troupeau, enflammoit de plus en plus, croyant ne pouvoir sans lui avoir aise ni repos, profita d'un moment qu'Astyle se promenoit seul au jardin, le mena dans le temple de Bacchus, et là se mit à lui baiser les mains et les pieds ; et Astyle lui demandant pourquoi il faisoit tout cela, et que c'étoit qu'il vouloit dire : « C'en est fait, mon maître, dit-il, du pauvre » Gnathon. Lui qui n'a été jusqu'ici amoureux que de » bonne chère, qui ne voyoit rien si aimable qu'une » pleine jarre de vin vieux, à qui sembloient tes cuisi- » niers la fleur des beautés de Mitylène, il ne trouve » plus rien de beau ni d'aimable que Daphnis seul au » monde. Oui, je voudrois être une de ses chèvres, et » laisserois là tout ce qu'on sert de meilleur à ta table, » viande, poisson, fruit, confitures, pour paître l'herbe » au son de sa flûte et sous sa houlette brouter la feuil- » lée. Mais toi, mon maître, tu le peux, sauve la vie à » ton Gnathon, et te souvenant qu'Amour n'a point de » loi, prends pitié de son amour : autrement, je te jure » mes grands Dieux qu'après m'être bien empli le ven- » tre, je prends mon couteau, je m'en vas devant la porte » de Daphnis, et là je me tuerai tout de bon, et tu n'au- » ras plus à qui tu puisses dire, mon petit Gnathon ; » Gnathon mon ami. »

Le jeune homme de bonne nature ne put souffrir de

voir ainsi Gnathon pleurer et de rechef lui baiser les
mains et les pieds, mêmement qu'il avoit éprouvé que
c'est de la détresse d'amour. Si lui promit qu'il deman-
deroit Daphnis à son père, et l'emmèneroit comme pour
être son serviteur à la ville, où lui Gnathon en pourroit
faire tout ce qu'il voudroit; puis, pour un peu le confor-
ter, lui demanda en riant s'il n'auroit point de honte de
baiser un petit pâtre tel que ce fils de Lamon, et le grand
plaisir que ce lui seroit d'avoir à ses côtés couché un gar-
deur de chèvres ; et en disant cela il faisoit un fi, comme
s'il eût senti la mauvaise odeur du bouc. Mais Gnathon,
qui avoit appris aux tables des voluptueux tant qu'il se
peut dire et conter de propos d'amour, pensant avoir
bien de quoi justifier sa passion, lui répondit d'assez bon
sens : « Celui qui aime, ô mon cher maître, ne se soucie
» point de tout cela ; ains n'y a chose au monde, pourvu
» que beauté s'y trouve, dont on ne puisse être épris.
» Tel a aimé une plante, tel un fleuve, tel autre jusqu'à
» une bête féroce, et si pourtant, quelle plus triste
» condition d'amour que d'avoir peur de ce qu'on aime ?
» Quant à moi, ce que j'aime est serf par le sort, mais
» noble par la beauté. Vois-tu comment sa chevelure
» semble la fleur d'hyacinthe, comment au-dessous des
» sourcils ses yeux étincellent ne plus ne moins qu'une
» pierre brillante mise en œuvre, comment ses joues
» sont colorées d'un vif incarnat ! et cette bouche ver-
» meille ornée de dents blanches comme yvoire, quel
» est celui si insensible et si ennemi d'Amour, qui n'en

» désirât un baiser ? J'ai mis mon amour en un pâtre ;
» mais en cela j'imite les Dieux. Anchise gardoit les
» bœufs, Vénus le vint trouver aux champs ; Branchus
» paissoit les chèvres, et Apollon l'aima ; Ganymède
» étoit berger, et Jupiter le ravit pour en avoir son plai-
» sir. Ne méprisons point un enfant auquel nous voyons
» les bêtes mêmes si obéissantes ; mais bien plustôt
» remercions les aigles de Jupiter qui souffrent telle
» beauté demeurer encore sur la terre. »

Astyle à ces mots se prit à rire, disant qu'Amour, à ce
qu'il voyoit, faisoit de grands orateurs, et depuis cherchoit occasion d'en pouvoir parler à son père. Mais Eudrome avoit écouté en cachette tout leur devis, et étant
marri qu'une telle beauté fût abandonnée à cet yvrogne,
outre ce que d'inclination il vouloit grand bien à Daphnis, alla aussitôt conter et à lui-même et à Lamon. Daphnis en fut tout éperdu de prime-abord, délibérant s'enfuir plustôt avec Chloé, ou bien ensemble mourir. Mais
Lamon appelant Myrtale hors de la cour : « Nous som-
» mes perdus, ma femme, lui dit-il ; voici tantôt décou-
» vert ce que nous tenions caché. Deviennent ce qu'elles
» pourront et les chèvres et le reste, mais, par les Nym-
» phes et Pan, dussé-je, comme on dit, rester bœuf à
» l'étable et ne faire plus rien, je ne me tairai point de
» la fortune de Daphnis, ains déclarerai comment je l'ai
» trouvé abandonné, dirai comment je l'ai vu nourri, et
» montrerai ce que j'ai trouvé quant et lui, afin que ce
» coquin voye où s'adresse son amour. Prépare-moi seu-

« lement les enseignes de reconnoissance. » Cela dit, ils rentrèrent tous deux.

Cependant Astyle trouvant son père à propos, lui demanda permission d'emmener Daphnis à Mitylène, disant que c'étoit un trop gentil garçon pour le laisser aux champs, et que Gnathon l'auroit bientôt instruit au service de la ville. Le père y consentit volontiers, et faisant appeler Lamon et Myrtale, leur dit pour bonne nouvelle que Daphnis, au lieu de garder les bêtes, serviroit de là en avant son fils Astyle en la ville, et promit qu'il leur donneroit deux autres bergers au lieu de lui. Adonc Lamon, étant jà les autres esclaves accourus, bien joyeux d'avoir un tel compagnon, demanda congé de parler; ce qui lui étant accordé, il parla en cette sorte : « Je te prie,
» mon maître, écoute un propos véritable de ce pauvre
» vieillard; je jure les Nymphes et le Dieu Pan que je
» ne te mentirai d'un mot. Je ne suis pas le père de Daph-
» nis, ni n'a été ma femme Myrtale si heureuse que de
» porter un tel enfant. Il fut exposé tout petit par des
» parents qui en avoient possible assez d'autres plus
» grands. Je le trouvai abandonné de père et de mère, al-
» laité par une de mes chèvres, laquelle j'ai enterrée
» dans le jardin, après qu'elle fut morte de sa mort na-
» turelle, l'ayant aimée pource qu'elle avoit fait œuvre
» de mère envers cet enfant. Je trouvai quant et quant
» des joyaux qu'on avoit laissés avec lui, pour une fois
» le reconnoître. Je le confesse et les garde; car ce sont
» marques auxquelles on peut voir qu'il est issu de bien

3.   I 2

» plus haut état que le nôtre. Or ne suis-je point marri
» qu'il serve ton fils Astyle, et soit à beau et bon maître
» un beau et bon serviteur : mais je ne puis du tout souf-
» frir qu'on le livre à Gnathon, pour en faire comme
» d'une femme. »

Lamon ayant dit ces paroles, se tut et répandit force
larmes. Gnathon fit du courroucé en le menaçant de le
battre; mais Dionysophane, frappé de ce qu'avoit dit
Lamon, regarda Gnathon de travers et luicommanda
qu'il se tût, puis interrogea de rechef le vieillard, lui
enjoignant de dire vérité, sans controuver des menteries
pour cuider retenir son fils. Lamon persistant dans son
dire, attesta les Dieux, et s'offrit à tout souffrir s'il men-
toit. Dionysophane adonc examinant ses paroles avec
Cléariste assise auprès de lui : « A quelle fin auroit La-
» mon controuvé ce récit, vu que pour un chevrier on
» lui en veut donner deux? Comment seroit-ce qu'un
» rude paysan eût inventé tout cela ? Puis, n'étoit-il pas
» visible qu'un si bel enfant n'avoit pu naître de telles
» gens ? » Si pensèrent d'un commun accord que sans y
songer davantage, ni tant deviner, il falloit voir les enseignes de reconnoissance, pour s'assurer si elles apparte-
noient, ainsi qu'il disoit, à plus haut état que le sien.
Myrtale les alla incontinent querir dedans un vieux sac
où ils les gardoient. Le premier qui les vit fut Dionysophane ; et dès qu'il aperçut le petit mantelet d'écarlate
avec une boucle d'or et le couteau à manche d'yvoire, il
s'écria à haute voix, ô Jupiter! et appella sa femme pour

les voir aussi ; laquelle, sitôt qu'elle les vit, s'écria semblablement : « O fatales Déesses, ne sont-ce point là les
» joyaux que nous mîmes avec notre enfant, quand nous
» l'envoyâmes exposer par notre servante Sophroné ? Il
» n'y a point de doute, ce sont ceux-là mêmes. Mon
» mari, l'enfant est nôtre. Daphnis est ton fils et garde
» les chèvres de son propre père. »

Comme elle parloit encore, et que Dionysophane, jetant abondance de larmes, de grande joye qu'il avoit,
baisoit ces enseignes de reconnoissance, Astyle ayant entendu que Daphnis étoit son frère, posa vîtement sa robe
et s'en courut par le jardin, pour être le premier à le baiser. Daphnis le voyant accourir vers lui avec tant de gens,
et qu'il crioit, Daphnis, Daphnis, pensant que ce fut
pour le prendre, jette sa flûte et sa panetière, et se met
à fuir vers la mer pour se précipiter du haut du rocher ;
et possible Daphnis, par étrange accident, alloit être
aussitôt perdu que retrouvé, si Astyle, se doutant pourquoi il fuyoit, ne lui eût crié de tout loin : « Arrête, Daph-
» nis ; n'aye point de peur ; je suis ton frère ; tes maîtres
» sont tes parents ; Lamon nous a tout conté, nous a
» tout montré, regarde seulement, vois comme nous
» rions. Mais baise-moi le premier. Par les Nymphes,
» je ne te ments point. »

A peine s'arrêta Daphnis, quand il eut ouï ce serment,
et attendit Astyle, qui les bras ouverts accouroit, et
l'ayant joint l'embrassa. Puis toute la maison, serviteurs,
servantes, père, mère, venus à leur tour l'embrassoient,

le baisoient. Lui de sa part leur faisoit fête, mais sur tous autres à son père et à sa mère, et sembloit qu'il les connût jà long-temps auparavant, tant les serroit contre son sein et à peine se pouvoit arracher de leurs bras. Nature se reconnoît d'abord. Il en oublia un moment Chloé. Si le conduisirent au logis, et lui donnèrent une belle et riche robe neuve; puis étant vêtu, fut assis auprès de son père, qui leur commença tel propos :

« Mes enfants, je fus marié bien jeune, et après quel-
» que temps devins père bien heureux, comme il me
» sembloit pour lors; car le premier enfant que ma
» femme fit fut un fils, le second une fille, et le troi-
» sième fut Astyle. Je pensai que trois me seroient suf-
» fisante lignée, et venant celui-ci après tous, le fis
» exposer en maillot, avec ces bagues et bijoux, que je
» croyois pour lui ornements funéraires, plustôt que
» marques destinées à le faire connoître un jour. Mais
» fortune en avoit autrement disposé. Car mon fils aîné
» et ma fille moururent de même mal en même jour;
» et toi, Daphnis, par la providence des Dieux, tu nous
» as été conservé, afin que nous ayons plus de support
» en notre vieillesse. Pourtant ne me hais point, mon
» fils, de t'avoir fait exposer; ainsi le vouloient les
» Dieux. Et toi, qu'il ne te fâche, Astyle, de partager
» ton héritage; car il n'est richesse qui vaille un bon
» frère. Aimez-vous, mes enfants, l'un l'autre, et quant
» aux biens, vous en aurez de quoi n'envier rien aux
» rois. Je vous laisserai grandes terres, nombre de gens

» habiles à tout, or, argent, et de toutes choses qu'ont
» les hommes riches et heureux. Mais je veux que mon
» fils Daphnis en son partage ait ce lieu-ci, et lui donne
» Lamon et Myrtale, et les chèvres qu'il a gardées. »

Il parloit encore, et Daphnis sautant en pieds soudainement : « Tu m'en fais souvenir, mon père : je m'en
» vais mener boire mes chèvres, dit-il. Elles ont soif à
» cette heure, et attendent pour aller boire le son de ma
» flûte, et je suis assis à ne rien faire. » Chacun se prit
à rire de voir Daphnis, qui devenu maître, vouloit être
encore chevrier. On envoya quelque autre avoir soin de
ses chèvres, et puis ils sacrifièrent à Jupiter Sauveur et
firent un grand festin. Gnathon seul n'osa s'y trouver,
mais demeuroit jour et nuit dans le temple de Bacchus,
comme un suppliant, pour la peur qu'il avoit de Daphnis.

Le bruit incontinent s'étant épandu partout que Dionysophane avoit retrouvé un sien fils, et que Daphnis
qui menoit les chèvres aux champs, étoit devenu le
maître et des chèvres et des champs, les voisins paysans
accoururent de toutes parts pour se conjouir avec lui et
faire des présents à son père, et Dryas tout des premiers,
le nourricier de Chloé. Dionysophane les retint tous pour
la fête, ayant fait d'avance préparer force pain, force
vin, du gibier de toute sorte, des gâteaux au miel à foison, veaux et petits cochons de lait, et victimes à immo-
ler aux Dieux protecteurs du pays.

Et lors Daphnis amassa tous ses meubles de chevrier
dont il fit présent aux Dieux, consacrant sa panetière

et sa peau de chèvre à Bacchus, à Pan sa flûte, sa houlette aux Nymphes avec ses sébiles à traire qu'il avoit lui-même faites. Mais, tant est plus douce que richesse une première accoutumance! il ne pouvoit sans pleurer laisser aucune de ces choses. Il ne suspendit ses sébiles qu'après y avoir trait ses chèvres, ni ne donna sa flûte à Pan, qu'il n'en eût joué encore une fois, ni sa peau de chèvre à Bacchus, qu'après se l'être vêtue, et chaque chose qu'il donnoit, il la baisoit premièrement. Il dit adieu à ses chèvres; il appela ses bouquins l'un après l'autre par leur nom; il but aussi à la fontaine où tant de fois il avoit bu avec sa Chloé; mais il n'osoit encore parler de leurs amours.

Or cependant qu'il entendoit aux offrandes et sacrifices, voici qu'il avint de Chloé. Seulette aux champs, elle étoit assise à garder ses moutons, disant comme pauvre délaissée : « Daphnis m'oublie; maintenant il » songe à quelque riche mariage. Pourquoi lui ai-je fait » jurer, au lieu des Nymphes, ses chèvres? Il les a ou- » bliées aussi, et même en sacrifiant aux Nymphes et à » Pan, n'a point désiré voir Chloé. Il aura trouvé chez » sa mère les servantes même plus belles. Adieu donc, » Daphnis. Sois heureux; mais moi, je ne sçaurois plus » vivre. »

Elle étant en cette rêverie, le bouvier Lampis, aidé de quelques autres paysans, la vint enlever, croyant que Daphnis ne devoit plus l'épouser, et que Dryas, quand une fois elle seroit entre ses mains, consentiroit qu'elle lui demeurât. La pauvrette, comme on l'emportoit, crioit tant qu'elle pouvoit, et quelqu'un qui vit cette violence, s'en courut avertir Napé, et elle Dryas, et Dryas Daphnis, lequel à peine qu'il ne sortît du sens, n'osant recourir à son père, et ne pouvant néantmoins laisser Chloé sans secours, si s'en alla dans le jardin; et là faisoit ses plaintes tout seul : « O malheureux que je suis » d'avoir retrouvé mes parents! Combien m'eût été meil- » leur de garder toujours les bêtes aux champs! Combien » plus étois-je content quand j'étois serf avec Chloé! » Alors je la voyois; alors je la baisois : et maintenant » Lampis l'a ravie et s'en va avec; et quand la nuit sera » venue, il couchera avec elle, pendant que je suis ici » à boire et faire bonne chère. J'ai donc en vain juré mes » chèvres, le Dieu Pan et les Nymphes. »

Or Gnathon, qui étoit caché dedans la chapelle du verger, entendit clairement ces complaintes de Daphnis, et, pensant que c'étoit une bonne occasion pour faire sa paix avec lui, prit quelques jeunes valets d'Astyle, et s'en alla après Dryas, lui disant qu'il les conduisît en la maison de Lampis, ce qu'il fit; et diligentèrent si bien, qu'ils surprirent Lampis ainsi comme il ne faisoit que d'entrer en son logis avec Chloé, laquelle il lui ôta d'entre les mains à force, et dola très-bien les épaules de tous les rustauts qui lui avoient aidé à faire ce rapt, à grands coups de bâton; puis voulut prendre et lier Lampis pour l'amener prisonnier; mais il se sauva de vîtesse.

Gnathon, ayant fait un tel exploit, s'en retourna qu'il

étoit jà nuit toute noire, et trouva Dionysophane jà couché en son lit dormant. Mais le pauvre Daphnis veilloit,
et étoit encore dedans le verger, où il se déconfortoit et
pleuroit : si lui amena Chloé, et, la lui livrant entre ses
mains, lui conta comme il avoit fait, le priant de ne se
vouloir souvenir en rien du passé; mais l'avoir pour sien
serviteur, ni le débouter de sa table; sans laquelle il lui
seroit force de mourir de male faim. Daphnis voyant
Chloé, la tenant de Gnathon, fut facile à faire appointement avec lui, et envers elle s'excusa de ce qu'il pouvoit
sembler l'avoir oubliée : et, de commun consentement,
furent d'avis de ne point encore déclarer leur mariage;
que Daphnis continueroit de voir Chloé en secret, et ne
découvriroit son amour qu'à sa mère. Mais Dryas ne le
permit point, ains le voulut dire lui-même au père de
Daphnis, se faisant fort de lui faire bien accorder. Si prit
le lendemain, aussitôt qu'il fut jour, les enseignes de
reconnoissance qu'il avoit trouvées avec Chloé, et s'en
alla devers Dionysophane, qu'il trouva dans le verger,
assis avec Cléariste et leurs deux enfants Astyle et Daphnis ; si leur commença à dire : « Même nécessité me con-
» traint de vous déclarer un secret tout pareil à celui de
» Lamon, c'est que je n'ai engendré ni nourri le premier
» cette jeune fille Chloé : autre que moi l'a engendrée ;
» une brebis l'a allaitée dedans la caverne des Nymphes,
» où enfant elle fut exposée. Je la vis: ébahi, je la pris,
» l'emportai, et depuis l'ai nourrie et élevée. Sa beauté
» même le témoigne, car elle ne tient en rien de nous.

» Aussi font les marques et enseignes que je trouvai
» avec elle, plus riches que ne porte l'état d'un pauvre
» pâtre. Voyez-les et puis cherchez ses vrais parents,
» si à l'aventure elle seroit point sortable pour femme à
» Daphnis. »

Dryas ne jeta point sans dessein cette parole, ni Dionysophane ne la reçut en vain; mais, prenant garde au
visage de Daphnis, et le voyant changer de couleur et se
détourner pour pleurer, connut bien incontinent qu'il y
avoit des amourettes entre eux deux; et, étant soigneux
de son fils plus que de la fille d'autrui, examina le plus
diligemment qu'il put la parole de Dryas : et, quand encore il eut vu les marques de reconnoissance qui avoient
été exposées avec elle, c'est à sçavoir des patins dorés,
des chausses brodées, et une coiffe d'or, adonc appela-t-il
Chloé, et lui dit qu'elle fît bonne chère, pource que jà
elle avoit trouvé un mari, et bientôt après trouveroit son
vrai père et sa mère.

Cléariste dès-lors la prit avec elle, la vêtit et accoutra
comme femme de son fils. Mais Dionysophane appela
Daphnis à part, et lui demanda si elle étoit encore pucelle. Daphnis lui jura qu'elle ne lui avoit rien été de
plus près que du baiser, et du serment par lequel ils
avoient promis mariage l'un à l'autre. Dionysophane se
prit à rire de ce serment, et les fit tous deux dîner avec
lui.

Là eût-on pu voir ce que c'est qu'ornement à naturelle
beauté; car Chloé vêtue et coiffée, bien que de sa simple

chevelure, et ayant lavé son visage, sembla à chacun si belle par-dessus le passé, que Daphnis même à peine la reconnoissoit; et quiconque l'eût vue en tel état, n'eût point fait doute d'affirmer par serment qu'elle n'étoit point fille de Dryas, lequel toutefois étoit à table comme les autres avec sa femme Napé, et Lamon et Myrtale aussi, tous quatre sur un même lit.

Quelques jours après on fit de rechef des sacrifices aux Dieux pour l'amour de Chloé, comme l'on avoit fait pour Daphnis, et fit-on semblablement le festin de sa reconnoissance; et elle de son côté distribua ses meubles de bergerie aux Dieux, sa panetière, sa flûte, et les tirouers où elle tiroit les brebis, et épandit dedans la fontaine qui étoit en la caverne des Nymphes, du vin à cause qu'elle avoit été trouvée et nourrie auprès d'icelle fontaine; et sema de chapelets et bouquets de fleurs la sépulture de la brebis que Dryas lui enseigna, et joua encore de sa flûte pour réjouir ses brebis, faisant prières aux Nymphes que ceux qui seroient trouvés ses naturels parents fussent dignes d'être alliés de Daphnis.

Après qu'ils eurent fait assez de fêtes et de bonne chère aux champs, ils délibérèrent de s'en retourner à la ville, afin de chercher les parents de Chloé, pour ne différer plus les noces : par quoi, dès le matin, firent trousser tout leur bagage, et donner à Dryas encore autres trois cents écus, et à Lamon la moitié des fruits de toutes les terres et vignes qu'il tenoit, les chèvres avec leurs chevriers, quatre paires de bœufs, des robes fourrées pour l'hiver, et, par--dessus tout cela la liberté à lui et sa femme Myrtale, puis cheminèrent vers Mitylène, avec grand train de chevaux et de chariots.

Or, ce jour--là, parce qu'ils arrivèrent le soir bien tard, les autres citoyens de la ville n'en sçurent rien : mais, le lendemain au plus matin, le bruit en étant couru par-- tout, il s'assembla au logis de Dionysophane grande mul-- titude d'hommes et de femmes ; les hommes pour s'é-- jouir avec le père de ce qu'il avoit retrouvé son fils, mêmement après qu'ils eurent vu comme il étoit beau et gentil ; et les femmes, pour s'éjouir aussi avec Cléariste de ce que non-seulement elle avoit recouvré son fils, mais aussi trouvé une fille digne d'être sa femme ; car Chloé les étonna toutes, quand elles virent en elle une si parfaite beauté, qu'il n'étoit possible d'en voir une plus belle. Brief, toute la ville ne parloit d'autre chose que de ce jeune fils et de cette jeune fille, et disoit chacun que l'on n'eût sçu choisir une plus belle couple : si prioient tous aux Dieux que la parenté de la fille fût trouvée cor-- respondante à sa beauté. Il y eut plusieurs femmes de riches maisons qui souhaitèrent en elles-mêmes, et di-- rent : Plût aux Dieux que l'on pensât assurément qu'elle fût ma fille !

Mais Dionysophane, après avoir quelque temps pensé à cette affaire, s'endormit sur le matin profondément ; et en dormant lui vint un songe : il lui fut avis que les Nymphes prioient Amour de parfaire et accomplir à la fin le mariage qu'il leur avoit promis ; et qu'Amour, dé--

tendant son petit arc, et le jetant en arrière auprès de son carquois, commanda à Dionysophane qu'il envoyât le lendemain semondre tous les premiers personnages de la ville pour venir souper en son logis; et qu'au dernier cratère, il fît apporter sur table les enseignes de reconnoissance qui avoient été trouvées avec Chloé, et qu'il les montrât à tous les conviés : puis, cela fait, qu'ils chantassent la chanson nuptiale d'Hyménée.

Dionysophane, ayant eu cette vision en dormant, se leva de bon matin, et commanda à ses gens que l'on préparât un beau festin, où il y eût de toutes les plus délicates viandes que l'on trouve, tant en terre qu'en mer, ès lacs et ès rivières, envoya quant et quant prier de souper chez lui tous les plus apparents de la ville.

Quand la nuit fut venue, et le cratère empli pour les libations à Mercure, lors un serviteur de la maison apporta dedans un bassin d'argent ces enseignes, et les montra de rang à chacun des conviés. Il n'y eut personne des autres qui les reconnût, fors un nommé Mégaclès, qui, pour sa vieillesse, étoit au bout de la table, lequel sitôt qu'il les aperçut, les reconnut incontinent, et s'écria tout haut : « Dieux ! que vois-je là ! Ma pauvre fille, » qu'es-tu devenue? es-tu en vie? ou si quelque pasteur » a enlevé ces enseignes qu'il aura par fortune trouvées » en son chemin ? Je te prie, Dionysophane, de me dire » dont tu les as recouvrées : n'aye point d'envie que je » retrouve ma fille comme tu as recouvré Daphnis. »

Dionysophane voulut premièrement qu'il contât de-

vant la compagnie comment il avoit fait exposer son enfant. Adonc Mégaclès d'une voix encore tout émue : « Je
» me trouvai, dit il, long-temps y a, quasi sans bien,
» pource que j'avois dépendu tout le mien à faire jouer
» des jeux publics, et à faire équiper des navires de
» guerre ; et, lorsque cette perte m'advint, il me naquit
» une fille, laquelle je ne voulus point nourrir en la pau-
» vreté où j'étois, et pourtant la fis exposer avec ces mar-
» ques de reconnoissance, sçachant qu'il y a plusieurs
» gens qui, ne pouvant avoir des enfants naturels,
» désirent être pères en cette sorte, à tout le moins
» d'enfants trouvés. L'enfant fut portée en la caverne
» des Nymphes, et laissée en la protection et sauvegarde
» d'icelles. Depuis, les biens me sont venus par chacun
» jour en grande affluence, et si n'avois nul héritier à
» qui je pusse laisser, car depuis je n'ai pas eu l'heur
» de pouvoir avoir une fille seulement : mais les Dieux,
» comme s'il se vouloient mocquer de moi, m'envoyent
» souvent des songes, lesquels me promettent qu'une
» brebis me fera père. »

Dionysophane, à ce mot, s'écria encore plus fort que
n'avoit fait Mégaclès, et, se levant de la table, alla querir Chloé, qu'il amena vêtue et accoutrée fort honnête-
ment ; et la mettant entre les mains de Mégaclès, lui dit :
« Voici l'enfant que tu as fait exposer, Mégaclès, une
» brebis, par la providence des Dieux, te l'a nourrie,
» comme une chèvre m'a nourri Daphnis. Prends-la
» avec ces enseignes, et, la prenant, rebaille-la en ma-

» riage à Daphnis. Nous les avons tous deux exposés, et
» tous deux les avons retrouvés : ils ont été tous deux
» nourris ensemble, et tout de même ont été préservés
» par les Nymphes, par le Dieu Pan, et par Amour. »

Mégaclès s'y accorda incontinent, et envoya querir sa
femme, qui avoit nom Rhodé, tenant cependant toujours sa fille Chloé entre ses bras; et demeurèrent tous
deux chez Dionysophane au coucher, pource que Daphnis
avoit juré qu'il ne souffriroit emmener Chloé à personne,
non pas à son propre père. Et le lendemain au matin ils
prièrent tous les deux leurs pères et mères qu'ils leur
permissent de s'en retourner aux champs, parce qu'ils
ne se pouvoient accoutumer aux façons de faire de la
ville, et aussi qu'ils vouloient faire des noces pastorales;
ce qui leur fut permis. Si s'en retournèrent au logis de
Lamon, et présentèrent au bon homme Mégaclès le
nourricier de Chloé, Dryas, et sa femme Napé à la mère
Rhodé.

Le festin nuptial fut somptueusement préparé, et Mégaclès de rechef dévoua sa fille Chloé aux Nymphes; et,
outre plusieurs autres offrandes, leur donna les enseignes
auxquelles elle avoit été reconnue, et donna encore bonne
somme d'argent à Dryas.

Dionysophane, pour ce que le jour étoit beau et se-
rein, fit dresser dedans l'antre même des Nymphes des
tables avec des lits de verde ramée, là où prirent place
tous les paysans de là alentour. Lamon et Myrtale y
étoient, Dryas et Napé, les parents de Dorcon, les en-

fants de Philétas, Chromis et Lycenion. Lampis même
y vint, après qu'on lui eut pardonné : et là, comme
entre villageois, tout se disoit et se faisoit à la villageoise ;
l'un chantoit les chansons que chantent les moissonneurs
au temps des moissons, l'autre disoit des brocards que
l'on a accoutumé de dire en foulant la vendange. Philétas
joua de sa flûte, Lampis du flageolet, et cependant
Daphnis et Chloé se baisoient l'un l'autre.

Les chèvres mêmes paissoient là auprès comme si elles
eussent été participantes de la bonne chère des nôces, ce
qui ne plaisoit pas à ceux venus de la ville ; et Daphnis,
en appelant aucunes par leurs propres noms, leur donnoit de la feuillée verde à brouter, et, les prenant par
les cornes, les baisoit. Et non pas lors seulement, mais
en tout le reste de leur vie, passèrent le plus du temps
et la meilleure partie de leurs jours en état de pasteurs ;
car ils acquirent force troupeaux de chèvres et de brebis,
eurent toujours en singulière révérence les Nymphes et
le Dieu Pan, et ne trouvèrent point à leur goût de meilleure viande, ni plus savoureuse nourriture que du fruit
et du lait ; et qui plus est, firent têter à leur premier
enfant, qui fut un fils, une chèvre ; et au second, qui
fut une fille, firent prendre le pis d'une brebis, et le
nommèrent Philopœmen, et la fille, Agélée ; et ainsi
vécurent aux champs longues années en grands soulas.
Ils eurent soin aussi de faire honorablement accoutrer la
caverne des Nymphes, y dédièrent de belles images, et y
édifièrent un autel d'Amour pastoral ; et à Pan, au lieu

qu'il étoit à découvert sous le pin, firent faire un temple qu'ils appelèrent le temple de Pan le Guerroyeur.

Tout cela fut long-temps après ; mais pour lors, quand la nuit fut venue, tout le monde les convoya jusqu'en leur chambre nuptiale, les uns jouant de la flûte, les autres du flageolet, et aucuns portant des fallots et flambeaux allumés devant eux ; puis, quand ils furent à l'huis de la chambre, commencèrent à chanter Hyménée d'une voix rude et âpre, comme si avec une marre ou un pic ils eussent voulu fendre la terre.

Cependant Daphnis et Chloé se couchèrent nuds dans le lit, là où ils s'entre-baisèrent et s'entre-embrassèrent sans clorre l'œil de toute la nuit, non plus que chats-huants ; et fit alors Daphnis ce que Lycenion lui avoit appris : à quoi Chloé connut bien que ce qu'ils faisoient paravant dedans les bois et emmi les champs n'étoient que jeux de petits enfants.

NOTES.

N. B. Les notes marquees Br. appartiennent à Brunck, et sont extraites de ses manuscrits communiqués au traducteur par MM. les conservateurs de la Bibliothèque du Roi.

P. 79. **LES PASTORALES DE LONGUS,**
OU DAPHNIS ET CHLOÉ.

C'est exactement le titre grec : ΛΟΓΓΟΥ ΠΟΙΜΕΝΙΚΩΝ ΤΩΝ ΚΑΤΑ ΔΑΦΝΙΝ ΚΑΙ ΧΛΟΗΝ ΛΟΓΟΣ ΠΡΩΤΟΣ.

Ποιμενικά est dit comme Γεωργικά, Βαϐυλωνικά, Ῥωμαϊκά, Παρθενικά. L'autre partie du titre répond justement à cette forme usitée chez nous, *Daphnis et Chloé*. Dion Chrysostôme, δικαίως ἐγκαλοῦσιν τῷ Ἀρχιλόχῳ περί τῶν κατὰ τὸν Νέσσον καί Δηιανείραν.

Amyot, qui veut paraphraser jusqu'au titre de cet ouvrage, l'ajuste ainsi à l'italienne : *les Amours pastorales de Daphnis et de Chloé.* Il n'y a point d'*amours* dans le grec, encore moins d'*amours pastorales*.

Ibid., l. 1. *En l'île de Lesbos, chassant en un bois consacré aux Nymphes.*

C'est le grec mot à mot. Amyot a mal rendu cela. Voici sa traduction : *Étant un jour à la chasse en l'isle de Metelin, dedans le bois qui est sacré aux Nymphes, je vis la plus belle chose que je sache jamais avoir vue; c'étoit une peinture d'une histoire d'amour.* Dans cette phrase, beaucoup trop longue, *Metelin* ne se peut souffrir au

3.   13

lieu de Lesbos. *Sacré aux nymphes* est un italianisme, *sacro alle ninfe*. C'était la mode et le bel air du temps d'Amyot de parler italien en français. *Dedans le bois* est un contresens ; le grec dit *dans un bois*.

P. 79. l. 3. *Une image peinte, une histoire d'amour.*

Amyot : *C'étoit une peinture d'une histoire d'amour.* On traduit le plus qu'on peut mot à mot, et souvent, comme en cet endroit, avec la même construction, le même ordre de mots que dans l'original.

Ibid., l. 8. *Tellement que plusieurs, même étrangers.*

C'est le grec. Amyot : *Tellement que plusieurs passans.*

Ibid, l. 13. *Jeunes gens unis par amour.*

Allusion à ce qu'il dit ailleurs, p. 50 : « Après que je les ai le matin mis ensemble. » Et en cet autre endroit, pag. 9 : « Les envoyèrent aux champs. » Et p. 10 : « toujours se tenoient ensemble. » Les interprètes, faute de s'être rappelé ces passages, ont fort mal expliqué ici le mot συντιθέμενοι, et Amyot a mal traduit : *une compagnie de jeunes gens qui s'alloient ébattre aux champs.*

P. 80, l. 4. *Si cherchai quelqu'un........ entendu.*

Tout cela est en trois mots dans le grec. Ἀναζητησάμενος ἐξηγητὴν τῆς εἰκόνος. Mais ἐξηγητὴς ne se peut dire en notre langue ; c'est pourquoi on a conservé cette paraphrase d'Amyot, qui d'ailleurs a de la grace, et est même tout-à-fait du style de Longus.

Ibid. l. 10. *Remettre en mémoire de ses amours celui qui autrefois aura été amoureux.*

Traduction d'Amyot un peu longue pour deux mots, ἐρασθέντα

ἀναμνήσει. Mais du moins l'expression est belle, et La Fontaine s'en est servi : *Ce loup me remet en mémoire un de ses compagnons qui fut encor mieux pris.*

P. 80, l. 3. *Puissance de regarder.*

Le grec est admirable, et faiblement rendu par cette version d'Amyot, qu'on a seulement abrégée. Quelqu'un trouvera-t-il des termes pour dire, μέχρις ἂν κάλλος ἢ καὶ ὀφθαλμοὶ βλέπωσι. ?

Ibid., l. 14. *Veuille le Dieu.*

Amyot dit *Dieu veuille*, et c'est un contresens.

Ibid., l. 16. *Mitylène est ville de Lesbos.*

Amyot : *Mitylène est une forte ville en l'isle de Metelin.* Pourquoi forte? et pourquoi ce nom moderne de Metelin, bien moins connu que celui de Lesbos ? C'est comme si l'on faisait dire à Thucydide : *Lacédémone est une forte ville de Turquie.*

Ibid., l. 16. *Coupée de canaux.*

Comme sont aujourd'hui Venise et Mexico.
Amyot n'a point entendu cela ; il traduit : *environnée d'un canal d'eau de mer qui flue tout à l'entour.*

Ibid. l. 18. *A voir, vous diriez un amas de petites isles.*

Amyot : *On diroit que c'est une isle et non pas une ville.*
Lisez dans le texte : νομίσεις οὐ πόλιν ὁρᾷν ἀλλὰ νησους. ἀλλὰ ταύτης τῆς πόλεως..... Cette répétition d'ἀλλὰ est une petite naïveté imitée de Platon.

P. 80 , l. 19. *Environ huit ou neuf lieues loin de cette ville de Mitylène.*

Amyot : *Loin d'icelle environ cinq quarts de lieue.* Il y a dans ce peu de mots beaucoup de fautes. D'abord il ôte la naïveté d'une répétition mise à dessein dans le texte : *Mitylène est ville de Lesbos... environ huit ou neuf lieues loin de cette ville de Mitylène.* Πόλις ἐσὶ Λέσβου Μιτυλήνη.... ἀλλὰ ταύτης τῆς πόλεως τῆς Μιτυλήνης..... Ensuite *loin d'icelle* est style de chicane ; ensuite *cinq quarts de lieue.*... Le grec dit *deux cents stades*, neuf ou dix lieues ; et cette circonstance est fort considérable pour la vraisemblance du récit, qui devient tout-à-fait absurde si la scène est près d'une grande ville, à cinq quarts de lieue. L'innocence des deux bergers, le débarquement des corsaires, l'invasion des Méthymniens, tout cela ne peut avoir lieu aux portes de Mitylène.

Par ce détail des fautes d'Amyot dans les deux premières pages seulement, on peut se faire une idée de sa façon de traduire. Il entend souvent mal son texte, et le rend toujours par des gloses et des paraphrases sans fin. On dirait qu'il explique Longus à des écoliers dans une classe. Amyot, d'abord régent de collége, puis abbé ; puis évêque, puis précepteur du roi et grand aumônier de France, resta toujours homme de collége, ainsi qu'avait fait avant lui le cardinal Bessarion, bien plus savant.

Ibid. , l. 25. *Une plage étendue de sable fin.*

Lisez dans le grec : προσέκλυζεν ἠϊόνος ἐκτεταμένης ψάμμῳ μαλθακῇ. Br.

Ibid. , l. 28. *Et voici la manière comment.*

Amyot ajoute cela, fort bien ; car encore que cette phrase ne soit pas dans le texte, elle est grecque et antique : ὧδε πῶς ἐγένετο.

Cent Nouvelles Nouvelles : *Il lui dit la raison pourquoi.* Arrêts d'amours : *Et raconterai la manière comme le président parloit.* Chronique du petit Jean de Saintré : *Et sçais bien la façon comment.*

P. 81, l. 10. *Peur de lui faire mal.*

Il faut bien se garder d'ajouter au grec τὸ βρέφος, qui est exprimé plus haut. Br.

Ibid. , l. 18. *Si fut entre deux d'emporter.*

Expression d'Amyot qu'il emploie souvent. Dans la vie de Galba : *Encore dit-on qu'il fut entre deux de déposer les Consuls.* Et dans celle de Caton d'Utique : *De quoi Caton fort courroucé fut entre deux de l'en poursuivre par justice.*

Ibid. l. 25. *Comme il l'avoit trouvé gisant et la chèvre le nourrissant.*

On garde ici les consonnances qui sont dans le grec et la coupe même de la phrase ; et , autant qu'il se peut , partout on en use ainsi.

Ibid. *Comme il l'avoit trouvé.*

On a bien fait de mettre dans le texte de Rome , πῶς εὗρεν ἐκκείμενον , πῶς εἶδε τρεφόμενον. Mais il y a erreur dans les variantes , au bas de la page. Cette leçon est celle du manuscrit de Florence , et la seule bonne. Celui de Rome porte , πῶς εὗρεν ἐκκείμενον πῶς εὗρε τρ.

Ibid. , l. 27. *Elle fut bien d'avis que vraiment il ne l'avoit pas dû faire. Et tous deux d'accord de l'élever.*

Paraphrase de ces deux mots δέξαι δὲ κάκτιφι. La tournure est belle ;

c'est pourquoi on l'a conservée d'Amyot : et d'ailleurs cette explication sert à la clarté du récit.

P. 82 , l. 1. *Quant et lui.*

C'est-à-dire *avec lui.* Amyot emploie souvent cette expression. La Fontaine :

> Comme elle sait persuader et plaire,
> Inspire un charme à tout ce qu'elle dit,
> Touche toujours *le cœur quant à l'esprit ,*
> Je suis certain, etc.

Ainsi sont imprimés ces vers dans la nouvelle Vie de La Fontaine ; mais il faut lire assurément *le cœur quant et l'esprit :* autrement cela n'a point de sens. La Fontaine s'est souvent plaint de la sottise de ses imprimeurs. Dans la fable de l'Alouette :

> Nos amis ont grand tort, et tort qui se repose
> Sur de tels paresseux à servir ainsi lents :

lisez, *et sot qui se repose.*

Remarquez qu'Amyot a écrit *quant et lui , quant et elle , quant et eux ,* non pas, comme l'ont corrigé fort mal ses éditeurs , *quand et lui , quand et elle :* de même il écrit *quant et quant,* non pas *quand et quand* qui se lit dans toutes les réimpressions.

Ibid. , l. 14. *Du milieu de la roche et du plus creux de l'antre sourdoit une fontaine.*

Amyot : *Le dessus , ou pour mieux dire la voûte de cette caverne étoit le milieu de la roche , au fond de laquelle sourdoit une fontaine.* On ne sait ce qu'il veut dire. Le texte est parfaitement clair. Il ajoute après cela : *L'humeur de la fontaine nourrissoit la belle herbe.* — Hu-

meur, en ce sens, est italien, mais nullement français, et fort désagréable.

P. 82, l. 19. *Offrandes des anciens pasteurs.*

Version d'Amyot. Ce n'est pas là tout-à-fait le sens. Le texte dit, mais en trois mots : *Offrandes de quelques vieux pasteurs qui, en quittant leur profession pour se reposer, avoient consacré leurs outils aux Nymphes,* coutume ancienne.

Ibid., l. 22. *Afin qu'elle demeurât par après au troupeau paissant avec les autres.*

Amyot ajoute : *sans plus s'écartèr ni égarer, comme elle faisoit ordinairement.* Quatre lignes de français pour quatre mots de grec ! Il est souvent bien plus prolixe, et même insère volontiers des commentaires dans sa version. Son Plutarque est trois fois plus long que l'original. C'est à lui que Plutarque doit l'épithète de *bon,* qui ne l'eût pas flatté de son vivant. Aucun auteur n'a eu plus de soin de bien écrire. Il ferait gagner à Pompée la bataille de Pharsale si cela pouvait arrondir tant soit peu sa phrase.

Ibid. l. 23. *Il coupe un scion.... dont il fit..... et s'approchoit........*

Amyot : *Il coupa... il fit... il s'approcha...*
Le grand défaut de cette version, c'est que les temps n'y sont point variés comme dans le grec. L'auteur anime son récit en parlant tantôt au présent, tantôt au passé, et à tous les temps du passé, dans une même phrase, ce qu'Amyot n'observe jamais, non plus que le Caro. Cela ne fait rien au sens ; mais, faute de ces nuances, la peinture est toute plate. Dans Tite-Live, par exemple : *ut primo statim concursu*

increpuere *arma, micantesque* fulsere *gladii, horror ingens spectantes* perstringit *, et neutro inclinata spe ,* torpebat *vox spiritusque.* Qui écrirait là *perstrinxit* et *torpuit* glacerait tout ce récit.

P. 83 , l. 8. *Dryas estimant cette rencontre.*

Amyot : *Aussi le berger estimant cette rencontre.* Que fait là cet adverbe *aussi ?* c'est peut-être une faute de l'imprimeur. La traduction d'Amyot ne fut point imprimée sous ses yeux. Presque tous les noms grecs y sont estropiés. Il s'y trouve souvent des phrases tellement brouillées, qu'on n'en peut tirer aucun sens , même en consultant le texte grec.

Ibid. , l. 14. *Demeurance.*

Amyot emploie souvent ce mot et d'autres pareils, *souvenance , accoutumance , signifiance , oubliance.*

Ibid., l. 25. *Ces deux enfants en peu de temps.*

Amyot traduit : *Ces deux enfants en peu de temps devinrent grands, et montroient bien à leur gentillesse et beauté qu'ils n'étoient point issus de gens de village ni de paysans.* Il découvre ainsi ce que l'auteur laisse seulement entrevoir pour préparer le dénouement.

P. 84 , l. 1. *Il leur fut avis que les Nymphes.*

Le texte de Colombani porte : εἶναι ἐδόκουν τὰς Νύμφας. Brunck veut qu'on supprime εἶναι, qui manque en effet dans le manuscrit de Florence. Mais celui de Rome mérite bien plus de confiance, et on trouve, à la place du mot εἶναι, un blanc, qui veut dire que le copiste n'a pu lire en cet endroit son original.

P. 84., l. 11. *Aussi destinés à garder les bêtes.*

Ce passage est bien rétabli dans l'édition de Rome. Celle de Colombani porte : ἔχοντο μὲν οἱ ποιμένες ἵ ἔσοιντο καὶ ἴσως οὗτοι αἰπόλοι. Les deux mots ἴσως οὗτοι marquent un doute du copiste sur le mot αἰπόλοι. De même, à la page 21 de Colombani, ἀμιλοῦσιν ἴσωσ καὶ ημεῖς ἠμιλήκαμεν, ces mots ἴσως καὶ ἡμεῖς sont évidemment du copiste ; et , page 23 de Villoison, ὡς ἴσως μὴ δοκοῖεν βάρβαροι. On voit bien que ἴσως μὴ est une note marginale.

Ibid. , l. 16. *Et tout le bien et honneur.*

Le curé rabrouant son clerc , dit que c'étoit un malotru qui ne sçavoit ni bien ni honneur. Cent Nouvelles Nouvelles. — *Vous qui sçavez tant de bien.* Rabelais.

Ibid., l. 15. *Et leur avoient fait apprendre les lettres.*

C'est le grec mot à mot, et pourtant c'est un contresens d'Amyot. L'auteur a voulu dire qu'ils leur firent apprendre à lire et à écrire. Amyot commet la même faute dans la Vie de Caton l'ancien. *Caton lui-même,* dit-il, *enseignoit les lettres à ses enfants , bien qu'il eût pour esclave un bon grammairien.* Traduisez : *montroit à lire lui-même à ses enfants , bien qu'il eût pour esclave un bon maître d'école nommé Chilon , qui enseignoit d'autres enfants.* Et dans la Vie de Caton d'Utique , où Amyot dit : *Il commença d'apprendre les lettres.* Corrigez : *il commença d'apprendre à lire et à écrire.*

Amyot sut toujours peu de grec. Turnèbe l'aida dans son Plutarque, où cependant il y a encore , comme l'a bien dit Meziriac , un nombre infini de fautes énormes.

P. 85 , l. 2. *Trop plus affectueusement.*

Italianisme d'Amyot : *troppo più.*

P. 85, l. 9. *Bourdonnement d'abeilles.*

Cette traduction rend le grec mot à mot, avec les mêmes consonnances qui sont dans le texte. Amyot : *Aussi jà commençoient les abeilles à bourdonner, les oiseaux à rossignoler, et les agneaux à sauteler.*

Ibid., l. 17. *Car entendant chanter les oiseaux, ils chantoient.*

Amyot : *Se mirent à imiter ce qu'ils entendoient et voyoient ; car oyant chanter les oiseaux, ils chantoient ; voyant sauter les agneaux, ils sautoient.* Ces détestables sons plaisent à Amyot. Il dit dans le troisième livre : *Les jeunes gens brûloient en oyant ce qu'ils oyoient, se fondoient en voyant ce qu'ils voyoient.* Et un peu après, dans le même livre : *afin que si elle crie, personne ne l'oye ; si elle pleure, personne ne la voye.* Ceci n'est guères moins mauvais dans Polyeucte : *Oyez, Félix, dit-il, oyez peuple, oyez tous.* Au contraire, dans La Fontaine, *écoutez ce récit, oyez cette merveille,* est bien dit et ne choque point.

Ibid., l. 27. *Les rochers droits et coupés.*

Toutes les éditions d'Amyot portent *droits et couppus ;* faute d'imprimeur. Amyot emploie fréquemment cette expression dans son Plutarque, et dit partout *droits et coupés.* Voyez, livre 4., f°. 74 de l'édition originale : *du haut d'une roche coupée.*

P. 86, l. 7. *Et s'apprenoit à en jouer.*

Toutes les réimpressions du Longus d'Amyot portent *et apprenoit ;* mais on lit dans la première édition originale : *s'apprenoit.* Amyot parle de même ailleurs.

P. 86, l. 10. *Se faisoient part l'un à l'autre.*

La répétition d'ἕτερον dans le texte est choquante. Il faut lire ὡς ἴχαθεν ἴλαθον, ou bien ἧς κοινὸν ἴθεντο, ou plutôt ἐτίθεντο. Br.

Ibid. l. 14. *Or parmi tels jeux enfantins, Amour leur voulut donner du souci.*

Amyot : *Ainsi comme ils étoient occupés à tels jeux, Amour leur dressa à bon escient une telle embûche.* Il n'est point question là d'embûche et *à bon escient* ne veut rien dire. Amyot n'a point compris l'opposition qui est dans le grec entre παιδία et σπουδή.

Ibid., l. 19. *Faisoient la nuit des fosses.*

Cette description de la fosse au loup est imitée d'Hérodote. liv. 4. νυκτὸς τάφρην ὀρύξας εὐρέην ἐπίτεινε ξύλα ἀσενέα ὑπὲρ αὐτῆς, κατύπερθε δὲ ἐπιπολῆς τῶν ξύλων χοῦν γῆς ἐπεφόρησε ποιέων τῇ ἄλλῃ γῇ ἰσόπεδον.

Ibid. *Des fosses.*

Il faut écrire σιρούς dans le grec, comme Eratosthène : ἢ σιρὸν ἢ κοίλου φρείατος εὐρὺ κύτος. Br.

Ibid., l. 27. *Qui étoient, par manière de dire, plus foibles que brins de paille.*

Traduction d'Amyot. Il s'exprime de même ailleurs. Vie de Dion, au commencement : *Tous deux sont, par manière de dire, sortis d'une même école.*

P. 87, l. 6. *Deux boucs.*

Dans le grec, τράγοι παροξυνθέντες εἰς μάχην συνέπεσον, phrase mutilée. On pourroit lire, τράγοι δύο παρόξ. Ou plutôt : ὅσαι αὐτῷ τράγοι δύο. Οὗτοι παροξυνθ. εἰς μ. συνέπ. Comme dans le quatrième livre, Λάμπις τις ἦν βουκόλος. οὗτος ἐμνᾶτο....

P. 87 , l. 14. *Sa houlette.*

Le mot ξύλον est une glose dans le texte, comme dans Hesychius, καλαύροπα, ξύλον. Et de même p. 90 du texte de Rome, αὕτη ἡ σύριγξ τὸ ὄργανον. Effacez τὸ ὄργανον, glose marginale.

P. 88 , l. 3. *Ils le mirent hors du piége.*

A partir d'ici, tout ce qui suit, jusqu'aux mots , p. 94, *Dea , que me fait donc le baiser de Chloé* , manque dans la version d'Amyot, qui avertit par une note qu'*en cet endroit il y a une grande obmission dans l'original.* On a rempli cette lacune à l'aide du manuscrit de l'abbaye de Florence, où le texte s'est trouvé complet.

Ibid., l. 8. *Que si on le redemandoit , ils diroient que le loup l'avoit emporté.*

Lucien , ou plutôt Lucius de Patras, dans l'Ane : καὶ ἄν τις ἔρηται, πῶς οὖν ἀπέθανεν ὁ ὄνος, λύκου τοῦτο καταψεύσασθε.

Ibid. l. 13. *Trace de sang ni mal quelconque.*

Il faut lire dans le grec : τέτρωτο μὲν οὖν οὐδὲν οὐδὲ ὅμακτο. κόμματος δὲ..... V. p. 175 de l'édition de Rome une faute semblable, ὁ δὲ ἰδὼν Χλόην καὶ ἔχων ἐν χερσὶ Χλόην. Mais quelqu'un peut-être aimera mieux garder dans ces deux endroits la leçon des manuscrits.

P. 90, l. 14. *Ah ! que ne suis-je sa flûte.*

Cela est pris de cet antique couplet ou scolie :

Ε'ιθε λύρα καλὴ γενοίμην ἐλεφαντίνη,
Καί με καλοὶ παῖδες φέροιεν Διονύσιον ἐς χορόν.
Ε'ιθ' ἄπυρον καλὸν γενοίμην μέγα χρυσίον,
Καί με καλὴ γυνὴ φοροίη καθαρὸν θεμένη νόον.

P. 91 , l. 20. *Elle, simple et sans défiance.*

On trouvera ceci un peu long. La phrase grecque est charmante, mais difficile à rendre dans les mêmes mesures.

P. 93 , l. 5. *Ne put le laisser achever.*

Lucien : �ου περιμείνας ἐγὼ τὸ τέλος τῶν λόγων, ἀνασὰς ἀπεφηνάμην...

P. 94 , l. 8. *Sa bouche plus douce qu'une gauffre à miel.*

Amyot : *Sa bouche et son haleine plus douces,* etc. Point d'haleine dans le grec.

Ibid. , l. 18. *Mais comment n'en est-elle pas morte ?*

Amyot : *il faut dire que non, car j'en fusse mort.* Contresens. C'est assez d'une pareille sottise pour gâter toute une page.

P. 94 , l. 27. *Mais Dorcon, ce gars, ce bouvier amoureux aussi de Chloé.*

On a voulu garder quelqu'air de la phrase naïve et enfantine, ὁ δὲ Δόρκων, ὁ βουκόλος, ὁ τῆς Χλόης ἐρασὴς. Amyot ne sent point ces choses là. En quelques endroits, il a aussi des tournures heureuses, qui relèvent la pensée de l'auteur, et cela répare un peu le tort qu'il lui fait ailleurs.

P. 94, l. 28. *Dryas plantoit un arbre pour soutenir quelque vigne.*

Amyot n'a point entendu le texte. Il traduit : *Dryas plantoit un arbre près de lui ;* cela veut dire apparemment, près du lieu qu'habitait Dorcon. Ce n'est point là le sens.

P. 95, l. 10. *Cinquante pieds de pommiers.*

Version d'Amyot très-littérale. On a mal-à-propos changé cela dans les réimpressions qui portent : *cinquante pommiers.*

Ibid. , l. 25. *Mettre la main sur Chloé.*

Amyot : *Attenter de jouir par force de Chloé ;* grossièreté qui n'est point dans le texte.

Ibid. , l. 28. *Il usa d'une finesse de jeune pâtre qu'il étoit.*

Amyot : *Il imagina une finesse merveilleusement sortable et conve-nable à un gros bouvier comme lui.* Dorcon n'est point un gros bouvier, et il n'y a qu'un gros évêque tel qu'était Messire Jacque Amyot, qui puisse entendre ainsi Longus.

P. 96, l. 18. *Elle amenoit boire les deux troupeaux.*

Amyot : *Chloé amenoit ses bêtes boire.* Un peu plus bas il dit de même : *les chiens suivoient le troupeau.* Il n'a fait aucune attention au texte ni à la narration, et il n'a pas vu que Chloé menait seule les deux troupeaux.

Ibid. , l. 22. *Comme naturellement ils chassent.*

Écrivez dans le texte, οἷα δὴ κυνῶν... περιεργία. Euripide, dans les Héraclides : πάρεσμεν, οἷα δὴ γ᾽ ἡμῖν παρουσία. Br.

P. 96, l. 27. *Mordent en furie la peau de loup.*

Alexandre, tyran de Phères, faisait couvrir des hommes de peaux de bêtes, et lâcher sur eux des chiens qui les mettaient en pièces. Plutarq. Pélopidas.

Ibid. *La peau de loup.*

La première édition d'Amyot porte *la peau du loup*, faute que l'on a corrigée dans les réimpressions : mais plus bas, (*effrayée de la peau du loup*), la même faute se retrouve, et on ne l'a pas corrigée.

P. 97, l. 7. *Lors il se prit à crier.*

Amyot : *Il se print adonc à crier.* Les nouveaux éditeurs d'Amyot ont cru corriger cela en imprimant, *il se prit donc à crier*, qui ne veut rien dire du tout. Ils n'ont point entendu *adonc*, adverbe de temps qui signifie *alors*. Amyot, dans son Plutarque, Vie de Brutus : *Ils délibèrent d'exécuter adonc leur entreprise;* c'est-à-dire, *alors*, sur-le-champ.

Ibid., l. 13. *Lui mirent dessus.*

La note de Valkenaer, que cite l'éditeur (Villoison) prouve qu'il faut lire, ἐπέπλασαν, non ἐπέπασαν. Πάσσω ne se dit que des drogues sèches et pulvérisées. Br.

Ibid., l. 21. *De la gueule, non du loup.*

L'auteur n'aurait-il pas écrit, ἐκ κυνὸς οὐ λύκου φασὶν σώματος ? Br.

P. 98 , l. 12. *Ils vouloient quelque chose , et ne savoient ce qu'ils vouloient.*

Amyot : *Ils se douloient pour ce qu'ils le vouloient; quand tout est dit, ils ne sçavoient ce qu'ils vouloient.* Les nouveaux éditeurs d'Amyot, qui ont essayé de corriger cette détestable version, n'ont entendu ni Longus ni Amyot. *Quand tout est dit* leur a paru inintelligible. C'est une vieille expression qui signifie *après tout.* Brantome : *On en peut dire autant de beaucoup de maris , lesquels quand tout est dit , débauchent plus leurs femmes que ne font les amoureux.* Le même, ailleurs : *Au diable soit le maraud ; n'en parlons plus. Quand tout est dit, je suis bien de loisir d'en parler.* Et en un autre endroit : *Une femme , quand tout est bien dit, ne se fera jamais de tort quand elle aimera un bel objet.*

Ibid. , l. 15. *Mais plus encore les enflammoit la saison de l'année.*

Amyot : *Outre ce que la saison de l'année les enflammoit encore davantage.* Dans les réimpressions on lit : *Outre ce , la saison de l'année ,* etc. ; mauvaise correction. Alors on disait , *outre ce que , avec ce que.* Amyot, Vie de Galba , *Outre ce qu'il commandoit à une grosse armée.* Ci-dessous, livre 4ᵉ, *avec ce qu'il étoit si yvre.* Et dans le même livre, *outre ce qu'il aimoit... : avec ce que la tourmente y aida un petit;* et dans la Vie de Brutus : *C'étoit au cœur de l'été ; il faisoit fort grand chaud , avec ce qu'on avoit campé près de lieux marécageux.*

Ibid. l. 21. *Les fleuves paroissoient endormis.*

On a lu dans le grec ἤκασεν ἄν τις τοὺς ποταμοὺς ὕδειν ἠρέμα ῥέοντας. Comme La Fontaine a dit : « Une rivière dont le cours , image d'un sommeil doux , paisible, tranquille. » Toutefois la leçon vulgaire se peut défendre par des exemples et par le πάρισον : τοὺς ποταμοὺς ᾄδειν, τοὺς ἀνέμους συρίττειν.

P. 98, l. 22. *Les vents sembloient orgues ou flûtes.*

On pense bien qu'il n'y a point d'orgues dans le grec : mais il a fallu conserver cette phrase d'Amyot qui est fort belle.

P. 99 , l. 4. *Demeuroit empéchée.... se lavoit le visage.... emplissoit une sebile... puis quand ce venoit... adonc étoient-ils..... pensoit voir une des Nymphes..... accouroit incontinent..... etc.*

Voici un endroit où Amyot dénature entièrement le récit. Il traduit, *demeura empéchée.... se lava le visage.... emplit.... et quand ce vint.... adonc furent-ils.... pensa voir.... accourut....* etc. Il représente ainsi comme un fait du moment ce qui n'est dans l'auteur qu'une peinture des habitudes journalières des personnages : bévue énorme par laquelle il embrouille deux ou trois pages.

Ibid., l. 9. *Emplissoit une sebile de vin mélé avec du lait.*

Breuvage usité aujourd'hui encore dans le Levant et en Calabre. C'est ce qu'on appelait *œnogala.* Cela n'a point été compris par Amyot qui traduit : *emplissoit un pot de vin et un autre de lait.*

P. 100 , l. 2. *Puis il en parcouroit des lèvres.*

Amyot : *Pour toucher de la langue et des lèvres.* Cette grossièreté n'est point dans le texte.

Ibid. l. 11. *Pour la regarder à son aise.*

Amyot ajoute *partout et son saoul ;* Autre grossièreté qui n'est point dans le grec.

3. 14

P. 100. l. 12. *Oh! comme dorment ses yeux! comme sa bouche respire!....*

Cela est traduit *ad verbum*, et les mots arrangés tout de même que dans le grec. Amyot : *O comme ses beaux yeux dorment soëvement! que son haleine sent bon! les pommiers ni les aubépines fleuries n'ont point la senteur si douce.* Il n'y a dans le grec ni *beaux yeux*, ni *haleine qui sente bon* ou mauvais, ni *senteur*.

Ibid. l. 15. *Je n'ose la baiser, son baiser pique au cœur.*

Amyot : *car son baiser pique au cœur :* Ce *car* n'est point dans le grec, et fait fort mal ici.

Ibid., l. 23. *Une cigale poursuivie par une arondelle.*

Les hirondelles ne mangent point les cigales ; mais il y a en Grèce un oiseau appelé guêpier que l'auteur a pu prendre pour une hirondelle, et qui poursuit les cigales.

P. 101. l. 1. *Quand elle eut vu l'arondelle.*

Lisez dans le grec ἰδοῦσα ᾗ γε τὴν χελιδόνα. Voyez p. 44 du texte de Rome, note 4. Partout dans le texte de Longus les copistes ont mis καὶ pour γε.

P. 101, l. 28. *Un chant plus fort.*

Amyot : *Il se mit à chanter si doucement et si mélodieusement qu'il attira à lui.* Ce n'est point là ce que dit l'auteur.

P. 102, l. 6. *Demandoit aux Dieux d'être oiseau avant que retourner....*

C'est le vœu ordinaire du chœur dans les tragédies. Ὄρνις γενοίμαν. « Que ne suis-je l'oiseau léger qui franchit les monts et les mers ! »

Ibid., l. 24. *En folâtrant.... lui faire quelque déplaisir.*

Amyot : *Chloé, qui craignoit que les autres pasteurs ne lui fissent peut-être quelque violence.* L'auteur n'a garde de s'exprimer aussi grossièrement.

P. 103, l. 17. *Apportoit une flûte.*

Σύριγγα καινὴν τῷ Δαφνιδὶ δῶρον κομίζουσα, leçon du manuscrit de Florence. Δῶρον manque dans celui de Rome et dans Colombani. Il faut le conserver. Cela fait une phrase très-belle, imitée peut-être de ce passage de Théopompe : Τί δὲ τῶν ἐκ τῆς γῆς καλῶν ἢ τιμίων οὐκ ἐκομίσθη δῶρον ὡς αὐτόν ;

P. 104, l. 8. *Se jettent en meuglant dans la mer.*

Amyot : *et toutes d'une secousse se jettèrent ensemble dans la mer; le saut desquelles, pour ce qu'elles se jettèrent toutes à coup dans la mer, le saut sur l'un des côtés de la fuste fut si pesant et si lourd, avec ce que la tourmente y aida un petit, que la fuste en tourna sens dessus dessous.* Tout cela pour une ligne dans le grec fort claire et bien tournée.

Ibid., l. 16. *Comme celui qui ne menoit ses chèvres que dans la plaine.*

Amyot n'a point entendu cela. Il traduit : *Comme celui qui gardoit les bêtes aux champs.*

P . 104, l . 18. *Car il faisoit encore chaud.*

Amyot : *car c'étoit en été.* Nullement ; c'étoit en automne : on vient de le dire tout à l'heure. Il est aisé de voir avec quelle négligence Amyot a fait sa version.

Ibid. , l . 21. *Si peu de vêtement qu'il portoit.*

Expression d'Amyot , usitée de son temps. Voltaire l'a blâmée dans ce vers de Polyeucte. *Si peu que j'ai d'espoir ne luit qu'avec contrainte.* Fénélon , De l'Éducation des Filles : *Si peu qu'on connoisse l'histoire , il n'y a pas moyen de douter de cela.* Dans la Vie de Brutus , Amyot : *Il mit incontinent aux champs si peu de gens qu'il avoit.*

Ibid. , l . 22. *N'ayant coutume de nager que dans les rivières.*

Il est plus aisé de nager dans la mer que dans les rivières. L'auteur ne savoit pas cela.

P . 105 , l . 3. *Si la corne de leurs pieds ne s'amollissoit dans l'eau.*

Amyot : *Si les cornes de leurs pieds ne s'accrochoient en nageant à quelque chose dedans l'eau.* Contresens.

P . 105 , l . 21. *Y pendirent chacun quelque chose de ce qu'il recueilloit aux champs.*

Amyot : *quelque chose de leur métier.*

P. 106, l. 17. *Pour la première fois en présence de Daphnis.*

Ceci est omis dans Amyot.

P. 106, l. 16. *Mais quoi qu'il y eût.*

C'est la phrase d'Amyot. De même dans le Plutarque, Vie de Pompée : *Ils n'étoient point délibérés, quoi qu'il y eût, de l'abandonner.*

Ibid. *Daphnis ne se pouvoit éjouir.*

C'est ainsi qu'Amyot a écrit, et non, comme on a mis dans quelques éditions, *ne se pouvoit réjouir.* La Fontaine,

> On l'emporte, on le sale, on en fait maint repas
> Dont maint voisin s'éjouit d'être.

P. 107, l. 1. *Étant jà l'automne en sa force.*

Amyot dit : « en sa vigueur. » La phrase de La Fontaine vaut mieux :

> Le printemps par malheur étoit lors en sa force.

Thucydide avoit dit : « Étant jà l'été dans sa force et les bleds en maturité. » Mais cette expression ne s'applique pas également bien à l'automne.

Ibid., l. 2. *Chacun aux champs étoit en besogne.*

Πᾶς ἦν κατὰ τοὺς ἀγροὺς ἐν ἔργῳ· ὁ μὲν ληνοὺς ἐπεσκεύαξεν, ὁ δὲ, κ. τ. λ. Lucien, Comment il faut écrire l'histoire : οἱ Κορίνθιοι πάντες ἐν ἔργῳ ἦσαν ὁ μὲν ὅπλα ἐπεσκεύαξεν. ὁ δὲ λίθους παρέφερεν, ὁ δὲ...

P. 107, l. 3. *Les autres nettoyoient les jarres.*

Amyot : *racloient les tonneaux.*

Quoique les barils fussent connus du temps de Longus, on serrait encore cependant le vin dans des jarres beaucoup plus grandes que des tonneaux. J'en ai vu de telles dans la Calabre, où elles servent à serrer l'huile. Diogène n'habitait pas un tonneau, mais une de ces grandes jarres. Il y pouvait être fort bien. Celles que j'ai vues avaient cinq ou six pieds de diamètre et autant de profondeur. Le cuvier du conte de La Fontaine est une jarre dans Apulée, *testa.*

Ibid., l. 6. *Meule à pressurer les grappes écrasées.*

Il faut lire, comme l'a proposé l'éditeur de Rome, λίθου ἀποθλίψαι τὸν οἶνον ἐκ τῶν βοτρύων. Car outre le passage cité d'Alciphron, en voici un autre de Lucien, Histoire Véritable, liv. II.... ἄμπελοι βοτρύων πλήξεις. οἶνον ἐξ αὐτῶν ἀποθλίβοντες ἐπίνομεν.

Ibid. *Les grappes écrasées.*

τὰ πατηθέντα τῶν βοτρυδίων, plus bas.

Ibid., l. 14. *Et leur versoit du vin.*

Amyot : *et leur portoit du vin.* Il a lu dans son texte ἤνεγκε πιεῖν αὐτοῖς, au lieu de ἐνέχει π. α.

Ibid., l. 20. *Si qu'un enfant hors du maillot.*

Amyot : *Si qu'un enfant de mamelle.* Le grec est clair.

P. 108, l. 2. *Des champs de là entour.*

Italianisme d'Amyot : *là intorno.* On disait de son temps *là autour.*

Journal de l'Étoile, t. 4, p. 173, *les gens de là autour* ; et Amyot lui-même, ci-dessus, *folio 27, verso*, de l'édition originale : *tous les paysans de là autour*. Mais c'est peut-être en cet endroit une faute d'impression ; car il dit toujours *là entour. Folio 57, verso : Tous les paysans de là entour* ; et *folio 27, recto, mais quelque paysan de là entour*.

P. 108, l. 6. *Dont il fut bien aise.*

Amyot : *Daphnis en fit du courroucé*. Contresens. Il détruit l'agrément de ce passage qui est tout dans l'opposition de ceci avec ce qui suit, *à quoi Chloé prenoit plaisir ; mais Daphnis en avoit de l'ennuy*. Ces deux phrases se répondent.

Ibid., l. 10. *Comme des Satyres à la vue de quelque Bacchante.*

C'est bien le sens ; mais il faudrait exprimer cela avec l'agrément et le rhytme qui est dans le grec, et traduire μανικώτερον, et conserver la naïveté de cette tournure καὶ εὔχοντο... καὶ ῥίμεσθαι. Amyot : *Les hommes dans les pressoirs.... sautoient après Chloé comme feroient des satyres autour de Bacchus*. Il met Chloé dans les pressoirs avec les hommes. Il n'a pas su ce que c'était que les pressoirs dont parle Longus. C'étaient des espèces de bassins de pierre en plein air.

P. 109, l. 10. *Et ainsi comme ils s'ébattoient survint un vieillard.*

Amyot : *Survint en leur compagnie un vieillard*. Ces mots *en leur compagnie*, ont été supprimés dans les réimpressions.

Ibid., l. 12. *Et le bissac aussi tout vieux.*

Il faut lire certainement dans le grec, καὶ τὴν πήραν γεραιάν, car le sens l'exige, et outre le passage cité γέραν πέπλοι, Théocrite a dit aussi, γραιᾶν ἀποτίλματα πηρᾶν.

P. 109, l. 13. *Le bon homme Philétas, enfants, c'est moi qui jadis ai chanté*, etc.

Version littérale, *ad verbum ;* la phrase, la construction, les repos, tout comme dans le grec. Amyot traduit : *Mes enfants, je suis le bon homme Philétas.* Mais il y a dans l'original : Φιλητᾶς ὦ παῖδες ὁ πρεσβύτης ἐγώ. S'il eût dit : ὦ παῖδες ἐγὼ μέν εἰμὶ Φιλητᾶς ὁ πρεσβύτης, ce serait le même sens, les mêmes mots, et la phrase du monde la plus plate. Dans Plutarque, Thémistocle : ἥκω σοι, βασιλεῦ, Θεμιστοκλῆς ἐγώ.

Les traducteurs qui se tourmentent à chercher des tours élégants, ne savent pas combien de passages des anciens se peuvent rendre mot à mot avec une grace infinie. Ce vers de Virgile :

> *Ille meos primus qui me sibi junxit amores*
> *Abstulit,*

a fait le désespoir de tous ceux qui l'ont voulu mettre en français. Il est divinement traduit, et mot pour mot, dans la Chronique du petit Jean de Saintré : *Celui emporta mes amours qui premier me joignit à lui.* Delille a peu de vers qui vaillent cette prose-là.

Ibid., l. 16. *Maintefois ai joué de la flûte à ce dieu Pan que voici.*

Amyot : *en l'honneur du Dieu Pan.* C'est là une faute considérable ; car l'auteur indique à dessein une certaine image de Pan dont il sera question dans la suite.

P. 110, l. 4. *Qui en ôteroit la muraille qui le clôt.*

Amyot : *la haye qui le clôt.* Il n'a point su ce que voulait dire αἱμασία, une muraille sèche sans ciment.

P. 111, l. 13. *Fût-il aussi vieux comme je suis.*

Lisez dans le grec, ὁμοίως ἐμοὶ γέρων. Br.

Ibid., l. 15. *Ce ne me seroit point de peine de te baiser.*

Lisez dans le grec ἐμοὶ μὲν, ὦ Φιλῖνᾶ, φιλῆσαι σε φθόνος οὐδείς, et non πότος οὐδείς.

Ibid., l. 24. *Plus ancien même que tout le temps.*

Amyot : *Ainsi suis plus ancien que le vieil Saturne, et que de toute ancienneté.* Cela est inintelligible.

P. 113, l. 4. *Et ravit les ames.*

L'auteur, sans employer plus de mots, développe mieux sa pensée, qui est que les ailes d'Amour ravissent au ciel les ames; à-peu-près comme Rousseau a dit : « et ces ailes de feu qui ravissent une ame au céleste séjour. » Tout cela au reste est pris de Platon.

Ibid., *Ayant plus de pouvoir que Jupiter même.*

Menandre avait dit :

  Δέσποιτ', ἔρωτος οὐδὲν ἰσχύει πλέον,
  'Οὐδ' αὐτὸς ὁ κρατῶν ἐν οὐρανῷ θεῶν
  Ζεῦς, ἀλλ' ἐκείνῳ τἄττ' ἀναγκασθεὶς ποιεῖ.

Ibid., l. 13. *Moi-même j'ai été jeune.*

Dans le grec αὐτὸς μὲν γὰρ ἤμην νέος. Mais d'abord γὰρ ne se peut souf-

frir. Ensuite ἥμην, quoi qu'on en dise, n'est guère usité : c'est un mot
macédonien. Longus avait peut-être écrit, ἀυτὸς μέν ἐγενόμην νέος. Ou
mieux encore, ἀυτὸς μέν ποτ' ἐγενόμην νέος, comme dans Menandre καί τι
νέος ποτ' ἐγενόμην κἀγὼ, γύναι.

P. 114, l. 7. *Avec les paroles du vieillard.*

Amyot ajoute, « Si disoient ainsi à part eux. » C'est là justement ce
que l'auteur n'a pas voulu dire et qu'il supprime à dessein, prenant le
rôle du personnage dont il rapporte les paroles et se mettant à sa
place, comme dit Longin, qui montre par des exemples l'agrément de
cette figure et la grande vivacité qu'elle donne au récit. Aux passages
qu'il cite d'Homère et d'Hécatée on peut joindre celui-ci de La Fontaine, non moins admirable :

> L'épouvante est au nid plus forte que jamais ;
> Il a dit ses parents, mère, c'est à cette heure...
> Non, mes enfants, dormez en paix,

Si cela était en grec, Amyot traduirait : *Alors l'épouvante fut au
nid plus forte que jamais elle n'avoit été, et quand l'alouette fut de
retour, un de ses petits lui dit : Ma mère, le maître de ce champ a dit
qu'on allât querir ses parents ; c'est maintenant qu'il nous faut partir.
A quoi l'alouette répondit : Non, mes chers petits enfants, dormez et
reposez-vous bien en toute paix et assurance.* C'est ainsi qu'il traite
Longus et Plutarque. Amyot a de belles expressions ; mais il paraphrase toujours.

Ibid., l. 5. *En plus grande détresse qu'auparavant.*

Amyot ajoute, *parce que l'amour commençoit à les toucher au vif.*
Cela n'est pas dans le grec, et ne vaut rien du tout.

P. 115, l. 1. *Mais nous l'endurerons.*

Dans le grec mettez un point après καρτερήσομεν, et commencez l'autre phrase, *δεύτερον μετὰ Φιλητᾶν τοῦτο αὐτοῖς γίνεται νυκτερινὸν παιδευτήριον.* Br.

P. 116, l. 4. *Ils étoient sous le chêne assis.*

Amyot traduit *sous un chêne.*

Ibid., l. 15. *Mais pensant que ce fût le dernier point...*

Ces mots se pourraient unir aussi bien à ce qui précède, et la ponctuation seule les en sépare. C'est la même faute qu'Aristote reprend quelque part dans une phrase d'Héraclite, et où est tombé notre auteur quand il a dit, p. 49 de l'édition de Rome, *ἐν μὲν ὁ Δάφνις χαίρειν ἔπειθε τὴν ψυχήν, ἰδὼν τὴν Χλόην γυμνήν. ἦλγει τὴν καρδίαν.* Les pauses dans le discours doivent être marquées par le sens, et La Fontaine est blâmable d'avoir dit dans un de ses contes,

> Quant au surplus, ils avoient deux enfants,
> Garçon d'un an, fille en âge d'en faire.
> Comme il arrive en allant et venant,
> Pinucio, jeune homme de famille,
> Jeta si bien les yeux sur cette fille, etc.

Ce vers, « comme il arrive... » dont La Fontaine fait le commencement de la seconde phrase, semble appartenir à la première, et le lecteur hésite, malgré la ponctuation.

Ibid., l. 14. *Comme s'ils eussent été liés ensemble.*

Amyot : *comme s'ils eussent été collés ensemble.* Cette grossièreté n'est point dans le grec.

Ibid., l. 28. *Et est bordée de beaux édifices.*

Toutes les éditions d'Amyot portent, *et est bornée de beaux édifices.*

C'est une faute d'impression de l'édition originale : lisez *ornée*,
ἀσκημένη.

P. 117, l. 15. *S'il leur falloit quelque chose de plus.*

Dans l'édition originale d'Amyot, on lit *et leur falloit quelque chose
plus :* faute d'impression.

P. 120, l. 10. *Répondit franchement.*

Avec hardiesse, *francamente.* Amyot est plein d'italianismes, comme
tous les écrivains de son temps.

Ibid., l. 24. *Mais il y avoit dedans.*

Amyot, dans l'édition originale et dans toutes les réimpressions :
mais s'il y avoit dedans, ce qui brouille toute la phrase. C'est une
faute de l'imprimeur.

P. 121, l. 10. *Comme une volée d'étourneaux.*

Amyot a omis cela.

Ibid., l. 20. *Du tourteau.*

Lisez dans le grec, ξυμίτου, non ξυμήτου. Br.

P. 122, l. 16. *Du pis qu'il pourroit.*

Amyot : *du pis qu'ils pourroient.* Faute d'impression.

Ibid., l. 27. *Ravit et pilla.*

Amyot : *ravit et roba.* Italianisme.

P. 124 , l. 13. *Vient d'être arrachée de vos autels.*

Un peu plus bas , p. 83 du texte de Rome , ἀπεσπάσατε βωμῶν παρθένον.

Ibid. , l. 13. *En quelque ville.*

Amyot : *en la ville ;* même contresens que ci-dessus.

Ibid., l. 15. *Sans mes chèvres , sans Chloé.*

Amyot : *sans mes chèvres et sans Chloé.* Il n'y a point d'*et* dans le grec. ἄνευ τῶν αἰγῶν, ἄνευ Χλόης. Rien ne marque mieux le peu de sentiment qu'avait Amyot du style de Longus.

Ibid. , l. 16. *Pour être désormais misérable manœuvre.*

Amyot : *Il faudra désormais que je sois un fainéant.* Ce n'est pas là le sens.

Ibid. , l. 19. *Qui m'emmènent aussi.*

Tout cet endroit , fort mutilé dans le texte grec , paraît assez bien rétabli par les conjectures de l'éditeur de Rome qui lit : καὶ τὰς μὲν αἶγας ἀποδέρουσι καὶ τὰ πρόβατα καταθύσουσι (non καταθύουσι). Χλοι δὲ πόλιν λοιπὸν οἰκήσει· ποίοις ὄμμασιν (non ποσίν) ἄπειμι παρὰ τὸν πατέρα καὶ τὴν μητέρα, ἄνευ τῶν 'αιγῶν, ἄνευ Χλόης ; λοιπὸν ἐργάτης (non λιπεργάτης) ἐσόμενος. ἔχω γὰρ τίμειν ἔτι οὐδέν. ἐνταῦθα περιμενῶ κείμενος ἢ θάνατον ἢ πολεμίους ἑτέρους (non πόλεμον δεύτερον).

Ibid. , l. 28. *En tout semblables aux images.*

Amyot : *Semblables en tout et partout aux images qui étoient dedans la caverne.* Il allonge sa version le plus qu'il peut.

P. 125, l. 6. *L'avons fait élever et nourrir.*

L'édition originale d'Amyot et toutes les réimpressions portent *enlever et nourrir :* faute du premier imprimeur. *Folio 78, recto* de l'édition originale : *Je l'ai moi-même trouvée et depuis nourrie et élevée ; et folio 5, verso ; fit prière aux Nymphes qu'à bonne heure pût-il élever et nourrir la pauvre enfant.*

Ibid., l. 7. *Car, afin que tu le saches.*

Amyot : *Ne pense pas que Chloé soit fille de Dryas, ni née en ce village, et que ce soit l'état appartenant au lieu dont elle est venue que de garder les brebis.* La plus grande faute d'Amyot dans cette pitoyable version, c'est de dire et narrer tout au long ce que l'auteur veut seulement laisser soupçonner au lecteur, et qui doit se découvrir plus tard. Il fait la même sottise dès le commencement de l'ouvrage.

P. 126, l. 20. *Sous une roche haute et droite.*

On a ajouté ces mots, qui manquent dans le grec, par la faute de quelque copiste.

Ibid., l. 21. *Afin que de la côte, à toute aventure.....*

Le grec est corrompu. Peut-être faut-il lire, ὡς μηδαμόθεν (au lieu de ὡς μηδὲ μίαν) ἐκ τῆς γῆς τῶν ἀγροίκων τινὰ λυπῆσαι.

P. 127, l. 17. *Et les battant de leur queue.*

On lit dans la version italienne du Caro : *E con tanta tempesta percotevano le catene con la coda :* c'est une faute des imprimeurs ou des copistes; car cette version, fort estimée en Italie, n'a point été imprimée sur le manuscrit du Caro, mais sur une copie assez défectueuse. Corrigez *percotevano le carene*. Au commencement du quatrième livre on lit : *avea dall' un dei lati un alberetto*, lisez *un albereto*. Et dans le deuxième livre, Daphnis plaidant sa cause devant Philétas, dit : *non fu mai che pure uno solo di questi vicini si rammentassero che in loro orto entrasse una mia capra*. Lisez *si lamentassero*.

Ibid. , l. 18. *Du haut de la roche.*

Ἠκούετο τὶς ἀπὸ τῆς ὀρθίου πέτρας, τῆς ὑπὲρ τὴν ἄκραν. Cette phrase ne laisse aucun lieu de douter qu'il n'ait nommé plus haut la roche dont il parle, en désignant sa situation au-dessus du promontoire. De même dans le premier livre : ἰδεῖν ἐδόκουν τὰς Νύμφας ἐκείνας, τὰς ἐν τῷ ἄντρῳ, c'est-à-dire, « Ces Nymphes dont je viens de parler, et que j'ai dit être dans l'antre. » C'est une de ces façons de dire qu'il imite de Xénophon et des Socratiques.

P. 128 , l. 2. *Pour quelque méfait.*

Amyot : *pour quelque maléfice*.

Ibid. , l. 14. *Ni à moi aussi.*

On disait du temps d'Amyot *ni moi aussi*, pour *ni moi non plus*.

> *Je ne suis Roi ne Prince aussi ;*
> *Je suis le sire de Couci.*

Et dans l'épigramme de Marot : *Adonc, répondit l'épousée, je ne vous ai pas mors aussi.* C'est l'italien *ne anche*.

Ibid., l. 17. *Je* vous *ferai tous abymer... si* tu *ne rends....*
Chloé aux Nymphes à qui vous *l'avez enlevée.*

Ces changements de personne, comme tous les anciens critiques
l'ont remarqué, donnent au discours un mouvement vif et naturel qui
peint la passion. Démosthène en est plein, et passe souvent du *tu* au
vous dans la même phrase. Il y a quelque chose de semblable dans cet
endroit de Racine :

> N'en doute point, j'y cours, et dès ce moment même.......,
> Bajazet, écoutez, je sens que je vous aime,
> Vous vous perdez.

P. 129, l. 11. *Sans broncher.*

'Ουκ ἐξολισθαίνοντα τοῖς κέρασι τῶν χηλῶν. Brunck trouve étrange qu'on
dise τὰ κέρατα τῶν χηλῶν. Le manuscrit de Florence porte, τοῖς κέρασι τῶν
βοῶν. Peut-être y avait-il τῶν ποδῶν.

P. 130. l. 3. *C'etoit environ l'heure.*

Amyot affaiblit l'expression en traduisant, *environ le temps que l'on*
remène... Il fallait garder la tournure de l'original familière aux grands
écrivains. Démosthène : ἑσπέρα μὲν γὰρ ἦν. Racine :

> C'étoit pendant l'horreur d'une profonde nuit.

P. 131, l. 4. *Et leur en consacra la peau.*

Dans Amyot, *et leur en sacrifia la peau ;* faute d'impression répétée
dans toutes les éditions.

Ibid., l. 9. *Une libation de vin doux.*

Il faut lire dans le grec ἐπίσπισι. Il répandit cette libation sur la partie de la victime offerte aux Nymphes. Remarquez dans la leçon vulgaire trois fois de suite ἀπὸ. Cela est désagréable. Br.

Le manuscrit de Florence porte en effet ἐπέσπιισι.

P. 131, l. 10. *Et ayant accommodé de petits lits de feuillage pour les convives.*

Amyot : *Ayant accoutré de petits sièges pour se seoir avec force feuillage et verde ramée.* Il oublie qu'on mangeait couché du temps de Longus. Manger assis était regardé comme une grande austérité, pénitence, marque de deuil. Caton, depuis la défaite de Pharsale, ne se coucha plus pour manger.

Ibid., l. 15. *D'anciens pasteurs.*

Bien dit ici. Voyez ci-dessus, page 82, lig. 19, a note.

Ibid., l. 26. *Offrande pastorale.*

Dans Amyot : *grande pastorale à un dieu pastoral.* Autre faute d'impression, soigneusement conservée dans toutes les éditions.

P. 132. l. 4. *Le bon homme Philétas.*

Il faut lire dans le grec comme l'a vu Villoison, ὁ Φιλητᾶς ὁ βουκόλος. Sur quoi Brunck se récrie à tort. « M. de Villoison, dit-il, aime par trop les articles. » C'est Longus qui les aime. Le redoublement de l'article est du langage naïf et convient très-bien ici. On le supprime au contraire dans le style élevé. Il y a telle ode de Pindare où vous trouverez à peine un article.

Ibid., l. 13. *Le convièrent à leur repas.*

Le grec ajoute, *le faisant coucher auprès d'eux.* Amyot, *le firent*

3.

15

scoir auprès d'eux, et de même un peu plus bas : *Philétas adonc se leva en pied sur son siége*. Il eût pu dire tout aussi bien *mit sa perruque et son chapeau*.

P. 133, l. 18. *Ni autre quel qu'il fût.*

Le Caro : *Ella disse che non degnava per suo amante uno che non fosse nè tutto uomo nè tutto becco*. Cette version est plus exacte.

P. 134, l. 5. *On eût dit que c'étoit celle-là même...*

Amyot : « tellement qu'on eût dit que.... » Il ajoute cette l'aison « tellement que » qui n'est point dans le texte, et partout il en use ainsi. C'est le plus grand défaut de son style que cet enchainement de périodes, qu'il imite des proses Florentines, et qui s'éloigne fort du caractère de l'auteur. Celui-ci, dans sa composition, suivant le précepte des maitres et l'exemple des anciens, varie incessamment le rhythme et la mesure de ses phrases. C'est ce qu'on a tâché d'observer, et le lecteur s'en apercevra, dans les endroits surtout qu'Amyot n'a point traduits, et qui paraissent en français pour la première fois. Amyot, en général, tout occupé du sens littéral de l'auteur, en altère souvent la phrase, et ne rend presque jamais les formes du style, qui, dans un ouvrage tel que celui-ci, importent autant ou plus que le fond même des idées.

Ibid, l. 3. *Composée des plus grosses cannes.*

Μέγα ὄργανον καὶ αὐλῶν μεγάλων. Peut-être faut-il lire, καυλῶν μεγάλων. Br. Ou plutôt, μέγα ὄργανον καλάμων μεγάλων, comme a lu Amyot.

P. 135, l. 5. *Et au lieu des roseaux.*

On lit dans la première édition d'Amyot : *et au lieu de s'aller jeter entre deux roseaux*, faute d'impression reproduite dans toutes les éditions. Lisez *entre des roseaux*.

Ibid. , l. 17. *En tira d'abord un son douloureux.*

Amyot : *en sonna un chant piteux comme d'un amoureux transi, comme d'un poursuivant, comme d'un qui sonne la retraite, comme d'un qui va cherchant et rappelant quelque bête qu'il a égarée.* Ce n'est pas là traduire, mais trahir les anciens, comme dit l'italien, *non tradurre, ma tradire.*

P. 136, l. 2. *Ils se baisoient l'un l'autre.*

Amyot : *Ils prirent l'un de l'autre tout le plaisir qu'il leur fut possible.* Amyot ne manque guère l'occasion de présenter quelqu'image grossière.

Ibid. , l. 8. *S'allèrent asseoir dessous le chêne.*

Amyot traduit *dessous un chêne*, quoiqu'il y ait dans le grec *le chêne*, c'est-à-dire, celui dont il est déjà parlé ailleurs, p. 120, l. 13 : *ils étoient sous le chêne assis;* et, p. 78, l. 10 : *ils s'assirent au pied d'un chêne :* p. 132, *sous le chêne;* et, p. 170, *droit au chêne.*

Amyot ne fait nulle attention au récit de son auteur. Il a traduit Longus , mais il ne l'a point lu.

Ibid. , l. 15. *Ils contestoient entre eux d'amour.*

C'est le grec mot à mot. Amyot : *Ils faisoient à l'envi l'un de l'autre à qui plus aimeroit sa partie;* stile de procureur ou d'huissier.

Ibid. , l. 22. *Lui jurât un autre serment.*

Racine :

Et tes serments jurés au plus saint de nos rois.

P. 138, l. 12. *Le capitaine parti aussitôt avec ses gens.*

Amyot : *Le capitaine se partant aussitôt.* Les nouveaux éditeurs ont pris cela pour une faute d'impression, et ont corrigé *se partageant*, qui est une pure sottise. Amyot dit à l'italienne *se partir* pour *partir*. Ci-dessus, *ainsi se partit Daphnis* ; et plus haut ; *mais après qu'il se fut parti.* Dans la vie de Brutus, *et là se partant de rechef.*

P. 139, l. 3. *D'avoir si à la légère offensé leurs voisins.*

Amyot : *d'avoir si longuement offensé leurs voisins.* C'est sans doute une faute d'impression. Cela n'a aucun sens.

Ibid., l. 18. *Car incontinent la neige.*

Cette description de l'hyver ne convient guère au climat de Lesbos. Virgile a péché de même contre la vérité en parlant de Tarente, où jamais on ne vit les *eaux enchaînées ni les pierres fendues par le froid.* Hérodote ayant fait une peinture célèbre du froid de la Scythie, plusieurs le voulurent imiter, sans s'embarrasser des convenances, mais aucun plus ridiculement qu'Hérodien, qui, dans un récit historique, décrit en poète les frimas du Rhin.

P. 140. l. 1. *Les uns retordoient du fil.*

Amyot : *Les uns filoient des cordes.* Contresens.

Ibid. *Les autres tissoient du poil de chèvre.*

Amyot : *les autres tressoient du poil de chèvre.* Contresens. On fabriquait de grosses étoffes de poil de chèvre ; elles servaient à vêtir les pauvres et à faire des tentes.

Les fautes d'Amyot se multiplient à tel point dans les deux derniers livres, que si on les voulait noter toutes, ce serait une chose infinie.

P. 140, l. 19. *Chaque fois qu'ils trouvoient sous leur main la panetière.*

C'est le grec mot à mot. Amyot : *chaque fois qu'ils n'avoient la panetière*, phrase inintelligible. Dans les réimpressions on a mis *chaque fois qu'ils manioient*. L'expression est ignoble. Il faut savoir écrire pour employer ces mots, comme dans le vers de Rousseau :

> N'éprouvèrent jamais, en maniant la lyre,
> Ni fureurs ni transports.

P. 141, l. 28. *Voire même celle de la Scythie.*

Amyot : *de la Tartarie*. Dans son Plutarque il dit souvent *la Romagne*, *le Milanois*.

P. 142. l. 4. *Épiant.*

Lisez dans le grec περιμενῶν, et non pas μεριμνῶν.

Ibid., l. 11. *Si mal à point.*

On a imprimé dans quelques éditions *mal en point*, qui veut dire tout autre chose.

Ibid., l. 24. *Mieux vaut, disoit-il, que je m'en aille.*

Amyot : *que je me taise*. Il a suivi un texte corrompu.

P. 143, l. 1. *Comme si expressément Amour eût eu pitié de lui.*

La Fontaine dans Joconde : « Amour en eut pitié. »

Ibid. , l. 16. *A peine qu'ils ne tombèrent.*

Expression d'Amyot qu'il emploie fréquemment. Cette phrase lui est particulière. On disait en ce temps-là , « à peu qu'ils ne tombè-rent, » comme parlent toujours Rabelais et les Cent Nouvelles Nouvelles.

Ibid. , l. 15. *Dieu te gard.*

Ancien souhait ou salut. Molière : *Dieu te gard , Cléanthis.* Cette locution a été souvent méconnue par les éditeurs de nos poètes. Dans un quatrain à la louange du prince de Condé, chef des huguenots, sous Henri III :

> Ce petit homme tant joli ,
> Qui toujours cause et toujours rit
> Et toujours baise sa mignonne ,
> Dieu gard de mal le petit homme.

Voltaire lui-même a cité *Dieu garde mal le petit homme*, croyant que c'était une allusion à la mort de ce prince, qui fut tué à Montcontour. Mais c'est une faute d'imprimeur. La Fontaine , à la fin du conte des Troqueurs :

> Or n'est l'affaire allée en cour de Rome,
> Trop bien est-elle au sénat de Rouen.
> Là le notaire aura du moins sa gamme
> En plein bureau. *Dieu garde sire Oudinet*
> D'un conseiller barbon et bien en femme ,
> Qui fasse aller la chose du bonnet.

Ces vers sont ainsi rapportés dans la nouvelle Vie de La Fontaine. Lisez, pour le sens et la mesure, *Dieu gard sire Oudinet*, comme La Fontaine lui-même a dit : *Dieu nous gard de plus grand' fortune.* Faut-il s'étonner que les textes grecs et latins soient altérés, quand nous voyons nos auteurs même estropiés de cette façon ?

P. 144, l. 1. *Le louèrent de son bon esprit.*

Οἱ δὲ ἐπῄνουν τὸ ἐνεργόν. C'est la leçon très-correcte des manuscrits de Rome et de Florence. Lucien, dans le Songe, ἐπαινῶν τὸ κακουργόν.

P. 143. l. 22. *Ayant ainsi Daphnis...*

C'est là certainement ce qu'a voulu dire l'auteur. Mais le texte est altéré.

P. 144, l. 13. *Et lors assis.*

Non plus couchés comme pour manger. Amyot : *toutefois restant encore assis.* Contresens.

Ibid., l. 22. *Qu'ils* habillèrent.

C'est le mot propre. Cent Nouvelles Nouvelles, 59 : « Elle avoit fait habiller les deux meilleurs chapons de léans. » Moyen de parvenir : « Te voilà maître boucher ; tu as habillé un veau. » Le même calembourg est dans Bonaventure Desperriers. « Je lave les tripes du veau que j'ai habillé ce matin »

P. 145, l. 14. *Tendirent des gluaux.*

Il y a dans toutes les éditions d'Amyot *pendirent les gluaux*, faute du premier imprimeur.

Deux lignes plus bas : *en s'entrebaisant*. Il y a dans Amyot *et s'entrebaisa*, autre faute non corrigée dans les réimpressions.

P. 145 , l. 19. *M'as-tu point oublié?*

C'est le sens. Lisez dans le grec, ἄρα μέμνησαι μοῦ ; comme plus haut, ἄρα μέμνησαι τοῦ πεδίου τοῦδε κἀμοῦ ;

P. 146 , l. 13. *En les baisant tous premier que Chloé.*

Amyot : *en les baisant tous , fors que Chloé, de peur qu'il ne souillât son baiser*. On ne sait quel texte il a suivi ; ou plutôt il n'a fait nulle attention au texte qui est fort clair en cet endroit.

Ibid. , l. 15. *Ne se passa point tout pour eux.*

Dans les réimpressions d'Amyot on a mis : *ne se passa point du tout pour eux*. Grosse faute.

P. 147 , l. 9. *Commençant petit à petit , etc.*

Amyot : *Commençant petit à petit à reprendre leur chant ramage, aprsè un si long silence. Les brebis béloient, les agneaux sautoient*, etc. Cette mauvaise traduction a été encore mutilée par les imprimeurs. L'édition originale porte : *Commençant petit à petit à reprendre leur chant ramage. Après un si long silence , les brebis béloient*, etc. On a supprimé cela dans les réimpressions , et mis à la place une version qui ne vaut guère mieux, faite sur le latin de Jungermann.

Si long silence est ridicule ; mais Amyot ne songe guère à ces choses-là. Le style de Longus périt tout dans ses mains ; c'est un tailleur de pierres qui copie l'Apollon.

Ibid., l. 22. *Pourchassant le dernier but....*

Dans le grec, ἔρωτα ζητοῦντες, comme les stoïques ont dit ζητεῖν ἀρετήν. et nos mystiques « chercher Dieu. »

Ibid. , l. 28. *Frissoit.*

Mot de la façon d'Amyot, ἅπαξ λεγόμενον. C'est l'italien *frizzare.*

P. 149, l. 9. *Il tenoit avec soi certaine petite femme jeune et belle.*

Amyot : *Sa femme étoit jeune et belle, et plus délicate que ne sont ordinairement les femmes des paysans.*

Amyot a cru Lycenion une paysanne, femme du paysan Chromis : étrange méprise. Le nom même de Lycenion indique une courtisane. Chromis, bourgeois de Mitylène, ou plutôt d'Athènes, car tout ceci est pris de la Nouvelle Comédie, vit à la campagne avec une fille de la ville. Trois sortes de gens paraissaient dans les comédies entretenant des filles publiques ; ναύκληροι, *les négociants* ou armateurs de navires ; στρατιῶται, *les gens de guerre,* enrichis en Asie au service des rois ; γεωργοί, *les cultivateurs,* riches aussi pour la plupart. Car Athènes faisant beaucoup de commerce et ayant peu de territoire, les terres y étaient fort chères.

Ibid. , l. 21. *Feignant d'aller voir sa voisine qui travailloit d'enfant.*

Le texte est gâté en cet endroit. Le manuscrit de Florence porte τῆς ἐπιούσης ὡς παρὰ τὴν γυναῖκα γαβεῖν τὴν τίκτουσαν ἀπιοῦσα. Celui du Vatican : ὡς παρὰ τὴν γυναῖκα λᾶ ἑην τὴν τίκτουσαν. Lisez ὡς παρὰ τὴν γυναῖκα ἐκείνην τὴν τίκτουσαν ; comme dans Hérodote, l. 3, 16 : τὸν ἄνθρωπον τοῦτον τὸν μαστιγωθέντα.

P. 150, l. 4. *Au chéne sous lequel étoient assis Daphnis et Chloé.*

Il faut lire dans le texte ἐπὶ τὴν δρῦν ἵνθα (non ἐν ᾗ) ἐκαθίζετο, comme ailleurs il dit, liv. second, πρὸς τὴν φηγὸν ἔτρεχεν ἵνθα ἐκαθέζοντο.

Ibid. , l. 7. *De mes vingt oisons.*

Homère, Odyssée :

Χῆρές μοι κατ᾽ οἶκον ἔικοσι πυρὸν ἔδουσι.

P. 151 , l. 16. *Se prit à l'instruire en cette façon.*

Ce qui suit n'a point été traduit par Amyot jusqu'à ces mots : *finie l'amoureuse leçon.*

P. 152 , l. 18. *Ne sçavoit plus s'il oseroit rien exiger dè Chloé outre le baiser et l'embrasser.*

Amyot : *délibérant ne fâcher point Chloé outre le baiser et l'embrasser.*

Ibid. , l. 28. *Puis l'embrassant la baisa.*

Amyot : *puis se jetant sur elle la baisa.* Grossière sottise ; le texte est clair.

P. 153 , l. 10. *Ayant moins de souci de manger que de s'entrebaiser.*

Amyot : *ainsi qu'ils mangeoient ensemble et s'entrebaisoient plus de fois qu'ils n'avaloient de morceaux.* Image dégoûtante qui n'est point dans le texte. Quel langage pour un homme de cour, un prélat, précepteur du roi ! Longus a peint des nudités, qu'Amyot rend toujours obscènes dans sa copie par la grossièreté de l'expression.

Ibid. , l. 21. *De même qu'en un chœur de musique.*

Amyot : *comme l'on fait en une danse.*

P. 154 , l. 26. *Toutes belles , toutes sçavantes en l'art de chanter.*

Ceci manque dans Amyot.

P. 155 , l. 10. *Il rendit furieux les pâtres.*

Amyot : *Il fit devenir enragé les bergers.*

Ibid. , l. 13. *Ses membres.*

Le mot grec a deux sens , dont l'un s'applique à la musique. Toute la fable roule sur cette équivoque , qui ne se peut guère rendre en français , non plus qu'en latin , ce me semble. Horace parle grec quand il dit , *dispersi membra poetæ.*

Ibid. , l. 14. *Terre les reçut.*

Il faut dire ainsi , *terre* , sans article , comme il est dans le grec ; car c'est une divinité.

Ibid. , l. 16. *Imite les voix et les sons.*

Il faut lire dans le grec , comme portent les manuscrits : πάντων τῶν λεγομένων, « de toutes les choses susdites. » De même , p. 32 , édit. de Rome , τὰ ὀνομασθέντα δῶρα. et p. 127 , ὁ δὲ Δρύας ἐδέλγετο τοῖς λεγομένοις.

P. 156. l. 8. *Se couchèrent tous deux sous une même peau de chèvre.*

C'est le sens exact et littéral. Amyot : *en se couvrant d'une peau de chèvre.* Il a bien entendu le texte. On a changé cela dans les réimpressions , où l'on a mis : *en étendant sous eux une peau de chèvre ,* énorme contresens.

P. 156 , l. 25. *Pour des pommes ou des roses.*

Scaron dans la Mazarinade :

> Homme aux femmes et femme aux hommes ,
> Pour des poires et pour des pommes.

P. 158 , l. 13. *Promettoient.*

Dans l'édition originale d'Amyot : *promettoit ,* faute d'impression , qu'on a mal corrigée depuis.

P. 157 , l. 22. *Et se séant à terre.*

Amyot dit *se séant en terre.* Les nouveaux éditeurs croyant que c'était une faute , ont corrigé cela dans leurs réimpressions. Mais Amyot parle ainsi à l'italienne : ci - dessous , *relevant les vignes qui tomboient en terre ;* un peu après , *les chèvres mettant le nez en terre ;* et *descendant en terre armés de corselets et d'épées.* Cependant , il dit : *si se rassit à terre,* qui était la façon commune de son temps. Boileau même a dit assez mal : *et se forment en terre une divinité.*

P. 158 , l. 2. *Une chose pourtant le troubloit ; Lamon n'étoit pas riche.*

Amyot : *Il n'y avoit qu'une seule chose qui le troublât, c'est que son père nourricier Lamon n'étoit pas riche.* Il rend ainsi le sens , mais non le sentiment. La Fontaine observe ces nuances :

Un point sans plus tenoit le galant empêché ;
Il nageoit quelque peu , mais il falloit de l'aide.

Ibid. *Lamon n'étoit pas riche.*

Le manuscrit de Florence ajoute, ἀλλ' οὐδ' ἐλεύθερος, εἰ καὶ πλούσιος. C'est une note marginale prise de ce qui suit, p. 135. édit. de Rome, δοῦλος δὲ ὢν, οὐδενός εἰμι τῶν ἐμῶν κύριος. De même, page 121, ἠπείγοντο γὰρ νεα λἲς ἰχϑὖς (le manuscrit de Florence ajoute τῶν πετρίων, et cela est pris plus haut, p. 66, πετραίους ἰχϑὖς) εἰς τὴν πόλιν διασώσασϑαι. A la p. 126, εἰ δὲ ἐπηγγίλλοντο μεγάλα, le même manuscrit ajoute, εἰ ταύτης τύχοιεν, explication fort inutile.

Ibid. , l. 25. *Fais tant envers Chloé.*

C'est la phrase d'Amyot. Journal de l'Étoile, t. 4 , p. 194 : *le roi fit tant envers le pape qu'il en obtint le payement.*

P. 159 , l. 20. *Une bourse de trois cents écus.*

Le grec dit *de trois mille drachmes.* Ceci paraît pris de la vieille fable attribuée à Ésope : « Un homme étoit pauvre. Les Dieux lui » apparurent en songe et lui dirent : Va au bord de la mer, en tel » endroit ; tu y trouveras mille drachmes. »

P. 162 , l. 3. *Combien que d'autres lui offrissent beau- coup pour l'accorder.*

Traduction d'Amyot. Toutes les éditions , et même la première , portent *pour la accorder.* C'est une faute de l'imprimeur ; et il faut lire *pour l'accorder,* ou bien *pour la leur accorder.*

Ibid. , l. 9. *Ces raisons et assez d'autres.*

'Ο μὲν ταῦτα καὶ ἔτι πλείω ἔλεγεν, De même Lucien, dans le Songe, ταῦτα καὶ ἔτι τούτων πλείονα εἶπε.

Le manuscrit de Florence porte : ὁ μὲν (c'est une faute, lisez ὁ μὲν) ταῦτα καὶ ἔτι πλείω ἔλεγεν, ἵνα τῷ πεῖσαι λέγων ἄθλον ἔχων τριχιλίας, leçon qui fait une phrase fort jolie et ne peut être l'ouvrage du copiste. Il paraît au contraire que les autres copistes ont supprimé λέγων, comme une variante d'ἔχων ; ce qui est arrivé ailleurs.

Ibid. , l. 23. *Autrement serois-je bien insensé.*

Leçon de l'édition originale d'Amyot. On a mal corrigé dans les réimpressions, *autrement je serois bien insensé.* Amyot dit de même un peu plus bas : *seulement te veux-je bien avertir d'un point, Dryas.*

P. 163 , l. 27. *En grande dévotion d'ouïr.*

Rabelais : « De quelle dévotion il le guette. » Cent Nouvelles Nouvelles : «La dévotion lui en est prise. » Henri IV, lettre à Gabrielle. d'Estrées : « Je reçus votre lettre à soir, et attends Senneterre en bonne dévotion. »

P. 164 , l. 24. *Et n'étoit demeuré qu'une seule pomme.*

Lisez dans le grec κλάδοι, πλὴν μῆλον ἓν ἐλείπετο, ou plutôt ἐξελείπετο. Br.

Ibid., l. 28. *Ou ne s'étoit soucié de l'abattre.*

Colombani : ἐδείσεν ὁ τρυγῶν ἀνελθεῖν, ἠμέλησε καθελεῖν. Le manuscrit de Rome ,.... ἀνελθεῖν καὶ ἠμέλησι. lisez ἀνελθεῖν μέλησι καθ. Les copistes ont voulu éviter l'hiatus ῆ ἐμ...... qui ne devoit pas les étonner. Lucien,

Dialogues des Dieux : πῶς ὀυ ζηλοτυπεῖ ἡ Ἀφροδίτη τὴν Χάριν ἢ ὁ Χάρις ταύτης.

P. 165, l. 8. *Les beaux jours d'été l'ont fait naître, un bel arbre l'a nourrie.*

Amyot arrange cela d'une façon qu'il croit fort galante. Voici sa traduction : *Chloé ma mie, le beau temps a produit cette belle pomme, un bel arbre l'a nourrie, le beau soleil l'a mûrie et la bonne fortune l'a contregardée pour une belle bergère.* C'est là presque le seul endroit où Amyot ait eu dessein de mettre du sien et d'ajouter au texte de l'auteur. Partout ailleurs il paraphrase, mais seulement comme interprète, longuement et lourdement.

Ibid., l. 14. *Quelque serpent qui eût* frayé *au long.*

Bonaventure Desperriers, Nouvelle XIII. « Le docteur passant sur sa mule, un de ses bœufs s'en vint *frayer* un petit contre sa robe. »

Ibid., l. 18. *Vous avez juges pareils.*

Lisez dans le grec ὁμοίως ἔχομεν τοῦ κάλλους μάρτυρες. Br. Cette phrase ne vaut rien, et la correction que propose l'éditeur de Rome paraît préférable, ὁμοίως ἔχομεν ὁμοίου κάλλους μάρτυρες. Dans le manuscrit du Vatican ὁμέως est écrit au-dessous d'ὁμοίους comme une variante. C'est la même erreur que ci-dessus, p. 162, l. 3. Voyez la note.

Ibid., l. 19. *Il étoit berger lui.*

Pâris n'est point nommé dans le grec, et Amyot qui traduit, « Nous sommes Pâris et moi juges et témoins pareils, » ôte toute la grâce de ce passage. Il fait la même faute partout où l'auteur supprime à dessein quelque mot, ou quelque liaison, par un artifice commun à tous les bons écrivains.

P. 166, l. 8. *Afin que l'eau en fût plus nette et plus claire.*

Πηγὰς ἐξεκάθαιρεν ὡς ὕδωρ καθαρὸν ἔχοιεν. C'est la leçon de Colombani. Lisez ὡς ὕδωρ λάμπρον ἔχοιεν. Les anciens manuscrits étaient gâtés en cet endroit, comme on le voit par celui de Rome, où le copiste a laissé un blanc à la place de ces deux mots, καθαρὸν ἔχοιεν.

P. 168, l. 2. *Sémèle qui accouchoit.*

Ainsi l'a écrit Amyot. On a mal imprimé, depuis la première édition, *Sémélé*. La Fontaine, *Filles de Minée :*

> La Grèce étoit en jeux pour le fils de Sémèle ;
> Seules on vit trois sœurs condamner ce saint zèle.

Il a dit de même ailleurs :

> Brodoit mieux que Clotho, filoit mieux que Pallas,
> Tapissoit mieux qu'*Arachne* et mainte autre merveille.

au lieu d'Arachné.

P. 169, l. 27. *Laissant une quantité des plus belles grappes aux branches.*

Amyot, dans l'édition originale : *et garda l'on une quantité.* Les nouvelles éditions portent *et l'on garda.* V. p. 162, l. 23, la note.

P. 172, l. 3. *Et Lamon tout éploré.*

Ὁ μὲν γὰρ Δάμων. J'aimerais mieux ὁ μὲν δή. Br.

P. 172, l. 16. *Que me dira-t-il quand il le verra si piteu-sement accoutré ?*

Le grec dit, « que deviendra-t-il en voyant cela ? » On a gardé la phrase d'Amyot, dont La Fontaine s'est souvenu dans ce vers :

> Le pis fut que l'on mit en piteux équipage
> Le pauvre potager.

P. 173, l. 9. *Étant en la grace de son maître.*

C'est ainsi qu'il faut lire dans la version d'Amyot. Toutes les édi-tions portent *étant à la grace ;* faute d'impression. Ci-dessus, f° 47 de l'édition originale d'Amyot : *Comment donc suis-je en ta grace ?*

P. 174, l. 23. *Quelque chanson de chevrier.*

Lisez dans le grec συρίσαι τι αιπολικόν. Br.

P. 175, l. 10. *Non pour cela Gnaton.*

C'est la phrase d'Amyot. De même, dans la Vie de Phocion : *Ces dons que le Roi lui envoyoit, il les refusa tous, disant : qu'il me laisse être homme de bien. Non pour cela les messagers ne cessoient d'aller après lui.* Et dans les Cent Nouvelles Nouvelles : *Non pour-tant assez bonne pièce après il dit.....* C'est l'italien *non pertanto*, et le grec ου μην αλλά.

P. 177, l. 8. *Un sayon neuf, une chemisette et des souliers.*

Plaute, dans l'Epidicus : *soccos, tunicam, pallium tibi dabo.* Tout cela est imité d'Homère, dans l'Odyssée :

> εσσω μιν χλαῖνάν τε χιτῶνα τε ειματα καλά,
> . . . . δώσω δ' υπό ποσσι πέδιλα.

3.   16

P. 179, l. 15. *Celui qui aime , ô mon cher maître.*

Amyot gâte tout cet endroit. Ceux qui l'ont voulu corriger dans les nouvelles éditions ont fait encore pis.

Ibid., l. 22. *Vois-tu comment sa chevelure semble la fleur d'hyacinthe ?*

Amyot : *Voyez-vous comment sa perruque est belle ?* Si l'on voulait marquer toutes les fautes d'Amyot dans ces deux derniers livres, il faudrait le copier en entier.

P. 180, l. 8. *Les aigles de Jupiter.*

C'est une pensée de quelqu'un des poètes élégiaques, soit Callimaque ou Philétas, que Properce aussi s'est appropriée :

Cur hæc in terris facies humana moratur?
Jupiter, ignoro pristina furta tua.

Remarquez que la pensée est juste dans Longus, mais non pas dans Properce qui parle d'une femme. Jamais Jupiter n'enleva de femme. Le poète grec que Properce traduit et que Longus copie, parlait sans doute d'un garçon.

Ibid. , l. 23. *Rester bœuf à l'étable.*

Proverbe grec ; c'est-à-dire , *inutile* , *hors de service.*

P. 181 , l. 14. *En cette sorte.*

Ainsi a écrit Amyot, et non comme on a corrigé dans les réimpressions : *de cette sorte.*

Ibid., l. 17. *Je ne te mentirai d'un mot.*

Vrai texte d'Amyot. On a mal corrigé..*Je ne te mentirai pas d'un*
mot.

P. 183, l. 12. *Et s'en courut par le jardin.*

Toutes les éditions d'Amyot portent comme la première, *s'en cou-*
rut au berger. Lisez *au verger.*

P. 192, l. 18. *Et les montra de rang.*

Dans le texte lisez, καὶ περιφέρων ἐνδέξια πᾶσιν ἐδείκνυι, expression
d'Homère :

$$\text{Κῆρυξ δὲ φέρων ἀν' ὅμιλον ἅπαντα,}$$
$$\text{Δεῖξ' ἐνδέξια πᾶσιν.}$$

P. 194, l. 3. *Et tout de même ont été préservés par les*
Nymphes.

La première édition d'Amyot porte : *et tout de mêmes ont été réservés*
par les Nymphes. Remarquez là-dessus, d'abord que dans toutes les
réimpressions d'Amyot on a mis *même* sans *s ;* mauvaise correction.
Corneille, dans le Menteur : *Moi mêmes à mon tour je ne sçais où*
j'en suis. Ensuite *réservés* est une faute d'impression : il faut lire *pré-*
servés, qui se disait alors au lieu de *conservés, préservés de la mort.*
La Fontaine : *Simonide préservé par les Dieux.*

P. 195, l. 15. *Le plus du temps.*

Italianisme d'Amyot, usité alors : *il più del tempo.* Les nouveaux
éditeurs ont cru que c'était une faute, et ont corrigé *le plus de temps,*

qui n'est d'aucune langue et ne signifie rien. Amyot , dans la Vie de Pompée : *Toutefois le plus du temps ils campoient séparément ;* et dans le Discours touchant l'amour : *le plus du temps elle se tenoit au temple.* Arrêts d'amour, premier arrêt , *le pauvre galand le plus du temps ne sçavoit où il en étoit.*

P. 196 , l. 1. *Au lieu qu'il étoit découvert....*

On a estropié cela dans les réimpressions d'Amyot : en écrivant *au lieu qui étoit découvert,* ce qui fait un sens différent et contraire au texte.

Ibid. , l. 3. *Tout cela fut long-temps après.*

Ἀλλὰ ταῦτα μὲν ὕστερον , phrase d'Hérodote. Ἀλλὰ ταῦτα μὲν ὕστερον ἐγένετο, τότε δὲ...... Plutarque l'emploie souvent : Καὶ ταῦτα μὲν ὕστερον ἐπράχθη , τότε δὲ....

Ibid. , l. 16. *N'étoient que jeux de petits enfants.*

C'est ainsi qu'Amyot a écrit , et non comme on a corrigé dans les dernières éditions , *n'étoit que jeux.* La phrase d'Amyot est toujours italienne ; en bon italien on diroit : *ciò che facevano in mezzo ai campi non erano che scherzi da fanciulli.*

PROSPECTUS

D'UNE TRADUCTION NOUVELLE

D'HÉRODOTE.

PRÉFACE

DU TRADUCTEUR.

———

HÉCATÉE de Milet le premier écrivit en prose, ou, selon quelques-uns, Phérécyde peu antérieur, aussi bien que l'autre, à Hérodote. Hérodote naissait quand Hécatée mourut, vingt ans ou environ après Phérécyde. Jusque là, on n'avait su faire encore que des vers; car avant l'usage de l'écriture, pour arranger quelque discours qui se pût retenir et transmettre, il fallut bien s'aider d'un rhythme, et clore le sens dans des mesures à peu près réglées, sans quoi il n'y eût eu moyen de répéter fidèlement, même le moindre récit. Tout fut au commencement matière de poésie; les fables religieuses, les vérités morales, les généalogies des dieux et des héros, les préceptes de l'agriculture et de l'économie domestique, oracles, sentences, proverbes, contes, se débitaient en vers, que chacun citait, ou, pour mieux dire, chantait dans l'occasion aux fêtes, aux assemblées : par-là, on se faisait honneur et on passait pour homme instruit. C'était toute la littérature qu'enseignaient les rapsodes, sa-

vants de profession, mais savants sans livres long-temps.
Quand l'écriture fut trouvée, plusieurs blâmaient cette
invention, non justifiée encore aux yeux de bien des gens;
on la disait propre à ôter l'exercice de la mémoire et rendre l'esprit paresseux. Les amis du vieux temps vantaient
la vieille méthode d'apprendre par cœur sans écrire, at-
tribuant à ces nouveautés, comme on le peut voir dans
Platon, et la décadence des mœurs et le mauvais esprit
de la jeunesse.

Je ne décide point, quant à moi, si Homère écrivit, ni
s'il y eut un Homère, de quoi on veut douter aussi. Ces
questions, plus aisées à élever qu'à résoudre, font entre
les savants des querelles où je ne prends point de parti :
j'ai assez d'affaires sans celle-là, et je déclare ici, pour ne
fâcher personne, que j'appellerai Homère l'auteur ou les
auteurs, comme on voudra, des livres que nous avons
sous le nom d'Iliade et d'Odyssée. Je crois qu'on fit des
vers long-temps avant de les savoir écrire; mais l'alphabet
une fois connu, sans doute on écrivit autre chose que
des vers. Le premier usage d'un art est pour les besoins
de la vie; accords et marchés furent écrits avant les proues-
ses d'Achille. Celui qui s'avisa de tracer, sur une pomme
ou sur une écorce, le nom de ce qu'il aimait avec l'épithète ordinaire Kalè, ou peut-être Kalos, suivant les
mœurs grecques et antiques, celui-là écrivit en prose
avant Hécatée, Phérécyde : eux essayèrent de composer
des discours suivis sans aucun rhythme ni mesure poétique, et commencèrent par des récits.

L'histoire était en vers alors comme tout le reste. Homère et les cycliques avaient mis dans leurs chants le
peu de faits dont la mémoire se conservait parmi les hommes. Homère fut historien ; mais la prose naissante, *à
peine du filet encor débarrassée*, s'empara de l'histoire,
en exclut la poésie, comme de bien d'autres sujets ; car
d'abord les sciences naturelles et la philosophie, telle
qu'elle pouvait être, appartinrent à la poésie, chargée
seule en ce temps d'amuser et d'instruire : on lui dispute
jusqu'à la tragédie maintenant, et, chassée du théâtre,
elle n'aura plus que l'épigramme. C'est que vraiment la
poésie est l'enfance de l'esprit humain, et les vers l'enfance du style, n'en déplaise à Voltaire et autres contempteurs
de ce qu'ils ont osé appeler vile prose. Voltaire s'étonne
mal à propos que les combats de Salamine et des Thermo-
pyles, bien plus importants. que ceux d'Ilion, n'aient
point trouvé d'Homère qui les voulût chanter; on ne
l'eût pas écouté, ou plutôt Hérodote fut l'Homère de son
temps. Le monde commençait à raisonner, voulait avec
moins d'harmonie un peu plus de sens et de vrai. La poésie épique, c'est-à-dire historique, se tut, et pour toujours, quand la prose se fit entendre, venue en quelque
perfection.

Les premiers essais furent informes; il nous en reste
des fragments où se voit la difficulté qu'on eut à composer sans mètre, et se passer de cette cadence qui, réglant,
soutenant le style, faisait pardonner tant de choses. La
Grèce avait de grands poètes, Homère, Antimaque, Pin-

dare , et parlant la langue des dieux , bégayait à peine celle des hommes. *Hécatée de Milet ainsi devise ; j'écris ceci comme il me semble être véritable ; car des Grecs les propos sont tous divers , et, comme à moi, paroissent risibles.* Voilà le début d'Hécatée dans son histoire ; et il continuait de ce ton assorti d'ailleurs au sujet : ce n'étaient guère que des légendes fabuleuses de leurs anciens héros; peu de faits noyés dans des contes à dormir debout. Même façon d'écrire fut celle de Xanthus , Charon , Hellanicus et autres qui précédèrent Hérodote : ils n'eurent point de style, à proprement parler, mais des membres de phrases, tronçons jetés l'un sur l'autre , heurtés sans nulle sorte de liaison ni de correspondance, comme témoigne Démétrius ou l'auteur, quel qu'il soit, du livre de l'élocution. Hérodote suivit de près ces premiers inventeurs de la prose, et mit plus d'art dans sa diction , moins incohérente, moins hachée : toutefois, en cette partie , son savoir est peu de chose au prix de ce qu'on vit depuis. La période n'était point connue , et ne pouvait l'être dans un temps où il n'y avait encore ni langage réglé , ni la moindre idée de grammaire. L'ignorance làdessus était telle , que Protagoras , long-temps après , s'étant avisé de distinguer les noms en mâles et femelles, ainsi qu'il les appelait, cette subtilité nouvelle fut admirée ; quelques-uns s'en moquèrent, comme il arrive toujours; on en fit des risées dans les farces du temps. De ce manque absolu de grammaire et des règles , viennent tant de phrases dans Hérodote , qui n'ont ni conclu-

sion , ni fin , ni construction raisonnable , et ne laissent
pas pourtant de plaire par un air de bonhomie et de peu
de malice, moins étudié que ne l'ont cru les anciens critiques. On voit que dans sa composition il cherche ,
comme par instinct , le nombre et l'harmonie, et semble
quelquefois deviner la période ; mais avec tout cela , il
n'a su ce que c'était que le style soutenu , et cet agence-
ment des phrases et des mots qui fait du discours un
tissu , secret découvert par Lysias , mieux pratiqué encore depuis , au temps de Philippe et d'Alexandre. Théopompe alors, se vantant d'être le premier qui eût su écrire
en prose, n'eut peut-être point tant de tort. Dans quelques restes mutilés de ses ouvrages , dont la perte ne se
peut assez regretter, on aperçoit un art que d'autres n'ont
pas connu.

Mais ce style si achevé n'eût pas convenu à Hérodote
pour les récits qu'il devait faire , et le temps où il écrivit.
C'était l'enfance des sociétés ; on sortait à peine de la
plus affreuse barbarie. Athènes, du vivant d'Hérodote ,
sacrifiait des hommes à Bacchus Omestès, c'est-à-dire
mangeant cru. Thémistocle, il est vrai, dès ce temps-là
philosophe, y trouvait à redire ; mais il n'osa s'en expliquer, de peur des honnêtes gens : c'eût été outrager la
morale religeuse. Hérodote, dévot , put très-bien assister
à cette cérémonie , et parle de semblables fêtes avec son
respect ordinaire pour les choses saintes. On jugerait par-
là de son siècle et de lui, si tout d'ailleurs ne montrait
pas dans quelles épaisses ténèbres était plongé le genre

humain, qui seulement tâchait de s'en tirer alors, et fit
bientôt de grands progrès, non dans les sciences utiles,
la religion s'y opposant, mais dans les arts de goût
qu'elle favorisait. Le temps d'Hérodote fut l'aurore de
cette lumière, et comme il a peint le monde encore dans
les langes, s'il faut ainsi parler, d'où lui-même il sortait, son style dut avoir et de fait a cette naïveté, bien
souvent un peu enfantine, que les critiques appelèrent
innocence de la diction, unie avec un goût du beau et
une finesse de sentiment qui tenaient à la nation grecque.

Cela seul le distingue de nos anciens auteurs avec lesquels il a d'ailleurs tant de rapports, qu'il n'y a pas peut-
être une phrase d'Hérodote, je dis pas une, sans excepter
la plus gracieuse et la plus belle, qui ne se trouve en
quelqu'endroit de nos vieux romanciers ou de nos premiers historiens, si ainsi se doivent nommer. On l'y
trouve, mais enfouie comme était l'or dans Ennius,
sous des tas de fiente, d'ordures, et c'est en quoi notre
français se peut comparer au latin, qui resta long-temps
négligé, inculte, sacrifié à une langue étrangère. Le grec
étouffa le latin à son commencement, et l'empêcha toujours de se développer : autant en fit depuis le latin au
français pendant le cours de plusieurs siècles. Non seulement alors qu'écrivait Ennius, mais après Virgile et Horace, la belle langue c'était le grec à Rome, le latin chez
nous au temps de Joinville et de Froissard. On ne parlait
français que pour demander à boire; on écrivait le latin que
lisaient, étudiaient savants et beaux esprits, tout ce qu'il

y avait de gens tant soit peu clercs ; et *camera compoto-*
rum paraissait bien plus beau que *la chambre des comp-*
tes. Cette manie dura et même n'a point passé ; des
inscriptions nous disent, en mots de Cicéron, qu'ici est
le marché Neuf ou bien la place aux Veaux. Que pouvait
faire un pauvre auteur employant l'idiôme vulgaire ?
Poètes, romanciers, prosateurs se trouvaient dans le cas
de ceux qui maintenant voudraient écrire le picard ou
le bas-breton. En Italie, Pétrarque eut honte de ses divins
tercets, parce qu'ils étaient italiens, et depuis ne repro-
cha-t-on pas à Machiavel d'avoir écrit l'histoire autrement qu'en latin, faute que ne fit pas le président de
Thou. Partout la langue morte tuait la langue vivante.
Lorsqu'enfin on s'avisa, fort tard, d'écrire pour le public
et non plus seulement pour les doctes, le latin domina
encore dans ces compositions, qui ainsi n'eurent jamais
le caractère simple des premiers ouvrages grecs, dictés
par la nature.

La littérature grecque est la seule, en effet, qui ne soit
pas née d'une autre, mais produite par l'instinct et le
sentiment du beau chez un peuple poète. Homère, avec
raison, se dit inspiré des dieux, tenant son art des dieux,
dit-il, sans être enseigné d'aucun homme. Il n'a point
eu d'anciens, fut lui-même son maître, ne passa point
dix ans dans le fond d'un collége à recevoir le fouet, pour
apprendre quelques mots qu'il eût pu, chez lui, savoir
mieux en cinq ou six mois ; il chante ce qu'il a vu, non
pas ce qu'il a lu, et il nous le faut lire, non pour l'imiter,

mais pour apprendre de lui à lire dans la nature, aujourd'hui lettre-close à nous, qui ne voyons que des habits, des usages; l'étude de l'antique ramène les arts au simple, hors duquel point de sublime.

Hérodote et Homère nous représentent l'homme sortant de l'état sauvage, non encore façonné par les lois compliquées des sociétés modernes; l'homme grec, c'est-à-dire, le plus heureusement doué à tous égards; pour la beauté, qu'on le demande aux statuaires, elle est née en ce pays-là; l'esprit, il n'y a point de sots en Grèce, a dit quelqu'un qui n'aimait pas les Grecs et ne les flattait point. Aussi, tout art vient d'eux, toute science; sans eux, nous ne saurions pas même nous bâtir des demeures, ni mesurer nos champs, nous ne saurions pas vivre. Gloire, amour du pays, vertus des grandes âmes, où parurent-elles mieux que dans ce qu'ils ont fait et ce qu'ils font encore. Ce sont les commencements d'une telle nation que nous montrent ces deux auteurs.

Le sujet leur est commun, la guerre de l'Europe contre l'Asie; jamais il n'y en eut de plus grand ni qui nous touchât davantage. Il y allait pour nous de la civilisation, d'être policés ou barbares, et la querelle était celle du monde entier pour qui le germe de tout bien se trouvait dans Athènes. L'ancienne, l'éternelle querelle se débattait à Salamine, et si la Grèce eût succombé, c'en était fait, non que je pense que le progrès du genre humain, dans la perfection de son être, pût dépendre d'une bataille ni même d'aucun événement; mais comme il fut

arrêté depuis par la férocité romaine et d'autres influen-
ces qui faillirent à perdre la civilisation, elle eût péri
pour un long temps à Salamine, dès sa naissance, par le
triomphe du barbare.

Ils écrivirent, non dans le patois esclave, comme nos
Froissard, nos Joinville, mais dans la langue belle alors,
c'est-à-dire ancienne; car en la déliant du rhythme poétique, ils lui conservèrent les formes de la poésie, les
expressions et les mots hors du dialecte commun, témoin
le passage même d'Hécatée : *Ecataios Milèsios ô de mu-
theitai*, qui, en italien (car cette langue a aussi sa phrase
et ses mots pour la poésie) se traduirait bien, ce me semble, *Ecateo Milesio così favella*, au lieu de la façon vulgaire *così dice Ecateo, outô legei Ecataios o Milèsios;*
la différence paraît d'abord. Au grec, il ne manque, pour
un vers, que le mètre seul et le rhythme, qui même
revint dans la prose après Hécatée; mais ce n'est pas de
quoi il s'agit. Le dialecte poétique, chez les Grecs, était
le vieux grec; en Italie, c'est le vieux toscan, qu'on
retrouve dans le contado de Sienne et du val d'Arno. Il ne
faut pas croire qu'Hérodote ait écrit la langue de son
temps commune en Ionie, ce que ne fit pas Homère
même, ni Orphée, ni Linus, ni de plus anciens, s'il y
en eut; car le premier qui composa, mit dans son style
des archaïsmes. Cet ionien si suave n'est autre chose que
le vieux attique auquel il mêle, comme avaient fait tous ses
devanciers prosateurs, le plus qu'il peut de phrases d'Homère et d'Hésiode. La Fontaine, chez nous, empruntant

les expressions de Marot, de Rabelais, fait ce qu'ont fait les anciens Grecs, et aussi est plus grec cent fois que ceux qui traduisaient du grec. De même Pascal, soit dit en passant, dans ses deux ou trois premières lettres, a plus de Platon, quant au style, qu'aucun traducteur de Platon.

Que ces conteurs des premiers âges de la Grèce aient conservé la langue poétique dans leur prose, on n'en saurait douter après le témoignage des critiques anciens, et d'Hérodote qu'il suffit d'ouvrir seulement pour s'en convaincre. Or, la langue poétique partout, si ce n'est celle du peuple, en est tirée du moins. Malherbe, homme de cour, disait : J'apprends tout mon français à la place Maubert; et Platon, poète s'il en fut, Platon, qui n'aimait pas le peuple, l'appelle son maître de langue. Demandez le chemin de la ville à un paysan de Varlungo ou de Peretola, il ne vous dira pas un mot qui ne semble pris dans Pétrarque, tandis qu'un cavalier de San-Stephano parle l'italien francisé (*infrancesato*, comme ils disent) des antichambres de Pitti. *Ariane, ma sœur, de quel amour blessée*, n'est point une phrase de marquis; mais nos laboureurs chantent : *feru de ton amour, je ne dors nuit ni jour*. C'est la même expression. L'autre qui dit de Jeanne :

> Sentant son cœur faillir, elle baissa la tête
> Et se prit à pleurer (1).

(1) Casimir Delavigne.

n'a point trouvé cela certes dans les salons ; il s'exprime en poète : pouvait-il mieux? jamais, ni avec plus de grâce, de douceur, d'harmonie. C'est la langue poétique, antique; et mes voisins allant vendre leur âne à la foire de Chousé, ne causent pas autrement, n'emploient point d'autres mots. Il continue de même, c'est-à-dire très-bien, *qui t'inspira, jeune et faible bergère*.... et non pas, qui vous conseilla, mademoiselle, de quitter monsieur votre père, pour aller battre les Anglais! Le ton, le style du beau monde sont ce qu'il y a de moins poétique dans le monde. Madame Dacier commençant : *Déesse chantez*, je devine ce que doit être tout le reste. Homère a dit grossièrement : *Chante, déesse, le courroux*....

Par tout ceci, on voit assez que penser, traduire Hérodote dans notre langue académique, langue de cour, cérémonieuse, roide, apprêtée, pauvre d'ailleurs, mutilée par le bel usage, c'est étrangement s'abuser; il y faut employer une diction naïve, franche, populaire et riche, comme celle de La Fontaine. Ce n'est pas trop assurément de tout notre français pour rendre le grec d'Hérodote, d'un auteur que rien n'a gêné, qui, ne connaissant ni ton, ni fausses bienséances, dit simplement les choses, les nomme par leur nom, fait de son mieux pour qu'on l'entende, se reprenant, se répétant de peur de n'être pas compris, et faute d'avoir su son rudiment par cœur, n'accorde pas toujours très-bien le substantif et l'adjectif. Un abbé d'Olivet, un homme d'académie ou prétendant à l'être, ne se peut charger de cette besogne. Héro-

3.   17

dote ne se traduit point dans l'idiôme des dédicaces, des éloges, des compliments.

C'est pourtant ce qu'ont essayé de fort honnêtes gens d'ailleurs, qui sans doute n'ont point connu le caractère de cet auteur, ou peut-être ont cru l'honorer en lui prêtant un tel langage, et nous le présentant sous les livrées de la cour, en habit habillé : au moins est-il sûr qu'aucun d'eux n'a même pensé à lui laisser un peu de sa façon simple, grecque et antique. Saisissant, comme ils peuvent, le sens qu'il a eu dessein d'exprimer, ils le rendent à leur manière, toujours parfaitement polie et d'une décence admirable. Figurez-vous un truchement qui, parlant au sénat de Rome pour le paysan du Danube, au lieu de ce début,

Romains, et vous Sénat, assis pour m'écouter,

commencerait : Messieurs, puisque vous me faites l'honneur de vouloir bien entendre votre humble serviteur, j'aurai celui de vous dire.... Voilà exactement ce que font les interprètes d'Hérodote. La version de Larcher, pour ne parler que de celle qui est la plus connue, ne s'écarte jamais de cette civilité : on ne saurait dire que ce soit le laquais de madame de Sévigné, auquel elle compare les traducteurs d'alors ; car celui-là rendait dans son langage bas, le style de la cour, tandis que Larcher, au contraire, met en style de cour ce qu'a dit l'homme d'Halicarnasse. Hérodote, dans Larcher, ne parle que de princes, de princesses, de seigneurs et de gens de qualité ; ces princes montent sur le trône, s'emparent de la couronne, ont une cour, des ministres et de grands officiers, faisant, comme on peut croire, le bonheur des sujets ; pendant que les princesses, les dames de la cour, accordent leurs faveurs à ces jeunes seigneurs. Or est-il qu'Hérodote ne se douta jamais de ce que nous appelons prince, trône et couronne, ni de ce qu'à l'académie on nomme faveurs des dames et bonheur des sujets. Chez lui, les dames, les princesses mènent boire leurs vaches ou celles du roi leur père, à la fontaine voisine, trouvent là des jeunes gens, et font quelque sottise, toujours exprimée dans l'auteur avec le mot propre : on est esclave ou libre, mais on n'est point sujet dans Hérodote. Cependant, en si bonne et noble compagnie, Larcher a fort souvent des termes qui sentent un peu l'antichambre de madame de Sévigné ; comme quand il dit, par exemple : *Ces seigneurs mangeaient du mouton* ; il prend cela dans la chanson de monsieur Jourdain. *Le grand roi bouchant les derrières aux Grecs* à Salamine, est encore une de ses phrases, et il en a bien d'autres peu séantes à un homme comme son Hérodote, qui parle congruement, et surtout noblement ; il ne nommera pas le boulanger de Crésus, le palefrenier de Cyrus, le chaudronnier Macistos ; il dit grand panetier, écuyer, armurier, avertissant en note que cela est plus noble.

Cette rage d'ennoblir, ce jargon, ce ton de cour, infectant le théâtre et la littérature sous Louis XIV et depuis, gàtèrent d'excellents esprits, et sont encore cause qu'on se moque de nous avec juste raison. Les étrangers crèvent de rire quand ils voient dans nos tragédies, le seigneur Agamemnon et le seigneur Achille qui lui demande raison, aux yeux de tous les Grecs, et le seigneur Oreste brûlant de tant de feux pour madame sa cousine. L'imitation de la cour est la peste du goût aussi bien que des mœurs. Un langage si poli, adopté par tous ceux qui, chez nous, se sont mêlés de traduire les anciens, a fait qu'aucun ancien n'est traduit, à vrai dire, et qu'on n'a presque point de versions qui gardent quelques traits du texte original. Une copie de l'antique, en quelque genre que ce soit, est peut-être encore à faire. La chose passe pour difficile, à tel point que plusieurs la tiennent impossible. Il y a des gens persuadés que le style ne se traduit pas, ni ne se copie d'un tableau. Ce que j'en puis dire, c'est qu'ayant réfléchi là-dessus, aidé de quelque expérience, j'ai trouvé cela vrai jusqu'à un certain point. On ne fera sans doute jamais une traduction tellement exacte et fidèle, qu'elle puisse en tout tenir lieu de l'original, et qu'il devienne indifférent de lire le texte ou la version. Dans un pareil travail, ce serait la perfection qui ne se peut non plus atteindre en cela qu'en toute autre chose; mais on en approche beaucoup, surtout lorsque l'auteur a, comme celui-ci, un caractère à lui, quoique véritablement si naïf et si simple, qu'en ce sens il est moins imitable qu'un autre. Par malheur, il n'a eu long-temps pour interprètes que des gens tout-à-fait de la bonne compagnie, des académiciens, gens pensant noblement et s'exprimant de même, qui, avec leurs idées de beau monde et de savoir vivre, ne pouvaient goûter ni sentir, encore moins représenter le style d'Hérodote. Aussi n'y ont-ils pas songé. Un homme séparé des hautes classes, un homme du peuple, un paysan sachant le grec et le français, y pourra réussir si la chose est faisable; c'est ce qui m'a décidé à entreprendre ceci où j'emploie, comme on va voir, non la langue courtisanesque, pour user de ce mot italien, mais celle des gens avec qui je travaille à mes champs, laquelle se trouve quasi toute dans La Fontaine, langue plus savante que celle de l'académie, et comme j'ai dit, beaucoup plus grecque : on s'en convaincra en voyant, si on prend la peine de comparer ma version au texte, combien j'ai traduit de passages littéralement, mot à mot, qui ne se peuvent rendre que par des circonlocutions sans fin dans le dialecte académique. Je garantis cette traduction plus courte d'un quart que toutes celles qui l'ont précédée; si avec cela elle se lit, je n'aurai pas perdu mon temps : encore est-elle plus longue que le texte; mais d'autres, j'espère, feront mieux et la pourront réduire à sa juste mesure, non pas toutefois en suivant des principes différents des miens.

HÉRODOTE.

LIVRE PREMIER. — CLIO.

—————

C'est ici l'édition des recherches d'Hérodote d'Halycar-
nasse, de peur que les actes des hommes ne soient effa-
cés par le temps et que tant de hauts faits et gestes merveilleux des Grecs et des barbares ne demeurent sans gloire ;
comme aussi la raison pourquoi ils se firent la guerre
entre eux.

I. Or les doctes d'entre les Perses disent que la querelle
commença par les Phéniciens qui, des bords de la mer
qu'on appelle Erythrée venus habiter en ce lieu où ils
habitent maintenant, entreprirent bientôt de longues na-
vigations, portant des marchandises d'Egypte et d'As-
syrie, allèrent en divers pays et finalement à Argos. Argos dominoit alors sur tout le pays qui se nomme Grèce
aujourd'hui. Arrivés les Phéniciens en ce pays d'Argos
vendoient leurs marchandises aux habitants du lieu ; et
le cinquième ou sixième jour de leur arrivée ayant quasi
tout débité, nombre de femmes vinrent sur la plage, et

parmi elles une fille du roi, laquelle avoit nom selon eux, en ce d'accord avec les Grecs , Io, fille d'Inachus. Elles à la poupe du navire achetoient de ces marchandises ce qui plus leur venoit à gré , lorsque à un signal convenu les Phéniciens tout à coup se jetant sur elles les saisirent. La pluspart toutefois échappèrent ; mais Io fut prise avec d'autres, laquelle embarquée, aussitôt ils firent voile pour l'Egypte.

II. Ainsi content les Perses, non point comme les Grecs, la venue de Io en Egypte, et que ce fut là le premier tort. Puis, ajoutent-ils, certains Grecs dont ils ne sauroient dire le nom, c'étoit peut-être des Crétois, abordèrent à Tyr de Phénicie, enlevèrent Europe fille du roi. De la sorte les choses entre–eux étoient égales. Mais que le second tort fut des Grecs, lesquels abordés en Colchide et OEa sur le fleuve du Phase, finies les affaires pour lesquelles ils étoient venus , enlevèrent Médée fille du roi. Le Colchidien là dessus envoya en Grèce un héraut demander réparation de ce rapt et redemander aussi sa fille : à quoi il lui fut répondu qu'eux les premiers n'avoient donné aucune réparation de l'enlèvement de l'Argienne , partant n'a-voient droit d'en exiger aucune.

III. Et si racontent que deux générations après, Alexandre fils de Priam, sachant comme s'étoient passées toutes ces choses, voulut avoir une femme grecque, pensant que s'il la pouvoit ravir, il n'en seroit non plus recherché que ne l'avoient été les autres avant lui. Ainsi enleva Hélène , sur quoi d'abord les Grecs firent par une ambas-

sade redemander Hélène et réparation de l'injure. Mais
eux leur alléguèrent l'exemple de Médée, comme n'ayant
donné nulle satisfaction ni rendu la femme, ils vouloient
ravoir femme et réparation.

IV. Jusque là donc il n'y avoit eu que des enlèvements
de part et d'autre ; mais que les Grecs depuis furent cause
de ce qui advint dans la suite, ayant fait la guerre en Asie
avant qu'eux mêmes en Europe, c'est ce que soutiennent
les Perses, disant que pour eux ils pensent que enlever
des femmes est l'œuvre d'hommes injustes, mais que les
fols seuls s'occupent de venger ces enlèvements, les sages ne prenant aucun souci de poursuivre les femmes
enlevées, étant manifeste en effet que si elles ne l'eussent
voulu il ne seroit jamais arrivé qu'on les enlevât. Ils
nient d'avoir eu en aucun temps des démêlés pour des
femmes enlevées de l'Asie, tandis que les Grecs, pour une
femme de Lacédémone, assemblèrent une grande flotte,
et passant bientôt en Asie, renversèrent la puissance de
Priam. C'est depuis lors qu'ils ont toujours regardé les
Grecs comme étant leurs ennemis; car l'Asie et les nations
barbares qui l'habitent sont tenues par les Perses pour unies
avec eux, tandis qu'ils considèrent l'Europe et les Grecs
comme séparés.

V. De cette façon, racontent les Perses, que les choses
ont eu lieu, et trouvent dans la destruction de Troye l'origine de leur inimitié contre les Grecs; avec eux les Phéniciens ne conviennent pas sur le fait d'Io, disant qu'ils n'ont
point usé de violence pour la conduire en Egypte, mais

qu'elle avoit couché à Argos avec le pilote du vaisseau,
et que se trouvant grosse, craignant ses parents,elle avoit
de son propre vouloir navigué avec les Phéniciens, de
peur d'être découverte. Voilà ce qu'ils racontent, tant les
Perses que les Phéniciens.Quant à moi je n'ai pas à dire si
les choses ont eu lieu d'une façon ou de l'autre. Mais
après que j'aurai indiqué celui que je connois pour avoir
le premier commencé à faire injure aux Grecs,je mène-
rai plus loin mon discours, parlant des petites villes
aussi bien que des grandes et populeuses, car de celles
qui étoient grandes autrefois, beaucoup ont été réduites
à petites, et d'autres au contraire que je me rappelle avoir
vu grandes, étoient petites auparavant. Sachant donc que
la prospérité humaine n'est pas stable, je ferai mention
des unes et des autres également.

VI. Crésus fut Lydien d'origine, fils d'Alyattes et tyran
des nations en deçà du fleuve Halys, qui coulant du midi
entre les Syriens et les Paphlagonniens, se jette vers le
nord dans le pont qu'on appelle Euxin. Ce Crésus, le premier des barbares que nous sçachions, soumit quelques-
uns des Grecs à lui payer tribut et fit amitié avec d'autres.
Il soumit les Ioniens, et les Eoliens,et les Doriens de l'A-
sie, fit amitié avec les Lacedémoniens. Avant le règne
de Crésus tous les Grecs étoient libres, car l'invasion des
Cimmériens en Ionie,bien plus ancienne que Crésus,ne fut
point conquête de villes mais une course de rapine.

VII. Or, la domination étant auparavant des Héraclides
vint à la race de Crésus autrement dite les Mermnades,

en cette façon : Candaule , celui-là que les Grecs nomment Myrsile , étoit tyran de Sardes descendant d'Alcée
fils d'Hercule. Car Agron fils de Ninus fils de Belus fils
d'Alcée fut le premier des Héraclides roi de Sardes ; Candaule fils de Myrsus le dernier. Ceux qui avant Agron régnè-
rent en ce pays , descendoient de Lydus fils d'Atys, duquel tout le peuple depuis fut appelé Lydien , ayant eu
nom Méonien plus anciennement. Eux, en exécution d'un
oracle , cédèrent l'empire aux Héraclides issus d'Hercule
et d'une esclave de Jardamos , ayant régné de père en
fils sur vingt-deux générations d'hommes l'espace de *cinq
cents cinq* ans , jusqu'à Candaule fils de Myrsus.

VIII. Or ce Candaule aimoit sa femme, et comme amant
la croyoit être la plus belle des femmes , si bien que dans
cette croyance , comme il y avoit un de ses gardes Gygès
fils de Dascylus , auquel il portoit affection, à ce Gygès il
faisoit part de ses plus importantes affaires , sur toutes
choses , lui louant la beauté de sa femme : et un jour ,
car si falloit-il que le mal arrivât à Candaule, il parla à
Gygès en ces termes : Gygès, car il m'est avis que tu ne
crois pas ce que je te dis de la beauté de ma femme ,
d'autant que les oreilles aux hommes sont moins croyables que les yeux, fais tant que tu la voye nue. Lui sur
cela s'écrie : Maître que me dis-tu , et quelle parole peu
sage viens-tu de proférer, me conviant à voir toute nue
ma dame et maîtresse ? Femme dépouille avec la chemise
la pudeur ; aussi dès long-temps les hommes ont trouvé
le beau et l'honnête , dont il faut apprendre ceci entre

autres bons enseignements , que chacun regarde sans plus, ce qui est à lui. Pour moi je la crois belle entre toutes, et te prie de ne point me solliciter à mal.

IX. Ainsi lui se défendoit, appréhendant de cela quelque mésaventure ; mais l'autre repartit : assure toi Gygès et ne crains pas que je te veuilles éprouver, ni que de ma femme tu puisses avoir méchef : car d'abord je ferai en sorte qu'elle ne le sçache point, car je te placerai derrière la porte ouverte de la chambre où nous couchons : peu après que je serai entré viendra ma femme se mettre au lit. Un siége est tout contre l'entrée, sur lequel, se dé-pouillant, elle posera ses vêtements l'un après l'autre et ainsi te donnera loisir de la contempler, puis lorsque al-lant du siége au lit elle te tournera le dos, c'est à toi de prendre ton temps pour sortir sans qu'elle te voye.

X. Lui ne pouvant refuser consentit, et Candaule quand il fut heure de dormir, conduisit Gygès dans la chambre et bientôt après vint la femme, laquelle quittant ses vê-tements, Gygès la vit et comme elle lui tournoit le dos pour aller au lit, il s'échappa; mais elle l'aperçoit sortir et encore qu'elle connût bien que le fait étoit de son mari, toutefois sans faire semblant de rien, garda sa honte et ne dit mot ayant dans l'esprit de se venger, car chez les Lydiens et quasi chez tous les barbares, c'est grande honte même à un homme de se laisser voir nud.

XI. Alors donc elle se tut sans rien faire paroître, mais dès le jour venu , ayant donné ses ordres à tout ce qu'elle avoit de serviteurs plus fidèles, elle manda Gygès qui, ne

pensant pas qu'elle eût connoissance du fait, vint à son
commandement comme étoit sa coutume de venir quand
la reine le faisoit appeler. Gygès donc étant arrivé, elle
lui dit : De deux partis choisis, Gygès, celui qui te semble à préférer, ou tuer Candaule et avoir avec moi le
royaume de Lydie, ou bien toi mourir tout à l'heure,
afin qu'il ne t'avienne plus, en obéissant à Candaule, de
voir ce que tu ne dois pas. Mais l'un de vous doit mourir,
ou lui qui t'a conseillé cela, ou toi qui m'as vue nue et as
fait chose non permise. A ce propos Gygès fut un moment surpris; puis se mit à la supplier de ne le point
contraindre d'opter, mais voyant qu'il ne gagnoit rien,
et vraiment ne pouvoit éviter de tuer son maître ou lui-
même périr, il aima mieux rester en vie, et il l'interro-
geoit disant : Puisqu'ainsi est que tu m'obliges de tuer
mon maître malgré moi, voyons donc de quelle manière
le pourrons-nous attaquer? Et elle répondant, lui dit :
En même endroit tu l'assailleras d'où lui m'a montrée à
toi nue, et tu attendras qu'il s'endorme.

XII. L'embuche ainsi dressée, dès que la nuit fut venue (car Gygès ne put s'échapper ni se dispenser d'obéir,
mais de force lui falloit tuer Candaule ou mourir), il suivit
cette femme dans la chambre où elle, lui donnant un
poignard, le cacha derrière la même porte. Puis bientôt
après, comme il vit Candaule endormi, approchant sans
bruit, il le tua, et ainsi eut Gygès et la femme et l'empire. C'est lui dont a parlé Archiloque de Paros dans un
iambe trimètre, ayant vécu de son temps.

XIII. Il eut la royauté qui lui fut confirmée par l'oracle de Delphes; car comme les Lydiens, courroucés du meurtre de Candaule, prenoient les armes, il fut convenu entre ceux qui tenoient le parti de Gygès et les autres Lydiens, que si l'oracle le déclaroit roi des Lydiens il règneroit, si non l'empire retourneroit aux Héraclides. L'oracle se déclara pour lui, il régna : seulement la Pythie prédit que les Héraclides seroient vengés sur le cinquième descendant de Gygès; de laquelle prédiction ne tinrent compte ni les Lydiens ni leurs rois, jusqu'à ce qu'elle fût accomplie.

XIV. Ainsi la tyrannie échut aux Mermnades qui chassèrent les Héraclides. Étant tyran, Gygès envoya des offrandes à Delphes, non pas peu, mais tout ce qui se voit d'offrandes de lui en argent au temple de Delphes, et outre l'argent il offrit de l'or en quantité, dont surtout sont à remarquer six cratères d'or consacrés par lui; ceux-là, placés dans le trésor des Corynthiens sont du poids de trente talents. S'il en faut dire la vérité, ce trésor n'est pas de la commune des Corynthiens, mais de Cypsélus, fils d'Ection. Ce Gygès, le premier des barbares que nous sçachions, offrit des offrandes à Delphes après Midas, fils de Gordius, roi de Phrygie. Car Midas offrit le siége royal sur lequel auparavant il rendoit la justice. Ce siège curieux à voir est au même lieu que les cratères de Gygès. Tout cet or et argent, offrande de Gygès, sont appelés par les Delphiens Gygéades du nom de celui qui les a offerts.

Celui-la aussi fit, étant devenu roi, une expédition contre Milet et Smyrne, prit la cité de Colophon ; mais, comme ce fut là la seule entreprise considérable durant trente huit ans qu'il régna, nous n'en dirons pas davantage.

XV. Je parlerai d'Ardys qui, étant fils de Gygès, après Gygès régna. Celui-là prit en guerre les Prienniens et attaqua Milet. Lui étant tyran de Sardes, les Cimmériens chassés de leurs demeures par les Scythes nomades, vinrent en Asie et prirent Sardes hormis la citadelle.

XVI. Ardys ayant régné quarante-neuf ans, son successeur fut Sadyattes, fils d'Ardys, lequel régna douze ans. Après Sadyattes, Alyattes. Celui-ci fit la guerre à Cyaxare, descendant de Dejocès et aux Mèdes. Il chassa les Cimmeriens de l'Asie, prit Smyrne, colonie des Colophoniens et marcha contre Clazomène, d'où il revint, non pas comme il auroit voulu, mais y reçut un grand échec. D'autres œuvres dignes de mémoire furent par lui exécutées pendant son règne.

XVII. Il fit la guerre aux Milésiens, guerre commencée par son père, etc.

LIVRE TROISIÈME.

CONTRE cet Amasis marcha Cambyse, fils de Cyrus, menant entre autres peuples qui lui obéissoient, des Grecs Eoliens et des Ioniens, pour une telle raison : il avait envoyé en Egypte un héraut demander à Amasis sa fille ; et il la lui demandait par le conseil d'un Egyptien, qui, voulant mal à Amasis, faisait cela pour se venger de ce que lui seul des médecins alors en Egypte, avoit été par Amasis enlevé à sa famille et livré aux Perses, quand Cyrus lui fit demander le meilleur médecin pour les yeux qui fût en Egypte; dont se voulant venger l'Egyptien, par conseil induisit Cambyse à demander la fille d'Amasis, afin que la donnant il eût du déplaisir, ou que la refusant il devînt ennemi de Cambyse. Amasis donc, qui redoutoit la puissance des Perses et les haïssoit en même temps, ne savoit à quoi se résoudre, assuré que Cambyse la vouloit, non pour femme, mais pour concubine ; et dans cet embarras, voici le parti qu'il prit.

Il y avoit du roi Apriès, dernier mort, une fille, grande et belle personne, seul reste de cette maison, ayant nom Nitétis. On lui fit mettre de beaux habits avec de l'or, et ainsi parée, Amasis l'envoie en Perse comme sa fille. A quelque temps de là, Cambyse l'embrassant l'appeloit du nom de son père, et elle s'en va lui dire : « O roi, tu ne vois pas qu'on te trompe, et qu'Amasis m'ayant parée de beaux atours me donne à toi comme sa fille, tandis que vraiment je suis née d'Apriès son maître, qu'il a fait périr en soulevant les Egyptiens contre lui. » Ce fut cette parole qui fut cause à Cambyse grandement courroucé de mouvoir guerre à l'Egypte. Ainsi le racontent les Perses. Mais les Egyptiens font Cambyse de leur pays et veulent que Cyrus, non Cambyse, ait demandé la fille d'Apriès, quoi disant, ils ne disent pas vrai. Ils savent (car ce n'est pas à eux qu'il faut apprendre les coutumes et l'histoire de Perse) que d'abord, par la loi, le bâtard n'y peut régner, y ayant enfants légitimes, et que de plus la mère de Cambyse étoit Cassandane, la fille de Pharnaspès Achéménide, et non pas cette Egyptienne. Ils confondent ainsi les faits pour paroître en quelque manière tenir à la maison de Cyrus; mais il n'en est que ce que ce j'ai dit. Toutefois on fait encore ce conte, peu croyable à mon sens, qu'un jour une femme persane entra chez les femmes de Cyrus, et voyant près de Cassandane ses enfants beaux à merveille, en fit de grandes louanges; sur quoi Cassandane, qui étoit femme de Cyrus : « Moi, dit-elle, mère de tels enfants, Cyrus cependant me méprise, et cette étrangère égyptienne, il la tient chère et l'honore. » Ainsi parloit-elle par haine qu'elle portoit à Nitétis; et que là-dessus l'aîné de ses énfants, Cambyse, se prit à dire : Quand je serai grand, j'irai en Egypte et je mettrai tout sens dessus dessous; qu'il pouvoit avoir bien dix ans lorsqu'il tint ce langage; dont les femmes s'émerveillèrent, et qu'en ayant toujours gardé le souvenir, lorsqu'il fut homme et roi, il fit l'expédition d'Egypte.

Une chose avint qui aida l'entreprise de cette guerre. Dans les troupes auxiliaires d'Amasis y avoit un homme d'Halicarnasse; son nom étoit Phanès, brave de sa personne et d'esprit avisé; lequel Phanès ayant possible à se plaindre d'Amasis, un jour fuit d'Egypte par mer, pour aller devers Cambyse, et attendu qu'il n'étoit pas personnage peu considérable entre les alliés, instruit d'ailleurs de toutes choses concernant l'Egypte, Amasis envoie après lui, désirant fort le ravoir, et celui qu'il envoya sur une galère à trois rangs, étoit son plus fidèle eunuque, lequel de fait le prit en Lycie, mais pris ne le sut ramener. Car Phanès, plus fin, l'abusa. Car, ayant enivré ses gardes, il se sauva en Perse et fut trouver Cambyse, qui pour lors se préparoit à marcher contre l'Egypte, et étoit en peine comment passer le désert. Il lui conte tout ce qu'il savoit des affaires d'Amasis, lui donne des avis pour sa marche. Son conseil étoit d'envoyer au roi des Arabes demander sûreté pour le passage.

Ce n'est que par là seulement qu'on trouve l'entrée de l'Egypte. Car, de la Phénicie aux confins de la ville de Cadytis, c'est terre des Syriens de Palestine, comme on les appelle. De Cadytis, ville à mon sens peu inférieure à celle de Sardes, jusqu'à Jenyse, tous les ports où l'on se peut approvisionner sont à l'Arabe. Puis de Jenyse, c'est encore pays syrien jusqu'au lac Serbonide, au long duquel le mont Casius s'étend vers la mer. A partir du lac Serbonide, où Typhon se cacha, dit-on, de-là c'est Egypte. Tout entre Jenyse, le mont Casius et le lac Serbonide (qui n'est pas si peu de pays qu'il n'y ait bien trois jour de marche), tout cela est désert sans eau.

Une chose peu remarquée de ceux qui voyagent en Egypte, c'est cela que je vais dire. De toute la Grèce et encore de la Phénicie, deux fois l'an, il vient en Egypte grand nombre de jarres pleines de vin, et si n'y en voit-on pas une, par manière de dire, ni le moindre vase de terre à serrer le vin. Que deviennent-elles donc? Le voici. Chaque chef de tribu est tenu de ramasser toutes les jarres qui se peuvent trouver dans sa ville, pour les conduire à Memphis, et ceux de Memphis, de les porter à leur tour pleines d'eau dans le désert de Syrie, tellement que ce qu'il en arrive de dehors chaque année, enlevé se va joindre aux autres en Syrie; et ce sont les Perses qui ont imaginé ce moyen d'assurer leur marche en Egypte, faisant ainsi provision d'eau depuis qu'ils eurent conquis l'Egypte. Mais lors n'y avoit point encore de ces amas d'eau. C'est pourquoi Cambyse, par conseil de l'homme d'Halicarnasse, envoya vers l'Arabe et lui fit demander sûreté pour le passage, laquelle il obtint en donnant et recevant la foi.

Les Arabes gardent la foi autant que peuple qu'il y

ait, quand ils l'ont jurée, ce qui se fait en cette manière. Deux voulant se jurer la foi, un troisième se met
entre eux deux, et avec une pierre tranchante leur incise
le dedans des mains près des grands doigts, puis, prenant
du vêtement de chacun une floche imbibée de leur sang,
il en frotte sept pierres posées à terre entre eux deux, et en
ce faisant invoque et Bacchus et Uranie ; et cependant celui qui engage sa foi présente à ses amis l'étranger ou le
citoyen, si c'en est un, avec lequel il s'engage et les amis
sont garants de la foi jurée. Ils ne reconnoissent de dieux
que Bacchus et Uranie, et disent que leur façon de se
couper les cheveux en rond, se rasant le tour des tem-
pes, est celle-là même de Bacchus. Ils appellent Bacchus,
Ourotal et Uranie, Alilat.

Ayant donné la foi aux envoyés de Cambyse, l'Arabe,
pour lui faire service, usa d'une telle invention. Il remplit d'eau des outres de peau de chameau, et les chargeant
sur tout autant qu'il put trouver de chameaux vivants,
les mena dans le désert, où il attendit la venue de Cambyse et de son armée. C'est là récit qu'on en fait le plus
vraisemblable ; si faut-il dire le moins probable aussi,
puisqu'autrement se raconte. Un grand fleuve est en Ara-
bie nommé Coris, lequel donne dans la mer qu'on appelle Érythrée. De ce fleuve donc on prétend que le roi
des Arabes, par un tuyau qu'il fit de peaux de bœuf crues
et autres, cousues ensemble de longueur à venir jusque
dans le désert, conduisit l'eau ; que, dans le désert il fit
creuser de grands réservoirs, pour recevoir et garder

l'eau conduite de la sorte en trois différents endroits par trois tuyaux. Il y a du fleuve au désert douze journées de chemin.

Or, campé à la bouche du Nil qu'on appelle Pélusiaque, Psamménite, fils d'Amasis, attendoit Cambyse. Car Cambyse ne trouva pas, lorsqu'il vint en Egypte, Amasis vivant. Après quarante et quatre ans de règne, il étoit mort, n'ayant éprouvé durant ce temps nul événement désastreux, et mort et embaumé fut mis dans les tombeaux, dans le lieu sacré où lui-même les avoit bâtis. Régnant Psamménite en Egypte, un prodige arriva. Ce fut la pluie à Thèbes d'Egypte, où jamais pluie n'étoit tombée, ni ne s'est vue oncques depuis, à ce que disent les Thébains. Car il ne pleut du tout point dans la haute Egypte, et toutefois il plut à Thèbes alors quelques gouttes.

Les Perses donc, après avoir traversé le désert, comme ils furent près des Egyptiens sur le point d'en venir aux mains, les alliés de l'Egyptien, Grecs et Cariens, voulant mal à Phanès de ce qu'il amenoit une armée étrangère, pour s'en venger, inventent ceci. Phanès avoit laissé des enfants en Egypte; ils les font venir au camp, et à la vue du père, ils placent un cratère entre les deux armées; puis amenant là ces enfants, l'un après l'autre les égorgent jusqu'au dernier dans ce cratère, où ils versèrent après cela de l'eau et du vin; et tous ayant bu de ce sang, vont au combat qui fut terrible. De part et d'autre y demeurèrent grand nombre de gens, et les Egyptiens furent défaits.

Là j'ai vu chose surprenante, dont je m'enquis à ceux
du pays, les ossements de tous ces morts sur le champ
de bataille séparés (car ils étoient à part, ceux des Perses
d'un côté, comme d'abord on les mit, de l'autre ceux
des Egyptiens), et les crânes des Perses si foibles, qu'à
les frapper d'un petit caillou seulement tu les percerois,
ceux des Egyptiens au contraire tellement solides, qu'à
grand'peine les romprois-tu d'une grosse pierre; et la
raison qu'ils m'en donnèrent, laquelle je crois aisément,
c'est que les Egyptiens dès l'enfance vont la tête rase,
dont les os se durcissent au soleil, et cela est cause en
même temps qu'ils ne deviennent point chauves. Car il
n'est pays où se voient moins de chauves qu'en Egypte.
Voilà donc la raison pourquoi ils ont la tête si forte. Les
Perses l'ont foible au contraire, parce qu'ils la tiennent
couverte, portant dès leur bas âge des tiares de feutre,
et qui plus est vivent à l'ombre. Voilà ce que je puis
dire avoir vu. A Paprémis aussi j'ai vu chose pareille de
ceux qui là périrent avec Achéménès, fils de Darius, dé-
fait par Inaros de Libye.

A l'issue du combat, les Egyptiens vaincus s'enfuirent,
sans garder aucun ordre, jusqu'à Memphis où ils se jetèrent. Là Cambyse leur envoya un héraut, Perse de
nation, qui remonta le fleuve sur un vaisseau de Mitylène,
pour leur proposer un accord. Mais eux, dès qu'ils virent
le vaisseau entrer dans leur ville, descendant des murailles en foule, détruisirent ce vaisseau, et dépéçant les
hommes comme chair à manger, les emportèrent dans

le fort. Toutefois après un long siége, ils se rendirent à
la fin. Les Libyens, proches voisins, craignant pour
eux-mêmes ce qui étoit avenu en Egypte, se soumirent
sans combat, s'imposèrent un tribut, envoyèrent des
présents; et les Barcéens, comme aussi les·Cyrénéens,
ayant pareille crainte, en voulurent faire autant; mais
Cambyse agréa les dons qui lui vinrent des Libyens, et
au contraire se fâcha de ceux des Cyrénéens, à cause,
comme je crois, que leurs dons étoient petits. Car ils lui
envoyèrent cinq cents mines d'argent qu'il prit et distribua par poignées à ses gens.

Cambyse, dix jours après la prise de la citadelle de
Memphis, ayant par grande ignominie fait venir et seoir
sur l'esplanade, hors de la ville, Psamménite roi des
Egyptiens, lequel avait régné six mois, l'ayant fait asseoir là parmi d'autres Egyptiens, il éprouvoit son âme,
et voici de quelle façon. La fille de ce roi habillée en esclave, il l'envoyoit à l'eau une cruche à la main, et avec
elle il envoyoit vêtues de même d'autres filles des premiers hommes de l'Egypte, lesquelles venant à passer,
tout éplorées, poussant des cris, eux aussi s'écrioient,
pleuroient l'infortune de leurs enfants; mais Psamménite qui d'abord avoit le tout vu et reconnu, baissa seu
lement les yeux à terre. Après ces filles portant l'eau,
passa le fils de Psamménite, avec d'autres jeunes Egyptiens de son âge, deux mille ayant la corde au col et un
mors en la bouche. Sur eux se faisoit la vengeance des
Mityléniens massacrés dans le vaisseau; car ainsi l'a-

voient ordonné les juges royaux, que pour chaque homme dix Egyptiens périroient des premières familles. Lui
les voyant et connoissant que son fils alloit à la mort,
tandis que tous les autres assis autour de lui pleuroient,
se déconfortoient, fit comme il avoit fait à la vue de sa
fille. Ceux-là passés il arriva que par hasard un sien convive, homme déjà sur l'âge, ayant perdu son bien et ne
possédant plus rien, réduit à mendier dans l'armée, passa
sur cette même place devant Psamménite, fils d'Amasis,
et les autres Egyptiens ; et comme il le vit, Psamménite
aussitôt se prit à crier lamentablement, et appelant ce
vieil ami par son nom se frappoit la tête. Or y avoit-il là
des gardes qui de ce qu'il faisoit et disoit, à chaque chose
qu'il voyoit, alloient rendre compte à Cambyse, lequel
émerveillé de cette façon de faire, par un homme qu'il
envoya le fit interroger, disant : « Cambyse, ton maître,
te demande, Psamménite, pourquoi c'est que voyant ta
fille en tel malheur et ton fils marcher à la mort, tu
n'en as crié ni pleuré, mais ce mendiant qui ne t'est
rien, ce dit-on, tu l'as honoré ? » A cette demande il
répondit : « Mes maux pour en gémir sont trop grands,
fils de Cyrus ; mais celui-ci vraiment mérite compassion,
qui ayant possédé tant de biens, est misérable et dénué
de tout, sur le seuil de la vieillesse. »

Ceci rapporté à Cambyse lui parut de bon sens, et les
Egyptiens disent que Crésus en pleura, car il suivoit
Cambyse dans cette expédition. Aussi s'en prirent à pleu-
rer tous ceux des Perses là présents, et à Cambyse même

en vint quelque pitié. D'abord il commanda que l'on
sauvât l'enfant d'entre ceux qui devoient périr, puis qu'on
fît lever le père et partir de la place pour le mener chez
lui Cambyse. Mais l'enfant ne vivoit plus lorsqu'on y
alla, car il avoit été le premier mis à mort. On fit lever
Psamménite et on le conduisit chez Cambyse, où depuis
il vécut sans nul mauvais traitement. Même s'il eût su
s'abstenir de toute secrète pratique, apparemment il eût
gardé le gouvernement de l'Egypte. Car c'est la coutume
des Perses d'honorer les enfants des rois et leur remettre
le pouvoir, encore que le père ait failli. Qu'ainsi ne soit,
entr'autres preuves, le fils d'Inaros de Libye, Tannyras,
en est un exemple, qui posséda le même état qu'avoit eu
son père, et Pausiris, fils d'Amyrtée; car celui-là aussi
garda l'état de son père, cependant nul ne fit jamais plus
de mal aux Perses qu'Inaros et Amyrtée. Psamménite
donc eut le loyer de ses méchants desseins; car il avoit
tenté de faire soulever l'Egypte. Cambyse le sut, et Psamménite, ayant bu du sang de taureau, mourut sur-le-
champ. Telle fut la fin de celui-ci.

Cambyse vint de Memphis en la ville de Saïs, à dessein
de faire ce qu'il fit. Car comme il fut d'abord entré dans
le palais d'Amasis, il commanda que l'on tirât son corps
du tombeau, ce qui étant exécuté, il commanda de le
fouetter, de lui arracher les cheveux, de le percer et mu-
tiler en toutes façons. Puis voyant ses gens y avoir peine,
attendu que ce corps embaumé résistoit, ne se défaisoit
point, il ordonna de le brûler; en quoi il commit sacri-

lége; car le feu chez les Perses est tenu pour divinité. Perses ni Egyptiens n'ont coutume de brûler leurs morts, les premiers par cette opinion qu'un dieu ne se doit pa repaître de cadavres, les autres parce qu'ils croient le feu bête vivante, qui dévore tout ce qu'elle atteint et meurt ensuite avec sa proie, étant rassasiée de pâture. Or, leur loi ne veut pas que les morts ne soient aucunement abandonnés aux bêtes, et c'est pourquoi ils les embaument, afin de les garder des vers. Ainsi ce qu'ordonna Cambyse était impie chez les deux peuples.

Toutefois, au dire des Egyptiens, ce ne fut pas le corps d'Amasis que l'on maltraita de la sorte, mais celui d'un autre Egyptien, mort de même âge à peu près que lui, et que déchirèrent les Perses, pensant déchirer Amasis. Car ils disent que par un oracle ayant su ce qui lui devoit arriver après sa mort, pour s'en préserver, Amasis fit mettre à l'entrée de sa tombe, près des portes, ce corps qui fut battu pour lui, se réservant le fond du tombeau, où il enjoignit à son fils de le placer le plus avant qu'il seroit possible. Toutes ces précautions d'Amasis et ces ordres par lui donnés pour assurer sa sépulture, me semblent pures inventions des Egyptiens qui ont voulu en imposer par tels récits.

Cambyse après cela fit dessein d'attaquer trois différentes nations, à savoir : les Carthaginois, les Ammoniens, et les Ethiopiens dits Macrobes ou long-temps vivants, qui habitent le long de la mer australe de Libye; et il résolut d'envoyer pour l'exécution de ce dessein à

Carthage son armée de mer, contre les Ammoniens une part de ses troupes de terre, et en Ethiopie des espions premièrement, ayant charge de voir la table du soleil, si de fait elle étoit chez ces peuples, et d'observer par même moyen les autres choses du pays, portant en apparence des présents à leur roi. Or, de la table du soleil, voici ce qui s'en raconte. Devant la ville est un préau plein de chair bouillie de tout bétail, où de nuit font placer ces chairs toutes gens ayant office entre les citoyens, de jour sont mangées par qui veut prendre là son repas; et dit-on que ceux du pays disent telles viandes être produites par la terre elle-même en tout temps. Voilà les récits qui se font de la table du soleil.

Cambyse lors délibéré d'envoyer là des espions, manda d'Eléphantis des hommes Ichthyophages qui parloient la langue d'Ethiopie, et attendant qu'ils arrivassent, il donna ordre à l'armée de mer d'aller contre Carthage. Mais les Phéniciens refusèrent, se disant liés par grands serments et que ce seroit à eux chose impie de faire la guerre à leurs enfants.

Or sans les Phéniciens, les autres n'étoient plus en force suffisante. De la sorte Carthage échappa ce danger, ne fut point soumise aux Perses, Cambyse n'ayant pas cru devoir user de contrainte à l'égard des Phéniciens, à cause qu'ils s'étoient eux-mêmes donnés aux Perses et que l'armée de mer dépendoit toute des Phéniciens. Aussi s'étoient eux-mêmes donnés les Cypriens pour cette expédition d'Egypte. Cambyse donc, les Ichthyophages

étant venus d'Eléphantis, les envoya en Ethiopie instruits de ce qu'il falloit dire, et portant pour présents
un vêtement de pourpre, un collier d'or, des brasselets,
une fiole de myre et un baril de vin de palme.

Ces Ethiopiens vers lesquels envoyoit Cambyse, sont
à ce qu'on dit, les plus grands et les plus beaux de tous
les hommes. Ils ont des lois fort différentes de celles des
autres peuples; et en particulier, touchant la royauté,
voici comment ils se gouvernent. Celui d'entre les citoyens qu'ils jugent être le plus grand et avoir force selon
sa taille, c'est celui-là qu'ils nomment roi. Chez ces
hommes donc arrivés, les Ichthyophages présentèrent
au roi les dons qu'ils apportoient, et lui dirent ceci :
« Le roi des Perses Cambyse, voulant être à l'avenir ton
ami et ton hôte, nous envoie pour parler à toi et t'offrir
en présent ces choses dont plus il se plaît à user. » L'E-
thiopien connoissant qu'ils étoient espions, leur répond
en cette sorte : « Non, vous n'êtes pas envoyés par le
roi des Perses pour m'apporter des présents, comme désirant m'être ami, ni ne dites la vérité : car vous venez
ici épier mon état et moi; ni aussi lui n'est homme juste;
car étant juste il ne voudroit autre pays que le sien, et
n'eût pas mis en esclavage des gens qui ne lui faisoient
nul mal. Donnez-lui donc cet arc et lui dites de ma part:
Roi des Perses, le roi d'Ethiopie te conseille, quand il
aviendra que tes Perses tendent ainsi aisément des arcs
grands comme celui-ci, de les mener alors en nombre
supérieur contre les Ethiopiens; mais jusque-là rends

grâces aux dieux qu'ils ne font penser aux enfants des Ethiopiens d'avoir autre terre que la leur.

Cela dit il détendit l'arc et le leur donna. Puis prenant le vêtement de pourpre, il voulut savoir ce que c'étoit et comment avoit été fait ; et entendant, comme lui apprirent les Ichthyophages, ce que c'étoit que pourpre et teinture, il dit tels hommes être trompeurs, et trompeurs aussi leurs habits. Du collier et des brasselets il en fit semblable demande, et comme on lui voulut montrer la beauté de cette parure, il se prit à rire, et pensant que ce fussent des chaînes, dit que chez eux ils en avoient de plus fortes et meilleures ; puis demanda aussi de la fiole de myre ce que c'étoit et à quoi bon ; et ayant ouï la façon et l'usage pour frotter le corps, il en dit comme de l'habillement. Mais quand ce vint au baril de vin , dont il goûta et s'enquit de même en quelle sorte il se faisoit, il y prit plaisir bien grand, et demanda ce que mangeoit avec cela le roi des Perses ; et combien de temps pour le plus un homme chez eux pouvoit vivre ; à quoi il lui fut répondu que le roi mangeoit du pain, dont la nature ainsi que du blé lui fut expliquée, et que quatre-vingts ans étoient le plus long terme de la vie. Lors il dit n'être pas merveille si mangeant fiente ils vivoient peu et qu'encore ne vivroient-ils tant sans ce breuvage, il entendoit le vin, par où seul, selon lui, la Perse l'emportoit sur l'Éthiopie. Et à leur tour l'interrogeant les Ichthyophages, de la longueur des âges et de la nourriture chez eux Ethiopiens, il dit que la plupart alloient

jusqu'à six-vingts ans et quelques-uns même au-delà ;
que leur vivre commun étoit de viande bouillie et de lait
pour boisson ; qu'ayant paru surpris de ce nombre d'années, les envoyés furent conduits à une fontaine de laquelle s'étant lavés, ils s'en trouvèrent oints comme
d'huile ; et disoient les Ichthyophages l'eau de la fontaine
être si foible que rien n'y pouvoit surnager ; ni bois, ni
chose aucune plus légère que bois, mais que tout alloit au
fond. Cette eau sans doute, si elle est telle, comme ils en
usent en toutes choses, leur est cause de vivre long-temps ;
et qu'au partir de cette fontaine, on les mena voir une prison d'hommes, où tous étoient tenus les pieds dans des ceps
d'or. Le plus rare métal et le plus estimé chez les Ethiopiens, c'est le cuivre. Ayant vu la prison, ils virent puis
après la table du soleil, et ensuite finalement virent les
cercueils que l'on dit être de verre faits en cette sorte. Après
avoir séché le cadavre, soit comme font les Egyptiens, soit
de toute autre manière, l'ayant partout enduit de plâtre,
on le peint de belles couleurs le plus ressemblant qu'il se
peut, puis on l'introduit au-dedans d'un cippe de verre
creusé exprès (ils en ont des carrières et en tirent beaucoup qui se travaille bien), au milieu duquel cippe le cadavre paroît sans nulle fâcheuse odeur, ni rien qui soit
désagréable, ayant toutes choses visibles pareillement au
mort lui-même. Pendant l'espace d'une année, on le garde
au logis des plus proches parents, lui offrant prémices
de tout, et on lui sacrifie. Au bout de ce temps, on l'emporte et on le dresse quelque part autour de la ville.

Ces choses vues, les envoyés s'en retournèrent devers
Cambyse, auquel ayant de tout rendu compte, lui, sur-
le-champ mu de colère, voulut marcher en Ethiopie,
sans ordonner nulles provisions, ni prendre temps de
considérer que cette fois il s'agissoit de porter la guerre
aux extrémités du monde ; mais comme furieux et hors de
sens, aussitôt ouï le rapport des Ichthyophages, il se mit
en marche, laissant ce qu'il avoit de Grecs à l'attendre,
et menant avec soi toute l'armée de terre. Venu à Thèbes
il détacha cinquante mille hommes environ, et à ceux-là
il donna ordre d'aller réduire en esclavage les Ammoniens
et brûler le temple de Jupiter ; lui cependant, avec le reste,
tira droit en Ethiopie. Ainsi marchant, ils n'eurent pas fait
la cinquième partie du chemin, que ce qu'ils emportoient
de vivres leur faillit, et pareillement leur faillirent les bêtes
de somme qu'ils mangèrent après leurs provisions finies.
Si Cambyse connoissant sa faute alors eût rebroussé chemin et ramené l'armée, il étoit homme sage ; mais n'écou-
tant nulle raison, il alla toujours en avant. Les soldats,
durant que la terre leur offrit du vert à cueillir, se repais-
sant d'herbe, vécurent ; mais quand ils furent dans les sables, ce que firent aucuns est horrible à conter. Entre dix
ils tiroient au sort un d'eux, et celui-là les autres le mangeoient ; ce qu'ayant su, Cambyse eut peur de cette rage
et revint sur ses pas, quittant son entreprise. Il s'en revint
à Thèbes avec faute d'une grande perte de ses gens, et de
Thèbes descendit à Memphis ; il renvoya les Grecs par
mer. Ainsi réussit l'entreprise du voyage d'Ethiopie.

De leur part ceux qui alloient contre les Ammoniens,
étant partis de Thèbes, marchèrent avec des guides. Ce
qu'on sçait c'est qu'ils arrivèrent en une ville, Oasis,
peuplée de Samiens qu'on dit être de la tribu Æschrio-
nienne. Ils sont distants de Thèbes de sept jours de chemin par les sables, et cet endroit s'appelle, en la langue
des Grecs, Macaron Nesi, qui veut dire Iles-des-Bien-
heureux. Jusque-là donc vint cette armée. Au partir
de là, ce qu'elle devint, hors les Ammoniens eux-mêmes
et ceux qui l'ont pu savoir d'eux, nul n'en eut jamais connoissance; car ils n'arrivèrent pas chez les Ammoniens
ni ne retournèrent en arrière. Au reste voici ce qu'en
content les Ammoniens. Que d'Oasis venant contre eux
à travers les sables, ils se trouvoient à mi-chemin environ d'eux et d'Oasis, et que comme ils étoient à repaître,
il leur survint une bourrasque de vent du midi, qui levant des grèves de sable, les laissa dessous ensevelis, et
ainsi disparurent tous. Tel récit font les Ammoniens du
succès de l'expédition.

Peu après le retour de Cambyse, apparut en Egypte
Apis que les Grecs nomment Epaphus, et aux premières
nouvelles de son apparition, tous les Egyptiens en liesse
mirent leurs plus beaux vêtements; ce que voyant Cambyse, persuadé que par là ils témoignoient être joyeux de
sa mésaventure, fit venir devant lui les gouverneurs de
Memphis et les interrogea, pour quelle cause auparavant,
lors de son séjour à Memphis, rien de semblable ne s'é-
toit fait, mais bien à l'heure qu'il revenoit, ayant perdu

part de ses gens : eux lui dirent que depuis peu un dieu se manifestoit, lequel avoit coutume de rarement se montrer, et que quand il apparoissoit, toute l'Egypte en faisoit fêtes. Cette réponse ouïe, Cambyse dit que c'étoit mensonge que cela, et comme menteurs les fit mourir. Ceux-là morts, il manda les prêtres, et eux disant les mêmes choses, il répartit qu'il vouloit voir si leur dieu étoit bonne bête, et commanda aux prêtres de lui amener Apis, et ils l'allèrent quérir. Or cet Apis ou Epaphus naît veau d'une vache, qui ne peut après cela en porter d'autres, sur laquelle vache il descend du ciel un éclair, au dire des Egyptiens, dont elle engendre Apis : et de ce veau qu'on nomme Apis les marques sont telles : le corps noir, sur le front un blanc à quatre angles, sur le dos la semblance d'un aigle, tous les crins doubles à la queue, et sur la langue un scarabée.

Apis étant venu amené par les prêtres, Cambyse feru qu'il étoit de méchante folie, tire sa dague, dont lui voulant donner dans le ventre, il l'atteint à la cuisse, et riant dit aux prêtres : « Coquins, voilà vos dieux qui ont de la chair et du sang et qui sentent les coups du fer : digne en effet des Egyptiens un dieu tel que celui-là. Mais je vous apprendrai à vous moquer de moi. » Cela dit, il commande à ceux qui avoient charge de telles choses de fouetter les prêtres et tuer quiconque des Egyptiens seroit trouvé à faire fête, moyennant quoi la fête cessa. Les prêtres furent traités ainsi qu'il avoit dit, et Apis malade de sa blessure étoit gisant dans le temple, où finalement

3.   19

il mourut et fut enseveli par les prêtres à l'insçu de Cambyse.

Cambyse, au dire des Egyptiens, pour avoir commis ce méfait, aussitôt après devint fou, étant auparavant peu sage, et premièrement fit mourir son frère de même père et mère, Smerdis qu'il avoit par envie renvoyé de l'Egypte en Perse, parce que seul entre les Perses il tendoit l'arc, à deux doigts près, qu'avoient apporté d'Ethiopie les Ichthyophages. Nul autre Perse que Smerdis n'en sut autant faire. Lui parti, Cambyse eut en songe une vision. Il lui fut avis qu'un messager venant de Perse apportoit nouvelle que Smerdis assis sur le siége royal touchoit de sa tête le ciel, à raison de quoi ayant peur que son frère le tuant, ne devînt roi, il envoie en Perse Prexaspès, qui lui étoit le plus dévoué entre tous les Perses, lequel montant à Suses fit mourir Smerdis, aucuns disent à la chasse, d'autres dans la mer Rouge et qu'il le fit noyer.

Par là commencèrent, dit-on, les méchancetés de Cambyse. Depuis il fit mourir sa sœur venue quand et lui en Egypte, et qui lui étoit pareillement sœur des deux côtés, et voici comme il l'épousa. Car les Perses auparavant n'avoient du tout accoutumé d'habiter avec leurs sœurs. Cambyse aimoit une de ses sœurs et la voulant avoir à femme, comme il pensa que c'étoit chose contraire à l'usage, fit appeler les juges royaux pour savoir d'eux s'il y avoit point une loi qui permît au frère d'épouser sa sœur. Les juges royaux sont gens choisis, qui, leur vie durant, hors qu'ils soient convaincus de quelque iniquité, rendent la justice aux Perses et interprètent les lois, et toute affaire vient à eux. Interrogés alors par Cambyse, ils lui firent une réponse juste et sans danger pour eux-mêmes, disant n'y avoir point de loi qui autorisât le mariage entre frère et sœur, mais bien une loi par laquelle il est permis au roi de faire ce qu'il veut. Voilà comment ils évitèrent d'enfreindre la loi pour Cambyse, et eux-mêmes, pour ne pas mourir s'ils eussent défendu la loi, en trouvèrent une favorable au roi voulant pour femme sa sœur. Ainsi Cambyse eut en mariage celle qu'il aimoit, et peu après il épousa encore une autre sœur à lui. La plus jeune des deux fut celle qu'il tua en Egypte, ce qu'on raconte en deux manières, comme la mort de Smerdis. Car les Grecs disent que Cambyse un jour faisoit combattre ensemble un lionceau et un jeune levron, étant cette sienne femme et sœur à les regarder avec lui, et que comme le chien se trouvoit le plus foible, un autre jeune chien frère de ce levron accourut à son aide, rompant le lien qui l'attachoit : au moyen de quoi le lionceau fut vaincu par les deux levrons; que Cambyse prenoit plaisir à voir ce combat; mais elle assise près de lui pleuroit, dont s'étant aperçu Cambyse lui en demanda la cause, et elle dit qu'en voyant ce chien secourir et venger son frère, il lui souvenoit de Smerdis : qu'il n'y auroit nul qui jamais le voulût venger. C'est le récit des Grecs et que pour cette parole Cambyse la fit mourir; mais les Egyptiens racontent autrement qu'eux deux étant à table assis, elle prit une laitue dont elle ôtoit les feuilles une à une, lui demandant comment il la trouvoit plus belle, ou dégarnie, ou bien feuillue, à quoi il répondit feuillue. Lors elle : « Ainsi fais-tu de la maison de Cyrus que tu vas, dit-elle, effeuillant tout comme moi cette laitue; » dont, Cambyse irrité lui sautant sur le ventre comme elle étoit grosse d'enfant, la fit avorter et mourir.

Tels actes furieux fit Cambyse à l'encontre de ses proches, soit vengeance d'Apis, soit autre cause qu'il y eût, étant nature comme elle est sujette à tant de maux. Aussi avoit-il, ce dit-on, de naissance une grande maladie que quelques-uns nomment sacrée. Partant ne se faut étonner qu'éprouvant en son corps si griève souffrance, il n'eût pas l'esprit sain. Autres actes pareils furent par lui commis envers les Perses. On raconte qu'un jour il dit à Prexaspès, qui près de lui étoit le plus considéré, portoit ses ordres, même avoit son fils échanson de Cambyse, charge non des moindres aussi; un jour il lui dit : « Prexaspès, que dit-on de moi et quel homme pensent les Perses que je sois? Maître, répondit Prexaspès, de toutes choses ils te louent, si ce n'est qu'ils te croient trop adonné au vin. » Qu'il dit cela comme un langage que tenoient les Perses, à quoi l'autre en courroux repart : « Les Perses donc me disent trop adonné au vin; ils me croient insensé, privé de jugement et par ainsi leur premier dire ne fut pas véritable. » De fait Cambyse auparavant, en un conseil où assistoit Crésus avec les Perses,

ayant demandé quel homme il leur paroissoit être au
prix de son père Cyrus, par les Perses fut répondu qu'il
valoit bien plus que son père, ayant tout ce qu'il avoit
eu, et l'Egypte encore et la mer. Voilà ce que dirent les
Perses; mais Crésus fut mal satisfait de cette réponse, et
prenant la parole, dit : « Je ne trouve pas, fils de Cyrus,
que tu sois égal à ton père, car il te manque un fils tel
qu'il a laissé toi. » Lequel propos plut à Cambyse, qui
loua la réponse de Crésus; et qu'en colère alors, remémorant ces choses, il dit à Prexaspès : « Tu vas tout à
l'heure connoître s'ils disent vrai les Perses, ou si, parlant ainsi, ce sont eux au contraire qui ont perdu le sens;
car avec ce trait si je frappe au milieu du cœur de ton
fils que voilà là bas devant ma porte, les Perses sans doute
sont menteurs. Si je faux, dis qu'ils ont raison, et que je
ne sais ce que je fais. » Cela dit, il tend son arc et du
trait frappe l'enfant; lequel étant tombé, il commanda
de l'ouvrir et regarder le coup, et qu'en effet le fer étoit
au milieu du cœur. Sur quoi transporté d'aise et s'éclatant de rire, il dit au père : « Tu le vois, Prexaspès, je
ne suis pas fou. Si sont eux, et ne savent ce qu'ils disent;
mais toi, vis-tu jamais, dis-moi, archer aussi sûr comme
je suis. » Et que Prexaspès le voyant du tout hors de
sens, davantage craignant pour soi, répondit : « Maître,
le dieu ne tireroit pas plus juste. »

C'étoit là ses œuvres alors. En une autre occasion, il
fit sans nulle valable raison enterrer vifs par-dessus la
tête douze des premiers personnages qui fussent en toute

la Perse. Sur ces actions Crésus de Lydie le crut devoir
admonester de telles paroles : « O roi, ne te laisse emporter à chaude colère de jeunesse, mais plutôt tâche à
te modérer. Prévoyance en tout vaut sagesse, et n'est
chose en quoi ne se doive regarder la fin. Tu fais mourir
sans nulle raison gens de ton pays et enfants; mais si tu
agis de la sorte, garde que les Perses un jour ne se ban-
dent contre toi. Ainsi m'a enchargé ton père et recommandé de t'aviser et admonester pour ton bien. » Voilà
comme il le conseilloit par amitié qu'il lui portoit; mais
l'autre répond en ces mots : « Tu m'oses donner des conseils, comme de vrai tu as bien gouverné ton pays et
sagement guidé mon père, quand tu le fis passer l'Araxe
pour aller aux Massagètes, sur le point qu'eux vouloient
passer et venir à nous. Tu t'es perdu, n'ayant pas su
régir ton pays, et as perdu Cyrus aussi, qui te crut lors,
mais à ton dam; car voici venue l'occasion que je cherchois de t'en punir. » Ce disant, il prenoit son arc pour
le percer, mais Crésus se sauva de vitesse dehors, et lui
ne le pouvant darder, dit à ses serviteurs de le prendre
et le tuer. Les serviteurs, comme ils connoissoient son humeur, cachent Crésus en telle intention que si Cambyse
se repentoit et redemandoit Crésus, eux le lui rendant,
en auroient quelque récompense, pour avoir sauvé Crésus,
que s'il ne se repentoit, ni le regrettoit, ils le feroient
mourir. Peu après avint que Cambyse regretta Crésus, ce
que voyant ses serviteurs, lui dirent qu'il étoit en vie.
Cambyse fut aise d'apprendre que Crésus étoit encore

en vie; mais il dit que ceux qui l'avoient ainsi conservé ne s'en trouveroient pas bien et qu'il les tueroit, comme il fit.

Il commit plusieurs tels excès contre les Perses et alliés durant le temps qu'il fut à Memphis, ouvrant les vieilles tombes et regardant les morts; il entra dans le temple de Vulcain, fit à l'image force moqueries. Car là l'image de Vulcain ne diffère en quoi que ce soit des Pataïques de Phénicie, que mettent les Phéniciens à la proue de leurs trirèmes; et qui ne les a vues je lui dirai c'est la figure d'un homme Pigmée. Pareillement il entra dans le temple des Cabires, où n'est permis d'entrer qu'au prêtre, et ces images il les brûla, non sans en faire grande risée. Elles sont semblables aussi à celles de Vulcain; même on dit que ce sont ses enfants.

En somme il me paroît sans doute que Cambyse étoit hors de sens; car il n'eût pas pris en moquerie les religions et les coutumes; car si l'on proposoit aux hommes de choisir entre toutes les lois établies les meilleures, après y avoir bien regardé, chacun s'en tiendroit aux siennes propres. Ainsi pense chacun ses lois être les meilleures de beaucoup, et partant il n'est pas à croire qu'autre qu'un insensé ait pu se rire de telles choses. Et qu'ainsi soit que tous les hommes pensent de la sorte en ce qui concerne les lois, d'autres preuves le font connoître et singulièrement celle – ci. Darius un jour ayant mandé des Grecs qui demeuroient près de sa résidence, s'enquit d'eux pour combien d'argent ils voudroient manger leur père mort. Eux répondirent que

pour rien au monde; et Darius alors fit venir de ces Indiens nommés Calaties, lesquels ont pour usage de manger leurs parents, et leur demanda devant les Grecs, qui
par un interprète entendoient ce qui se disoit, pour combien ils consentiroient à brûler le corps de leur père. Ils
s'écrièrent haut, le priant de ne proférer telles paroles :
Ainsi sont ces choses réglées par l'usage des différents
peuples, et Pindare me semble avoir bien rencontré,
disant coutume être reine du monde.

Au temps même de cette expédition de Cambyse contre
l'Egypte, les Lacédémoniens en firent une aussi contre
Samos et Polycrate, qui s'étant soulevé tenoit Samos, et
d'abord avoit départi la ville entre lui et ses deux frères,
Pantagnote et Syloson, depuis ayant tué l'un et chassé le
plus jeune. Syloson tenoit Samos toute, et la tenant con-
tracta hospitalité avec Amasis roi d'Egypte, auquel il envoya des dons et en reçut d'autres de lui. Polycrate bientôt s'accrut, devint fameux en Ionie et dans le reste de
la Grèce. Quelque guerre qu'il entreprît, tout lui succé-
doit à souhait. Il avoit à lui cent galères à cinquante
rames et mille archers, attaquoit, pilloit tout le monde
indistinctement, disant qu'il obligeoit davantage un ami
en lui rendant son bien qu'il n'eût fait ne lui ôtant rien.
Il s'empara de plusieurs îles, et de beaucoup de villes en
terre ferme, prit les Lesbiens qu'il défit en combat naval
allant avec toutes leurs forces au secours de Milet, et qui
depuis creusèrent enchaînés tout le fossé autour de la for-
teresse dans Samos.

Amasis n'étoit point sans entendre parler des prospé-
rités de Polycrate, voire même y prenoit intérêt, et
comme ses succès alloient toujours croissant, il écrivit
ceci dans une lettre qu'il lui adressa en Samos : « Amasis
à Polycrate ainsi dit : C'est bien douce chose d'apprendre
le bonheur d'un hôte et ami ; toutefois tes grands succès
ne me contentent pas. Je sais que la divinité est de sa
nature envieuse. Partant j'aime mieux, moi et les miens
avoir chance dans mes affaires tantôt bonne, tantôt con--
traire, que non pas réussir en tout. Car oncques je n'ouïs
parler d'aucun qui n'ait eu triste fin en prospérant toujours. Toi donc, si tu m'en crois, voici ce qu'il faut
faire à ton trop de bonheur. Songe en toi-même ce que
tu peux avoir de plus précieux et qui plus te fâchât à
perdre, et le perds et l'abîme tellement que jamais n'en
soit nouvelle au monde ; et si dorénavant ton heur n'est
mêlé de semblables disgraces, use du remède que je t'enseigne. »

Ces paroles lues, Polycrate, comme il comprit que
l'avis d'Amasis était bon, chercha lequel de ses bijoux
lui ferait plus de peine à perdre ; et cherchant voici ce
qu'il trouva. Il avait un anneau monté en bague d'or
qu'il portoit au doigt ; c'étoit une pierre d'émeraude, et
l'ouvrage étoit de Théodore fils de Téléclès de Samos.
Ayant délibéré de le perdre, il fit ainsi. Sur une galère à
cinquante rames il mit des gens et s'embarqua, puis fit
voguer en haute mer. Quand il fut loin des côtes de l'île,
ôtant cette bague de son doigt, aux yeux de tous ceux qui

étoient quand et lui à bord, il la jette dans la mer, et cela
fait, s'en revint à terre; et retourné en sa maison étoit
chagrin de ce malheur. Cinq ou six jours après lui avint
ce que voici. Un pêcheur avait pris un poisson grand et
beau, et tel qu'il lui parut mériter d'être offert en don à
Polycrate, et pour cela s'en vint aux portes, disant qu'il
vouloit être admis en sa présence, ce qui lui étant oc-
troyé, il parla en ces termes : « Roi, j'ai pris celui-ci et
ne l'ai pas voulu porter vendre au marché, pauvre homme
que je suis toutefois, qui en ce faisant gagne ma vie; mais
il m'a semblé digne de toi, pourquoi je l'apporte et te le
donne. » Lui aise d'entendre ce propos, repart : « Tu as
grandement raison, et double grâce t'en est due de ton
dire et de ton présent, et nous t'invitons à souper. » Le
pêcheur qui tint à grand heur cette invitation, s'en retourna en son logis; et cependant les serviteurs coupant
le poisson, trouvèrent dans son ventre la bague même
de Polycrate, laquelle ils prirent dès qu'ils la virent, et
joyeux la portèrent vitement à Polycrate, et la lui donnant lui contèrent en quelle sorte ils l'avoient trouvée.
Lui, comme il crut y voir en cela quelque chose de divin,
écrit dans une lettre tout ce qu'il avoit fait et comment
lui en avoit pris, et tout étant écrit, il dépêche en Egypte.
Ayant donc le roi Amasis lu cette lettre, qui venoit de la
part de Polycrate, comprit qu'homme ne peut préserver
un autre homme de chose qui lui doit avenir, et que Polycrate ne devoit pas faire bonne fin, ayant heur en tout,
à tel point de retrouver même ce qu'il avoit voulu perdre

exprès. Si lui envoya en Samos un héraut, disant qu'il rompoit avec lui l'hospitalité; ce qu'il fit pour cette raison, afin que venant Polycrate à cheoir en quelque grande et terrible disgrâce, il n'en eût point le deuil au cœur comme un hôte et un ami.

Contre ce Polycrate donc heureux en tout, les Lacédémoniens entreprirent une guerre, mus à ce faire et appelés par ceux d'entre les Samiens qui depuis fondèrent en Crète la ville de Cydonie. De sa part Polycrate dépêchant à Cambyse, fils de Cyrus, qui lors armoit contre l'Egypte, le pria qu'il lui plût envoyer en Samos lui demander, à lui Polycrate, une armée, ce qu'ayant entendu, Cambyse volontiers envoya en Samos vers Polycrate, qu'il requit de lui prêter une armée de mer pour son expédition d'Egypte. L'autre prend ceux des citoyens qu'il pensoit lui être contraires, les envoie sur quarante galères, et mande à Cambyse de faire en sorte qu'ils ne retournassent point.

Aucuns disent que ces Samiens envoyés par Polycrate n'allèrent pas en Egypte, mais ayant vogué seulement jusqu'à Carpathos, là se conseillèrent entre eux, et résolurent de ne point aller plus avant. D'autres content que venus en Egypte on les gardoit et qu'ils s'enfuirent sur leurs vaisseaux, avec lesquels comme ils retournoient en Samos, Polycrate vint à leur rencontre; il y eut combat, ils vainquirent et débarquèrent dans l'île, où ayant de nouveau combattu, ils eurent du pire et se rembarquèrent, enfin vinrent à Lacédémone.

Mais il en est aussi qui disent que ceux-là revenant d'Egypte, vainquirent Polycrate, en quoi, selon moi, ils disent mal. Car ces gens n'eussent eu que faire du secours de Lacédémone, étant par eux-mêmes capables de le ranger à la raison. Joint qu'il n'y a nulle apparence que lui, ayant à sa solde une troupe étrangère et ses propres archers, nombreux aussi, n'ait su résister à ce peu qu'ils étoient retournant d'Egypte. Encore tenoit-il enfermé dans les hangards de sa marine les femmes et enfants des citoyens demeurés sous lui, tout prêt à y mettre le feu et brûler les hangards et ces ôtages avec, si leurs parents l'eussent trahi en faveur de ceux qui revenoient.-

A Sparte arrivés, ces Samiens que Polycrate avoit chassés, se rendirent près des magistrats, et là disoient beaucoup de choses, comme gens qui se trouvoient en grande nécessité. Eux à la première harangue répondirent qu'ils en avoient oublié le commencement et ne comprenoient pas la fin. A la seconde audience, ils ne haranguèrent plus, mais ayant apporté un thulacos (1) vide, le montroient disant qu'il avoit faute de farine. A quoi l'on repartit que le thulacos seul en auroit dit assez, et toutefois fut résolu de le secourir.

Adonc toutes choses préparées pour cette expédition, les Lacédémoniens passèrent à Samos, en récompense, disent les Samiens, de ce qu'eux les avoient aidés de leurs vaisseaux contre les Messéniens ; mais, comme le racon-

(1) Sac de cuir qui servait à porter en voyage une provision de farine.

sent ceux de Lacédémone, ce fut moins pour donner secours aux Samiens que pour eux-mêmes se venger de l'enlèvement du cratère qu'ils portoient à Crésus, et du corselet que le roi d'Egypte Amasis leur envoyoit en présent. Car les Samiens leur prirent un an avant le cratère, ce corselet lequel étant de lin avec beaucoup d'animaux en tissu, orné d'or et de laine de coton, est admiré pour ce regard, et aussi pour ce que chaque fil, fin comme il est, a cependant en soi trois cent soixante fils tous visibles à l'œil. Pareil est cet autre à Lindos, consacré par Amasis à Minerve.

Or, aidèrent les Corinthiens à l'armement contre Samos, et volontiers y prirent part. Car il avoit un outrage à eux fait par les Samiens une génération avant, lorsque le cratère fut volé. Car comme une fois Périandre fils de Cypsélus envoya pour être coupés à Sardes chez Alyattès, trois cents jeunes enfants des premières familles de Corcyre, ceux qui les menoient, Corinthiens, étant abordés en Samos, la chose fut contée aux Samiens, comment et pourquoi ces enfants s'en alloient à Sardes, et eux premièrement leur montrèrent à toucher le temple de Diane, puis ne souffrant pas qu'on les enlevât suppliants du temple, comme ceux de Corinthe empêchoient qu'ils n'eussent à manger, les Samiens firent une fête de laquelle ils usent encore aujourd'hui en même façon. La nuit venue, durant tout le temps que les enfants furent suppliants, ils dressoient des chœurs de jeunes filles et de jeunes garçons, et dressant ces chœurs ordonnèrent par une loi qu'on

y portât des gâteaux de sesame et de miel, à celle fin que
les dérobant, les enfants des Corcyréens eussent de quoi
se nourrir; et dura cette façon de faire jusques à tant que
les Corinthiens, gardes de ces enfants, les laissant, s'en
allèrent, et lors les Samiens les remenèrent à Corcyre.
De vrai si les Corinthiens, mort Périandre, eussent été
amis des Corcyréens, ils ne se fussent pas sans doute,
pour le souvenir de cette affaire, joints aux ennemis de
Samos; mais jamais depuis le temps que l'île fut peuplée
par eux, ils n'ont paru d'accord ensemble, bien qu'entre eux cependant il y ait... (1).

Voilà pourquoi les Corinthiens en vouloient à ceux de
Samos. Or, Périandre envoyoit à Sardes pour être coupés
ces enfants des premiers de Corcyre, afin de se venger.
Car les Corcyréens d'abord avoient commencé par un
acte horrible envers lui. Car après que Périandre eut tué
sa femme Mélissa, un autre malheur lui avint après celui-
là. Il avoit de Mélissa deux fils âgés l'un de dix-sept, l'autre
de dix-huit ans. Leur grand-père maternel Proclès, qui
étoit tyran d'Épidaure, les ayant fait venir devers lui les
chérissoit comme on peut croire, étant les enfants de sa
fille, et le jour qu'il les renvoya, leur dit en les recon-
duisant : « Savez-vous bien, enfants, qui est celui qui a
tué votre mère? » Parole dont l'aîné tint peu de compte
mais le plus jeune appelé Lycophron en eut telle douleur
en l'âme, qu'étant de retour à Corinthe, il ne voulut

(1) Quelques mots manquent au texte.

plus aucunement parler à son père, ni répondre à quoi qu'il lui pût dire ou demander; interrogé par lui se taisoit. Pourquoi Périandre en colère à la fin le chasse de sa maison, et ayant chassé celui-là, s'enquit à l'aîné de ce que leur grand-père leur avoit dit et de quels propos il s'étoit avec eux entretenu. L'autre lui conte comme quoi ils en avoient été reçus avec joie et caresses grandes; mais de ce mot que leur dit Proclès en les reconvoyant il ne s'en souvenoit pas, comme n'y ayant fait d'abord nulle attention. Périandre repart alors qu'il n'étoit pas possible au monde que leur grand-père ne leur eût donné quelque avis, et à force de l'interroger, fit tant que le jeune homme enfin se souvint de cela et le dit. Telle chose ouïe, Périandre, délibéré de ne céder ni s'amollir en nulle sorte à l'égard de son autre fils, où il le savoit coutumier de se retirer, là envoyoit un messager défendre aux gens de le recevoir, et lui, comme on le faisoit sortir d'une maison, s'en alloit en une autre, d'où on le chassoit encore à cause des menaces de Périandre et de ces ordres qu'il donnoit afin de l'exclure de partout; ainsi chassé il recourut à divers de ses amis, lesquels, comme enfant de Périandre, le recevoient, craignant toutefois. Mais Périandre fit publier un ban portant que qui le logeroit, ou lui parleroit seulement, paieroit une amende sacrée à Apollon, disant de combien. Après ce ban, il n'y eut personne qui le voulût plus recevoir en sa maison ni lui parler. Lui-même cessa de tenter d'être admis nulle part, et depuis hantoit sous les portiques, couchant à

terre et manquant de tout. Au bout de quatre jours , Pé--
riandre qui le vit affamé , mal en point pour ne s'être
lavé de long--temps , en eut compassion , en quittant sa
colère, s'approcha de lui et lui dit. « O enfant, lequel
donc te semble à préférer, ou ton sort tel qu'il est main--
tenant, ou me succéder et avoir, étant attaché à ton
père, la tyrannie et les biens que j'ai; toi, mon fils , qui
né roi de la riche Corinthe, as choisi cette vie misérable
et maudite en me résistant et te prenant à qui falloit le
moins. Si chose est avenue dont tu aies contre moi soup--
çon , à moi d'abord en est le mal, dont j'ai d'autant plus
à souffrir que seul j'en suis cause. Mais toi , connois enfin
combien mieux vaut faire envie que pitié, et voyant la
folie que c'est de se courroucer à son père, et plus fort
que soi; va de ce pas à la maison. »

Ainsi l'avisoit Périandre; mais l'enfant ne lui répondit
autre chose sinon qu'il devoit l'amende sacrée au dieu
pour lui avoir parlé. Périandre alors connoissant que le
mal en lui ne se pouvoit adoucir ni vaincre, l'éloigne de
ses yeux et l'envoie sur un navire à Corcyre, dont il étoit
maître aussi. Lui parti, Périandre fit la guerre à son
beau--père Proclès, qu'il pensoit être auteur le premier
de ses peines, prit la ville d'Épidaure et prit aussi Pro--
clès et le garda vivant; et comme avec le temps Périandre,
avancé en âge, sentit ne pouvoir désormais voir et gou--
verner les affaires, alors il mande de Corcyre Lycophron
pour qu'il vînt prendre la tyrannie, n'ayant aucun égard .
à l'aîné de ses fils qui lui sembloit être de trop foible en--

tendement ; mais Lycophron ne daigna même répondre au message. Le père qui avoit mis en lui son espérance, envoie à ce jeune homme une autre fois sa sœur, fille de lui Périandre, pensant qu'il se devoit plutôt laisser persuader à elle, laquelle devers lui venue, lui ayant dit : « O enfant, souffriras-tu donc la tyrannie passer à d'autres, la maison de ton père s'abîmer, plutôt que toi venir et la tenir ? Habite en ton logis, cesse de te tourmenter ; désir de gloire chose vaine ; et ne tâche point à guérir le mal par le mal. Plusieurs ont préféré au droit l'accommodement ; plusieurs se sont vus perdre la paternelle chevance en requérant celle de leur mère. La tyrannie échappe ; beaucoup en sont amants. Le voilà vieux, cassé ; ne livre point à d'autres le bien qui t'appartient. »

Elle donc lui disoit, instruite par leur père, ce qu'elle croyoit plus capable de l'attraire et fléchir son cœur ; mais il lui répondit disant que jamais n'iroit à Corinthe, tant qu'il sauroit son père en vie. Ce qui étant par elle rapporté à Périandre, pour la troisième fois il envoie un héraut voulant aller lui-même demeurer en Corcyre, et mandoit à son fils de s'en venir en Corinthe prendre la tyrannie, à quoi lui s'étant accordé, ils se préparoient pour passer, Périandre en Corcyre et l'enfant à Corinthe. Mais ceux de Corcyre informés de toutes ces choses, afin d'empêcher que Périandre ne fût en leur pays, mettent à mort le jeune homme ; ce fut là la cause pourquoi Périandre se voulut venger des Corcyréens.

3.   20

Les Lacédémoniens avec une puissante flotte arrivés devant Samos, la tenoient assiégée. D'abord attaquant le mur du côté de l'esplanade, ils montèrent sur la tour qui est au bord de la mer, mais bientôt en furent chassés par Polycrate même accouru avec un gros de gens. Cependant par la tour d'en haut, bâtie sur la croupe du mont, sortirent les alliés et des Samiens bon nombre, lesquels ayant tenu tête aux Lacédémoniens quelque peu de temps s'enfuirent, et eux les poursuivant en tuoient. Si dans cette journée les Lacédémoniens eussent fait tous aussi bravement comme Archias et Lycopas, sans faute Samos étoit prise. Car Archias et Lycopas à la poursuite des fuyards, s'étant seuls jetés avec eux dedans l'enceinte des murailles, la retraite leur fut coupée, ainsi périrent-ils dans la ville des Samiens.

Le troisième descendant de cet Archias-là, un autre Archias, je l'ai connu moi-même à Pitane, duquel bourg il étoit, et de tous les étrangers c'étoient les Samiens qu'il honoroit le plus; et me dit que son père avoit eu nom Samius, de ce que son père Archias étoit mort vaillamment en ce combat de Samos, et m'ajouta qu'il honoroit surtout les Samiens, à cause que son aïeul fut publiquement par eux enseveli fort bien.

Après avoir tenu Samos assiégé quarante jours, les Lacédémoniens voyant qu'ils n'en étoient de rien plus avancés, s'en retournèrent au Péloponèse. Un sot propos en a couru, que Polycrate ayant frappé en plomb force pièces du pays, les fit dorer, les leur donna, et qu'eux les prenant, s'en allèrent. Cette guerre fut la première que firent en Asie les Doriens.

Ceux des Samiens qui étoient venus en Samos contre Polycrate, avec les Lacédémoniens, sur le point d'en être quittés, passèrent à Siphnos ; car ils avoient besoin d'argent, et les affaires des Siphniens florissoient alors. Ils étoient les plus riches de tous les insulaires, comme ayant dans leur île des mines d'or et d'argent, si que de la dîme du produit, ils en ont consacré à Delphes un trésor égal aux plus riches, et chaque année se partageoient les sommes provenantes de ces mines. Or, quand ils faisoient ce trésor, ils demandèrent à l'oracle si leurs biens présents leur devoient long-temps demeurer. La Pythie leur fit cette réponse : *Alors que dans Siphnos Pritanée blanc sera, et blanc le sourcilleux marché, Siphnien sagement fera si caut en son île caché, il évite embûche de bois et rouge héraut.* Le marché de Siphnos, en ce temps-là, et le prytanée étoient revêtus de pierre de Paros ; ils ne surent comprendre l'oracle, ni lors, ni depuis à la venue des Samiens ; car les Samiens, dès qu'ils eurent pris terre en Siphnos, envoyèrent sur un de leurs navires des parlementaires à la ville. Tous les vaisseaux jadis étoient peints de vermillon, et c'étoit cela que la Pythie avoit prédit aux Siphniens, parlant d'une embûche de bois et d'un héraut rouge : Venus, ces envoyés requirent les Siphniens de leur prêter dix talents, ce que ceux-ci refusèrent, et les Samiens se mirent à piller le pays, quoi entendant, ceux de Siphnos accourent pour défendre leurs biens, et dans le combat eurent du pire; même beaucoup d'entre eux ne purent regagner la ville, le chemin leur étant coupé par les Samiens qui leur firent payer ensuite cent talents.

Ils eurent pour argent des Hermionéens une île près du Péloponèse, Hydrée, qu'ils remirent aux Trézéniens comme dépôt, puis fondèrent en Crète Cydonie, n'étant pas venus dans ce dessein, mais bien pour expulser de l'île les Zacynthiens. Ils y demeurèrent et vécurent en prospérité l'espace de cinq ans, tellement que tous les lieux sacrés qu'on voit maintenant à Cydonie, sont leur ouvrage; aussi est le temple de Dictyne. Mais la sixième année, ceux d'Egine les vainquirent dans un combat naval et les firent esclaves; les proues qu'ils ôtèrent de leurs vaisseaux, faites en hures de sanglier, ils les consacrèrent dans le temple de Minerve à Egine. Les Eginètes en usèrent de la sorte avec les Samiens, par une haine envenimée que de long-temps ils leur portoient; car les Samiens les premiers, régnant Amphicrate à Samos, passèrent en Egine armés, firent aux Eginètes de grands maux, et non moins en eurent à souffrir, de quoi la cause ne fut autre.

Or, ai-je voulu m'étendre un peu sur le propos des Samiens, parce que les trois plus grands ouvrages de la Grèce entière sont faits par eux. D'une montagne haute de cent cinquante orgyes, la fosse ou trouée, commençant d'en-bas avec double ouverture, sept stades sont la longueur de la fosse, hauteur huit pieds, largeur égale;

par le milieu de celle-ci une autre fosse de bout en bout a de profondeur vingt coudées, trois pieds de large, par où l'eau d'une grosse source est conduite jusqu'à la ville dans des tuyaux ; de laquelle fosse ou trouée l'architecte étoit de Mégare, Eupalinus, fils de Naustrophus, et voilà un des trois ouvrages ; le second, c'est une levée dans la mer autour du port, profondeur quelque vingt orgyes, longueur de la levée, plus de deux stades ; le troisième qu'ils ont fait, est un temple le plus grand de tous les temples connus, dont fut le premier architecte Rhœcus, fils de Philès, né du pays, pour cela j'ai voulu davantage m'étendre au sujet des Samiens.

Cependant que Cambyse séjournoit en Egypte, faisant tels actes de démence, deux hommes se rebellent contre lui, tous deux mages et frères, dont l'un avoit été par lui laissé gouverneur de sa maison. Il se souleva parce qu'il vit la mort de Smerdis tenue secrète, que peu en étoient informés ; la plupart même des Perses le croyoient encore en vie : prenant son parti là-dessus, il attente à la royauté. Il avoit un frère que j'ai dit s'être soulevé avec lui, tout-à-fait semblable de visage à Smerdis, fils de Cyrus, celui que Cambyse son frère avoit fait mourir. Il ressembloit donc à Smerdis, et de plus avoit nom comme lui Smerdis : cet homme, à la persuasion du mage Patizithès son frère, qui se faisoit fort de lever toute difficulté, se laissa conduire et placer sur le siége royal, et cela fait Patizithès envoie des hérauts partout, et en Egypte aussi, mandant à l'armée d'obéir à Smerdis, fils de Cyrus, et non plus à Cambyse. Les autres hérauts proclamèrent cela où ils allèrent, et aussi fit celui qui alla en Egypte ; il trouva Cambyse et l'armée à Ecbatane de Syrie, et debout au milieu, proclama ce qu'avoit ordonné le mage. Cambyse entendant cela, et pensant être vrai le dire du héraut, et que Prexaspès l'avait trahi en ne tuant pas Smerdis quand il en avoit l'ordre, regarda Prexaspès au visage, et lui dit : « Ainsi as-tu fait, Prexaspès, le devoir que je t'imposai? » L'autre dit : « Maître, il n'est pas vrai, et ne peut être que Smerdis ton frère se révolte aujourd'hui, ni que jamais il ait querelle avec toi, grande ni petite ; car moi-même ayant fait comme tu commandois, l'ai enseveli de mes propres mains : si à présent les morts reviennent, attends-toi de voir revenir aussi le Mède Astyagès ; mais s'il en va comme devant et selon l'ordre de nature, oncques de lui nulle nouveauté ne s'élèvera contre toi. Or, à cette heure, mon avis est qu'il convient appeler le héraut, afin de savoir par quel ordre il nous vient ici proclamer obéissance au roi Smerdis. »

Ainsi fut fait, la chose approuvée par Cambyse, le héraut mandé arriva, et venu Prexaspès l'interroge : « Homme qui te dis messager de Smerdis, fils de Cyrus, confesse ici la vérité et tu t'en iras sans nul mal ; est-ce lui Smerdis, qui présent à tes yeux, t'a donné cet ordre, ou quelqu'un de ses serviteurs? » L'autre répond : « Je n'ai point vu, depuis que le roi Cambyse est parti pour l'Egypte, Smerdis fils de Cyrus ; le mage que Cambyse a laissé pour gouverneur de sa maison, m'a dépêché ici,

disant que c'étoit Smerdis fils de Cyrus, qui me commandoit de parler à vous comme j'ai fait. » Cambyse
alors : « Prexaspès, en homme de bien tu as fait mon
commandement, et partant tu es sans reproche; mais
qui donc est celui des Perses qui se rebelle contre moi,
usurpant le nom de Smerdis? » Lui à cela repart : « Je
pense deviner, ô roi, ce qui se passe; les révoltés, ce
sont les mages, celui que tu laissas gouverneur de ta
maison et son frère Smerdis. »

Alors que Cambyse entendit le nom de Smerdis, lors
le frappa la vérité, tant de ce discours que du songe où
il avoit cru recevoir nouvelles de Smerdis assis sur le
siége royal, et qui de sa tête touchoit le ciel. Connoissant donc que sans raison il avoit fait mourir son frère,
il pleura Smerdis, et le pleurant, se déconfortant du
malheur de toute cette aventure, il saute sur son cheval
en délibération de marcher promptement contre le mage
à Suses; et comme il sauta sur le cheval, du fourreau
de son sabre tombe le champignon, le sabre nud le blesse
à la cuisse; ainsi atteint au même endroit où il avoit
blessé le dieu d'Egypte Apis, sentant sa plaie mortelle,
s'enquit comment s'appeloit la ville : on lui dit Ecbatane.
Un oracle jadis lui étoit venu de Buto, qu'il finiroit sa vie
à Ecbatane, pourquoi il pensoit devoir mourir vieux à
Ecbatane en Médie, où étoient toutes ses affaires; mais
alors on vit bien que l'oracle entendoit Ecbatane de Syrie;
et comme Cambyse eut appris le nom de la ville où il
étoit, l'aventure du mage et sa blessure l'ayant étonné

vivement, sa raison s'en trouva remise, et comprenant la prédiction, il dit : « Ici s'en va mourir Cambyse fils de Cyrus. » Ce fut tout pour lors, mais au bout de quelque vingt jours, ayant mandé près de lui tous les apparents des Perses, il leur dit :

« Force m'est à cette heure, ô Perses, de déclarer devant vous la chose que plus je voulois tenir cachée ; car étant en Egypte, j'eus en songe une vision, cause de notre malheur ; il me fut avis que je voyois un messager venu de chez moi, m'annoncer que Smerdis assis sur le siége royal, touchoit de sa tête le ciel ; pourquoi appréhendant que mon frère ne m'ôtât l'empire, je fis plus vite que sagement. Aussi ne peut l'humaine foiblesse détourner le mal à venir. Insensé lors, j'envoie à Suses Prexaspès tuer Smerdis, et après un si grand méfait, je vivois sans peur, ne pensant pas que jamais personne, lui mort, se pût soulever contre moi ; mais ayant failli à comprendre ce qui m'étoit prédit ; je fus mal à propos meurtrier de mon frère et n'en perds pas moins mon empire ; car c'étoit le mage Smerdis que la divinité me montroit dans cette vision se devoir contre moi rebeller. La chose est faite toutefois, et comptez que vous n'avez plus le fils de Cyrus, Smerdis ; mais ce sont les mages qui règnent, c'est un que je laissai gouverneur de ma maison, et son frère Smerdis. Celui qui maintenant sauroit les punir et venger ma honte, a misérablement péri par ses plus proches ! lui n'étant plus, ceci me reste à vous recommander, ô Perses, chose nécessaire et que je veux qui

s'exécute après ma mort : je vous l'enjoins exprès au nom
des dieux royaux, à vous tous, et à ceux surtout des
Achéménides qui se trouvent ici présents; ne laissez pas
la souveraineté retourner aux Mèdes; que s'ils l'ont usur-
pée par ruse, il faut par ruse la leur ôter, ou si la force
les soutient, force plus grande les doit abattre. Faites
ces choses, et ainsi puisse la terre vous donner tous ses
fruits, vos femmes, vos brebis engendrer, vous étant
libres à jamais; que si vous ne reprenez l'empire ou n'y
faites du moins vos efforts, je vous veux et voue le contraire de tous ces biens : et davantage que puissent avoir
tous les Perses, une fin pareille à la mienne. »

Cambyse en disant ces paroles, déploroit son sort, et
les Perses, quand ils virent le roi pleurer, se mirent tous
à déchirer ce qu'ils avoient sur eux d'habits, et se lamenter sans mesure. Ensuite l'os s'étant carié, la cuisse
fut tantôt pourrie et le mal emporta Cambyse fils de Cyrus, après un règne de sept ans et cinq mois en tout,
n'ayant lignée d'enfants ni mâle ni femelle. Les Perses là
présents entrèrent en méfiance, et doutoient que vraiment les mages fussent devenus maîtres des affaires,
soupçonnant Cambyse de dire à mauvais dessein ce qu'il
disoit de la mort de Smerdis, pour soulever contre lui
la Perse. Eux tous tenoient pour assuré que c'étoit Smerdis fils de Cyrus qui se déclaroit roi; car Prexaspès nioit
fortement avoir tué Smerdis, car il n'eût pas fait sûr
pour lui, Cambyse mort, de confesser que le fils de Cyrus avoit péri de sa main.

Le mage donc après que Cambyse fut mort, régna paisiblement, profitant du nom qu'il avoit le même que Smerdis fils de Cyrus, pendant les sept mois qui res- toient à remplir les huit ans de Cambyse, durant les- quels il fit tant de bien, qu'à sa mort tout le monde en Asie le regretta, hormis les Perses; car envoyant de tous côtés aux nations qu'il gouvernoit, il publia une exemp- tion de milice et d'impôts pour trois ans : le mage fit cette publication aussitôt son avènement, mais il fut au huitième mois reconnu en cette manière.

Otanès étoit fils de Pharnaspès, par sa naissance et ses richesses égal aux plus grands de la Perse. Le premier de tous, cet Otanès soupçonna Smerdis de n'être pas le fils de Cyrus, mais bien celui qui étoit de fait, remar- quant qu'il ne sortoit point de la citadelle, ni jamais n'appeloit à le voir aucun des notables Persans. Sur ce soupçon voici qu'il fit : une fille à lui, nommée Phédyme, avoit été femme de Cambyse, et lors étoit au mage qui vivoit avec elle, comme aussi avec toutes les femmes de Cambyse ; Otanès envoyant devers cette sienne fille, lui fit demander près de qui elle couchoit coutumièrement, si c'étoit Smerdis fils de Cyrus, ou quelqu'autre. Elle lui envoya disant qu'elle ne savoit, n'avoit oncques vu le fils de Cyrus, ni lors ne connoissoit qui étoit son mari. Le père, par un autre message lui repart : Si tu ne connois Smerdis fils de Cyrus, sçache d'Atossa quel est l'homme avec qui toutes deux vous demeurez, elle et toi, car sans faute elle connoît son frère. A cela sa fille renvoie : Je ne puis ni voir Atossa, ni parler à nulle des femmes qui sont enfermées quant et moi; car cet homme-ci, quel qu'il soit, dès le premier moment qu'il prit la royauté, nous dispersa, logeant l'une ici, l'autre là. Cette réponse ouïe, Otanès dès-lors comprit ce que c'étoit, et devers elle envoie un troisième message, disant ainsi : Comme bien née, tu dois, ma fille, faire ce qu'ordonne ton père, quelque péril qu'il y puisse avoir; car s'il n'est le fils de Cyrus, Smerdis, mais celui que je pense, couchant avec toi et prenant pouvoir sur les Perses, qu'il n'en ait pas long-temps la joie, mais soit puni comme il mérite; toi donc à présent fais ceci, quand tu seras au lit avec lui et le sentiras endormi, tâte à ses oreilles, si tu le trouves ayant des oreilles assure-toi que tu habites avec Smerdis fils de Cyrus; s'il n'en a, c'est le mage Smerdis. Phédyme là-dessus renvoie, disant que le péril est grand à telle chose faire, car si lui n'ayant point d'oreilles se sent toucher à cet endroit, elle sait qu'il la détruira, que toutefois elle le fera. Ainsi promit-elle à son père d'exécuter ce qu'il vouloit. Cambyse régnant avoit fait, pour quelque raison non petite, couper les oreilles à Smerdis le mage. Cette Phédyme donc, la fille d'Otanès, afin d'accomplir ce qu'elle avoit promis à son père, quand lui échut d'aller chez le mage, car c'est la coutume des Perses d'appeler leurs femmes tour à tour, vint et dormit auprès de lui; le sentant au fort de son somme, tâte à ses oreilles où sans peine elle put connoître que cet homme n'avoit point d'oreilles, et sitôt qu'il fut jour, dépêchant vers son père, lui mande la chose comme elle étoit, lequel en fait part à deux autres, Aspathine et Gobryas, les premiers des Perses et de qui plus il se fioit, leur déclarant tout de point en point. Eux qui déjà en avoient eu quelque méfiance, furent aisés à persuader et des raisons et du récit que leur fit Otanès, et fut convenu que chacun se donneroit un compagnon, celui des Perses dont il croiroit la foi la plus sûre. Otanès choisit Intapherne, Gobryas Mégabyze, Aspathine Hydarnès. Etant donc ceux-là six en tout, arrive à Suses Darius fils d'Hystapès venant de Perse où son père étoit gouverneur; les six apprenant sa venue, d'un commun accord résolurent de le mettre des leurs.

Assemblés, ces sept qu'ils étoient se jurèrent la foi et se mirent à délibérer, et quand ce vint à Darius à déclarer son sentiment, il leur dit ces mots: « Je pensois vraiment seul savoir que c'est le mage qui règne à présent, le fils de Cyrus ayant péri; pour cela j'étois venu exprès afin de brasser mort à ce mage; mais puisqu'il se trouve que vous le savez aussi, non pas moi seul, je suis d'avis d'agir sur l'heure, non différer, car il n'est bon en nulle sorte. » A quoi Otanès répondit: « Enfant d'Hystapès, tu naquis de père vaillant, et me sembles bien n'avoir pas moins de valeur que ton père; toutefois, en cette entreprise, garde-toi de précipiter rien: il nous faut être plus nombreux pour commencer l'exécution. » Darius à cela repart: « Hommes ici présents, sachez, de la façon que veut Otanès, que si vous suivez son avis, vous mourrez tous de male mort ; car quelqu'un vous dénoncera au mage, pour en avoir profit : vous deviez dès l'abord prendre sur vous le tout ; mais puisqu'il vous a plu diviser ce péril et m'en faire participant, mettons la main à l'œuvre aujourd'hui, ou sinon comptez que passé ce jour, je ne me laisse point prévenir par quelqu'autre, mais que j'irai moi-même vous déférer au mage. » A quoi Otanès le voyant avoir tant de hâte, répond : « Puisque tu nous contrains et ne souffres point de remise, voyons, toi-même, dis-nous un peu de quelle manière nous pourrons entrer au palais et les assaillir ; car les gardes, comme tu sais, pour l'avoir vu ou bien ouï dire, étant placées l'une devant l'autre à distances, comment les passerons-nous toutes ? » Darius alors lui repart : « Otanès, il est force choses qui ne se peuvent démontrer par discours mais bien par effet ; et d'autres belles en propos, d'où ne sort puis après aucun notable effet : apprenez donc, vous, que toutes ces gardes, comment qu'elles soient établies, ne sont point difficiles à passer ; car d'abord étant ce que nous sommes, nul n'osera nous arrêter, chacun ayant de nous ou crainte ou révérence : puis j'ai un prétexte tout propre à nous faire passer sans obstacle, qui est que j'arrive de Perse et viens porter au roi paroles de mon père ; car où il est besoin de mensonge, mentons ; car nous avons tous même désir, ceux qui parlent vrai comme ceux qui usent de tromperie : les uns mentent pour abuser et en tirer profit après, les autres veulent acquérir bruit de sincérité, pour profiter de la confiance qu'on peut mettre en eux. Ainsi, par moyens différents, nous cherchons tous mêmes avantages. S'ils n'y devoient rien profiter, l'un n'auroit souci de mentir non plus que l'autre de dire vrai : or donc, celui des gardes-portes qui nous aura laissé passer, quelque jour s'en trouvera bien ; qui nous arrêtera soit traité en ennemi, en entrant à force, faisons œuvres de nos mains. »

Après Darius, Gobryas dit : « Amis, quelle occasion plus belle aurons-nous jamais de sauver et de recouvrer l'empire, ou sinon mourir, nous que voilà, Perses commandés par un mage, par un Mède, lequel encore n'a point d'oreilles. Ceux d'entre vous qui se trouvèrent présents au trépas de Cambyse, vous savez les imprécations qu'il fit mourant, contre les Perses, s'ils ne tâchoient par tous moyens à reprendre le commandement, ce qu'alors vous écoutâtes peu ; car nous pensions qu'il le disoit à dessein de tromper : maintenant donc, moi je me range au sentiment de Darius, qu'il ne nous faut quitter ce lieu, sinon pour aller droit au mage. »

Voilà ce que dit Gobryas, et que tous approuvèrent ; mais tandis qu'il délibéroient, une chose avint par hasard. Les mages entre eux résolurent de se rendre ami Prexaspès, parce qu'il avoit tout sujet de haïr Cambyse qui lui tua son fils d'un coup de flèche, et parce que seul il savoit la mort de Smerdis fils de Cyrus, l'ayant tué de sa propre main, davantage étoit homme grandement estimé des Perses. Ils l'appellent donc pour tâcher à se

l'acquérir, et l'obliger aussi par la foi du serment de
tenir secrète et ne dire à qui que ce fût la tromperie
qu'ils faisoient aux Perses, lui promettant grandes
récompenses, et qu'il auroit tout à souhait. Puis, comme
il consentit à ce qu'ils désiroient, ils lui proposèrent
après, disant qu'ils alloient assembler les Perses sous
le fort royal, l'engagent à monter sur une tour, de là
parler et certifier à tout le peuple que c'étoit Smerdis
fils de Cyrus, non autre qui régnoit. Ce qu'ils en faisoient étoit à cause qu'ils pensoient que son témoignage
auroit créance parmi les Perses, mêmement qu'il avoit
plusieurs fois déclaré que Smerdis fils de Cyrus vivoit,
et se défendoit de l'avoir tué. Prexaspès dit que volontiers, et les mages alors ayant convoqué les Perses, le
firent monter sur une tour, et là lui dirent de parler;
mais lui, ce qu'il avoit promis de dire, il l'oublia exprès,
et commençant d'Achéménès, conta toute la descen-
dance de la race de Cyrus, puis arrivé à lui, finit en
remémorant les grands biens que Cyrus avoit faits aux
Perses, et ayant narré toutes ces choses, il déclara la
vérité que jusqu'alors il dit avoir tenue cachée, ne voyant
pas sûreté pour lui à confesser le fait comme il étoit allé,
mais qu'à l'heure présente force lui étoit de tout dire, et
dit que, contraint par Cambyse, il avoit lui-même tué
Smerdis fils de Cyrus et que c'étoient les mages qui ré-
gnoient; et après de grandes imprécations qu'il prononça
contre les Perses, s'ils ne recouvroient l'empire et ne
punissoient les mages, il se précipite de la tour. Prexas-

pès donc ayant été homme de bien toute sa vie, ainsi mourut.

Cependant les sept, délibérés d'attaquer aussitôt le mage, sans davantage demeurer, leur prière aux dieux faite, marchèrent, ne sachant rien de Prexaspès. Déjà ils étoient à mi-chemin, quand ils eurent nouvelle du fait de Prexaspès, sur quoi se tirant à l'écart, ils furent partagés d'avis, les amis d'Otanès voulant remettre l'exécution, ne bouger en cet état de choses ; ceux de Darius poursuivre et ne point différer. Tandis qu'ils débattoient entre eux, sept couples d'éperviers parurent, lesquels donnoient la chasse à deux couples de vautours, les plumoient et griffoient en l'air ; ce que voyant, tous d'une voix approuvèrent l'avis de Darius, et sur un tel présage marchèrent au palais. A l'entrée, leur avint ce qu'avoit pensé Darius, à savoir que les gardes leur portant révérence comme aux premiers des Perses, de qui on n'eût jamais soupçonné rien de pareil, les laissèrent passer, non sans l'ordre des dieux, ainsi qu'il est à croire, et nul ne leur dit mot. Venus dans la cour, ils trouvèrent les eunuques chargés d'annoncer ; ceux-là s'enquirent de ce qu'ils vouloient et parmi telle enquête querelloient la garde les avoir laissés entrer. Aucuns se mirent en devoir de les empêcher de passer outre ; mais eux s'encourageant l'un l'autre et tirant la dague, en donnèrent à qui les voulut retenir, et tout d'un temps coururent à la salle des hommes. Les deux mages y étoient pour l'heure à délibérer touchant le fait de Prexaspès, lesquels comme

ils ouïrent le tumulte et les cris que poussoient les eunuques, s'en recoururent dehors, et voyant ce qui se passoit, se voulurent mettre en défense. L'un d'abord prend
son arc, l'autre saisit une pique ; ils en vinrent aux
mains : celui qui avoit l'arc, l'ennemi étant près, quasi
sur lui, ne s'en put aider ; l'autre combattoit de sa
pique et blesse d'un coup à la cuisse Aspathine, d'un second Intapherne à l'œil ; même Intapherne en perdit
l'œil, mais ne mourut pas de cette blessure. L'un des
mages donc blesse ces deux ; l'autre, comme son arc
ne lui servit de rien (il y avoit une chambre à coucher
qui donnoit dans la salle des hommes), là se sauve et
fermoit la porte ; mais deux des sept l'enfoncent et en-
trent avec lui, Darius et Gobryas, lequel Gobryas étant
aux prises avec le mage, Darius dans l'obscurité ne
sçavoit comment faire de peur de frapper Gobryas.
Celui-ci le voyant n'agir point, lui demande qui l'empêchoit ; crainte de te frapper, dit-il ; à quoi lui aussitôt
repart : Dague, dusses-tu tuer les deux. Adonc Darius
pousse sa dague, et d'aventure n'atteignit que le mage
seul.

Ayant de la sorte tué les mages, puis coupé leurs têtes, ils laissent là leurs propres blessés, autant comme
hors d'état de marcher qu'afin de garder la citadelle ;
et les cinq autres courent dehors, les têtes de mages à
la main, faisant des cris, menant grand bruit. Ils
appeloient tous les Perses et leur contoient l'affaire,
montrant ces têtes et en même temps tuoient tous les

·3.   21

mages qu'ils rencontroient. Les Perses entendant et la tromperie des mages et ce qu'avoient fait les sept, en voulurent de leur part autant faire, et à coups de dague tuoient des mages tout ce qu'ils en purent trouver ; et si la nuit n'y eût mis fin, pas un seul n'en fût échappé. Les Perses célèbrent ce jour publiquement plus qu'aucun jour, et en ont fait une grande fête qu'ils appellent magophonie, durant laquelle il n'est permis à nul mage de se montrer dehors, mais tous les mages ce jour-là se tiennent clos en leurs maisons.

Le tumulte apaisé, au bout de dix jours ceux qui s'étoient soulevés contre le mage délibérèrent entre eux ; et là furent dits des discours que bien des Grecs ne pourront croire, et furent dits néanmoins. Otanès étoit d'opinion de mettre en commun les affaires, disant ainsi : « M'est avis que nous ne devons avoir un monarque tout seul, chose qui n'est de soi plaisante ni utile. Vous savez jusqu'où se porta l'insolence de Cambyse, et avez expérimenté par vous-mêmes celle du mage. Comment seroit la monarchie une bonne et sage police, sous laquelle un fait ce qu'il veut et ne rend compte ni raison ? Le plus homme de bien du monde, qu'on le place en telle autorité, c'est le mettre hors du sens commun. Car insolence en lui s'engendre des biens dont il jouit, et d'autre part envie est dans l'homme par nature, lesquelles deux choses ayant, il a toute malice et vice. Car beaucoup d'actes détestables il les commet par insolence et beaucoup d'autres par envie, et ainsi ne laisse mal à faire.

Le tyran qui possède tout doit, ce semble, ignorer l'envie, et pourtant le contraire avient. Car à l'égard des citoyens, il est jaloux des bons et les hait tant qu'ils vivent, caresse les méchants, accueille la calomnie, et chose de toutes la plus bizarre, qui le loue modérément, il s'en fâche et l'impute à manque de respect; qui lui veut complaire, il s'en fâche comme la flatterie intéressée. Encore est-ce peu s'il ne remue les antiques lois, force les femmes, tue sans jugement. Peuple au contraire gouvernant a le plus beau de tous les noms, Isonomie, et ne s'y fait rien de ce qu'on voit dans la monarchie. Les magistratures sont au sort; chacun rend compte de sa charge et en répond. Les déterminations se prennent en commun. J'opine donc à ce que laissant la monarchie, nous fassions le peuple grand; car dans le peuple est tout. »

Telle fut l'opinion d'Otanès; mais Mégabyze qui préféroit l'oligarchie ainsi parla: « Ce qu'allègue Otanès afin d'abolir la tyrannie, de ma part vous soit dit également; mais en ce qu'il conseille de porter la puissance au peuple, il a failli à rencontrer le meilleur avis. Car il n'est rien plus insolent ni moins capable de raison qu'une multitude sans frein, et de peur d'un tyran nous soumettre au vil peuple, je ne vois à cela nul bon sens; l'un, s'il fait quelque mal, il le connoît du moins. L'autre ne le peut même connoître. Et que connoîtroit-il, qui ne sait ni n'apprit rien de beau ni d'honnête? il emporte de furie et précipite tout semblable à un torrent. Obéisse au peuple quiconque est ennemi du nom persan ; mais nous, parmi les meilleurs hommes, choisissons, faisons une classe et lui donnons le pouvoir, dont par ainsi nous serons nous-mêmes participants. Aussi que des seuls gens de bien peut venir le bien commun de tous. »

Telle fut l'opinion de Mégabyze, sur quoi Darius le troisième déclara son avis, et dit : « Pour moi, ton propos, Mégabyze, en tant qu'il touche la multitude, me semble juste et de bon sens, mais non quant à l'oligarchie. Car trois choses étant les meilleures qu'on sçache en fait de gouvernement, le peuple supposé bon, l'oligarchie, le monarque, je maintiens celui-ci de tout point préférable. Car un chef homme de bien est ce qu'il y a de meilleur. Car usant de conseils selon son caractère, il gouverne le peuple irréprochablement. Outre que d'un seul les desseins contre l'ennemi sont plus secrets ; mais là où la vertu s'exerce entre plusieurs, comme dans l'oligarchie, sourdent les haines privées qui sont cause de grands maux. Car chacun prétendant l'emporter et conduire les délibérations, on en vient à se haïr ; de ces inimitiés naissent les factions, des factions les meurtres, qui ne sauroient finir sinon par la monarchie, d'où se peut connoître aisément combien celle-ci est meilleure. Le peuple d'autre part gouvernant, de nécessité le vice prend pied dans la commune. Le vice une fois établi engendre non pas haine entre les vicieux, mais forte amitié au contraire, eux agissant d'accord ensemble pour le mal public ; et ainsi va jusqu'à ce qu'un prenne autorité sur le peuple et ôte l'empire à telles gens, lequel à raison de ce révéré par le peuple même, de cette révérence que lui porte un chacun profite et se fait monarque. En somme et pour finir d'un mot, d'où nous est venu la liberté? qui nous l'a donnée? est-ce le peuple, l'oligarchie ou un monarque? mon sentiment, puisqu'un seul homme nous a fait libres, c'est de nous tenir à un seul et de n'innover point aux coutumes de nos pères, sages et bonnes; car ainsi ne nous vaudroit rien. »

Ces trois avis donc proposés, quatre des sept délibérants se déclarèrent pour le dernier. Alors Otanès qui avoit conseillé l'Isonomie, voyant son avis rejeté, se prit à dire au milieu d'eux : « Hommes conjurés, il est sans doute qu'un de nous va devenir roi, soit par le sort, soit par le choix du peuple à qui on s'en remettra, soit de toute autre manière. Je n'entends point pour moi le disputer avec vous. Je ne veux gouverner ni être gouverné; mais je vous cède ici l'empire à une condition pourtant, qui est que nul de vous ne commandera jamais ni à moi, ni aux miens issus de moi à perpétuité. » Comme il eut dit ces mots, les six lui octroyèrent sa demande sur l'heure, moyennant quoi lui se retira du milieu d'eux, s'assit à part et ne concourut point avec eux. Aujourd'hui encore cette maison est la seule en Perse qui soit libre, et n'obéit qu'autant qu'elle veut, sauf les lois et coutumes qu'elle ne peut transgresser.

Le demeurant des sept tint conseil sur la manière d'élire un roi la plus équitable, et d'abord fut délibéré

qu'à Otanès et ceux de sa race (venant la royauté à écheoir
à un d'eux sept) serait donné par distinction particulière
chaque année un habillement à la médoise et tout ce qui
se peut chez les Perses de plus honorable en présent. La
cause pourquoi ils voulurent lui faire ces présents, c'est
qu'il avait eut le premier dessein du complot et avoit assemblé les autres. Tels furent les dons et honneurs décernés à
Otanès seul. Pour eux en commun ils réglèrent que toujours qui voudroit des sept entreroit au palais royal sans
être annoncé, fors que le roi fût à dormir avec une
femme ; que le roi ne pourroit épouser femme qui ne fût
de famille d'un des conjurés ; et quant à l'élection,
voici ce qu'ils résolurent ; que celui dont le cheval au lever du soleil hennirait le premier sur l'esplanade, où ils
iroient chevaucher le matin, celui-là seroit roi. Or avoit
Darius, parmi ses domestiques, un palfrenier homme de
sens, lequel s'appeloit OEbarès. Finie la délibération,
comme ils se furent séparés, Darius dit à cet homme :
« OEbarès, pour élire un roi nous voulons faire ainsi.
Nous monterons à cheval. Celui dont le cheval hennira
le premier au lever du soleil aura la royauté. C'est à toi
maintenant si tu sais quelque secret, de le mettre en
usage pour faire que ce prix tombe à nous et non pas à
quelque autre en partage. » Le palfrenier répond : « S'il
ne tient qu'à cela , maître, que tu sois roi, aie bonne
espérance et t'en remets à moi. J'ai telle drogue au
moyen de laquelle nul autre que toi ne régnera. » Darius
repart : S'il est ainsi que tu possèdes tel secret, c'est le

temps ou jamais de l'employer. Car au point du jour se
fait l'épreuve qui doit décider entre nous. »

Cela entendu, OEbarès s'y prit en cette façon. La nuit
venue, il conduisit à l'esplanade une jument, celle
qu'aimoit davantage le cheval de Darius, l'ayant liée,
en fit approcher le cheval de Darius, par plusieurs fois
le fit aller et venir au long de cette cavale et même la
toucher en passant, puis enfin lui permit de saillir la
cavale. Or le jour commençant à poindre, voici venir les
six ainsi qu'il étoit convenu, montés sur leurs chevaux,
et eux traversant l'esplanade, comme ils furent vers cet
endroit où la nuit passée la cavale avoit été liée, là le
cheval de Darius se mit à courir et hennir. En même
temps on ouït tonner et se vit un éclair sans nuage, qui
fut à Darius une sorte d'inauguration et comme une voix
du ciel se déclarant pour lui. Les autres aussitôt sautant
à bas de leurs chevaux adorèrent Darius et l'appelèrent
roi.

Aucuns ainsi content l'invention que trouva OEbarès,
mais d'autres disent, et de fait la chose en deux façons se
raconte par les Perses, qu'il tint sa main cachée sous ses
bragues, l'ayant frottée d'abord aux parties de la cavale,
jusqu'à ce que le matin les chevaux allant partir, il sortit
cette main, la porta aux narines du cheval de Darius et
la lui fit sentir, lequel aussitôt se prit à souffler et
hennir.

Darius donc fils d'Hystaspès fut déclaré roi et tous les
peuples de l'Asie hors les Arabes lui obéirent, soumis

par Cyrus premièrement et par Cambyse après. Les
Arabes oncques n'obéirent aux Perses comme esclaves,
mais furent leurs hôtes depuis qu'ils eurent fait passer
en Egypte Cambyse ; jamais les Perses n'eussent sçu ,
malgré les Arabes , avoir entrée en Egypte.

Ses premières femmes Darius les prit étant roi chez
les Perses, deux filles de Cyrus, Atossa et Artystone ,
l'une Atossa mariée d'abord à Cambyse son frère , l'autre Artystone encore vierge. Il épousa aussi une fille de
Smerdis fils de Cyrus, appelée Parmys, aussi eut la fille
d'Otanès, celle-là qui reconnut le mage, et tout fut
plein de sa puissance. Il fit faire au commencement et
dresser un type de pierre, où pour figure il y avoit
une homme à cheval , et y fit engraver des lettres qui
disoient : Darius fils d'Hystaspès , par la vertu de son
cheval (disant le nom) et d'OEbarès son palfrenier ,
obtint la royauté des Perses.

Cela fait il établit en Perse vingt gouvernements que
là ils appellent Satrapies.....

FIN DU LIVRE VIII. – URANIE.

CXXXVII. De cet Alexandre étoit ayeul à la septième génération, Perdiceas qui devint tyran de Macédoine en la façon que je vais dire. Trois frères de la race de Temenos s'enfuirent d'Argos en Illyrie. Savoir Gavanès, OEsopus et Perdiceas, qui d'Illyrie étant passés jusque dans la haute Macédoine, vinrent en la ville de Lebœa, et là ils servoient chez le Roi comme domestiques à gages, un menant paître les chevaux, un autre les bœufs, le troisième et plus jeune Perdiceas gardoit le même bétail. Car jadis toutes seigneuries étoient pauvres de deniers, non pas le peuple seulement. La femme du Roi elle-même pétrissoit pour eux. Le pain de ce jeune garçon Perdiceas cuisant se doubloit en grosseur, et comme à chaque fois même chose arrivoit, elle en avertit son mari, auquel d'abord vint en pensée que ce pouvoit être un prodige signifiant grand cas à venir. Il appelle ses trois domestiques et leur commande de partir de sa terre au plus vite. Eux lui demandèrent leurs gages disant qu'ils s'en iroient et que c'étoit raison quand ils seroient payés. A ces mots de salaire et paiement, le Roi, comme le soleil entroit dans la maison par l'ouverture de la cheminée, leur dit, frappé de quelque Dieu, payez-vous de ceci, montrant le soleil à terre; car c'est tout ce que vous valez. Sur quoi les deux aînés OEsopus et Gavanès demeurèrent surpris entendant ce langage; mais le garçon qui d'aventure tenoit en sa main un couteau répondit : Roi nous acceptons le salaire que tu nous donnes, et avec son couteau cerna sur le plancher la place du soleil, puis dans son giron par trois fois puisant des rayons du soleil, partit de là lui et les siens.

CXXXVIII. Ainsi s'en alloient de compagnie les trois temenides, mais cependant quelqu'un des assesseurs du Roi l'avisa de ce qu'avoit fait au partir le jeune garçon, et que non sans cause il avoit accepté le payement; ce qu'entendant lui se courrouça et dépêcha après eux gens à cheval pour les tuer. Un fleuve est en cette contrée auquel sacrifient souvent ceux de cette race d'Argos. Quand les temenides l'eurent passé, l'eau tout à coup devint si haute que les cavaliers après ne la purent passer. Ainsi venus en une autre terre de la Macédoine, ils habitèrent près des jardins qu'on dit être ceux de Midas fils de Gordias. Là naissent d'elles-mêmes les roses ayant chacune soixante feuilles et sur toutes autres odorantes; là aussi fut pris le Silène au dire des Macédoniens, dans ces jardins au-dessus desquels est un mont nommé Bormius inaccessible par les neiges. Ce leur fut une espèce de fort, d'où sortant, ils couroient tout le pays et soumirent peu à peu toute la Macédoine.

CXXXIX. De Perdiceas donc descendoit Alexandre.
Ainsi fils d'Amyntas fut Alexandre, Amyntas d'Alcétas,
d'Alcétas fut père OEropus, de celui-ci Philippe et de
Philippe Argée, de celui-ci Perdiceas qui prit la tyrannie, et en cette sorte Alexandre étoit descendant d'A-
myntas.

CXL. Arrivé pour lors à Athènes de la part de Mardonius, il dit ces mots : Hommes d'Athènes, Mardonius
vous dit ainsi : nouvelle m'est venue du Roi disant, je
remets aux Athéniens toutes leurs fautes envers moi, toi
Mardonius, fais ceci. Rends d'abord à ces gens leur terre
et qu'ils en prennent une autre encore qu'ils voudront.
Désormais libres gouvernés par leurs seules lois, s'ils
consentent à faire un traité avec moi; et leurs temples
relève; rebâtis ce que j'ai brûlé. Ayant reçu tel ordre
du Roi, force m'est de l'exécuter à moins que vous n'y
résistiez. Mais de moi je vous dis ceci : qui vous mène et
quelle folie est-ce à vous de combattre le Roi? Vous ne
le sauriez jamais vaincre, et aussi n'êtes en pouvoir de
lui tenir tête long-temps, car vous savez le nombre im-
mense des troupeaux que conduit Xercès et ce qu'il a
fait jusqu'à ce jour, et sans doute n'ignorez pas quelle
force est ici avec moi. S'il arrivoit, ce que vous ne pouvez
raisonnablement espérer, que vous eussiez sur nous l'a-
vantage, si nous étions vaincus par vous, une autre armée
beaucoup plus forte vous attaqueroit aussitôt. N'allez
donc pas pensant vous égaler au Roi, perdre à coup sûr
votre pays et courir fortune de vos biens et de vos per-

sonnes ; mais plutôt faites la paix maintenant qu'il ne
tient qu'à vous de la faire bonne, le Roi lui-même vous
l'offrant, soyez libres et nos alliés sans fraude ni dol.
Voilà ce que Mardonius, Athéniens, m'a chargé de vous
dire : quant à moi particulièrement, du bien que je vous
ai voulu et veux toujours, je n'en dis mot, n'étant pas
chose nouvelle pour vous ; mais je vous en conjure, écoutez Mardonius. Car je ne vous vois point en état de long-
temps résister à Xercès, autrement je ne fusse pas venu
avec des telles propositions. Car aussi son pouvoir est
au-dessus de l'homme et son bras long outre mesure ;
que si vous ne faites avec lui votre appointement dès cette
heure, à telles et si belles conditions qu'on vous offre,
je crains pour vous, qui vous trouvez sur le chemin des
puissances en guerre et seuls pâtirez du conflit, habitant
un petit pays au milieu d'armées ennemies ; écoutez-le
donc et me croyez, et pensez quel heur ce vous est qu'à
vous seuls entre tous les Grecs, en vous remettant tous
vos méfaits, le grand Roi veuille bien encore être votre
ami. Voilà ce que dit Alexandre.

CXLI. D'autre part, ceux de Lacédémone, comme ils
entendirent qu'Alexandre venoit à Athènes pour s'entre-
mettre d'un accord avec le barbare, ayant souvenance de
l'oracle qu'eux et les autres Doriens devoient un jour être
chassés du Péloponèse par les Athéniens et les Mèdes, ap-
préhendoient fort que la Perse ne s'accordât avec Athènes
et pensèrent d'y envoyer des ambassadeurs, lesquels s'y
trouvèrent seulement avec Alexandre ; car ceux d'Athènes

usoient de remise , sachant bien que l'on apprendroit à Lacédémone la venue d'un homme envoyé pour traiter au nom du barbare , et que l'ayant appris on ne faudroit de leur dépêcher une ambassade. Ils faisoient cela exprès pour que Lacédémone connût leurs sentiments.

CXLII. Ainsi lorsque Alexandre eut cessé de parler, les envoyés de Sparte après lui se prirent à dire : nous venons ici de la part de Lacédémone pour vous prier de ne tenter nulle nouveauté dans la Grèce , ni prêter l'oreille au barbare, chose qui de soi seroit injuste, mal séante à tout le peuple grec , mais à vous surtout, Athéniens. Vous avez les premiers suscité cette guerre que nous ne voulions point quant à nous et la querelle fut d'abord de vos seuls intérêts, devenus maintenant communs à toute la Grèce. De plus , les Athéniens être cause de servitude aux Grecs , cela ne se peut , ayant accoutumé jadis et de tout temps d'ôter les peuples d'esclavage. Bien est-il que nous vous plaignons d'avoir perdu déjà deux récoltes de vos champs et long-temps souffert le pillage et la ruine de vos maisons , en raison de quoi Lacédémone et les alliés s'offrent de nourrir, tant que pourra durer la guerre , vos femmes et tous vos gens hors d'état de combattre , et ne vous laissez abuser par Alexandre de Macédoine qui vous vient leurrer du propos de Mardonius. Car c'est affaire à lui vraiment de favoriser la tyrannie parce qu'il est tyran lui-même ; mais non à vous, pour peu que vous ayez du bon sens, vous souvenant qu'en tels barbares, il n'y a ni foi ni vérité.

CXLIII. Ainsi parlèrent les députés de Lacédémone, et les Athéniens répondirent à Mardonius de cette sorte : nous savons bien que la Perse a plus de puissance que nous ; ce n'étoit pas la peine d'en faire ici tant de pompe ; et si ne laisserons-nous pas pour l'amour de la liberté de le combattre et repousser de toutes nos forces ; ne parlez donc plus d'accommodement, car nous n'en voulons faire aucun avec le barbare, mais reporte à Mardonius ce que disent les Athéniens. Tant qu'on verra le soleil aller par le même chemin qu'il tient, jamais nous ne serons d'accord avec Xercès ; mais nous marcherons contre lui avec les Dieux et les héros, desquels n'ayant nulle révérence, il a brûlé les demeures et les saintes images. Quand est de toi Alexandre ne te présente plus devant les Athéniens avec de telles propositions, et ne viens point sous faux semblant de bon office, conseiller des actes impies, car il nous fâcheroit de te faire déplaisir, étant comme tu es notre hôte et notre ami.

CXLIV. Telle fut au discours d'Alexandre la réponse des Athéniens ; aux députés de Sparte ils dirent : qu'à Lacédémone on ait craint notre union avec le barbare cela se pouvoit humainement ; mais que vous, témoins et instruits par vous mêmes de notre conduite, ayez quelque doute, c'est grande honte puisqu'il n'est richesse ni or ni terre, tant fut-elle excellente dont l'offre nous peut engager à seconder le Mède à asservir la Grèce. Beaucoup et de puissantes raisons nous en empêcheroient quand nous le voudrions. Mais surtout le pillage, l'incen-

die des demeures et images de nos Dieux qu'il nous convient venger plutôt que nous allier aux auteurs de tels
méfaits ; puis le nom de Grecs et la nation d'un sang et
d'un même langage , ayant temples communs et même
sacrifices , mœurs et façons de vivre pareilles. Voilà ce
que les Athéniens ne peuvent trahir sans être infâmes.
Sachez donc, s'il faut vous l'apprendre, que tant qu'il
restera au monde un Athénien , jamais nous ne serons
d'accord avec Xercès , nous prenons en gré toutefois
votre bienveillance envers nous , qui vous fait compa-
tir à ce que nous souffrons et offrir le vivre à nos gens ,
dont nous ne vous sommes pas moins tenus, mais nous
tâcherons d'y pourvoir sans vous gêner en nulle sorte ;
pour l'heure présente vous n'avez qu'à mettre votre
armée aux champs et vous hâter, car l'ennemi apparemment ne tardera guères à entrer dans notre pays dès
qu'il aura nouvelle que nous ne faisons rien de ce qu'il
nous demande. C'est pourquoi avant qu'il ait pu pénétrer
jusque dans l'Attique , il faut aller combattre en Béotie.

LIVRE NEUVIÈME. – CALLIOPE.

———

I. Eux sur cette réponse revinrent à Lacédémone et de sa part Mardonius, comme il eut appris d'Alexandre ce qu'avoient dit les Athéniens, partant de Thessalie conduisit en grande hâte son armée contre Athènes, et à mesure qu'il avançoit emmenoit les gens avec soi. Les chefs de la Thessalie bien loin d'avoir regret à leur conduite passée aidoient plus que jamais aux Perses. Thorax de Larisse avoit convoyé Xercès dans sa fuite et lors tout favorisoit ouvertement Mardonius allant contre la Grèce, lequel fit tant qu'il amena l'armée jusque en Béotie ou ceux de Thèbes l'arrêtèrent, disant qu'il n'y avoit nul endroit plus propre pour asseoir un camp, et si, le conseilloient de n'aller pas plus loin, mais de demeurer là où sans livrer bataille ils seroient maîtres de la Grèce; car à force ouverte, pour peu que les Grecs fussent d'accord entr'eux, comme on avoit vu dernièrement, il étoit mal aisé de les vaincre même à toutes les armées du monde. Si tu nous en crois, disoient-ils, sans nulle peine tu rompras leur union et leurs desseins. Donnes aux hommes qui ont du pouvoir dans les villes de l'argent, et dominant tu divises la Grèce. Aidé de ceux qui seront à toi tu viendras à bout de tous les autres.

II. Voilà comme ils le conseilloient, mais lui ne les voulut pas croire ayant désir insçu dans l'ame de prendre une seconde fois Athènes, aussi par excès d'insolence, et encore parce qu'il pensoit au moyen de flambeaux allumés dans les Isles faire savoir au roi jusques à Sardes que Athènes étoit en son pouvoir, il ne trouva point toutefois dans l'Attique les Athéniens ; mais en arrivant il apprit que la plupart étoient dans l'île de Salamine, ou bien sur leurs vaisseaux, il prend donc la cité déserte. De la première prise du roi à celle de Mardonius, il s'écoula dix mois.

III. Étant à Athènes Mardonius dépêcha en Salamine Moirychidès Hellespontin avec les mêmes propositions qu'Alexandre de Macédoine avoit transmises aux Athéniens ; il envoya cette seconde ambassade aux Athéniens malgré leur procédé envers lui peu aimable, pensant qu'ils auroient relâché de leur fierté depuis que l'Attique étoit prise et tout le pays occupé.

IV. Voilà pourquoi il dépêchoit en Salamine Moirychidès, lequel admis devant le sénat dit ce qu'il avoit charge de dire. Lycidas, un des sénateurs, opina qu'il falloit pour le mieux, recevoir ces propositions de Mardonius et en faire rapport au peuple. Il ouvrit cet avis, soit qu'en secret il eût reçu quelque argent de Mardonius, ou que ce fût son sentiment : dont les Athéniens courroucés, tant ceux du sénat que du dehors, aussitôt qu'ils

3.   22

le sçavent, entourant Lycidas le tuèrent à coups de pierres ; Moirychidès Hellespontin ils le renvoyèrent sans aucun mal. Dans le tumulte survenu à cette occasion en Salamine, les femmes d'Athènes lorsqu'elles apprirent ce qui s'étoit passé, s'ameutant de femmes à femmes, s'excitant l'une l'autre, vont à la demeure de Lycidas, lapident sa femme et ses enfants.

V. Or voici comme ceux d'Athènes s'en allèrent en Salamine. Tant qu'ils espérèrent que l'armée du Péloponèse viendroit à leur secours ils restèrent dans l'Attique ; mais voyant qu'on tardoit et entendant que lui qui marchoit en grande hâte étoit en Béotie déjà, ils se résolurent de partir avec toutes leurs bagues et biens et passèrent en Salamine. En même temps ils envoyèrent en Lacédémone pour d'une part se plaindre aux Lacédémoniens de ce qu'ils laissoient le barbare entrer dans l'Attique au lieu de venir avec eux à sa rencontre en Béotie, et pour d'autre part leur rappeler tout ce qu'eux Athéniens avoient refusé du Perse voulant les attirer à soi ; que si on ne les aidoit en rien ils pourvoieroient comment que ce fût à leur sûreté.

VI. Lacédémone étoit en fête, car ils célébroient en ce temps les Hyacinthies et avoient à cœur de remplir les rites du Dieu. D'ailleurs leur muraille dans l'Isthme s'achevoit et déjà on en étoit aux créneaux. Arrivés à Lacédémone les députés d'Athènes amenant avec eux d'autres ambassadeurs de Megare ou de Platée, parlèrent aux Éphores en cette sorte : les Athéniens nous ont envoyés pour vous dire qu'aujourd'hui le roi des Mèdes nous rend notre pays et de plus il veut faire alliance avec nous de pair à pair sans dol ni fraude , et nous veut encore donner avec notre pays tel autre que nous choisirons. Mais nous qui portons révérence à Jupiter Hellénien , abhorrant de trahir la Grèce , nous ne traitons pas avec lui ; nous l'avons refusé de tout bien que trahis nous mêmes et mal voulus des Grecs. N'ignorant pas combien vaut mieux être ami qu'ennemi du Perse , nous ne ferons pourtant avec lui nul accord de notre gré : ainsi est toute notre conduite envers la Grèce, remplie de foi et de loyauté. Vous qui alors eûtes tant de peur de nous voir alliés du Perse, depuis sçachant nos sentiments, et que jamais par nous, ne seroit la Grèce trahie, voyant s'élever votre mur au travers de l'Isthme , dès lors vous n'avez plus tenu compte des Athéniens , après avoir promis de marcher avec nous au devant du Perse en Béotie , vous nous avez trahis et laissez entrer le barbare jusque dans l'Attique. A présent donc les Athéniens sont courroucés envers vous qui n'avez pas fait votre devoir , et nous ont chargés de vous dire d'envoyer au plus tôt avec nous une armée pour qu'on puisse recevoir le barbare dans l'Attique. Car ayant failli à le joindre en Béotie , maintenant c'est la plaine de Thria qui convient pour livrer bataille dans notre pays.

VII. Les Ephores , ce discours entendu , remirent au lendemain leur réponse, et du lendemain au jour d'après , et dix jours durant continuèrent à remettre d'un jour à l'autre, et cependant fortifioient l'Isthme en très grande sollicitude, eux et tous les Péloponésiens. L'ouvrage approchoit de sa fin. La raison pourquoi au voyage que fit Alexandre à Athènes ils appréhendèrent l'union des Athéniens avec le Mède et alors ne s'en souçioient plus, je n'en puis rien dire, si non que l'Isthme étant muré ils pensoient n'avoir plus que faire des Athéniens ; mais à a venue d'Alexandre le mur n'étoit pas encore fini. On y travailloit sans relâche, par la crainte qu'on avoit des Perses.

VIII. Enfin de la réponse et du secours qu'envoya Sparte le fait fut tel : la veille de la dernière audience Chiléos homme de Tegée, le plus puissant des étrangers à Lacédémone, apprit d'un des Ephores le discours et la demande des Athéniens, ce qu'entendant Chiléos dit : Puisqu'ainsi est, hommes Ephores, qu'ayant contre nous ceux d'Athènes alliés avec le barbare, de quelque mur que nous puissions clore le passage de l'Isthme, il restera toujours au Perse assez de portes pour entrer dans le Péloponèse, écoutez-les donc, qu'ils ne prennent quelque résolution au dommage et ruine de la Grèce.

IX. Voilà le conseil qu'il leur donnoit, et eux trouvant sa raison bonne, sans en dire un seul mot aux envoyés des villes, font partir nuitamment des Spartiates cinq mille auxquels ayant reglé sept îlotes par homme, ils donnent le tout à conduire à Pausanias fils de Cléombrote. Ce commandement eût regardé Plistarque fils de Léonidas, mais lui, étoit encore enfant, l'autre son

tuteur et cousin : Car le père de Pausanias Cléombrote
n'étoit plus en vie : ayant ramené de l'Isthme l'armée qui
construisoit le mur, il vécut encore après cela quelque
peu de temps et mourut. Quand il ramena l'armée de
l'Isthme ce fut pour une telle raison : comme il sacrifioit
au sujet de la guerre contre le Perse, le soleil au ciel
s'obscurcit. Pausanias nommé, s'adjoint Euryanax fils
de Doriée de la même maison que lui.

X. Ainsi partirent les troupes de Sparte sous la conduite de Pausanias, et les ambassadeurs aussitôt qu'il fit
jour, ne sçachant rien de ce départ, allèrent devant les
Ephores, ayant en pensée ce jour-là de retourner chacun chez soi, et devant les Ephores dirent : Vous Lacédémoniens ici, passez le temps joyeusement à fêter les
Hyacinthies, trahissant la cause commune. Les Athéniens mal contents de vous, faute de secours et alliés,
s'en vont traiter comme ils pourront avec le Perse. Le
traité fait, alliés du roi nous serons tenus de marcher où
l'on nous mènera et vous alors connoîtrez ce qui vous doit
advenir. Les Ephores pour toute réponse affirmèrent avec
serment qu'ils pensoient que leurs gens dussent être à
Orestoion, allant contre les étrangers. Étrangers étoit le
nom qu'ils donnoient au barbare. Ne sçachant rien les
ambassadeurs demandèrent que vouloit dire, et lors apprirent le fait comme il étoit allé. Remplis d'étonne-
ment ils se mettent en chemin aussitôt ; tout après et
avec eux partirent encore cinq mille Hoplites ou pesam-
ment armés, gens choisis des entours de Lacédémone.

Ainsi marchoient ceux-là vers l'Isthme en grande hâte.

XI. Cependant les Argiens, dès qu'ils eurent nouvelle du départ de ces gens avec Pausanias, aussitôt dépêchèrent en Attique un héraut, le meilleur coureur qu'ils purent trouver, ayant auparavant promis à Mardonius qu'ils arrêteroient le Spartiate et l'empêcheroient de sortir. Arrivé qu'il fut à Athènes, ce héraut dit : Les Argiens m'envoyent pour te faire sçavoir, Mardonius, que la jeunesse de Lacédémone est en marche et que les Argiens n'ont pu l'empêcher de sortir. Avise là-dessus pour le mieux. Cela dit il s'en retourna.

XII. Mardonius perdit toute envie de demeurer dans l'Attique, lorsqu'il eut entendu cela. Auparavant il séjournoit, attendant de voir le parti que prendroient les Athéniens, et ne faisant mal ni dommage aux terres de l'Attique, dans l'espoir qu'ils se résoudroient enfin de traiter avec lui ; mais voyant qu'il ne gagnoit rien et ayant vu toute l'affaire avant que les troupes de Pausanias pussent être arrivées à l'Isthme, il s'en alla après avoir brûlé Athènes et renversé tout ce qui restoit debout des murs de la ville et des édifices sacrés ou particuliers : le motif qui le fit partir fut que l'Attique n'étoit pas un pays de cavalerie. Venant à perdre la bataille, nul moyen pour lui de se retirer, à moins que ce ne fût par des gorges où peu d'hommes pouvoient l'arrêter ; il pensoit, reculant vers Thèbes, combattre sous une ville amie et dans un pays favorable à la cavalerie.

XIII. Mardonius donc se retiroit : chemin faisant, il eut avis par ses coureurs, qu'une autre troupe venoit à Mégare, de mille Lacédémoniens. Ce qu'ayant appris, il songea s'il ne devoit point commencer par prendre ceux-là, et rebroussant chemin, fit marcher sur Mégare. Sa cavalerie en avant courut la Mégaride entière et ce fut là tout le plus loin où arriva l'armée persanne, vers le soleil couchant d'Europe.

XIV. Après cela, nouvelle vint à Mardonius que les Grecs s'assembloient à l'Isthme : il revint donc à Décélée, car les Béotarques avoient mandé les voisins des OEsopiens pour lui servir de guide, lesquels le menèrent à Sphendalée d'abord, puis à Tanagre. Ayant cette nuit-là gité à Tanagre et pris son chemin le jour d'après du côté de Scoles, il étoit en terre thébaine; et encore que ceux de Thèbes tinssent le parti des Mèdes, il ne laissa pas néantmoins de gâter la campagne, non par courroux qu'il eut contre eux, mais pour la grande nécessité en laquelle il se trouvoit de fortifier son camp et se préparer un lieu sûr en cas que la bataille lui succédât contraire à ce qu'il espéroit. Ce camp qui commençoit d'Erythra, continuoit au long de Hysies et s'étendoit suivant le bord du fleuve OEsopus sur le territoire de Platée, non que le rempart toutefois fût de cette longueur, mais chaque front pouvoit avoir quelques dix stades environ. Étant les barbares embesognés après cet ouvrage, Attagénies, homme de Thèbes, fils de Phrynon, ayant préparé un banquet, y invita en qualité d'hôte Mardonius et cinquante autres des principaux Perses, lesquels invités s'y rendirent. Le repas se faisoit à Thèbes.

XV. Ce que j'en vais dire, je le tiens de Thersandre orchoménien. Thersandre me dit avoir été invité par Attagénies à ce repas, lui et cinquante hommes de Thèbes; qu'ils n'y eurent point de lits à part, mais sur chaque lit y avoit un Thébain avec un Persan; qu'après le repas, comme on buvoit, le Persan couché près de lui, parlant grec, lui demanda quel étoit son pays, auquel il répondit qu'il étoit d'Orchomène, et l'autre alors se prit à dire : étant avec toi à même table et même libation, je te veux laisser en mémoire une marque de mes sentiments, afin que prévenu d'avance, tu puisses aviser ce qui t'est le plus expédient. Vois-tu tous ces Perses à table et ces troupes que nous avons laissées là au bord du fleuve; eh bien, de tant d'hommes dans peu tu en verras peu de vivants. Tenant ce discours, le Perse pleuroit outre mesure. Sur quoi lui étonné répond : Seroit-ce point bien fait de dire ceci à Mardonius et aux grands qui sont avec lui. L'autre à ces mots repart : Notre hôte, ce qui doit avenir de par Dieu, homme ne le peut détourner; car aux avis les plus fidèles et les plus croyables nul ne croit. Nous sommes un bon nombre entre les Perses qui voyons les choses au vrai, et suivons entraînés par la nécessité; si est-ce affreuse peine à l'homme d'avoir grand sens et nul pouvoir. Voilà ce que j'ouis de Thersandre orchoménien, et ceci encore que dans le temps il fit à plusieurs ce récit avant la bataille de Platée.

XVI. Mardonius étant campé dans la Béotie, ceux des Grecs de ces contrées qui tenoient son parti lui donnèrent leurs troupes et le suivirent contre Athènes, hormis les Phocéens qui seuls ne le suivirent pas. Grands partisans des Mèdes pourtant, mais par force, non par volonté. Quelques jours après l'arrivée de l'armée à Thèbes, vinrent mille hoplites Phocéens; Harmocyde les conduisoit, illustre entre ses citoyens. Eux étant arrivés à Thèbes, Mardonius leur commanda de se tenir à part dans la plaine, ce qu'ils firent; et aussitôt vint toute la cavalerie. Ensuite un bruit se répandit dans l'armée grecque des Mèdes que la cavalerie alloit darder ces Phocéens, et parmi eux aussi ce même bruit courut. Ce fut alors que leur chef Harmocyde les harangua disant ainsi : O Phocéens, car vous voyez qu'on va nous livrer à la mort, calomniés comme je crois par les Thessaliens, à cette heure il nous faut faire preuve de courage; car il vaut mieux mourir en défendant sa vie jusqu'à l'extrémité, que de nous laisser ainsi lâchement massacrer. Qu'ils sçachent, quelques-uns du moins, qu'ils ne sont que barbares assassinant des Grecs en traîtres et perfides.

XVII. Voilà comme il les exhortoit. La cavalerie les entourant chargea sur eux comme pour les tuer, l'arc tendu comme pour tirer, et possible même aucuns tirèrent. Eux font face de tout côté se ramassant et serrant les uns contre les autres; et la cavalerie tournant bride, revint en arrière. Je ne saurois bonnement dire si ces gens vouloient en effet tuer les Phocéens à la prière des

Thessaliens, et les voyant prêts à se défendre, crainte des coups, retournèrent en arrière suivant l'ordre de Mardonius ; ou s'il avoit dessein d'éprouver leur courage. Mais la cavalerie étant retournée en arrière, Mardonius par un héraut qu'il envoya leur dit ces mots : ne craignez point, ô Phocéens, vous vous êtes montrés gens de cœur et non tels que l'on m'avoit dit. Faites bravement cette guerre, vous ne nous vaincrez en bienfaits ni moi ni le roi. Voilà ce qui avint du fait des Phocéens.

Le reste manque.

DU COMMANDEMENT

DE LA CAVALERIE,

ET DE L'ÉQUITATION :

DEUX LIVRES DE XÉNOPHON,

TRADUITS PAR UN OFFICIER D'ARTILLERIE A CHEVAL.

A MONSIEUR

DE SAINTE-CROIX.

———

Je vous présente ici, Monsieur, un travail dont vous avez approuvé l'idée. Je souhaite qu'il se trouve dans l'exécution quelque chose qui vous satisfasse et qui vous paraisse mériter l'attention des gens instruits. En traduisant pour vous l'offrir ce que Xénophon a écrit sur la cavalerie, j'ai suivi d'abord le dessein que j'eus toujours de vous plaire, et j'ai cru faire en même temps une chose agréable à tous ceux qui s'occupent ou s'amusent de ces antiquités.

Vous n'aviez pas besoin sans doute qu'on vous traduisît Xénophon; mais vous aviez besoin d'un texte plus correct que celui des livres imprimés, et c'est là vraiment le présent que je vous ai destiné. J'ai vu et comparé moi-même la plupart des manuscrits de France et d'Italie, ou ayant trouvé beaucoup de vieilles leçons inconnues aux premiers éditeurs de Xénophon, j'ai remis à leur place dans le texte celles qui s'y sont pu ajuster exactement, sans aucune correction moderne, laissant aux critiques l'examen de toutes les autres, ou douteuses ou corrompues, que j'ai placées au bas des pages, et je pense ainsi vous donner ce texte aussi entier que nous saurions l'avoir aujourd'hui, c'est-à-dire, fort mutilé, comme tous les monuments antiques, mais non refait, ni restauré, ou retouché le moins du monde, tel en un mot que nous l'ont transmis les siècles passés.

Ma traduction toutefois pourra être utile à ceux même qui liront ces livres en Grec; car il y a dans de tels écrits beaucoup de choses qu'un soldat peut expliquer aux savants. J'ai cherché à la rendre exacte. J'aurais voulu qu'on y trouvât tout ce qui est dans Xénophon, et non moins le sens de ses paroles que le sentiment, s'il faut ainsi dire. Ne pouvant atteindre ce but, qui serait au vrai la perfection d'un pareil travail, j'en ai approché du moins autant qu'il était en moi, et même plus heureusement que je ne l'eusse imaginé en quelques endroits, où vous ne trouverez guère à dire qu'une certaine naïveté propre à cet auteur, charmante et d'un prix infini, mais difficile à conserver dans quelque version que ce soit. Sur ce point ceux qui l'ont voulu imiter en sa langue même, selon moi, y ont mal réussi. Je n'avais garde d'y prétendre; mais imputant à bonne fortune tout ce que j'ai pu rencontrer dans notre Français d'expressions qui représentaient assez bien le Grec de mon auteur, partout où je me suis aperçu que le trait simple et gracieux du pinceau de Xénophon ne se laissait point copier, j'y ai renoncé d'abord et me suis borné à rendre de mon mieux, non sa phrase, mais sa pensée.

J'aurais fort grossi mes remarques, si sur chaque passage j'eusse voulu noter toutes les erreurs des critiques et des interprètes. Car il n'y a pas une ligne de ces deux traités qui ne se trouve quelque part mal écrite ou mal expliquée. Mais on instruit bien peu, ce me semble, le lecteur, en lui apprenant qu'un homme s'est trompé. Ces fautes que j'ai connues, sans les marquer, m'ont obligé de donner en beaucoup d'endroits les preuves, autrement superflues, de mon interprétation. C'est ce qui a produit les notes sur le texte. Celles qui accompagnent la version sont le fruit de quelques observations que le hasard m'a mis à portée de faire. Vous trouverez dans tout cela peu de lecture, nulle érudition, mais vous n'en serez pas surpris et vous n'attendez pas de moi de ces recherches qui demandent du temps et des livres.

Quant à l'utilité réelle de ces ouvrages de Xénophon relativement à l'art dont ils traitent, je ne sais ce que vous en penserez. Bien des gens croient qu'au-

cun art ne s'apprend dans les livres, et les livres, à
dire vrai, n'instruisent guères que ceux qui savent
déjà. Ceux-là, lorsqu'il s'en trouve, pour qui l'art
ne se borne pas à un exercice machinal des pratiques
en usage, peuvent tirer quelque fruit des observations recueillies en temps et lieux différents ; et les
plus anciennes parmi ces observations sont toujours
précieuses, soit qu'elles contrarient ou confirment
les maximes reçues, étant pour ainsi dire le type des
premières idées dégagées de beaucoup de préjugés.
Voilà par où ces livres-ci doivent intéresser. Ce sont
presque les premiers qu'on ait écrit sur cette matière.
Des préceptes qu'ils contiennent, les uns subsistent
aujourd'hui, d'autres sont contestés, d'autres oubliés, ou même condamnés chez nous ; mais il n'en
est point qu'on ne voie encore suivi quelque part,
comme je l'ai marqué dans mes notes ; et je m'assure que si on vouloit comparer soigneusement à ce
qui se lit dans Xénophon, non seulement nos usages actuels, mais les pratiques connues des peuples
les plus adonnés aux exercices de la cavalerie, on
y trouverait mille rapports dont je n'ai pu m'aviser,
et tous curieux à observer, ne fût-ce que comme matière à réflexions.

Portici, le 1er Décembre 1807.

DU COMMANDEMENT

DE LA CAVALERIE.

AVANT tout il (1) faut sacrifier, et prier les Dieux que I.
tu puisses penser, parler, agir dans ton commandement,
de manière à leur plaire, ayant pour but le bien et la
gloire de l'État et de tes amis. Ce devoir rempli, tu son- 2.
geras à recruter des cavaliers, afin de completter le nombre fixé par la loi, et de ne pas laisser diminuer le corps

(1) Ces sortes de débuts tronqués, ou *acéphales*, comme on les nommait, plaisent à Xénophon. Socrate, dans le *Phædrus*, les approuve,
parlant d'un discours de Lysias : *Pour moi*, dit-il, *qui n'y entends pas
autrement finesse, je lui sais bon gré d'avoir écrit ce qui lui est venu
d'abord à l'esprit, sans tant de préparation.* Platon, qui feint de se
moquer de cette méthode, en use plus que nul autre, et à bon droit
dans ces narrations familières, où il entreprend de raconter une con-
versation. Mais l'ouvrage même le plus noble, et le plus achevé de
Xénophon, la Retraite des Dix Mille, commence ainsi : *De Darius et de
Parysatis deux enfants naissent...*, comme s'il continuait un récit ; ce
que plusieurs ensuite imitèrent ; car ce début était célèbre, aussi bien
que celui du Banquet : *Mais quant à moi, il me semble...*
Dans ce discours-ci, Xénophon s'adresse à quelqu'un qui venait

1. existant, ce qui arriveroit nécessairement, si l'on n'y remédioit, les uns se trouvant, par leur âge, hors d'état

3. de servir; les autres, par quelqu'autre cause. Le corps étant complet, il faudra s'occuper de la nourriture des chevaux, qui doit être telle qu'il convient pour les mettre en état de supporter de grands travaux; car s'ils ne sont préparés à toutes sortes de fatigues, ils ne sçauroient ni poursuivre ni s'échapper au besoin. Il faudra faire en sorte aussi que les chevaux soient sages et faciles à conduire:

4. un cheval indocile n'aide qu'à l'ennemi, et tous ceux qui ruent sous l'homme ou donnent des coups de pied, doivent être renvoyés, rien n'étant plus embarrassant ni plus dangereux à la guerre. On aura soin encore de rendre leurs pieds tels qu'ils marchent franchement sur le sol le plus âpre, attendu que là où ils souffrent en trot-

5. tant ou galopant, leur service est nul. Les chevaux étant ce qu'ils doivent être, il convient d'exercer les hommes, d'abord à sauter sur leurs chevaux (ce qui en mainte rencontre en a sauvé plus d'un), puis à se tenir fermes, quel que soit le terrain, uni ou montueux; car la guerre se

6. fait en tous lieux et toute nature de pays (1). Quand ils

---

d'être nommé commandant de la cavalerie, et qui apparemment n'est autre que ce même jeune homme qu'il introduit ailleurs, s'entretenant avec Socrate des devoirs de cette charge. Voyez *Mémoires de Socrate*, 3, 3, 6.

(1) Xénophon blâme ici les manéges de son temps, qui étaient des allées sablées, et veut qu'on aille s'exercer en pleine campagne, hors des chemins battus, comme il dit ailleurs, sautant les haies, les fossés,

auront assez d'assiette, on en instruira le plus qu'on I.
pourra à lancer le dard à cheval, et à tout ce que doit
sçavoir le cavalier. Après cela il faut armer hommes et
chevaux de la manière qui, les exposant le moins, les
mette le plus en état de frapper l'ennemi. Puis, on fera 7.
en sorte que la troupe soit obéissante, sans quoi il n'est
ni bons chevaux, ni belles armes, ni fermeté d'assiette
qui servent. Il conviendroit assez que le commandant
lui-même veillât à tout cela, pour que chaque chose se
fît dans l'ordre. Mais, puisque la République, jugeant 8.
difficile au commandant seul de tout surveiller, nomme
des capitaines pour le seconder et enjoint au Sénat de
s'occuper aussi de tout ce qui concerne la cavalerie, je
pense qu'il sera bon de tâcher que les capitaines unissent
leur zèle au tien pour la gloire et l'honneur du corps, et
d'avoir dans le Sénat même de bons orateurs qui tiennent
tes hommes dans la crainte (car ils n'en vaudront que
mieux), ou qui adoucissent le Sénat s'il sévissoit mal à
propos. Ce sont là les points principaux où doit se porter
ton attention. Par quels moyens tu pourras le mieux 9.
remplir chaque objet, c'est ce que je vais tâcher d'expliquer.

et franchissant tous les obstacles. Dans les Mémoires de Socrate, ce
philosophe parle ainsi à un jeune commandant de cavalerie : *Dis-moi,
quand il faudra combattre, feras-tu venir l'ennemi sur un sable
bien uni comme celui de vos manéges ? ou plutôt ne vaudroit-il pas
mieux prendre pour s'exercer un terrain pareil à ceux sur lesquels on
se bat ?*

I. Pour mettre le corps au complet, on prendra, selon la loi, les jeunes gens les plus riches et les mieux faits, qu'on enrôlera, soit par la voie de la justice en les citant

10. au tribunal, soit par la persuasion. Il faut, je crois, traduire en justice ceux qu'on ne sauroit ménager sans donner à penser qu'on y a quelque intérêt, et si tu commences par contraindre les jeunes gens des premières familles, les autres n'auront rien à dire. Il y en a, si je ne me trompe, qu'on engageroit aisément dans la cavalerie, en leur vantant les avantages et le brillant de ce

11. service. On trouveroit aussi moins de résistance de la part de ceux qui ont de l'autorité sur eux, si on leur faisoit entendre que ces jeunes gens, à cause de leur fortune,

12. seront forcés, tôt ou tard, si ce n'est par toi, par un autre, de satisfaire à la loi; mais que s'ils servent sous toi, tu sauras les empêcher de donner dans les folies du luxe des chevaux, et auras soin de leur instruction, de manière à ce qu'ils deviennent promptement bons écuyers. Leur ayant fait cette promesse, il faudra tenir parole.

13. Pour conserver les cavaliers existants, le Sénat n'auroit qu'à décréter, ce me semble, que quiconque manqueroit au service, serviroit le double de temps; et en décrétant que tout cheval hors d'état de suivre seroit réformé, on les rendroit plus attentifs à bien nourrir et entretenir

14. leurs chevaux. Il me paroît également à propos de déclarer que les chevaux trop fringants seront réformés. Cette menace décidera ceux qui en ont de tels à les vendre et à se monter plus raisonnablement. Il est bon de déclarer

encore qu'on réformera pareillement les chevaux sujets 1.
à ruer dans les exercices et à donner des coups de pied;
car il n'est pas possible de les mettre dans le rang; mais
de nécessité ceux-là, quand on marche à l'ennemi, vont
seuls à la queue des autres, et ainsi le vice du cheval rend
l'homme inutile. Pour faire au cheval un bon pied, si 16.
quelqu'un sçait un moyen et plus facile et plus simple,
qu'il s'en serve; sinon, d'après mon expérience, je dis
qu'il faut ramasser des cailloux du chemin, du poids
d'une mine, plus ou moins, les répandre, et placer dessus le cheval (1), soit pour l'étriller, soit quand on l'ôtera
de la mangeoire, en sorte que son pied ne cesse jamais
de battre la pierre, lorsqu'on le panse ou qu'il se sent
piqué des mouches. Quiconque en aura fait l'épreuve
m'en croira sur cela et sur tout le reste, et verra bientôt
des pieds ronds à ses chevaux.

Les chevaux étant tels qu'il convient, je vais dire main- 17.
tenant comment on formera les hommes. Quant à sauter
sur leurs chevaux, comme doivent faire les jeunes gens,
nous serions d'avis qu'ils l'apprissent eux-mêmes; toutefois en leur donnant un maître, tu ne pourras qu'être
approuvé. Tu feras une chose utile et agréable aux plus
âgés, si tu établis l'usage que les autres les aident à monter à la manière des Perses (2). Pour leur donner à tous 18.
l'assiette nécessaire dans quelque terrain que ce soit,
leur faire souvent prendre les armes, seroit peut-être em-

(1) Voyez *De l'Équitation*, IV, 4.
(2) Voyez *De l'Équitation*, VI, 12.

18. barrassant ; il faudra les assembler, les engager à s'exercer, lorsqu'ils vont à la campagne ou ailleurs, en quittant
les routes battues, et trottant ou galoppant dans toute
sorte de terrains : cela sert presque autant que de pren-
19. dre les armes, et donne moins d'embarras. Il ne sera pas
mal non plus de leur rappeler que la République dépense
près de quarante talens par an, pour avoir toujours un
corps de cavalerie prêt au besoin. Cette réflexion doit les
exciter à s'appliquer aux exercices, pour ne pas se trouver, en cas de guerre, novices, ne sachant défendre ni la
20. patrie ni eux-mêmes. Il est encore bon de les prévenir
que tu leur feras prendre les armes, que tu les conduiras
toi-même partout à travers la campagne ; et pour les
exercer aux charges simulées qui se font en parade aux
fêtes, il faudra les mener chaque fois en différents lieux
et terrains, chose utile également aux hommes et aux
21. chevaux. Pour avoir le plus qu'il se pourra d'hommes
qui sçachent lancer le dard à cheval, le mieux sera, je
crois, de prévenir les capitaines qu'aux manœuvres publiques où on lance le dard, ils chargeront à la tête des
Dardiers de leur compagnie : ils se piqueront probable-
22. ment d'en former le plus qu'il leur sera possible. Quant
à l'armement, il me semble que les capitaines contribue-
roient beaucoup à le rendre bel et bon, si chacun d'eux
pouvoit se convaincre qu'il brillera bien plus aux yeux
de la République par la beauté de sa compagnie que par
23. son propre équipage. Tout cela, sans doute, se peut dire
et persuader à des gens qui n'ont recherché de tels em-

plois que pour la gloire et l'honneur. Ils ont d'ailleurs I.
les moyens d'armer leurs hommes au nombre et de la
manière prescrite par la loi, sans rien dépenser eux-
mêmes, en les forçant de s'équiper sur leur solde, suivant la loi.

Pour rendre une troupe obéissante, le premier point, 24.
c'est de lui montrer par le raisonnement le bien qui ré-
sulte de la discipline; le second, c'est de faire que ceux
qui l'observent jouissent, suivant la loi, de tous les avantages dont les autres seront privés. Un puissant motif 25.
pour les capitaines de paroître convenablement à la tête
de leur compagnie, ce seroit de voir tes coureurs (1) bien
armés, bien équipés, obligés par toi de s'exercer à lancer
le dard, et de te voir toi-même, en leur recommandant
cet exercice, t'y montrer toujours à leur tête un des plus
habiles. Si l'on pouvoit proposer des prix (2) aux compa- 26.
gnies pour tous les exercices et toutes les manœuvres qui
s'exécutent aux fêtes publiques, cela seul exciteroit assez
l'émulation des Athéniens. On en peut juger par ce qui

(1) Sorte de compagnie d'élite composée d'archers à cheval, qui
précédaient partout le commandant de la cavalerie, et formaient sa
garde.

(2) « Agésilas ayant assemblé son armée à Éphèse, avant d'entrer en
» campagne, voulut exercer ses troupes. Il proposa des prix aux diffé-
» rents corps d'infanterie et de cavalerie : dès-lors on ne vit plus par-
» tout, et dans les gymnases et dans l'hippodrome, que gens qui
» s'exerçoient aux manœuvres à pied et à cheval. »

XÉNOPHON, *Hist.* 5, 4.

1. se fait pour les chœurs, où des prix de peu de valeur engagent à des dépenses et des peines infinies ; mais il faudroit nommer pour juges des personnes dont le suffrage rendît la victoire plus flatteuse et plus honorable aux vainqueurs.

II. Les hommes étant formés de la sorte, il faudra encore qu'ils sçachent se ranger, soit pour manœuvrer, soit pour paroître dans le plus bel ordre aux pompes solennelles qui se font en l'honneur des Dieux, pour combattre enfin, éviter la confusion dans les marches, ou passer un défilé. Voici, selon moi, l'ordre le meilleur à établir dans tous

2. les cas. La République a divisé la cavalerie en compagnies : dans ces compagnies, je dis qu'il faut premièrement, en consultant les capitaines, nommer *Dixainiers*(1) les hommes qui unissent à la vigueur de l'âge le plus d'émulation et d'envie de se distinguer; ceux-là seront

3. chefs de file : puis on en prendra le même nombre parmi les plus sages et les plus anciens, pour être en serre-files derrière leur dixaine; car, si l'on peut employer cette comparaison, le fer coupe le fer quand le fil de la tranche

4. est d'un bon acier et le marteau suffisant (2). Quant à

---

(1) On appelait *Décade* ou *Dixaine,* la file, soit qu'elle fût composée de huit, dix ou douze chevaux, et *Dixainier* le chef de file. Ainsi, en employant ces mots, Xénophon ne détermine point la profondeur de l'escadron. Polybe la fixe à huit, au plus, et suppose que sous Alexandre la cavalerie se rangeait sur cette hauteur.

(2) En Grec le même mot (*stoma*) signifie le tranchant d'un fer et le front de la phalange. Ici le premier rang qui entame l'ennemi est le *tranchant;* les serre-files sont le *marteau.*

ceux qui se trouvent dans la file, entre le premier et le II. dernier, lorsque les dixainiers auront nommé les hommes qui doivent être derrière eux au second rang, et que tous les autres à leur tour en auront fait de même, il est probable que chacun connoissant celui qui le suit, marchera avec confiance (1). Il faut absolument que le *chef serre-* 5. *file* (2) qui commande la queue soit homme de capacité, pour encourager et régler ceux qui sont devant lui dans le combat : d'ailleurs, en cas de retraite, il peut, par sa présence d'esprit et son habileté, sauver toute la compagnie. Le nombre des dixaines étant pair, se prêtera mieux 6. aux divisions et subdivisions, que s'il étoit impair.

Cette formation me plaît en ce que tout le premier

(1) L'usage de mettre ensemble dans l'ordre de bataille des hommes choisis l'un par l'autre, date des temps héroïques, et fut suivi par les Romains : c'était ce qu'ils désignaient par ces mots qu'on trouve si souvent dans leurs historiens, *vir virum legit*. Cette confiance réciproque faisait la force morale des corps, et était avec raison regardée comme nécessaire, dans un temps où toutes les affaires se décidaient à l'arme blanche. Le bataillon sacré des Thébains était organisé sur le même principe.

(2) *Celui qui commande en serre-file*. C'est chez nous le capitaine en second. Voici comme Cyrus, dans la Cyropédie, parle à un de ces *chefs de serre-files : Toi*, dit-il, *qui commandes la queue de ta compagnie, ayant sous toi tous les serre-files du dernier rang, recommande-leur d'avoir l'œil chacun sur ses gens, d'encourager ceux qui font bien, et de tancer fortement les autres, et si quelque lâche tourne le dos, de le tuer sur-le-champ : car le devoir des chefs de files est d'entraîner par leur exemple ceux qui sont derrière eux ; le vôtre à vous, serre-files, c'est de vous faire craindre plus que l'ennemi.*

11. rang est composé de chefs : or, un homme qui doit commander, se croit obligé de se distinguer, et se conduit tout autrement qu'il ne feroit sans cela; et puis, quoi que ce soit qu'il faille exécuter, on aura bien plus tôt fait de commander à quelques chefs qu'à tous les soldats.

7. Après cette disposition, comme le commandant aura désigné à chaque capitaine la place qu'il doit occuper en bataille avec sa compagnie, de même le capitaine marquera à chaque dixainier sa place dans le rang, et le lieu où il doit marcher avec sa file. Tout cela étant réglé d'avance, il en résultera un ordre infiniment meilleur que s'ils marchoient chacun à la place où il se trouve, se poussant l'un l'autre, comme une foule qui sort du théâ-

8. tre (1). D'ailleurs on se bat plus volontiers, les premiers en avant, s'il y a quelque rencontre, sçachant qu'ils sont à leur poste, et les derniers, en cas d'attaque par derrière, ne voulant pas non plus se déshonorer en quittant le leur; au lieu que marchant sans ordre, ils se gênent les uns les autres dans les chemins étroits et dans les défilés, et si l'ennemi paroît, personne de soi-même ne prend le poste où il faut combattre.

III. Voilà à quoi les cavaliers doivent s'être habitués d'a-

(1) On cherchait alors un ordre de bataille pour la cavalerie. D'abord on la rangea comme l'infanterie, sur huit, dix et douze de hauteur, dans la pensée que cette profondeur donnait plus de force à l'escadron pour le choc; mais on reconnut bientôt la fausseté de cette idée, et après quelques variations, les Romains mirent leur cavalerie sur quatre de hauteur.

vance pour pouvoir seconder en tout leur commandant; III.
et quant au commandant, voici quels seront ses soins :
satisfaire d'abord à ce qu'exige le culte des Dieux, en sacrifiant au nom du corps de la cavalerie; ensuite tout
disposer afin de contribuer le plus possible à la magnificence des fêtes : puis, dans les autres occasions où la
cavalerie doit paroître sous les armes, à l'Académie, au
Lycée, à Phalère, ou dans l'Hippodrome, la préparer de
manière à offrir à la République le plus beau spectacle et
le coup-d'œil le plus imposant : tout cela exige d'autres
considérations. Je vais donc expliquer maintenant comment on exécutera le mieux chacune de ces choses.

Quant aux pompes (*ou processions*), je crois que les 2.
plus belles, les plus agréables aux Dieux et aux spectateurs, seroient celles où l'on feroit le tour de la place du
marché, à partir des Hermès, honorant les Dieux à tou·
tes les chapelles et statues qui sont sur cette place. (Aux
fêtes de Bacchus, par exemple, les chœurs honorent par
des danses et les douze Dieux et les autres.) Le tour de la
place (1) terminé, se retrouvant aux Hermès, partir de

(1) La topographie d'Athènes n'a pas été fort éclaircie par ce qu'en
ont écrit les savants. Quant à ce quartier dont parle ici Xénophon, voici
à peu près l'idée qu'on s'en peut former, en comparant les textes où il
en est question.

Le *Céramique* était une espèce de faubourg, traversé par une vaste
rue que divisait en deux parties la porte appelée *Dipylum*, autrement
Portes Céramiques. La partie en dedans de la ville s'appelait le Céramique dans les murs, ou proprement le Céramique. La partie hors de
la ville était le Céramique hors les murs, beaucoup plus étendu que

III. là au galop jusqu'à l'Éleusinium, feroit, ce me semble,

3. un bel effet. Je ne crois pas inutile non plus d'avertir qu'il faut éviter, autant que possible, de croiser les piques : chacun aura soin de tenir la sienne entre les oreilles de son cheval, pour qu'elles paroissent ainsi plus distinctes,

4. plus nombreuses et plus terribles en même temps. Cette galopade au travers de la place finissant à l'Éleusinium, on achèvera de traverser le reste au pas jusqu'aux chapelles, comme auparavant : de cette manière on montrera aux Dieux et aux hommes ce qu'il y a de plus beau

5. dans l'équitation. Je sais bien que la cavalerie n'a point coutume de faire tout cela; mais ce que je propose seroit bon et beau, et plairoit aux spectateurs. J'entends dire d'ailleurs que la cavalerie a fait d'autes manœuvres aussi

l'autre. C'est en ce sens qu'on a pu dire qu'il y avait deux Céramiques. L'Académie et le marché (*Agora*) étaient l'un et l'autre dans le Céramique, l'Académie hors les murs, l'*Agora* dans la ville ; ou pour mieux dire, la partie de cette vaste rue, située dans la ville, était l'*Agora* dont parle Xénophon. Tout cela est prouvé par une infinité de passages qu'il serait long de rapporter.

Des deux côtés de l'*Agora* il y avait des portiques ; devant ces portiques, des statues qu'on appelait les *Hermès*, et sous l'un de ces portiques étaient les autels ou chapelles des Dieux. Il y avait là aussi le gymnase d'Hermès. C'était à raison de ces chapelles, qu'on appelait ce marché le marché des Dieux, *Théôn Agora*. On le nommait aussi simplement *Agora*, le marché, ou la place, dont certaines parties formaient des marchés séparés, et diversement nommés, selon l'espèce de denrée qu'on y vendait. Vers le milieu de l'*Agora* était l'*Éleusinium*, plus éloigné pourtant de la porte Dipyle que de l'autre extrémité.

peu usitées, lorsqu'elle a eu des chefs qui ont su faire III. adopter et exécuter leurs idées.

Lorsqu'avant de lancer le trait on traversera le Lycée, 6. il sera bon que les deux divisions de cinq compagnies chacune chargent de front, ayant à leur tête le commandant et les capitaines, de manière à occuper toute la largeur du cours; et quand on aura passé le coin du théâtre en 7. face, je pense qu'il seroit utile de montrer là que tes cavaliers, rangés sur un front convenable, peuvent galoper en descendant. S'ils y sont exercés, ils ne demanderont 8. pas mieux que de le faire voir; sinon, c'est une instruction que l'ennemi quelque jour leur donnera durement.

J'ai dit (1) dans quel ordre il faudroit défiler aux *doci-* 9. *masies*, pour la beauté du coup-d'œil. Maintenant, si le

(1) Il manque quelque chose avant ceci : car dans ce qui précède il n'a point parlé des docimasiés, ni de la manœuvre qu'il indique ici, et qu'il dit avoir expliquée; mais on voit assez ce que c'est. La troupe étant en bataille, à côté du Sénat et sur la même ligne, le premier peloton se détache de la droite (par exemple), et passant devant le Sénat par un mouvement circulaire, vient se ranger à la gauche, tandis que le second peloton part de la droite, et ainsi des autres successivement. Voilà, non ce qui se faisait, mais ce que Xénophon proposait.

Il y avait plusieurs *docimasies*, ou cens, auxquels étaient soumis tous les citoyens, selon leur âge, leurs emplois ou le service qu'ils devaient à l'État. La docimasie des cavaliers était une revue d'inspection semblable à celle que les censeurs à Rome faisaient des chevaliers romains; mais à Athènes c'était le Sénat lui-même qui passait en revue la cavalerie, et enrôlait ou réformait hommes et chevaux.

III. chef (supposé qu'il ait un cheval assez fort) va continuellement en cercle dans la file de dehors, lui seul sera toujours au galop; ceux qui se trouveront avec lui en dehors
galoperont à leur tour; et ainsi le Sénat ne verra la troupe
qu'au galop, sans que pour cela les chevaux se fatiguent

10. trop, puisqu'ils se reposeront tour à tour. Mais quand *la
parade* se fait dans l'Hippodrome, il est bon de se ranger
d'abord sur un front tel qu'occupant la largeur de la
place, on en puisse chasser le monde et ne laisser personne au milieu; puis, dans la charge simulée de cinq
compagnies contre cinq, où les deux escadrons commandés par les chefs, poursuivent et fuient tour à tour, que
les compagnies se croisent, passant les unes entre les

11. autres; il en résultera un spectacle terrible d'abord, quand
on les verra se charger front contre front; imposant, lorsqu'après s'être croisées, elles feront volte-face pour se char-

12. ger encore : ensuite, au signal de la trompette, repartir au
galop feroit un bel effet; enfin, après s'être arrêté, charger une troisième fois, au signal de la trompette, et pour
terminer, se croisant encore, se remettre tous en bataille

13. (comme vous faites ordinairement) pour une dernière
charge, au galop vers le Sénat, tout cela auroit un air
nouveau et plus militaire, si je ne me trompe. Prendre
une allure plus lente que celle des capitaines, en faisant
les mêmes mouvements qu'eux, pour un chef, c'est se

14. faire peu d'honneur. Lorsqu'on manœuvrera dans l'Académie, sur le terrain battu, le conseil que j'ai à donner,
c'est, pour ne point tomber de cheval en chargeant, de

pencher le corps fort en arrière, et pour éviter que le che- III.
val ne s'abatte, de soutenir la main dans les voltes. Dès
que le cheval est droit, il faut galoper. On donnera ainsi,
sans risques, un plus beau spectacle au Sénat.

Dans les marches, il faut que le commandant pense, IV.
tantôt à soulager le dos des chevaux, en faisant marcher
à pied les cavaliers, tantôt à reposer les jambes de ceux-ci,
en les faisant remonter à cheval. L'un et l'autre a sa mesure facile à trouver; car en se consultant soi-même, on
connoîtra quand les autres auront besoin de repos. Si 2.
vous marchez dans le doute de rencontrer l'ennemi, que
les compagnies alors mettent pied à terre tour-à-tour;
car il ne faudroit pas que l'ennemi (1) trouvât tout ton
monde à pied. Là où les chemins sont étroits, on com- 3.
mandera en colonne par le passe-parole; où ils s'élargis-
sent, on fera étendre le front de chaque compagnie, toujours au moyen du passe-parole; puis, arrivés dans la
plaine, en bataille toutes les compagnies. Tout cela est
bon en route, ne fût-ce que pour s'exercer, et l'on trouve
d'ailleurs une distraction à varier ainsi la marche par

(1) Xénophon a ici en vue un fait qu'il raconte ailleurs. *Agésilas ra-
vageoit le territoire des Thébains; ceux-ci, retranchés sous leur ville,
n'osoient tenir la campagne. Un jour cependant qu'il se retiroit sur le
soir à son camp, leur cavalerie, qui jusque-là n'avoit point paru, sortit tout-à-coup par des ouvertures pratiquées dans le retranchement,
et trouvant son infanterie qui se préparoit à souper, sa cavalerie pied
à terre ou montant à cheval, ils tuèrent de l'une et de l'autre quelques
hommes, et des bannis d'Athènes, qui n'eurent pas le temps de sauter
sur leurs chevaux. Après quoi, etc.* (Hist. gr. l. 4.)

IV. différentes manœuvres , selon les accidents du terrain qu'on parcourt.

4.   Quand vous marcherez hors des routes, dans un pays difficile, soit ami ou ennemi, il sera fort à propos d'envoyer des ordonnances (1) en avant de chaque compagnie, lesquels ayant reconnu les gorges impraticables et celles qui n'ont point d'issue, chercheront les vrais passages et les indiqueront aux troupes ; sans quoi il pourroit arriver

5. que des divisions entières s'égarassent. Même, s'il y a quelque péril, il est de la prudence d'un chef de détacher d'autres guides en avant des premiers; car du plus loin qu'on peut connoître où se trouve l'ennemi, c'est le mieux, soit pour attaquer, soit pour se garder. Au passage des défilés faire halte, afin que les derniers puissent joindre la file sans fatiguer leurs chevaux : ce sont là des choses que tout le monde sait, mais que peu s'appliquent à faire observer.

6.   Il conviendroit qu'un commandant de cavalerie eût acquis pendant la paix la connoissance du pays, tant ami qu'ennemi; mais cela lui manquant, il doit prendre avec lui, dans chaque canton, ceux (*de ses propres gens*) qui l'ont le plus fréquenté : car à la tête d'une colonne, le meilleur est celui qui sait le mieux le chemin; et pour les surprises, l'avantage est tout à celui qui connoît les lieux.

7.   Il faut s'être procuré avant la guerre des espions, qui

(1) *Hyperetes* dans le grec. C'étaient des espèces de *Trabans* attachés aux officiers.

doivent être, autant que possible, habitants des villes IV.
neutres, et marchands; car ces sortes de gens sont bien
reçus partout et n'inspirent aucune défiance. On peut
aussi quelquefois se servir utilement des faux transfu-
ges. Il ne faut cependant jamais, sur la foi des espions, 8.
négliger de se garder, mais se tenir toujours préparé,
comme si on devoit être attaqué : car en les supposant
même fidèles, il est difficile que leurs avis parviennent
toujours à temps, les obstacles à la guerre étant innom-
brables.

Pour faire prendre les armes, il vaudra mieux, afin 9.
d'être moins entendu de l'ennemi, donner l'ordre par le
passe-parole ou par écrit, que par le hérault. C'est à
cela aussi que servent les dixainiers, et sous eux les
brigadiers (*chefs de cinq hommes*), chacun, au moyen de
ces grades, passant l'ordre à peu de personnes; outre que
de la sorte on peut sans confusion étendre le front de bataille, les brigadiers se portant en avant sur la ligne au
moment où il le faut (1).

Pour une garde avancée, je préfère les sentinelles et 10.
les postes cachés, parce que de cette manière, en même
temps qu'on se garde, on peut surprendre l'ennemi; puis,
tes gens n'étant point vus, en sont eux-mêmes plus difficilement surpris, et inquiètent davantage l'ennemi : car

(1) En lisant ceci et ce qui précède, il ne faut pas oublier que dans
l'ordre de bataille on laissait entre les escadrons une distance égale à
leur front. Polybe le dit expressément.

3.   24

IV. de savoir que vous avez des postes avancés, sans savoir où, ni de quelle force, le rend timide dans sa marche, et fait que tout lui est suspect. Rien n'empêche non plus qu'en avant des postes cachés, on n'en puisse placer quelques-

12. uns plus foibles à découvert, pour essayer d'attirer l'ennemi dans cette embuscade; et un autre piége à lui tendre, c'est de mettre au contraire les grand'gardes à découvert, en arrière de tes gens embusqués, apparence

13. qui trompe également l'ennemi : au reste jamais chef habile et instruit de son devoir, n'engagera une action, si l'occasion ne se présente de remporter quelque avantage. Faire ce que veut l'ennemi, tient de la trahison plus

14. que de la bravoure. Portes ton attaque sur ses endroits foibles, quand même ce seroient les plus éloignés; car il n'est fatigue qui ne vaille mieux que d'avoir affaire à plus fort que soi.

15. Si quelquefois l'ennemi s'engage au milieu de tes cantonnements, fût-il de beaucoup le plus fort, tu feras bien de l'attaquer du côté où tu pourras cacher ton approche, mieux encore de deux côtés à la fois; car tandis que les uns cèdent, les autres le chargeant du côté opposé, ne peuvent manquer de le mettre en désordre et de l'o-

16. bliger à laisser là les premiers. Tâcher, au moyen des espions, d'être informé le plus exactement possible de toutes les démarches de l'ennemi, c'est ce qu'on a déjà recommandé. Mais ce qu'il y a de mieux à faire, selon moi, c'est de chercher un lieu d'où l'on puisse en sûreté l'ob-

17. server soi-même, et voir s'il commet quelque faute. Ce

qui se pourra dérober (1), on le lui dérobera, en y en- IV.
voyant des gens lestes choisis pour cela; ce qui paroîtra
susceptible d'être enlevé de vive force, on le fera enlever. Si l'ennemi, marchant vers un point, laisse quelque
corps mal soutenu, peu capable de résistance, que cela
ne t'échappe point; mais sois toujours aux aguets pour
envelopper et prendre le foible au moyen du fort. Et, à 18.
dire vrai, qui voudra y faire attention, les animaux, plus
bornés que l'homme quant à l'entendement, en ceci
toutefois nous instruisent. Le milan, du haut de l'air,
s'il voit quoi que ce soit mal gardé, fond dessus, l'enlève,
et s'éloigne de peur d'être pris : les loups vont de tous
côtés épiant où la garde est en défaut, pour faire leur coup
sans être vus, et quelque chien survenant, plus foible 19.
qu'eux, ils l'attaquent; plus fort, ils l'évitent et se reti-
rent, emportant ce qu'ils peuvent : mais tous ensemble,
s'ils se sentent en état de livrer l'assaut, ils marchent en
bataille, les uns repoussent la garde, tandis que les autres
pillent et emportent le butin; et c'est ainsi qu'ils subsistent aux dépens de l'ennemi. Or, des animaux, aidés de 20.
leur seul instinct, sachant si bien faire cette guerre,
pourquoi ne la ferions-nous pas encore mieux qu'eux,
nous qui les surprenons eux-mêmes et les vainquons par
la ruse?

Quiconque sert dans la cavalerie doit savoir juger à V.

_____

(1) _Dérober_ veut dire ici _enlever par surprise_ un poste, un détachement ou une position. Voyez _les notes sur le texte._

V. quelle distance le cavalier courant sur le fantassin peut l'atteindre , et de quelle avance ont besoin des chevaux moins vites , pour échapper à de plus légers ; mais c'est au commandant de connoître en quels lieux l'infanterie est plus forte que la cavalerie , et où celle-ci a l'avantage.

2. Il faut avoir des ruses pour paroître nombreux quand on sera peu de monde , ou foibles quelquefois quand vous serez nombreux , et en un besoin pour que l'on vous croie présents où vous n'êtes pas , absents de l'endroit où vous êtes, il te faut éblouir l'ennemi, comme un joueur de gobelets , escamoter devant lui et ses gens et les tiens, et tomber sur lui au moment où il s'y attend le

3. moins. C'est encore un bon moyen , s'il peut réussir , pour n'être point attaqué lorsqu'on est foible , d'épou-vanter l'ennemi ; et au contraire , de le rendre hardi lorsqu'on est fort, afin qu'il entreprenne quelque chose : ainsi , évitant de te compromettre , tu pourras le prendre

4. en défaut ; et de peur qu'on n'imagine que je donne ici des préceptes inexécutables , je vais montrer comment ceux qui paroissent les plus difficiles peuvent se mettre en pratique.

Pour ne rien faire au hasard , et calculer juste lors-qu'il s'agit d'atteindre ou d'éviter l'ennemi , il faut con-noître de quoi tels ou tels chevaux sont capables. Or, cette connoissance , comment s'acquiert-elle ? en obser-vant ce qui se passe dans les escarmouches, les courses , les charges simulées qu'on fait en temps de paix.

5. Veut - on faire paroître une troupe plus nombreuse

qu'elle n'est? d'abord il faut , autant qu'on peut , n'es- v.
sayer cela qu'à une certaine distance de l'ennemi ; il y
aura moins de risque et de difficulté : puis il est à remarquer que les chevaux rassemblés paroissent plus nombreux (par la grosseur de l'animal); dispersés, on les
compte, et on s'y trompe moins. Outre cela, un corps 6.
de cavalerie paroîtra plus fort qu'il n'est , si , parmi
les cavaliers, on entremêle les palefreniers (1), ayant des
piques s'il se peut , ou sinon , quelque chose qui ressemble à des piques ; et cet artifice peut servir , soit
qu'on se montre immobile , soit qu'on manœuvre pour
se former en bataille. Par là on grossit à l'œil la masse
d'un escadron, qui semblera en même temps plus étendu et plus serré (2). Voulant montrer à l'ennemi moins 7.
de troupes qu'on n'en a , il n'y aura nulle difficulté ,
si le terrain permet d'en cacher une partie; mais si le
pays est tout découvert, il faut , en faisant filer les dixai-

(1) Chaque cavalier avait un valet qui pansait le cheval , et dans les
marches portait les armes de son maître. (V. Cyrop. 5, 2. Hell. 2, 4, 6.)
Les Mamelucs en ont de pareils qui les accompagnent jusque sur le
champ de bataille. (Voy. Denon, *Voyage d'Égypte.*) A Rome, Caton
passant en revue les chevaliers, demande à l'un d'eux : *Pourquoi es-tu*
si gras et ton cheval si maigre? C'est, dit-il, *que mon cheval est soigné*
par mon valet, au lieu que je me soigne moi-même.

(2) « Les Tartares font des figures d'hommes qu'ils attachent sur des
» chevaux, afin que de loin on les croie en plus grand nombre qu'ils
» ne sont. Au premier choc de la cavalerie ils opposent un front de
» prisonniers et autres étrangers qui sont parmi eux, et il y a quel-
» quefois des Tartares qui s'y mêlent; mais leurs plus vaillants hommes
» et chevaux se placent à droite et à gauche, afin que les ennemis

v. nes (1), se former à files ouvertes, et dans chaque
dixaine, faire porter la pique haute aux cavaliers qui se
trouvent en face de l'ennemi et la pique basse aux autres.

8.   Pour épouvanter l'ennemi, on peut employer les
fausses embuscades, les faux renforts, les fausses nouvelles; au contraire, il prendra de l'audace, si on lui
9. rapporte que vous êtes dans l'embarras. Je n'en dis pas
davantage; mais il faut de soi-même, selon les circonstances, imaginer sans cesse de nouvelles trompe-
10. ries : car tromper est tout à la guerre. Nous voyons que
les enfants, lorsqu'ils jouent entre eux au roi, s'ils ont
beaucoup en main, font paroître qu'ils ont peu; et au
contraire ayant peu, savent si bien faire, en tendant la
main, que l'adversaire croit qu'ils ont beaucoup. Des
hommes ne sauroient-ils donc apprendre à tromper par
11. les apparences aussi bien que les enfants ? Pour peu
qu'on fasse attention aux événements de la guerre, on
reconnoîtra bientôt que les plus grands avantages y sont
dus à la tromperie, et c'est là le don qu'il faut demander
aux Dieux; c'est à quoi soi-même il faut se rendre ha-
12. bile pour bien commander, ou ne s'en pas mêler. Quand

» ne les voient pas et qu'ils les puissent ainsi environner de tous
» côtés; si bien que quelque petit nombre qu'ils soient, il semble aux
» ennemis qu'il y en ait bien davantage. » (*Relation des Cordeliers
envoyés en Tartarie par le Pape Innocent IV.*)

(1) C'est-à-dire, selon la force du mot grec, *mettant plusieurs
dixaines en une seule file,* pour présenter peu de front.

on se trouve à portée de la mer, ou peut employer d'au- v.
tres ruses, comme de rassembler des bâtiments de trans-
port, feignant de préparer une expédition par mer, et
cependant attaquer par terre; ou au contraire, faisant
mine de vouloir attaquer par terre, s'embarquer tout-
à-coup et tenter quelque entreprise par mer. Il est encore 13.
du devoir d'un chef de faire comprendre au gouvernement que la cavalerie seule est foible, afin d'obtenir
qu'on y attache de l'infanterie légère (1); et l'ayant ob-
tenue, il doit s'en servir. Les fantassins se peuvent
cacher, non seulement au milieu des chevaux, mais
derrière, car l'homme à cheval couvre le piéton, étant
beaucoup plus grand. Dans tout ce que je viens de dire, 14.
et tout ce qu'on pourra imaginer encore pour vaincre
par ruse ou par force, je suppose qu'on ne manquera
jamais de consulter les Dieux, sans la faveur desquels
on ne peut espérer celle de la fortune.

(1) Le Grec dit, *des fantassins Hamippes*, et ce passage-ci montre
bien ce que c'était que ces Hamippes. Il ne faut pas écouter là-dessus
les Grammairiens, mais Thucydide et Xénophon qui savent de quoi
ils parlent. Tous les autres ont confondu *Hamippi*, *Amplippi*, *Dimachæ* et *Prodromi*.

On nommait *Hamippe* le fantassin attaché au cavalier et combattant
avec lui. Vous voyez dans Thucydide *cinq cents cavaliers avec cinq cents
fantassins Hamippes*; et dans Plutarque, vie de Paul Émile, *dix mille
Hamippes* (ou *parabatæ*, c'est la même chose) *avec dix mille cavaliers*.
Et ces fantassins, dit Tite-Live, *couraient avec les chevaux*. Ils combattaient aussi en corps, comme on voit ci-dessous, (chap. VIII, 19.)
César, décrivant les troupes d'Arioviste, *six mille cavaliers*, dit-il,

V. 15. Quelquefois c'est un bon stratagême de se montrer d'abord circonspect et nullement entreprenant. Cette apparente timidité fait le plus souvent que l'ennemi, croyant n'avoir rien à craindre, néglige de se garder : au contraire, quand une fois on s'est fait connoître par beaucoup de hardiesse et d'activité, on peut bien souvent, sans bouger, par de simples feintes, tenir l'ennemi toujours en allarme, et le fatiguer beaucoup.

VI. Mais dans quelque art que ce soit, nul n'exécutera ce qu'il a conçu, s'il n'a d'abord les matériaux préparés pour obéir à la main de l'ouvrier ; et on ne peut non plus faire des hommes ce qu'on veut, s'ils ne sont d'avance amis de leur chef, et persuadés qu'il en sait 2. plus qu'eux dans tout ce qui concerne la guerre. Le moyen d'en être aimé, c'est de se montrer leur ami, soigneux de leurs intérêts, attentif à leurs besoins et à leur sûreté, prenant partout des mesures pour leur procurer des vivres, les faire retirer à temps, et reposer

---

soutenus d'autant de fantassins qui suivaient les chevaux... C'était la coutume des Numides, au dire de Salluste, et des Parthes, selon Appien, de joindre des fantassins à la cavalerie; et César lui-même, dans la guerre de Durazzo, employa ce moyen pour faire tête, avec mille chevaux, à la cavalerie de Pompée six fois plus nombreuse. Les *Rothmantels*, ou manteaux rouges, des avant-gardes autrichiennes, au commencement de ces guerres-ci, étaient des espèces d'*Hamippes*.

On appelait *Amphippi*, chez certains peuples de l'Asie, des cavaliers ayant deux chevaux, qu'ils montaient l'un après l'autre, les lais-

bien gardés. Il faut dans les gardes qu'ils sachent qu'on VI. 3.
s'occupe de leur faire avoir, et le fourrage, et les bar-
raques, et l'eau, et la farine, et tout ce qui leur est
nécessaire; qu'on songe à eux, qu'on veille pour eux.
Tous les avantages particuliers que peut avoir un chef, 4.
son intérêt bien entendu, c'est de les partager avec ceux
qu'il commande. Pour qu'il en soit estimé, il suffit
qu'aucun n'ignore que tout ce qu'il leur ordonne, il
l'exécute mieux qu'eux. Il faudra donc, à commencer 5.
par les premières leçons, pratiquer tous les exercices
de l'équitation, afin qu'ils voient leur chef sauter les
fossés sans perdre l'assiette, franchir les petits murs
qui séparent les champs, descendre au galop les collines,
et lancer le dard avec adresse; toutes choses qui contri-
buent à le faire considérer de ceux qui lui doivent obéir.
Le connoissant habile à tout, et capable de prendre les 6.
meilleures mesures pour le succès de quelque entreprise
que ce soit, ses gens (convaincus d'ailleurs qu'il ne leur
fera rien faire au hasard, sans consulter les Dieux, ou
malgré les victimes) exécuteront volontiers tout ce qu'il
ordonnera.

---

sant reposer tour-à-tour comme le marque Élien. Tite-Live écrit aussi
qu'ils changeaient de cheval au plus fort du combat, et Bernier vit la
même chose dans les armées d'Aureng-Zèbe. *Le simple cavalier*, dit-il,
*avait deux chevaux, le proverbe étant parmi eux qu'un homme qui n'a
qu'un cheval, est demi à pied*

Les *Dimachæ* combattaient à pied et à cheval, comme nos dragons.
Prodromi étaient des coureurs.

VII. Partout celui qui commande a besoin de prudence et de capacité ; mais pour commander à Athènes la cavalerie, deux choses surtout sont nécessaires, la piété envers les Dieux, et la science de la guerre, attendu que les états voisins ont une force en cavalerie à peu près égale, et

2. beaucoup d'infanterie. On aura donc affaire à ces deux armes à la fois, si l'on entreprend avec la cavalerie seule une course dans le pays ennemi, sans que la République mette d'autres forces en campagne ; mais si ce sont les ennemis qui tentent une incursion sur le territoire d'A-thènes, d'abord ils ne le feront jamais qu'avec le secours de leurs alliés, auxquels ils emprunteront et de la cava-lerie et de l'infanterie, assez pour se croire supérieurs à

3. tout ce qu'Athènes peut mettre sur pied. Contre tant d'ennemis, si la République entière veut s'armer et com-battre pour la défense du pays, il y aura tout lieu d'es-pérer un heureux succès : car, quant à la cavalerie, la nôtre sera supérieure, Dieu aidant, si on en a le soin convenable ; notre infanterie ne le cédera nullement à celle de l'ennemi, nos hommes étant aussi sains et aussi robustes de corps, plus généreux de cœur, et plus sus-ceptibles d'honneur, si on les sait conduire, avec l'aide des Dieux ; sans compter que pour la noblesse de leur origine et la gloire nationale, les Athéniens ne s'estiment

4. en rien inférieurs aux Béotiens (1). Mais si la République

(1) On voit par tout ceci qu'au moment où Xénophon écrivait, Athènes était menacée d'une irruption des Thébains, et se croyait peu

met toutes ses forces sur mer (comme lors de l'incursion VII.
que firent les Lacédémoniens ligués avec toute la Grèce),
et se contente de garder l'enceinte de ses murailles, laissant à la cavalerie la défense de son territoire, et le soin
de tenir tête à l'armée ennemie ; c'est alors vraiment qu'il
faut une faveur toute particulière des Dieux, et pour
commandant de la cavalerie un homme accompli : car il
aura besoin de beaucoup de prudence, vu la force de
l'ennemi, de beaucoup d'audace dans l'occasion, et surtout d'une activité en quelque sorte infatigable ; sans 5.
quoi, ayant sur les bras toute une armée contre laquelle
la nation entière n'ose se mesurer, on voit bien qu'il
seroit réduit à recevoir la loi du plus fort, et ne pourroit rien entreprendre.

Supposé donc qu'il se décide à faire battre l'estrade, 6.
par le nombre d'hommes seulement nécessaire pour découvrir la marche de l'ennemi, et se retirer, comme de
raison, du plus loin possible, peu d'hommes verront

en état de leur résister, ce qui n'a pu avoir lieu qu'avant la bataille de
Mantinée, durant la seconde expédition d'Épaminondas dans le Péloponèse. « Alors, dit Xénophon, toute la Grèce étant partagée entre
» Thèbes et Lacédémone, sur le point d'en venir aux mains, personne
» ne doutoit que cette campagne ne fût décisive, et que le vainqueur
» ne subjuguât tout. Les Thébains avoient l'offensive, l'avantage du
» nombre, la réputation de leur chef et de leurs dernières victoires ;
» ainsi on devoit croire qu'ils l'emporteroient, et qu'ayant abattu
» Sparte, ils attaqueroient Athènes, qui depuis la bataille de Leuctres
» s'étoit déclarée contre eux. »

VII. aussi bien que beaucoup ; et pour des vedettes qui doivent se replier sur leur corps, il n'y aura nul inconvénient que ce ne soient ni les plus hardis, ni les mieux
montés qui fassent ce service (la crainte d'ailleurs rendant vigilants ceux qui ne se fient ni à eux-mêmes, ni à
7. leurs chevaux); si, dis-je, le commandant se décide à
composer ainsi ses éclaireurs, ce peut être un fort bon
parti. Mais voulant tenir la campagne avec le reste de ses
gens, il se trouvera bien foible, et en aucun cas ne pourra
livrer de combat. Employés comme partisans ils rendront
d'utiles services; il faut, selon moi, sans se montrer,
avec une troupe choisie toujours prête à agir, observer
l'ennemi pour profiter sur-le-champ des moindres fautes
qu'il fera; et c'est une règle constante que plus une armée
est nombreuse, plus il s'y commet de fautes contre le bon
9. ordre et la discipline : car, ou les corps se dispersent pour
pourvoir à leur subsistance, ou dans la marche les uns se
hâtent d'aller en avant, les autres demeurent en arrière;
10. aussi doit-on sévèrement réprimer de pareils désordres,
autrement vous n'avez plus de camp, ou pour mieux
dire, tout le pays devient votre camp : profitant donc,
comme j'ai dit, de ces négligences de l'ennemi, on fon-
dra sur lui tout-à-coup, ayant eu d'abord soin surtout
de se ménager une retraite, pour disparoître avant que
les secours arrivent au point attaqué.
11. Souvent une troupe en marche s'engage dans des chemins où elle perd l'avantage du nombre; et les défilés,
si l'on veut y suivre l'ennemi, avec précaution toutefois,

offrent telle position où l'on peut soi-même décider à quel nombre on aura affaire. VII.

Quelquefois vous ferez bien de l'attaquer lorsqu'il prend son camp, ou ses repas, ou même au sortir du sommeil : ce sont tous moments où les troupes se trouvent désarmées, et pour s'armer il faut du temps, surtout à la cavalerie. 12.

On ne cessera jamais de chercher à enlever les éclaireurs et les grand'gardes, qui sont toujours foibles, et parfois s'avancent beaucoup ; mais lorsqu'enfin l'ennemi aura pris le parti de se bien garder, c'est un coup à faire, Dieu aidant, de passer sans qu'il s'en aperçoive sur ses derrières, instruit d'avance des lieux et de la force des postes qu'il y a laissés. Il n'est à la guerre plus belle proie que les gardes enlevées à l'ennemi, et ces détachements donnent volontiers dans une embuscade; car dès qu'ils voient peu de monde, ils se mettent à la poursuite, pensant faire en cela leur devoir. Cependant vous aurez pourvu à votre retraite, afin de n'avoir pas à la faire devant l'ennemi, s'il vient au secours de ses gens. 13. 14. 15.

Mais pour le harceler ainsi de tous côtés et sans trop de hasard attaquer des forces très-supérieures, on sent bien qu'il faut que ce désavantage soit compensé par de l'adresse, et par tant d'habileté que l'ennemi paroisse comme l'écolier qui lutte contre son maître. C'est ce qui arrivera, si d'abord les troupes qui doivent aller en parti sont tellement exercées, tellement en haleine, hommes et chevaux, que les uns et les autres supportent sans VIII. 2

VIII. peine les fatigues de ce genre de guerre. Ceux qui , sans exercice ni habitude acquise, voudront se mesurer contre eux , paroîtront véritablement des enfants contre des hommes : car des gens accoutumés à sauter les fossés , franchir tous les obstacles, monter et descendre au galop, sont à ceux qui n'ont nul usage de toutes ces choses , ce que sont les oiseaux aux animaux terrestres. L'homme qui connoît tout le pays où il fait la guerre , diffère de celui qui ne le connoît pas, comme le clairvoyant de

4. l'aveugle : et pour des chevaux , avoir les pieds tendres , ou bien les avoir endurcis aux aspérités du sol , c'est la même différence que d'être estropié ou ingambe ; car il faut sçavoir que tous ces chevaux bien nourris, en bon état, mais non faits à la fatigue, sont réellement en état de crever au moindre travail.

Comme c'est avec des courroies que se montent les mors et s'attachent les housses, un chef en doit faire telle provision qu'il n'en manque jamais. Ainsi, avec peu de dépense , il mettra en état de combattre des hommes qui sans cela seroient souvent fort embarrassés.

5. Maintenant si quelqu'un trouve que pratiquer ainsi tous les exercices de la cavalerie, ce soit trop de peine et d'embarras, qu'il examine ce qu'on fait aux combats gymniques, et il verra que ces exercices donnent bien plus de peine aux athlètes, que l'équitation à ceux qui

6. s'y appliquent le plus; sans compter que dans l'apprentissage, où un athlète se forme par la sueur et la fatigue, le cavalier trouve du plaisir. Ces ailes qu'on envie aux

oiseaux , le cheval nous les donne en quelque sorte , et VIII.
combien n'est-il pas plus beau de vaincre à la guerre ,
que dans des jeux ? la gloire qu'on y acquiert est pour soi
et pour la patrie ; et là le prix que les Dieux attachent à
la victoire , c'est le bonheur public. Je ne vois rien , quant
à moi, qui mérite plus de nous occuper, que les exercices de la guerre. On peut remarquer que sur mer, les 8.
pirates, par cela seul qu'ils sont habitués au travail , vivent aux dépens de plus forts qu'eux ; et sur terre, ce
n'est pas non plus à ceux que leur pays nourrit, de chercher ailleurs du butin , mais à ceux qui n'ont rien chez
eux : car il faut ou travailler, ou prendre de quoi vivre à
ceux qui travaillent, sans quoi on n'aura jamais ni subsistance ni repos (1).

Une attention très-importante toutes les fois qu'on 9.
marchera contre les forces supérieures, c'est de ne jamais
laisser derrière soi des chemins difficiles pour les chevaux.
Autre chose est de tomber en fuyant, ou en poursuivant.

(1) Ce que nous nommons partisans dans les, armées les Grecs l'appe-
laient *brigands*, et *brigandage* la petite guerre. Xénophon, qui croyait
ce genre de guerre utile dans les circonstances où sa République se trouvait, n'osait cependant, à cause de l'infamie du mot, engager ouvertement les Athéniens à s'y livrer ; voilà pourquoi il ne s'explique ici
qu'à demi : *Ceux qui n'ont rien chez eux*, ce sont les Athéniens dont
le pays était mauvais ; *ni subsistance ni repos*, à cause des troubles
qu'occasionne, dans une démocratie surtout , le prix excessif des denrées : plus haut, *vivent aux dépens de plus forts qu'eux* ; comme les
Athéniens devraient vivre aux dépens des Béotiens. (*Voyez* ci-dessus ,
ch. 4 , à la fin.)

VIII. 10. Mais il y a encore une faute à éviter, et que je veux noter ici. On voit des commandants (1) qui, dans les expéditions où ils se croient sûrs d'avoir l'avantage, marchent avec des détachements tout-à-fait insuffisants (par où souvent il leur arrive ce qu'ils pensoient faire aux autres), et quand ils savent qu'ils trouveront l'ennemi supérieur, emmènent

11. tout ce qu'ils peuvent ramasser. Je dis qu'il faut faire le contraire; où vous comptez battre l'ennemi, ne pas laisser d'y porter toute la force nécessaire; car trop vaincre

12. n'a jamais nui : mais contre un corps plus fort que le vôtre, là où vous savez qu'après avoir fait quelque coup-de-main, suivant l'occasion, il vous faudra fuir, peu d'hommes vaudront mieux que beaucoup; j'entends des hommes choisis, ainsi que leurs chevaux. Un pareil dé-

13. tachement sera plus propre à l'action et à la retraire; mais lorsqu'ayant tout votre monde, vous voulez vous retirer, alors, de nécessité, les plus mal montés demeurent à la discrétion de l'ennemi; les maladroits tombent de cheval, d'autres restent engagés dans des lieux impraticables : car on a rarement l'espace et le terrain à souhait; la multitude même est cause qu'ils s'embarrassent, se heurtent, se renversent les uns les autres, non sans qu'il y en ait d'estropiés; au lieu que les hommes et les chevaux d'élite

(1) Ceci regarde Iphicrate, qui, ramenant d'Arcadie les troupes d'Athènes, fit la faute dont parle ici Xénophon, et qu'il lui reproche ailleurs dans les mêmes termes (*Voy*. Hist. gr., liv. 6, 5, 51.); et c'est une preuve de plus que ce traité fut écrit après la première expédition des Thébains dans le Péloponnèse.

sont prompts à tout, et sçavent d'eux-mêmes se retirer sans VIII.
confusion, surtout lorsqu'on a l'art de tirer parti de sa
réserve pour en imposer à l'ennemi. C'est à quoi servent 15.
bien les fausses embuscades; mais il est bon aussi d'étu-
dier sur le terrain, comment et par où des renforts peuvent, en se montrant tout-à-coup, réprimer l'ardeur de 16.
l'ennemi, et l'arrêter dans sa poursuite. Enfin, c'est
chose toute claire, que pour l'activité et la promptitude
des mouvements, le petit nombre a un extrême avantage
sur le plus grand; non que je prétende par-là que les
hommes, pour être moins nombreux, en soient plus dis-
pos; mais je dis que voulant tous hommes vraiment cavaliers, qui sachent et soigner et manier leurs chevaux, on
en trouvera plutôt peu que beaucoup.

Si quelquefois il arrive dans ces expéditions, qu'on 17.
doive se battre à forces à-peu-près égales, il ne sera pas
mal, je crois, de faire du détachement, deux pelotons,
l'un commandé par le capitaine, l'autre par l'homme
qu'on en jugera le plus capable. Ce peloton-ci d'abord 18.
suivra, se tenant à la queue du premier (1) que conduit le
capitaine; puis, arrivé près de l'ennemi, au commandement qu'on en fera par le passe-parole, il se portera

(1) On traduit toujours littéralement. Au reste, le mouvement qu'indique ici Xénophon pouvait se faire devant l'ennemi, avec une petite
troupe et des chevaux tels que ceux des Grecs. Il n'y a pas encore long-
temps que la cavalerie Espagnole se formait sur trois rangs, et au moment de la charge le troisième rang s'ouvrait à droite et à gauche pour
prendre en flanc l'ennemi.

3.   25

VIII. en avant pour charger de front avec l'autre. Par cette manœuvre, on pourra étonner l'ennemi, et difficilement

19. avoir le dessous : mais si chaque peloton avoit des fantassins avec soi, ceux-ci cachés d'abord derrière les cavaliers, paroissant tout-à-coup et attaquant vivement, con-
tribueroient fort, ce me semble, à décider la victoire. Car
ainsi est-il de tout ce qui nous arrive; quelle que chose
que ce soit, ou agréable, ou terrible, moins on l'a prévue,

20. plus elle cause de plaisir ou d'effroi. Cela ne se voit nulle
part mieux qu'à la guerre, où toute surprise frappe de
terreur ceux mêmes qui sont de beaucoup les plus forts;
et l'on peut remarquer encore que quand deux armées se
trouvent en présence, c'est durant les premiers jours que
les troupes, de part et d'autre, sont les plus craintives.

21. Au reste, disposer une troupe, ordonner un mouvement,
rien n'est plus aisé; mais trouver qui l'exécute ponctuellement, courageusement, avec ardeur et fermeté, c'est

22. où se connoît la capacité du chef : car un chef doit savoir, et dire, et faire en sorte que ses gens comprennent
qu'il est bon de lui obéir, de le suivre, de charger avec
vigueur, qu'ils ambitionnent tous de se distinguer, et,
déterminés à bien faire, persistent dans l'exécution.

23. Mais quand deux armées se trouvent en présence, ou
séparées par des champs, alors se font les escarmouches
de cavalerie, les passades, les voltes pour éviter ou poursuivre l'ennemi, après lesquelles il est d'usage que chacun
parte lentement et ne se lance à toute bride que vers le

24. milieu de la course : or, si ayant commencé d'abord à

l'ordinaire, on fait ensuite le contraire, et qu'on parte de VIII.
vîtesse aussitôt après la volte, soit pour fuir, soit pour
atteindre, c'est de cette manière qu'on pourra, avec le
moins de risque pour soi, nuire le plus à l'ennemi, chargeant de toute sa vîtesse, tandis qu'on est près des siens,
et détalant de même pour s'éloigner de la ligne ennemie.
Si même il y avoit moyen, dans ces escarmouches, 25.
de laisser en arrière, sans qu'ils fussent aperçus, quatre
ou cinq hommes de chaque division, des plus braves et
des mieux montés, ceux-ci auroient bien de l'avantage
pour tomber sur l'ennemi au moment où il fait la volte.

Qu'on lise ceci quelquefois, c'est assez; puis les évé- IX.
nements naissent l'un de l'autre, et il faut savoir saisir
d'un coup-d'œil ce qui convient au moment. Entreprendre d'écrire tout ce qu'un chef doit faire, c'est comme
qui voudroit compter tous les hasards, et dire tout ce qui
peut arriver. La principale règle, à mon sens, c'est, 2.
lorsqu'on a pris un parti et donné l'ordre qu'on croit le
meilleur, d'en presser l'exécution; car l'idée la plus sage,
le dessein le mieux conçu, dans l'agriculture, dans le
commerce, dans les affaires publiques, demeure infruc-
tueux, si quelqu'un ne veille à ce qu'il s'exécute.

Ce que je dis encore, c'est qu'avec l'aide des Dieux, on 3.
completteroit beaucoup plus promptement le corps de
mille hommes de cavalerie, et bien plus commodément
pour les citoyens, si on levoit deux cents cavaliers étrangers : par-là on rendroit tout le corps plus obéissant, et
l'on y introduiroit une émulation utile. Je sais, quant à 4.

IX. moi, que la cavalerie des Lacédémoniens (1) commença à se faire remarquer, lorsqu'ils y joignirent des corps étrangers ; et j'en vois de semblables dans toutes les autres villes, où ils sont en grande estime et se conduisent fort bien ; car le besoin aide beaucoup à la bonne volonté.

5. Pour leur acheter des chevaux, je crois qu'on pourroit en lever le prix, d'abord sur ceux qui voudroient se dispenser de servir dans la cavalerie (j'entends les gens riches, de foible complexion), et aussi, ce me semble, sur les chefs de maisons opulentes qui n'ont point d'en-

6. fants : je pense même que parmi les étrangers établis à Athènes, on en trouveroit qui, enrôlés dans la cavalerie, chercheroient à se distinguer ; car je vois que dans tout autre emploi honorable où l'on a voulu les admettre, il y

7. en a qui s'appliquent à servir avec distinction. Enfin, je pense que l'infanterie attachée à la cavalerie, pour qu'elle eût le plus d'ardeur et d'activité possible, devroit être composée des hommes qui haïssent le plus nos enne-mis (2). Tout ce que je viens de dire peut s'exécuter,

8. Dieu aidant.

(1) Agésilas étant passé en Asie pour faire la guerre au roi de Perse, n'avait point emmené avec lui de cavalerie : mais, comme il sentit bien-tôt le besoin qu'il en avait, il leva parmi les Grecs Asiatiques un corps de quinze cents chevaux, avec lequel il revint ensuite dans la Grèce, et qui rendit de grands services aux Lacédémoniens ; car les Grecs avaient alors si peu de cavalerie, que quinze cents chevaux faisaient un corps considérable.

(2) C'est-à-dire des réfugiés de Thespies et de Platées. Les habitants de ces deux villes détruites par les Thébains, se retirèrent à Athènes,

Maintenant si quelqu'un s'étonne (1) qu'on répète sans ɪx. cesse *d'agir avec Dieu* (2), qu'il sçache qu'après s'être trouvé souvent aux occasions, il ne s'en étonnera plus, quand il aura vu qu'à la guerre les deux partis se tendant continuellement des embûches, rarement peuvent savoir quel en sera le succès. Il n'y a là-dessus à consulter que 9. les Dieux, qui sçavent tout et donnent des avis à qui il leur plaît, soit en songe, soit dans les sacrifices, soit par les augures ou par les oiseaux. Or, on sent bien qu'ils con-seilleront plus volontiers ceux qui ne les invoquent pas seulement dans le danger, mais qui, dans la prospérité, ont accoutumé de leur rendre, autant qu'il est en eux, les hommages et le culte dus à la Divinité.

où ils furent accueillis. On leur accorda de grands priviléges, et même on les admit au rang des citoyens. (*Voy.* XÉNOPHON, Hist. gr. , liv. 6, 3; DIODORE, liv. 15 ; PLUTARQUE, Pélopidas).

(1) Xénophon craint avec raison qu'il ne paraisse quelque chose d'af-fecté dans sa dévotion. En ce temps-là la religion d'un disciple de So-crate était fort suspecte : aussi le voit-on souvent faire sa profession de foi, et toujours parler en homme qui, à cause de ses liaisons, aurait pu aisément passer pour incrédule; mais en cela même il y avait une me-sure à garder, et pour échapper aux soupçons, il devait éviter également de prouver trop ou trop peu. C'est à quoi se rapporte cette phrase et la suite.

(2) Agir *avec Dieu* ou *sans Dieu*, sont des expressions consacrées chez les anciens, pour dire selon la volonté, ou contre la volonté des Dieux, manifestée par les augures.

DE L'ÉQUITATION.

CROYANT, par une longue pratique, avoir acquis quelque connoissance de l'équitation, nous voulons montrer à nos jeunes amis comment ils pourront se rendre habiles dans cet exercice. Il y a déjà sur le même sujet un écrit de Simon (1), celui qui a consacré, au Temple de Cérès Eleusinienne, à Athènes, le cheval de bronze sur la base duquel il a fait représenter ses propres actions. Quant à nous, s'il se trouve qu'il ait dit quelque chose en quoi nous soyons de son avis, nous ne laisserons pas pour cela d'en parler; mais ce seront, au contraire, ces mêmes observations que nous transmettrons à nos amis avec le plus de confiance, les voyant d'accord avec celles d'un homme de l'art; puis nous tâcherons d'y ajouter ce qu'il a omis.

(1) Ce Simon avait écrit un livre intitulé, selon Suidas, *Hipposcopique*, comme qui diroit, *le Parfait Maréchal.* Pollux nous en a conservé quelques fragments, qu'il a le plus souvent tronqués et altérés, faute d'entendre la matière. Il paraît d'ailleurs que Simon était fort ignorant, et s'exprimait assez mal; comparable en ce point à M. de la Broue, un de nos vieux auteurs d'équitation, qui, de son propre aveu, savait à peine *lire dans ses Heures.*

Ch. I. Et d'abord nous marquerons ce qu'il faut sçavoir pour éviter, autant qu'il se peut, d'être trompé en achetant un cheval. Du poulain encore à dompter, c'est le corps seul qu'on examine, l'ame ne se peut guères connoître

2. que du cheval qu'on a monté : or, dans le corps ce sont d'abord les jambes qu'il faut considérer; car de même qu'une maison ne pourroit servir à rien, si, les parties supérieures étant belles et bonnes, elle manquoit par les fondements, un cheval de guerre ne seroit non plus bon à rien, si tout en lui étoit louable, hors les jambes, ce seul défaut rendant inutiles toutes les bonnes qualités

3. qu'il pourroit avoir d'ailleurs. On jugera du pied, premièrement par l'ongle, qui vaut bien mieux épais que mince. Il faut voir ensuite si le sabot est élevé ou bas, devant et derrière, ou tout-à-fait plat; car le sabot élevé tient éloigné du sol ce qu'on appelle la fourchette : mais lorsqu'il est bas, le cheval marche également sur la partie solide et sur la plus molle du pied, comme il arrive aux hommes qui ont le genou cagneux. Simon dit qu'on connoît au bruit la bonté du pied d'un cheval, et il a raison; car le sabot creux résonne sur le sol comme une cymbale (1).

Puisque nous avons commencé par le pied, nous re-

4. monterons de là aux autres parties du corps. Les os situés entre la corne et le boulet (2), ne doivent pas être tout

(1) Leurs chevaux n'étaient point ferrés. *Voy*. p. 406.

(2) Il y avait un mot grec pour dire le pâturon : sans doute Xéno-

droits, comme aux chèvres (car les jambes ainsi cons- I.
truites fatiguent le cavalier par une réaction trop dure,
et sont sujettes à se gorger) : ces os ne doivent pas non
plus plier trop bas, d'où il arriveroit qu'en marchant
dans les pierres et les mottes de terre, le boulet, ou per-
droit son poil (1), ou même se blesseroit.

Il faut que les os des jambes soient gros (car ce sont 5.
les colonnes du corps), mais non chargés de veines ni de
chairs : autrement, en courant dans un terrain rabot-
teux, ces parties s'engorgent par l'amas du sang, il s'y
forme des varices, la jambe se gonfle, et la peau se dila-
tant, se sépare de l'os; souvent même, par une suite de
ce relâchement, la cheville se déboîte, et le cheval demeure estropié (2).

Si le poulain en marchant fléchit mollement les ge- 6.
noux, on en peut conclure qu'au manége il aura les mou-

phon l'ignorait, car on ne sauroit supposer que par délicatesse il ait
évité de s'en servir, ayant employé d'autres termes de maréchallerie,
tels que le boulet, la fourchette, les crochets, etc.

(1) Au temps de Xénophon, ce que nous appelons faire le poil n'é-
tait point d'usage; on ménageait, au contraire, le fanon, qui, dans
les pays chauds, croit peu, et loin de rien ôter à la beauté du pied,
sert plutôt à dessiner agréablement l'ergot.

(2) Absyrte, dans la collection des auteurs d'Hippiatrique : *Pour
exercer le poulain, il faut un terrain non trop meuble, ni où les pieds
enfoncent trop, surtout dans la première jeunesse; car aisément il arrive
que les chevilles des jambes* (je traduis à la lettre) *se déplacent, et
ainsi les pâturons portent à terre, et après cet accident le cheval reste
estropié.*

1. vements souples et moëlleux ; car dans tous les poulains , cette souplesse des genoux augmente avec l'âge, et la flexibilité dans les articulations est estimée avec raison , le cheval doué de cette qualité étant moins sujet à broncher et moins fatiguant qu'un cheval dur.

7. Le bras , s'il est gros, annonce, comme dans l'homme , plus de vigueur et de grace.

La largeur de la poitrine , nécessaire également pour la force et la beauté , fera d'ailleurs que les jambes , bien séparées l'une de l'autre , ne se croiseront point dans leur mouvement.

8. A partir de la poitrine , que le col ne tombe pas en avant, comme au sanglier, mais qu'il s'élève, comme dans le coq , droit au toupet , et qu'il soit échancré profondément en dessous , à l'endroit de l'inflexion.

Que la tête sèche ait peu de ganache ; de la sorte l'encolure couvrira le cavalier, et le cheval verra devant lui où il pose le pied : outre qu'un cheval portant ainsi sa tête, rarement forcera la main, quelque fougueux qu'il paroisse ; car ce n'est pas en ramenant , mais au contraire en tendant le col , qu'il cherche à forcer la main.

9. Examinez les barres , pour sçavoir si elles sont tendres , dures ou inégales : le poulain dont les barres sont inégalement sensibles, aura d'ordinaire la bouche fausse.

L'œil saillant donne un air plus vif, et meilleure vue que l'œil enfoncé.

10. Les naseaux bien ouverts font qu'un cheval a plus d'haleine et d'ardeur que lorsqu'ils sont serrés ; et de fait

quand un cheval est en colère contre un autre, ou s'a- I.
nime sous la main, c'est alors qu'il ouvre davantage les
narines.

Les oreilles les plus petites, les plus éloignées l'une de II.
l'autre à leur base (1), donnent à la tête l'air plus distingué.

(1) Cette largeur du sommet de la tête, regardée chez les anciens
comme une beauté, était le trait caractéristique des chevaux qu'on appelait *Bucéphales*, ou Têtes de bœuf. De ce genre est la belle tête de
cheval qu'on voit à Naples, au palais Colombrano. Il ne faut pas croire
que ce nom de Bucéphale fût particulier au cheval d'Alexandre, erreur
de Pline et de beaucoup d'autres. Bien avant Alexandre on donnait ce
nom à une race particulière de chevaux Thessaliens, et à ceux qui
leur ressemblaient. Cette dénomination fut sans doute imaginée par
des maquignons aussi peu sensés que les nôtres, qui louent dans un
cheval la tête de mouton, *testa de carnero* chez les Espagnols.

Le cheval tant admiré et tant critiqué de Marc-Aurèle, au Capitole,
est Bucéphale. Quant aux proportions de son corps, c'est un cheval
Napolitain et entier, qu'on n'eût jamais dû comparer aux chevaux
hongres du Nord. La castration dénature tous les animaux, et l'effet
en est remarquable, surtout dans l'encolure, par la correspondance
connue de cette partie avec celles de la génération. L'encolure du
cheval de Marc-Aurèle a paru trop forte aux Français et aux Alle-
mands; mais les Espagnols et les Italiens, chez qui les chevaux sont
tous entiers, en ont jugé différemment. Il a en cela, et en tout, le caractère des belles races de la Calabre et de la Pouille. Son allure est
une espèce d'amble : par cette raison, il devait avoir, et il a réellement
la croupe basse; mais comme on a cru que c'était un défaut, on a
cherché à y remédier en posant la statue sur un plan incliné en devant,
ce qui en détruit l'effet, et met hors d'équilibre la figure du cavalier.
L'artiste a choisi cette allure, apparemment pour se conformer à l'u-
sage de cet Empereur; usage commun en Italie, où l'on monte encore
peu de chevaux qui ne soient dressés à l'amble.

1. Le garot élevé rend le cavalier plus ferme, en offrant à ses cuisses plus de prise sur les épaules et le corps de l'animal.

L'épine double est la plus belle et la plus commode pour s'asseoir.

12. La côte ample, ayant du relief à l'égard du ventre, fait que le cheval est plus fort, se nourrit mieux, et offre à l'homme une meilleure assiette.

Plus le rein sera large et court, et plus aisément le cheval exécutera tous les mouvements où le devant s'élève et le derrière suit : de la sorte aussi le ventre paroîtra plus petit, partie qui, étant trop grande, rend le cheval non-seulement difforme, mais foible et pesant.

13. Les fesses larges et charnues seront assorties aux côtes et à la poitrine : si elles sont en outre compactes, ce sera signe de légèreté pour la course, et d'agilité dans tous les mouvements.

14. Pourvu que les jarrets soient larges et nullement tournés en dehors, les jambes de derrière, en posant à terre, s'éloigneront l'une de l'autre, comme celles de devant, ce qui rendra la démarche plus ferme, plus agile, et tout sera pour le mieux. Cela se peut voir, même dans l'homme; car, pour lever de terre un fardeau, un homme ne se placera jamais les pieds joints, mais écartés.

15. Il ne faut pas que le cheval ait les testicules gros; mais c'est ce qu'on ne peut encore voir dans le poulain. Pour ce qui est des parties inférieures du train de derrière, des astragales, des canons, des boulets et de la corne, on peut y appliquer ce que nous avons dit des jambes de devant.

Je veux marquer aussi à quels signes on pourra éviter I. 16.
de se méprendre sur la taille. Le poulain qui, en nais-
sant, aura les jambes les plus longues, deviendra le
plus grand : car toutes les bêtes de trait ou de somme,
en avançant en âge, croissent moins par les jambes que
par le corps, qui prend au contraire, dans la suite, plus
d'accroissement, pour être en proportion avec la hauteur
des jambes.

A ces marques donc, nous croyons qu'on pourra juger 17.
de la beauté des poulains, et en choisir un qui ait, avec
de la vigueur, bon pied, bonne chair, bon air et bonne
taille ; que si quelques-uns, en croissant, changent et
ne répondent pas à ce qu'on en attendoit, ce n'est pas
une raison pour renoncer à nos règles ; car on en verra
plus de laids devenir beaux et bons, que de faits comme
nous l'avons dit, devenir difformes.

Quant à la manière de dresser le poulain, nous ne II.
croyons pas devoir en parler ; car dans les Républiques,
on désigne pour la cavalerie les jeunes gens les plus
riches des familles qui ont le plus de part au gouvernement ; et un jeune homme ainsi né, au lieu de passer
son temps à dresser des chevaux, fera bien mieux de
se former le corps par la gymnastique, et d'apprendre
l'équitation, ou de s'y exercer, s'il est déjà instruit.
Plus âgé, il s'occupera de sa maison, de ses amis, des
affaires publiques, de la guerre, plutôt que de l'éducation des chevaux. Quiconque sur ce sujet pensera comme 2.
moi, donnera son cheval à dresser ; mais comme lors-

II. qu'on met un enfant en apprentissage , on passe un marché par écrit, pour convenir de ce qu'il doit sçavoir en sortant de chez le maître , il en faut faire de même ici , afin que ces conventions fixent à l'écuyer les conditions qu'il doit remplir pour recevoir son salaire.

3.   Le poulain qu'on donne à dresser , on tâchera qu'il soit doux, apprivoisé, ami de l'homme , qualités qu'il acquiert à la maison surtout , et par les soins du palefrenier , qui pour cela doit s'appliquer à faire en sorte qu'il ne souffre de la faim , de la soif, des piqûres , que quand il est seul ; et qu'au contraire , les alimens , la boisson , la cessation de toute incommodité , lui viennent des soins de l'homme. Il ne se peut que de la sorte , on ne l'amène bientôt à aimer et désirer même la présence de

4. l'homme. Il faut aussi toucher le cheval aux endroits où il aime à être caressé : ce sont les plus garnis de poil , et ceux où il ne peut lui-même se délivrer de ce qui l'in-

5. quiète. On récommandera, en outre au palefrenier , de le conduire par les lieux les plus remplis de monde, l'accoutumer à tous les bruits, l'approcher de tous les objets , et quand quelque chose l'effraie , non se fâcher et le maltraiter , mais doucement lui faire comprendre que ce qu'il craint n'est point à craindre. Ce peu de règles à observer quand on a de jeunes chevaux, doit suffire , ce me semble , à quiconque n'est pas écuyer de profession (1).

(1) On s'étonnera que Xénophon , entrant dans tous ces détails su

Maintenant nous allons marquer les instructions qu'il III. faut avoir pour n'être pas trompé lorsqu'on achète un cheval tout dressé. Son âge doit se sçavoir d'abord ; car celui qui ne marque plus ne flatte d'aucune espérance , et l'acheteur ne peut dans la suite s'en défaire aussi aisé- ment. Quand sa jeunesse est hors de doute , il faut voir 2.

le choix d'un jeune cheval, n'avertisse nulle part de se garder de la gourme, par où il aurait commencé apparemment s'il eût connu cette maladie. On ne trouve rien non plus qui s'y rapporte d'une façon bien claire dans les Hippiatriques. Le silence de Xénophon vient de ce que ce mal n'existait ni en Grèce ni dans aucun des pays qu'il avait par- couru. Il n'avait vu que des pays chauds où la gourme est inconnue. On n'en a nulle idée dans le royaume de Naples. Tous les poulains s'y vendent aux foires , âgés de quatre ans, et on les achète sans le moindre examen , ce qui n'aurait pas lieu si la gourme était à craindre pour eux. Cent cinquante poulains achetés à la foire d'Altamura, pour le neuvième régiment de chasseurs , n'eurent jamais signe de gourme, non plus qu'un grand nombre d'autres que le traducteur a pu observer de près et pendant long-temps. Les propriétaires de haras , les ma- réchaux et maquignons , interrogés là-dessus, ne savent ce qu'on leur veut dire.

Sur cela on peut remarquer que différents animaux, de ceux qui se nourrissent d'herbe, originaires des climats chauds, comme le cheval, deviennent , sous des zônes plus froides, sujets à de telles maladies. Dans la Calabre , les chevaux en sont exempts ; mais les buffles, pour qui cette température est froide, y meurent en grand nombre , à trois ou quatre ans, du mal appelé *barbone*, qui se déclare par un gonfle- ment extraordinaire des amygdales et des glandes parotides. Les cha- meaux, introduits depuis peu en Toscane, y ont pris la même maladie, et parmi ceux des Calmouks, au dire de Pallas, ce fléau fait d'affreux ravages.

III. comment il se laisse mettre le mors dans la bouche , et
passer la têtière par-dessus les oreilles ; c'est ce qu'on
3. éclaircira en le faisant brider et débrider devant soi. Ensuite on examinera comment il reçoit le cavalier sur son
dos : car beaucoup de chevaux se défendent de ce qui
4. leur annonce le travail. C'est encore une chose à sçavoir ,
si , étant monté, il s'éloigne volontiers des autres chevaux, ou si, passant à peu de distance , il ne s'emporte
pas pour les aller joindre. Il y en a même qui , du manége , s'échappent vers l'écurie , et ce vice provient d'une
mauvaise éducation.

5. Ceux qui ont la bouche fausse se reconnoissent d'abord
à la leçon qu'on appelle l'entrave , mais mieux en va-
riant la piste dans différents sens : car on en voit beaucoup qui ne forcent point la main , quoiqu'ayant mauvaise bouche , s'ils ne se trouvent portés directement
6. vers la maison. Il faut s'assurer encore si , étant lancés
à toute bride , ils forment un arrêt court , et font volontiers la demi-volte. Puis il est à propos de ne pas ignorer
si le cheval obéit également bien , après qu'on lui a
fait sentir ou la gaule ou l'éperon. Tout autre animal de
service , tout valet qui n'obéit pas ne sert à rien ; mais
le cheval désobéissant n'est pas seulement inutile , il
7. vous trahit souvent et vous livre à l'ennemi. Nous sup-
posons qu'on achète un cheval pour la guerre , et par
conséquent il faut l'éprouver à tous les usages que la
guerre peut exiger , comme à sauter les fossés , franchir
les murailles sèches qui séparent les champs , s'élancer

sur les tertres , en descendre d'un saut ; dans les pentes III.
rapides, courir à val , ou contre-mont , ou obliquement :
c'est à ces preuves que l'on connoîtra s'il a le corps sain
et l'ame généreuse.

Il ne faut pas néanmoins rejeter d'abord un cheval 8.
parce qu'il ne feroit pas également bien toutes ces choses:
plusieurs manquent, non par impuissance , mais par
ignorance , qui, instruits, dressés, exercés, exécuteront
parfaitement tout ce qu'on leur demandera , s'ils n'ont
d'ailleurs ni maladie, ni mauvaises habitudes.

Qu'on se garde surtout de ceux qui sont ombrageux 9.
par nature ; car un cheval peureux , non seulement empêche de frapper l'ennemi , mais souvent renverse le
cavalier et le jette dans les plus grands périls. Il importe 10.
encore de sçavoir si le cheval n'est point hargneux (soit
aux hommes , soit aux chevaux) , ou chatouilleux , tous
défauts fâcheux pour le maître.

La répugnance d'un cheval à se laisser brider ou 11.
monter, et ses autres vices se connoîtront mieux encore,
si , le travail fini, on essaie de lui faire tout ce qui se
fait avant de commencer ; tous ceux qui, ayant achevé
leur travail, se montreront prêts à recommencer , donneront par là une preuve suffisante de leur courage.

En un mot, un cheval bien jambé , doux, assez léger, 12.
ayant force , bonne volonté, obéissance surtout, devra
être le plus maniable et le plus sûr à la guerre ; mais ceux
qui, ou par lâcheté, ont besoin d'être poussés , ou par
trop de feu, exigent beaucoup de ménagement et d'at-

3.   26

III. tention, embarrassent le cavalier, dont ils occupent trop les mains, et le découragent dans les dangers.

IV. Lorsque, satisfait d'un cheval, on l'aura acheté et conduit chez soi, il sera bon que l'écurie soit d'abord tellement située que le maître y puisse avoir l'œil, et voir son cheval le plus souvent possible, puis construite de manière qu'il soit aussi difficile de dérober au cheval sa nourriture du ratelier, qu'au maître la sienne du buffet. Qui néglige ces soins, à mon sens, se néglige soi-même; car il est clair qu'à la guerre, l'homme confie

2. sa vie à son cheval : et ce n'est pas seulement à raison de la nourriture, qu'il faut une écurie sûre, mais afin que si l'animal rend son grain sans le digérer, on s'en aperçoive promptement; ce qu'ayant reconnu, on s'assurera si le mal provient ou de trop de sang qui lui empâte la bouche (1), et l'on y remédiera; ou d'un excès de fatigue, et alors on le laissera reposer; ou enfin si c'est une fourbure, ou quelque autre incommodité qui se déclare : car aux chevaux comme aux hommes, tout mal, à son commencement, est plus facile à guérir que lorsqu'il a fait des progrès et s'est répandu par tout le corps.

3. Mais en même temps qu'on s'occupe de sa nourriture et de ses exercices pour lui fortifier le corps, il faut former aussi ses pieds (2) : or, les écuries dont le sol

(1) C'est le mal très-commun qu'on appelle *empas*. On y remédie par une incision au palais.

(2) Les anciens ne ferraient point leurs chevaux; cela se voit par

est humide ou uni, gâteront la meilleure corne; mais IV.
celles où l'on a pratiqué des écoulements, pour ôter

tous les écrits et les monuments qui nous restent d'eux, et n'a pu
étonner que des gens qui ne savaient pas en combien de pays l'usage
de ferrer les chevaux n'est point encore introduit. Les Tunguses, ainsi
que la plupart des Tartares, les meilleurs et les plus infatigables cavaliers du monde, ne sachant forger que très-grossièrement, sont par
cela seul dans l'impossibilité de ferrer leurs chevaux. *Les Hollandais
du Cap ont de petits chevaux qu'on ne ferre jamais*, dit Sparrmann;
et M. Thünberg a fait la même remarque dans l'île de Java. Un autre
voyageur assure qu'à Mogador, et sur la côte occidentale de l'Afrique
tous les chevaux vont sans fers, et Niebuhr en dit autant de ceux de
l'Yemen. M. Pallas a vu les chevaux de Kalmouks, *qui ont*, dit-il, *le
sabot petit et extrêmement dur : on les monte en un temps, sans qu'ils
soient ferrés*. Ailleurs, parlant des Cosaques des bords du Jaïk : *Leurs
chevaux*, dit-il, *ne sont point ferrés, mais il leur vient, dans un sol
sec, un sabot très-beau et très-dur*. En effet, c'est dans les terrains
secs et pierreux que le cheval se fait un sabot qui résiste à tout;
mais il faut pour cela qu'il soit libre et sauvage dans ses premières
années, comme on laisse errer les poulains autour des montagnes de la
Calabre et de l'Andalousie, jusqu'à l'âge de quatre ans. Enfermés à
l'écurie, comme nous tenons les nôtres, ou paissant dans des prairies,
leur corne ne durcit point. Ce que désirerait M......, qu'on accou-
tumât nos chevaux de cavalerie à marcher sans fers, serait exécuta-
ble, et d'un grand avantage, si l'on pouvait n'y employer que des chevaux nés et élevés dans des pays secs, ce qui exclurait la plupart de
nos races de France et d'Allemagne.

Dans les chemins trop âpres, les anciens, non du temps de Xénophon, mais plus tard, chaussaient leurs chevaux de trait et de bât,
ainsi que leurs mulets, d'une espèce de sabot de fer, appelé en latin
solea (*pantoufle*), qui s'ôtait et se mettait à volonté : c'était un usage
des Romains, et par la périphrase qu'emploie Artémidore, on peut

IV. l'humidité, et qu'on a pavées (pour que le sol ne fût pas uni), de pierres grosses à peu près comme le sa—

juger qu'il n'y avait point de nom grec pour cela. On mettait aussi, dans certaines provinces de l'Empire, aux chameaux surtout, des chaussures tissues de ficelles, qu'on appelait *spartia*. Les montagnards des Pyrénées en portent de semblables pour gravir les rochers, et les nomment aussi *espardeilles*. Mais tout cela n'avait rien de commun avec notre ferrure actuelle. Les chevaux de monture allaient toujours pieds nus.

Le traducteur ayant eu la curiosité et l'occasion d'essayer la méthode de Xénophon pour durcir la corne des chevaux, voici ce qui en est résulté : A Bari, ville maritime de la Pouille pierreuse, on garnit le sol d'une écurie construite pour quatre chevaux, d'un lit de cailloux pris sur la plage, et arrondis par la mer, dont les plus gros pouvaient avoir le volume d'un boulet de quatre. Ce lit, de dix-huit pouces à peu près de hauteur sous la mangeoire, qui fut exhaussée d'autant, s'abaissait en pente vers le mur opposé. Trois chevaux y furent placés pieds nus : l'un, poulain de quatre ans, race des environs de Cirignola, qui n'avait jamais eu de fers ; l'autre, de huit ans, d'Acquaviva, ferré ordinairement de devant ; le troisième, vieux cheval de troupe. De ces trois chevaux, le premier seulement avait le sabot bien fait et la corne assez bonne. On les pansait à l'écurie, d'où ils ne sortaient que pour la promenade : on mettait sous eux la nuit, au lieu de litière, quelques brins de sarment. Leur urine tombant à travers les pierres sur le pavé très-uni de l'écurie, s'écoulait à l'ordinaire avec l'eau qu'on y jetait de temps en temps pour nettoyer la place ; de sorte que le cheval était toujours à sec. Chaque jour, soir et matin, le poulain trottait plusieurs reprises à la longe, sur la grève, où l'on avait amassé des cailloux pareils à ceux de l'écurie. Au bout de deux mois et demi, sa corne était plus compacte, et la fourchette surtout avait acquis une solidité remarquable. Il fit le voyage de Bari à Tarente passant par Monopoli, Ostuni, Brindisi, Lecce, Manduria, tous chemins de traverse remplis de pierres, et revint sans être ferré ni in-

bot (1), ces écuries-là d'abord durcissent la corne, qui IV.
pose continuellement sur ce pavé ; puis, comme le pale- 4.
frenier devra panser le cheval dehors, et après le dé-
jeûner, l'ôter du ratelier, pour qu'il revienne souper
avec plus d'appétit, dans cet endroit où on le panse et
l'attache hors de l'écurie, le pied se fortifiera encore,
si l'on y fait verser quatre ou cinq tombereaux de pierres
rondes, de grosseur à emplir la main, et contenues par
un entourage de fer pour les empêcher de se répandre :
le cheval étant à cette place, ce sera comme s'il marc-
choit tous les jours quelques heures dans un chemin
plein de cailloux ; car, soit qu'on l'étrille, soit que les 5.

commodé : à la vérité on ne l'avait monté que deux jours ; mais il
aurait résisté à de plus grandes fatigues, et il était aisé de voir que
les mêmes soins continués l'auraient mis en état de se passer de fers
toute sa vie : il fut vendu. Les deux autres n'eurent pas le même succès : leur corne, gâtée par les clous, se fendait et s'exfoliait pour peu
qu'ils marchassent ; mais peut-être qu'avec le temps ils se seraient fait
un bon pied.

Cette épreuve eut lieu dans les mois de juillet, août et septembre ;
on ne peut douter qu'elle n'eût complètement réussi sur des chevaux
calabrois, qui ont meilleur pied que ceux de la Pouille.

Outre ce qu'enseigne ici Xénophon pour consolider le pied des chevaux, on avait d'autres méthodes dont il ne dit rien ; cela se voit par
ce passage du discours précédent : *Pour durcir le sabot, si quelqu'un
sçait une pratique et plus facile et plus sûre, qu'il s'en serve.*

(1) On traduit littéralement ; mais le texte dit plus en moins de
mots, et fait entendre que ces pierres doivent être de forme et de dimension telles qu'elles puissent, le pied posant dessus, entrer dans le
creux du sabot, et porter sur la fourchette.

IV. mouches le piquent, il battra du pied, de même qu'en marchant, sur ces pierres mobiles et roulantes, qui affermiront la fourchette. S'il est nécessaire de durcir la corne, il ne l'est pas moins d'amollir la bouche (1) : les mêmes choses qui amollissent la chair de l'homme, produisent cet effet sur la bouche du cheval.

V. Un autre objet d'attention pour le cavalier, c'est que le palefrenier soit instruit des soins qu'il doit donner au cheval. Il faut qu'il sçache premièrement que le licol d'écurie ne se doit jamais nouer à l'endroit ou porte la têtière, parce que souvent le cheval en se grattant la tête contre la mangeoire, si le licol n'est pas bien mis autour des oreilles, s'écorche, et cette partie une fois blessée, il ne se peut que le cheval ne devienne ensuite difficile et à brider et à panser. Il est bon de

2. prescrire encore au palefrenier d'enlever chaque jour le crottin et la litière, qu'on amassera dans un endroit séparé : au moyen de cette attention, il aura lui-même moins de peine, et le cheval s'en portera mieux.

3. Le palefrenier doit sçavoir aussi lui mettre la muse-lière lorsqu'il le fait sortir, soit pour le panser, soit pour le mener à l'endroit où il se poudre (1). En

---

(1) Ceci veut dire, suivant Pollux, qu'il faut lui frotter les barres avec les doigts, lui laver la bouche avec de l'eau tiède, et de temps en temps avec de l'huile.

(2) Quand le cheval était en sueur, on le menait dans un endroit où l'on avait amassé du sable fin, ou de la poussière. Cette poussière ou ce sable dans lequel il se rouloit, en absorbant la sueur, prévenait les

un mot, il faut le museler toutes les fois qu'il sort sans V.
être bridé; car la muselière ne lui gêne point la res-
piration, l'empêche de mordre, et lui ôte plus que nul
autre moyen tout pouvoir de nuire par malice (1).

Il faut l'attacher au-dessus de la tête ; car tout ce qui 4.
l'incommode autour de la face, il cherche à s'en débar-
rasser, et secoue la tête en la levant en haut, mouvement qui tend à relâcher le lien plutôt qu'à le rompre,
lorsqu'il est placé comme nous l'avons dit.

Pour le panser on commencera par la tête et la cri- 5.
nière ; car de nettoyer le bas avant que le haut fût
propre, ce seroit sottise. On peut, sur le reste du corps,
employer tous les instruments du pansement, d'abord à
rebrousse poil, puis en époussetant dans le sens du poil ;
mais sur l'épine du dos, il ne faut se servir que de la
main, en frottant et adoucissant le poil dans son sens
naturel : ainsi faisant, on ne risque point de blesser
cette partie.

Il faut simplement laver la tête avec de l'eau ; car, 6.

inconvénients d'une transpiration arrêtée; ensuite le cheval étant
bien sec, on le lavait dans la mer ou dans l'eau courante. Les Athlètes
se poudraient de même à la fin de leurs exercices, et les Romains
faisaient venir de l'Égypte le sable destiné à cet usage.

Les Parthes, après la course, promenaient leurs chevaux au soleil,
jusqu'à ce qu'ils fussent parfaitement secs, et c'est la pratique qu'on
suit encore dans l'Orient, en Angleterre et ailleurs.

(1) Xénophon parle de chevaux élevés sauvages dans les montagnes
jusqu'à l'âge de quatre ans, comme ceux de la Calabre. Il s'en voit de
très-farouches, qui même ne s'apprivoisent jamais.

V. comme elle est toute osseuse, en la nettoyant avec le fer ou le bois, on chagrineroit le cheval. Il faut mouiller le toupet, car ces crins, devenant d'une bonne longueur, n'empêchent point le cheval de voir, et lui servent à écarter les insectes qui l'incommodent autour des yeux. Il est même à croire que la nature les a voulu donner au cheval, au lieu de ces longues oreilles qu'ont les ânes et les mulets, pour la défense de leurs yeux.

7. On lavera aussi la crinière et la queue : car il est bon que tous les crins deviennent longs et touffus ; ceux de la queue, afin qu'atteignant plus loin, ils servent au cheval à chasser les mouches ; ceux du col, pour donner plus de prise au cavalier : d'ailleurs ce sont présents que les Dieux ont fait au cheval pour sa parure (le toupet,

8. la queue, la crinière), et desquels dépend sa fierté : et qu'il soit vrai, les juments, au haras, ne se laissent point saillir par des ânes, tant qu'elles ont tous leurs crins, d'où vient que l'on tond pour la monte les cavales destinées à produire des mulets.

9. Laver les jambes ne sert de rien, et cette irrigation journalière gâte la corne : ainsi c'est un usage que nous interdirons. On peut encore se dispenser de nettoyer trop soigneusement le dessous du ventre, opération qui chagrine beaucoup le cheval : plus cette partie est nette, plus les mouches s'y portent et tourmentent l'animal ;

10. d'ailleurs, quelque peine qu'on se donne pour nettoyer le dessous du ventre, le cheval n'est pas plus tôt dehors qu'il n'y paroît plus ; il faut donc laisser cela. C'est assez

de frotter les jambes avec la main seulement ; et pour VI. montrer de quelle manière cette opération se peut faire très-bien et sans danger, nous dirons que si on se place la tête tournée du même côté où regarde le cheval, on risque d'être frappé de la corne ou du genou au visage ; mais si, au contraire, regardant à l'opposite du cheval, 2. hors de la ligne des jambes, on s'accroupit vers l'omo-plate, on n'aura rien du tout à craindre, et on pourra nettoyer la fourchette en levant le pied de terre : on aura le même soin des pieds de derrière.

En général, pour cela et pour toute autre chose, le 3. palefrenier doit sçavoir qu'il faut, le moins qu'on peut, approcher le cheval par derrière et par devant : car dans ces deux sens, s'il veut nuire, il est plus fort que l'homme ; mais c'est en l'approchant de côté qu'on aura le plus de sûreté à lui faire ce que l'on voudra.

S'agit-il de conduire le cheval en main ? le mener 4. derrière soi est une manière que nous n'approuvons pas, parce qu'ainsi on peut moins aisément s'en garder, et il est plus maître de faire ce qu'il veut. Lui apprendre à 5. marcher devant, tenu par une longe d'une certaine longueur, ne vaut pas mieux, par d'autres raisons ; car, de la sorte, d'abord le cheval peut faire du mal à droite et à gauche, et même, en se retournant, faire tête à son conducteur ; puis plusieurs chevaux ensemble 6. étant conduits de cette manière, comment pourroit-on les empêcher de se battre ? Mais un cheval habitué à être mené de côté, ne pourra blesser ni hommes ni che-

VI. vaux, et se présentera très-bien au cavalier, dans le cas même où il faudroit monter de plein saut.

7. Pour bien brider le cheval, le palefrenier premièrement l'approchera par la gauche ; ensuite, passant les rênes par-dessus la tête, il les posera sur le garot ; puis il prendra la têtière avec la main droite, et de la gauche

8. présentera le mors à la bouche du cheval ; bien entendu que s'il le reçoit sans difficulté, il faudra le coiffer : mais s'il n'entr'ouvre pas la bouche, il faut, en même-temps qu'on applique le mors contre les dents, introduire à l'endroit des barres le grand doigt de la main gauche ; la plupart cèdent à cela et ouvrent la bouche : mais s'il résistoit encore, on pressera la lèvre contre le crochet (1) ; il en est bien peu que ce moyen n'oblige à desserrer les dents.

9. Le palefrenier saura de plus qu'il ne faut jamais mener le cheval par une des rênes ; cela gâte la bouche. On lui apprendra aussi comment le mors doit être placé, à quelle distance des dents molaires : trop haut il blesse la bouche (*c'est à dire les lèvres*), qui deviendra calleuse, et par conséquent moins sensible ; trop bas, le cheval pourra le saisir avec les dents et forcer la main.

10. Ce sont-là des choses qui méritent toute l'attention et

---

(1)Ceci ne sauroit s'appliquer aux juments qui n'ont point de crochets ; mais les anciens ne se servaient guères des juments que pour le trait, auxquelles elles sont plus propres, étant basses du devant, et c'est ainsi qu'on en use dans les pays, comme la Grèce, où tous les chevaux sont entiers.

les soins du palefrenier ; car cette docilité à recevoir le VI.
mors est une qualité si essentielle au cheval, qu'avec
le vice contraire il ne peut servir à rien. Lui mettant 11.
d'ordinaire la bride non seulement pour travailler, mais
encore au moment de prendre sa nourriture, ou de ren-
trer à l'écurie après sa leçon finie, on le verra bientôt
saisir de lui-même le mors dès qu'on le lui présentera.

Il est encore bon que le palefrenier sçache tenir le pied 12.
à la manière des Perses (1), afin que son maître, devenant
ou vieux ou incommodé, ait toujours le moyen de monter à cheval sans peine, et puisse, quand il voudra, prêter
ce secours à quelqu'un, ayant un homme instruit à cela.

Avec les chevaux, ne rien faire par colère, c'est la 13.
première de toutes les règles, et la loi qu'on doit s'imposer ; car la colère ne prévoit rien, et ce qu'elle fait
faire est presque toujours suivi de repentir.

Quand un cheval a peur de quelque objet et n'en 14.
veut point approcher, il faut seulement lui montrer que
cet objet n'a rien de dangereux, sur tout si c'est un
cheval naturellement courageux ; sinon il faut toucher
soi - même ce qui l'effraie, en l'amenant doucement
auprès. L'en faire approcher en le maltraitant, c'est
augmenter sa peur et le rendre plus vicieux, car alors un
cheval attribue à l'objet qu'il craint le mal qu'il éprouve.

En présentant le cheval, si le palefrenier sçait lui faire 15.

---

(1) C'est ce que nous appelons *donner le pied à l'anglaise. (Voyez*
les notes sur le texte.)

VI. baisser la croupe pour qu'on monte plus aisément (1),
nous ne blâmons point cela , mais nous croyons qu'il
est bon de s'habituer à monter sans que le cheval s'y
prête ; car on ne trouve pas toujours des chevaux dressés
de la sorte , et l'on n'a pas toujours le même palefrenier.

VII. Sur le point de monter à cheval , le cavalier se trouvant
placé et disposé convenablement , voici ce qu'il faut observer , pour le bien de l'homme et du cheval. Le cavalier
doit d'abord avoir prête , dans la main gauche , la longe
qui tient à la gourmette (2) ou à la muserolle , ayant

(1) Pollux explique bien ce que cela veut dire. *Le cheval avance,*
dit-il, *les jambes de devant, et abaisse sa croupe en alongeant les
jambes de derrière* , comme font les chevaux pour uriner ou lorsqu'ils
sont fatigués. Le traducteur a vu en Allemagne des chevaux dressés
de la sorte. Il ne faut pas citer ici ce que dit Busbek , vrai ou faux ,
des chevaux Turcs , qu'ils s'agenouillent pour recevoir le cavalier.

(2) Le mors des anciens n'ayant point de branches , cette gourmette
ne faisait pas le même effet que la nôtre : elle servait seulement à
assujettir l'embouchure , et quelquefois on y attachait cette longe, que
l'homme tenait de la main gauche ou entortillait autour de son bras ,
soit pour monter à cheval , soit pour combattre ou agir en quelque
manière que ce fût, laissant les rênes sur le garot, comme font encore
les Tartares pour tirer de l'arc au galop.

Que leurs mors n'eussent point de branches , cela paraît par quelques endroits de ce livre même de Xénophon , et se voit d'ailleurs sur
plusieurs monuments antiques , parmi lesquels on peut citer les deux
figures équestres tirées d'Herculanum , et transportées depuis peu au
palais *degli Studj.* Les têtes des chevaux sont bien conservées, et
quoique l'artiste n'ait pas mis beaucoup d'exactitude dans le dessin de
la bride , dont la têtière est mal placée , cependant on y voit claire-

soin de tenir cette longe assez lâche pour ne point tirer, VII.
soit qu'il s'enlève en prenant une poignée de crins près
des oreilles, soit qu'il saute au moyen de la pique (1) :
de la droite il saisira près du garot les rênes et la crinière ensemble, de sorte que le mors n'agisse en aucune
façon sur la bouche ; après quoi, prenant l'élan pour se 2.
mettre en selle (2), il s'enlèvera de la main gauche et
s'aidera de l'autre, fortement tendue (ainsi on évitera

ment que les rênes partent des coins de la bouche, qui sont recouverts par des bossettes. Ceux qui ont donné les gravures de la colonne
Trajane, y ont figuré à leur fantaisie des branches de mors, dont il n'y
a pas la moindre trace sur le marbre non plus que dans les bas-reliefs
de l'arc de Constantin, qui sont du même temps, comme on sait.

Les rênes tenaient à l'embouchure par des anneaux ; Pollux le dit
expressément.

(1) Tout ce qu'on a dit là-dessus d'un prétendu échelon placé au
bas de la lance pour appuyer le pied, est une rêverie fort inutile.
Quiconque aura vu les Hulans Autrichiens ou Polonais, mais surtout
les Cosaques, entendra ceci. Leur manière de monter à cheval, en s'aidant de la pique, diffère peu de ce qu'indique ici Xénophon. Ils saisissent
de la main gauche les rênes et une poignée de crins, et s'appuyant de la
droite sur la pique, un peu penchée vers la croupe du cheval, ils
s'enlèvent tout d'un temps, en mettant le pied à l'étrier, et le cavalier
se trouve en selle la lance à la main : tout cela se fait rapidement, et
avec beaucoup de grace, quand l'homme est adroit. Les anciens n'ayant
point l'usage des étriers, prenaient leur élan, une main appuyée sur
la pique, l'autre sur le garot ; la même main tenait la pique et cette
longe dont parle Xénophon.

(2) Ils n'avaient point proprement de selles, mais des panneaux
recouverts d'une peau de mouton pareille aux chabraques de nos
hussards. L'usage des arçons date du Bas-Empire.

VII. toute posture indécente) ; puis, la jambe pliée, qu'il ne pose pas le genou sur le dos du cheval, mais qu'il passe la jambe sur les côtes droites, et quand son pied sera placé, qu'il pose alors les fesses sur le cheval.

3. Mais s'il arrive que le cavalier mène son cheval de la main gauche, ayant la pique dans la main droite, alors nous croyons qu'il convient de s'être habitué à monter du côté droit. Ce qu'il faut sçavoir pour cela se réduit à faire de la droite ce qu'on faisoit de la gauche, et de la

4. gauche ce que nous avons dit de la droite. Cette pratique est utile, et nous la recommandons, parce qu'ainsi le cavalier se trouve tout d'un coup en selle et prêt à com-

5. battre en cas de surprise. Lorsqu'on sera assis, soit à poil, soit sur la selle, la bonne assiette n'est pas de se tenir comme sur un siége, mais plutôt comme si on étoit debout, les jambes écartées : ainsi placé, on se tiendra mieux des cuisses, et cette position droite donnera plus de force pour lancer le dard, ou frapper de près au besoin.

6. Il faut lâcher librement la jambe et le pied, à partir du genou (1) : car, que l'on roidisse la jambe, si elle rencontre quelque chose, l'assiette en sera dérangée ; au lieu que la jambe étant molle, cède si elle vient à heurter, et ne dérange point la cuisse. Le cavalier doit travailler à s'assouplir le plus possible les reins et le corps, de la ceinture en haut ; de cette manière il aura plus de liberté

(1) Ce précepte en soi est bon, mais la raison qu'en donne ici Xénophon peut paraître faible : peut-être n'est-ce qu'une addition à ce qu'en avait dit Simon.

d'agir, et tombera plus difficilement, s'il reçoit quelque VII.7.
secousse en combattant corps à corps.

Quant on sera en selle, il faut apprendre au cheval à 8.
rester immobile, jusqu'à ce que le cavalier ait arrangé
sous soi ce qui sera nécessaire, ajusté ses rênes et pris sa
pique de la manière la plus commode à la main. Tenant
le bras gauche près des côtes, l'homme en aura meilleure
mine et la main plus ferme. Nous approuvons les rênes 9.
bien égales, non foibles, ni glissantes, ni grosses ; en sorte
que la main puisse les contenir et la lance avec, au besoin.

Puis, pour faire marcher le cheval, il faut d'abord le 10.
mettre au pas, c'est le moyen de ne le point troubler :
s'il porte bas la tête, qu'on lui tienne la main haute ;
basse au contraire, s'il porte beau. On lui donnera de
cette manière le meilleur air qu'il puisse avoir.

Ensuite prenant le trot naturel, il faut laisser aller 11.
son corps sans gêne, et dans cette allure n'en jamais venir
à toucher le cheval du bois de la pique : puis, le beau
galop étant celui ou la gauche entame le chemin (1), on
mettra aisément le cheval dans cette position, si, pendant qu'il trotte, on saisit l'instant où il pose le pied
droit à terre, pour alors le toucher du bois de la pique ;
car ayant à lever le pied gauche, il partira de ce pied, et 12.
ainsi, tournant à gauche, il se trouvera juste et dans sa
vraie position, attendu que naturellement le cheval,
quand il tourne à droite, avance les parties droites ; les

(1) C'est le contraire aujourd'hui. Le pied gauche alors était *le bon
pied*.

VII. 13. gauches au contraire, quand il tourne à gauche. Nous approuvons la leçon qu'on appelle l'entrave (1) : elle accoutume le cheval à tourner aux deux mains; et il est bon, pour exercer également les deux barres, de varier

14 en tout sens les changements de main. Nous préférons aussi l'entrave allongée à l'entrave ronde; le cheval tourne plus volontiers, après avoir couru en ligne droite, et apprend ainsi en même temps à marcher droit et à se plier.

15. Il faut soutenir la main dans les voltes (2), car il n'est ni facile au cheval, ni sûr de tourner au galop sur un cercle étroit, surtout quand le terrain est battu ou glis-

16. sant; et dans le moment qu'on soutient la main, le cheval ni l'homme ne doivent se pencher; autrement peu de

17. chose suffira pour les mettre à bas l'un et l'autre. Quand, la volte étant terminée, le cheval se trouvera droit, c'est là l'instant de le lancer; car les voltes se font pour joindre ou éviter l'ennemi : il est donc utile de s'exercer à partir de vitesse aussitôt qu'on s'est retourné.

18. Lorsqu'on jugera que le cheval a bientôt assez travaillé,

(1) Ce terme, expliqué à demi par Pollux, désigne le galop sur un cercle avec des changements de main, dans lesquels on décrit la figure de l'entrave ou du chiffre 8. Il est facile après cela de concevoir ce que c'était que l'entrave alongée.

(2) Le mot qui est dans le texte répond exactement à l'Italien *volta*, mais Xénophon n'y attache jamais l'idée précise de ce qu'on nomme *les voltes* dans nos écoles. Il parle ici de la demi-volte à faire pour terminer la passade. C'est en cela que consiste encore tout l'art de l'équitation chez les Orientaux. La voltige, et les exercices qu'ils pratiquent n'ont rien de commun avec nos manéges.

ıl sera bon , après une pause, de le faire tout–à–coup VII.
partir avec vîtesse (tant en s'éloignant des autres chevaux
qu'en venant vers eux) : ainsi lancé, le retenir le plus
près possible du point de départ ; et après l'arrêt, faisant la demi-volte , le lancer de même dans le sens opposé
(à la guerre , on se trouvera dans le cas de faire souvent
usage de cette leçon); la reprise finie, ne le jamais des- 19.
cendre au milieu des chevaux , ni près d'un groupe de
gens, ni hors du manége; mais que dans le même lieu
où il travaille il trouve ensuite le repos.

Puisque le cheval devra, selon la nature du terrain, VIII.
galoper, tantôt en montant, tantôt en descendant, tantôt
obliquement; en quelques endroits, franchir un espace;
en d'autres , s'élancer hors d'un fond ou d'une enceinte,
ou même sauter de haut en bas : ce sont autant de leçons
et d'exercices à pratiquer pour l'homme et le cheval, afin
qu'ils agissent d'accord, et s'aident l'un l'autre dans le
péril. S'il paroît à quelqu'un que nous répétions ici ce 2.
que nous avons déjà enseigné, qu'on y prenne garde, ce
n'est pas une redite : il s'agissoit d'acheter un cheval , et
nous recommandions de l'éprouver; maintenant il est
question d'instruire le cheval que l'on a, et voici comme
on l'instruira. Quand on monte un cheval qui ne sçait 3.
point du tout sauter, il faut mettre pied à terre, et prenant la longe en main, passer le premier le fossé; puis
tirer à soi le cheval par la longe pour le faire sauter : s'il 4.
refuse, que quelqu'un par derrière, avec un fouet, ou
une gaule, le touche vigoureusement; il sautera, non

3.

27

VIII. l'espace qu'il faut, mais beaucoup plus; et ensuite il ne sera plus nécessaire de le frapper, mais lorsqu'il verra seulement quelqu'un venir par derrière, il s'élancera de

5. lui-même. Après l'avoir ainsi habitué à sauter, on le montera et on lui fera franchir d'abord les petits fossés, puis les plus grands, par degrés; et sur le point de prendre l'élan, on le pincera de l'éperon. De même, pour l'exercer à sauter de bas en haut, et de haut en bas, on lui fera sentir l'éperon; car, pour sa sûreté comme pour celle du cavalier, en exécutant ces sauts, il vaut mieux qu'il se rassemble et fasse agir en même temps tout son corps, que d'abandonner le train de derrière.

6. Pour l'accoutumer aux descentes, il faut le conduire, en commençant, par des pentes douces, et une fois habitué il courra plus volontiers en descendant qu'en montant. Quelques-uns, craignant pour leurs chevaux un écart d'épaule, n'osent les pousser dans les descentes; mais qu'ils soient sur cela sans inquiétude; les Perses et les Odryses, qui font des courses de défi dans des pentes rapides, n'estropient pas plus leurs chevaux que les Grecs (1).

7. Disons maintenant comment se doit conduire le cava-

_____

(1) Chardin parlant des Géorgiens : *Ils ont*, dit-il, *de jolis chevaux fort vifs et infatigables, et ils vont toujours au galop, même dans les descentes, sans crainte que le cheval ne s'abatte; car ces animaux sont si vigoureux qu'il n'arrive guère d'accidents.* Il dit ailleurs que ces chevaux ne sont point ferrés. Ceux dont parle ici Xénophon ne l'étaient pas non plus, et par là ils devaient avoir le pied plus sûr que les nôtres.

lier, pour agir d'accord avec son cheval, dans l'exécution VIII.
de tout ce que nous venons d'expliquer. Au partir de la
main, il faut se pencher en avant; par ce moyen, le cheval
pourra moins se dérober et renverser son homme.
Dans l'arrêt court, il faudra porter le corps en arrière;
on diminuera ainsi l'effet de la secousse.

Quand on saute les fossés, ou qu'on monte avec vîtesse, 8.
il est bon de saisir la crinière, pour ne pas ajouter la
gêne du mors à la fatigue de l'action. Dans les descentes,
au contraire, on penchera le corps en arrière, soutenant
le cheval de la main, de peur qu'il ne s'abatte. Il n'est 9.
pas mal non plus de changer le lieu du travail, et de varier la durée des reprises, en les faisant tantôt courtes,
tantôt plus longues; le cheval s'ennuiera moins que si
on le faisoit travailler toujours au même endroit et de la
même manière.

Comme il faut sçavoir, dans quelque terrain que ce 10.
soit, courir à toute bride, et manier ses armes, en gardant une assiette ferme, on ne peut qu'approuver l'exercice de la chasse, dans les lieux qui y sont propres, et où
se trouvent des bêtes fauves. Mais dans un pays où l'on
ne peut chasser, un exercice fort utile, c'est que deux
cavaliers courent l'un après l'autre à travers champs, et
franchissent toute sorte d'obstacles, l'un fuyant, le fer
de sa pique tourné en arrière, et cherchant à éviter l'autre, qui le poursuit avec des javelots boutonnés, et une
lance également terminée par un bouton : puis, celui-ci
joignant le premier à portée du trait, le darde avec ses

VIII. fleurets; à portée de la pique, le frappe : si l'on en vient
11. corps à corps, on tire à soi son adversaire, et on le re-
pousse tout d'un coup ; cela est fort propre à désarçonner;
mais celui qui se sent tiré, qu'il se serre sur l'autre,
cheval contre cheval, ce sera lui qui l'abattra bien plutôt
qu'il ne tombera (1).

(1) Les chroniques de Sicile rapportent que le roi Richard Cœur-
de-Lion étant à Messine, se promenait un jour à cheval avec quelques
seigneurs de sa cour. Vint à passer un paysan qui menait un âne
chargé de cannes. Le roi et ses courtisans, *par manière de jeu ,* 'dit
le chroniqueur, *prenant de ces cannes, s'en portoient des bottes,
comme si c'eussent été lances ou espadons, et les cannes rompues, ils
en venoient aux mains, se colletant, et tirant l'un l'autre à se désarçonner, et quand il en tomboit quelqu'un, c'étoient de grandes risées.
Or il arriva que le Roi luttant avec Guillaume Desbarres , gentil-
homme Breton et vaillant capitaine , la selle du dit Roi tourna , et il
tomba sous son cheval, et ainsi porté par terre, il sembloit vaincu, dont
bien lui fâchoit, et non moins au brave capitaine , qui trop tard connut
la folie que c'est de se jouer à son maître ; car le Roi , plein de dépit ,
se remit en selle sans mot dire , et jamais depuis ne lui voulut de bien.*

C'était-là ce qu'on appelait le jeu des cannes , fort en usage au commencement du quinzième siècle , comme on le voit par le conte du
Piovano Arlotto , où il en est fait mention.

Au reste tous les exercices que recommande ici Xénophon se
pratiquent encore en Orient. On peut voir ce que les voyageurs disent
de la cavalerie des Seykes si redoutée dans le nord de l'Asie. Dallo-
wai, parlant des Turcs : *ils se livrent à une espèce d'exercice militaire
appelé djirit. Deux ou plusieurs combattants , sur des chevaux très-vifs
sont armés d'une baguette blanche d'environ quatre pieds de long ,
qu'ils se lancent l'un à l'autre avec une grande violence. L'adresse
consiste à éviter le coup et à poursuivre l'antagoniste dans sa retraite ,
à arrêter son cheval au galop , ou à se baisser assez sans quitter la*

Lorsqu'on escarmouche devant un camp, poursuivant VIII. 12. son adversaire jusqu'à la ligne ennemie, et fuyant jusqu'à la sienne, là il est bon de sçavoir que tant qu'on est près des siens, le meilleur et le plus sûr est, d'abord en se retournant, de lancer son cheval et de presser l'ennemi ; arrivé près de la ligne ennemie, on ralentira son allure. C'est ainsi que l'on profitera de tous ses avantages, et qu'on pourra faire à l'ennemi tout le mal possible, avec le moins de risques pour soi.

En un mot, l'homme instruit l'homme, au moyen de la 13. parole que les Dieux lui ont donnée : mais on ne peut, avec la parole, rien apprendre à un cheval ; c'est en le récompensant lorsqu'il a fait votre volonté, et le punissant lorsqu'il y manque, que vous lui ferez comprendre ce qu'on exige de lui. C'est là la règle générale et le résumé pour ain- 14. si dire de tout l'art de l'équitation. Par exemple, il recevra le mors volontiers, si après qu'il l'a reçu, on lui fait quelque bien dont il se souvienne, et de même il sautera, ou fera telle autre chose qu'on lui demandera, s'il s'attend à obtenir, en obéissant, la cessation de quelque peine.

selle pour ramasser le djirit à terre. Cela se rapporte à ce que dit *Pietro della Valle* qui compare aussi cet exercice à celui des cannes. *Fanno il giuoco delle canne, nel quale e per passatempo e per insegnamento d'atteggiare à cavallo, con certi bastoni corti, (in vece delle canne che noi usiamo,) che a chi colgono non devono fare troppo buon servigio, sogliono tutto il giorno esercitarsi.* Lettre de Constantinople, 25 Octobre 1614.

La *chicane*, ou jeu de paume à cheval usité à Constantinople sous les Empereurs Grecs, n'a rien de commun avec ceci.

IX. Voilà donc ce qu'il faut observer pour n'être point trompé lorsqu'on achète, soit un cheval, soit un poulain, et pour ne point non plus le gâter en s'en servant, surtout si on veut le rendre tel que doit être un cheval de guerre. Peut-être ne sera-t-il pas hors de propos maintenant de marquer comment on devra traiter un cheval, ou fougueux, ou paresseux, si par hasard on se trouve

2. dans le cas d'en monter de pareils. Il faut sçavoir premièrement que la fougue est au cheval ce que la colère est à l'homme ; et comme un homme ne se met point en colère si on ne l'offense en actions ou en paroles, de même un cheval, quelqu'impatient qu'il soit, ne se fâchera jamais, si on ne lui fait quelque déplaisir. Le

3. premier point sera dans l'action de monter à cheval, d'éviter avec soin tout ce qui peut le chagriner ; puis, lorsqu'on sera en selle, on doit d'abord se tenir tranquille un peu plus qu'il n'est d'usage aux autres chevaux, ensuite le mettre en mouvement par des aidès très-douces ; et ainsi partant de l'allure la plus lente, l'accélérer par degrés, de sorte qu'il se trouve au galop

4. sans pour ainsi dire s'en être aperçu. Toute aide brusque trouble un cheval impatient, comme tout bruit, toute apparition, toute sensation soudaine trouble l'homme : généralement le cheval appréhende et se brouille à tout

5. ce qui est trop subit. Si sa fougue l'emporte, pour s'en rendre le maître, il ne faut pas tirer la bride tout à coup, mais la ramener doucement à soi, et, par gra-

6. dations, le réduire sans violence. Les courses droites

le calmeront mieux que les voltes et contre-voltes, et IX.
si on les fait non rapides, mais longues, elles arrête-
ront, sans l'irriter, le cheval impatient. Que si quel- 7.
qu'un, en le faisant courir à perte d'haleine, pense
l'adoucir, il se trompe : car alors sa fougue naturelle
se changeant en fureur, plus on le pousse, plus il
s'emporte, et souvent (ainsi qu'il arrive à l'homme dans
la colère) il se fait à lui-même, et à qui le monte des
maux sans remède. Il faut retenir le cheval fougueux 8.
et l'empêcher de trop se lancer, mais surtout éviter
les courses de cheval contre cheval à l'envi l'un de
l'autre ; car presque toujours ceux qui montrent le plus
d'ardeur et d'émulation, deviennent les plus impatients.

Les mors vaudra mieux doux que dur ; mais si on 9.
emploie un mors dur, il faut le rendre doux par la légèreté de la main. Il est bon de s'accoutumer à garder
en selle l'immobilité, surtout si on monte un cheval
impatient, et à ne le toucher que par les points qui
doivent être en contact pour que l'homme soit bien assis.

Le cheval apprendra encore, et c'est une leçon né- 10.
cessaire, à se calmer lorsqu'on le *pipe*, et à s'animer
au temps de langue : mais si dans les commencements,
on joint les caresses au temps de langue, et la rigueur au
piper, il prendra l'habitude contraire, se calmera au temps
de langue, et s'animera aussitôt qu'il s'entendra piper.

Il faut éviter soi-même d'éprouver, au son de trom- 11.
pette, ou au cri de la charge, aucun tressaillement
dont le cheval s'aperçoive, et encore plus de rien faire

IX.alors qui puisse le troubler; mais autant qu'on pourra
en pareille rencontre, on tâchera de le rendre tranquille, et même, s'il est possible, on le fera manger au
12. bruit. Après tout, le meilleur conseil qu'on puisse suivre, c'est de n'avoir point pour la guerre de chevaux trop
ardents. Quant au cheval lâche et paresseux, c'est assez
de dire qu'il faut avec lui employer les traitements contraires à ceux qu'on a prescrits pour les chevaux fougueux.

X.   Si quelqu'un montant un bon cheval de guerre, veut
le faire paroître avantageusement, et prendre les plus
belles allures, qu'il se garde bien de le tourmenter,
'2. soit en lui tirant la bride, soit en le pinçant de l'éperon
ou le frappant avec un fouet, par ou plusieurs pensent
briller; mais de tels moyens produisent justement le
contraire de ce qu'on en attend : car, obligeant le cheval
à porter au vent, on l'empêche de voir devant lui, et on
le fait marcher en aveugle; en le piquant et le battant
on le désespère, non sans danger pour soi-même : d'ailleurs, ainsi maltraité, il se déplaît au travail, et loin
d'avoir de la grâce, ne montre dans ce qu'il fait que
3. douleur et chagrin. Conduit, au contraire, par une main
légère, sans que les rênes soient tendues, relevant son
encolure, et ramenant sa tête avec grâce, il prendra
l'allure fière et noble dans laquelle d'ailleurs il se plaît
4. naturellement; car, quand il revient près des autres
chevaux, surtout si ce sont des femelles, c'est alors
qu'il relève le plus son encolure, ramène sa tête d'un air
fier et vif, lève moelleusement les jambes, et porte la

queue haute. Toutes les fois donc qu'on saura l'amener à X. 5.
faire ce qu'il fait de lui-même lorsqu'il veut paroître beau,
on trouvera un cheval qui, travaillant avec plaisir, aura
l'air vif, noble et brillant. Comment on pourra parvenir
à ce but, c'est ce que nous allons tâcher d'expliquer.

Il faut premièrement avoir au moins deux mors, l'un 6.
desquels soit doux, ayant ses rouelles (1) d'une bonne
grandeur; l'autre avec des rouelles petites et plates, des
hérissons (2) aigus, afin que le cheval qu'on aura bridé
avec celui-ci, le haïssant à cause de son âpreté, le quitte
volontiers pour prendre le premier, dont par ce change-
ment la douceur lui fera plus de plaisir, et qu'il exécute
avec ce mors doux tout ce qu'on lui aura appris avec l'autre : que si, méprisant la douceur de la première embou- 7.
chure, il cherche à s'en faire un appui, et pèse fréquemment à la main, c'est pour cela que nous avons mis au

---

(1) Ce passage et quelques autres des Hippiatriques, avec les Gloses
de Pollux, font voir clairement ce que c'était que ces *rouelles*, dans lesquelles passaient les canons ou *axes* de l'embouchure, qui était toujours
brisée. Il y en avait une (*rouelle*) de chaque côté de la bouche, entre
les barres et la langue. Pour moins gêner le cheval, elles doivent être
minces : leur fonction était d'empêcher qu'il ne pût fermer entièrement la bouche ni saisir le mors; et c'est une chose à remarquer que
dans toutes les figures équestres qui nous restent de l'antiquité, le
cheval a la bouche ouverte. Il pouvait bien fermer les lèvres et joindre
même les pinces, mais non serrer les mâchoires.

(2) C'étaient des patenôtres rayées dans le sens de l'axe, qui por-
taient sur les barres. Dans le mors uni ces patenôtres n'étaient point
rayées, ou l'étaient légèrement. Cela se voit mieux par la phrase grecque.

X. mors doux de grandes rouelles, afin que, forcé par elles

8. à ouvrir la bouche, il se dessaisisse du canon : l'on peut
d'ailleurs faire d'un mors dur ce que l'on voudra, et par
la légèreté de la main, le modifier à tous les degrés. Au
reste, quelque nombre et diversité de mors que l'on ait,
ils doivent être tous coulans : car celui qui est rude, par
quelque endroit que le cheval le saisisse, il le tient (comme
une broche de fer, par quelque point qu'on la prenne,

9. on la fixe toute entière); mais l'autre fait l'effet d'une
chaîne, dont la partie seule que l'on tient est fixe, le reste
fléchit et demeure pendant. Ainsi le cheval cherchant
toujours à saisir ce qui lui échappe, lâche la partie qu'il
tient, et ne se rend jamais maître du mors. A cela servent aussi les annelets (1) qui pendent du milieu des canons, afin que le cheval les poursuivant (ces annelets)

10. avec la langue et les dents, oublie de saisir le mors. Si

(1) Ces annelets, ces rouelles, et autres pièces mobiles, que le
cheval mâchait sans cesse, lui entretenaient la bouche fraiche, et pour
peu qu'on voulût le tenir dans la main et dans les jambes, sa bouche
devait s'ouvrir en jouant avec le mors, comme on le voit aux statues
antiques. Dans la cavalerie Hongroise et dans celle des Polonais, on
conserve l'usage des embouchures brisées à patenôtres et annelets,
mais sans rouelles.

On ne sera peut-être pas fâché de trouver ici la description que fait
Arrien du mors des Indiens, apparemment d'après quelqu'un des historiens d'Alexandre. La voici traduite mot à mot. *Leurs chevaux*,
dit-il, *ne sont ni équipés ni bridés comme ceux des Grecs ou des
Celtes, mais ils ont autour du museau une pièce de cuir de bœuf cru,
armée en dedans de pointes de cuivre ou de fer, non trop aiguës; les
riches mettent des pointes d'ivoire, outre cela, le cheval a dans la*

l'on demande maintenant ce qui fait qu'un mors est cou- X.
lant ou rude, nous expliquerons encore cela. Il est coulant lorsque les brisures et les pièces du canon, qui
s'emboîtent l'une dans l'autre, jouent librement, et que
toutes celles que traversent les canons ne sont ni serrées,
ni gênées dans leur mouvement : quand, au contraire, 11.
toutes ces pièces roulent et jouent difficilement, alors le
mors est rude ; mais quel qu'il soit, la manière de s'en
servir sera toujours la même. Pour faire prendre au cheval l'allure que nous avons dit, il faudra lui ramener la 12.
tête par différents temps de bride, non trop durement de
façon qu'il batte à la main, ni si doucement qu'il n'en
sente rien ; et dès qu'obéissant au temps de bride il relè-
vera son encolure, il faut sur le champ lui rendre la
main : de même pour tout le reste, nous ne sçaurions trop
le répéter, dès qu'il exécute bien ce qu'on lui demande,
qu'on le récompense aussitôt, en lui accordant quelque
chose qui lui soit agréable. Lorsqu'on verra qu'il porte 13.
beau, et sent avec plaisir la légèreté de la main, qu'on

bouche une espèce de broche de fer à laquelle sont attachées les rênes ;
ainsi, lorsqu'on ramène les rênes, le cheval est retenu par cette
broche, et le cuir garni de pointes, qui tient aussi à la même broche,
agissant alors, le force d'obéir à la main.

Cette bride demandait sans doute une main fort légère, et par conséquent ne devait pas être d'un bon usage à la guerre. C'est l'objection
qu'on peut faire à celle du maréchal de Saxe, dont il attribue l'invention à Charles XII, mais qui n'est autre chose que le *morso finto*,
ou mors faux, employé de tout temps par les Napolitains pour les
chevaux indociles.

se garde bien alors de le chagriner en rien, comme pour le faire travailler; mais qu'on le caresse, au contraire, comme pour cesser le travail : de la sorte, comptant en être bientôt quitte, il prendra plus volontiers un galop franc et soutenu. Que le cheval de soi aime à galoper, cela se voit, en ce que tout cheval qui s'échappe, galope d'abord et ne va point au pas; c'est que naturellement la course lui plaît, tant qu'on ne l'y force point au-delà de ce qu'il peut faire : car pour le cheval comme pour l'homme, rien n'est plaisir, passé la mesure. Lors donc qu'on sera parvenu à lui donner cette allure fière (bien entendu qu'on l'ait d'abord exercé à partir de vîtesse après la demi-volte); si, dis-je, l'ayant instruit à cela, en même temps qu'on ramène la bride, on emploie quelqu'une des aides propres à le faire partir, alors contenu par le mors, excité par les aides qui le chassent en avant, il avance la poitrine, il lève haut les bras, par colère, non plus moelleusement; car le cheval gêné ne peut guère avoir les mouvements moelleux : mais si après l'avoir de la sorte enflammé, on lui rend la bride, par l'aise qu'il éprouve en se trouvant délivré de la sujétion du mors, il élève fièrement sa tête, ploie les jambes avec grâce, et prend absolument le même air que lorsqu'il veut paroître beau près des autres chevaux; et quiconque le regarde en ce moment, l'appelle généreux, noble, courageux, plein de feu, superbe, gracieux et terrible à voir; et ceci soit écrit pour ceux qui désirent à leurs chevaux de telles louanges.

14.

Si l'on veut un cheval de parade, relevé, brillant, tous
ne sont pas susceptibles de ces airs (1), mais ceux-là seulement qui joignent à une ame noble, un corps vigoureux. Il n'est pas vrai, comme quelques-uns le croient,
que le cheval qui a le pli des membres le plus moelleux,
ait par cela seul plus de facilité à s'enlever de l'avant-
main ; mais plutôt celui qui aura les reins souples, courts
et forts (et nous n'entendons pas seulement la partie située vers la queue, mais tout le rable), celui-là pourra
porter plus avant les jambes de derrière sous celles de
devant; et au moment qu'il le fera, si on lui soutient la
main, il fléchira le train de derrière dans les astragales,
et s'enlèvera de l'avant-main, de manière que par devant
on lui verra le ventre et les génitoires. Il faut rendre la
main dès qu'il exécute ceci, afin qu'il semble aux spectateurs agir de lui-même dans ce qu'on lui fait faire. Il y
a des gens qui dressent leurs chevaux à ces airs, en les
frappant d'une baguette au-dessous des astragales ; d'autres même en faisant courir auprès d'eux quelqu'un qui,
avec un bâton, leur donne des coups au-dessous des
cuisses et des bras (1). Quand à nous, nous croyons, et
nous ne cesserons de répéter que la meilleure méthode

(1) Il ne faut pas prendre ici ces mots *airs* et *relevé* dans le sens
strict de nos écoles. Xénophon n'emploie nulle part de terme généri-
que pour désigner ce que nous nommons proprement les *airs*, et il n'a
point du tout connu les *airs relevés*.

(1) Cela se fait encore dans le royaume de Naples, où l'on n'a point
d'autre méthode pour dresser les chevaux aux courbettes et au passeger.

pour instruire un cheval, c'est de lui accorder quelque
relâche dès qu'il a fait ce qu'on exige ; car, comme dit Simon, ce qu'un cheval fait par force, il ne l'apprend pas,
et cela ne peut être beau, non plus que si on vouloit
faire danser un homme à coups de fouet et d'aiguillon :
les mauvais traitements ne produiront jamais que mala-
dresse et mauvaise grâce. Il faut que le cheval, au moyen
des aides, prenne comme de lui-même les airs les plus
beaux et les plus brillants : si dans les allures ordinaires
on le fatigue jusqu'à le faire suer, et que dès qu'il s'enlève
bien on le descende et le débride, on peut compter qu'a-
près cela il en viendra volontiers à s'enlever de même
lorsqu'il sera monté. Tels sont les chevaux qu'on représente portant les Dieux et les héros, et ceux qui les sçavent manier se font grand honneur. Le cheval dans ces
airs est une chose en effet si belle, si gracieuse, si aimable, que lorsqu'il s'enlève ainsi sous la main du cavalier,
il attire les regards de tout le monde ; il charme jeunes et
vieux ; on n'en peut détacher sa vue, on ne se lasse point
de l'admirer, tant qu'il développe par ses mouvements
sa grâce et sa gentillesse. Que s'il arrive à celui qui possède un tel cheval d'être nommé commandant de la cavalerie, ou d'un escadron, il ne doit pas chercher à briller
tout seul, mais à faire paroître avantageusement le corps
à la tête duquel il se trouve. Or, s'il monte un de ces
chevaux tels qu'on en voit vanter beaucoup, qui, s'enle-
vant haut et fréquemment (1), avancent peu, il est clair

(1) Il y avait du temps de Xénophon, des termes pour dire ce que

que tous ceux qui le suivront iront au pas; or, que peut
avoir de brillant un pareil spectacle? Mais si, animant
son cheval, il conduit sa troupe d'un pas ni trop vite ni
trop lent, tel qu'il convient pour montrer la vivacité, la
bonne volonté et la grâce des chevaux, s'il les conduit
ainsi, leurs pieds battront la terre ensemble, et de tous
ensemble, on entendra le frémissement de la bouche et
le souffle des narines, ce qui donnera un air imposant,
non seulement au chef, mais à tout le corps qui le suit.

En un mot, dès qu'on sçaura bien choisir les chevaux en
les achetant, les entretenir de sorte qu'ils supportent le
travail, et s'en servir comme il faut dans les exercices
militaires, dans les manœuvres de parade et dans les
combats, qui peut empêcher que ces chevaux, en de telles
mains, n'acquièrent une nouvelle valeur, et le maître
tout l'honneur qui lui en doit revenir si quelque Dieu ne
s'y oppose?

Nous croyons devoir marquer aussi comment il faut
être armé pour faire la guerre à cheval. D'abord nous
dirons que la cuirasse doit être faite à la taille : quand elle
joint bien, c'est tout le corps qui la porte; mais lorsqu'elle
est trop large, les épaules seules en sont chargées; trop
étroite, c'est une prison, non pas une défense. Et comme
les blessures du col sont dangereuses, nous dirons qu'il
faut le défendre, au moyen d'une pièce tenante à la cuirasse et de même forme que le col; car, outre l'ornement

---

nous appelons *manier aux courbettes*, *piaffer*, *passeger*, mais Xénophon les ignorait ou n'a pas voulu s'en servir.

qui en résultera, cette pièce, si elle est bien faite, couvrira quand on voudra le visage jusqu'au nez. Le casque
de Béotie nous paroît le meilleur ; car s'unissant au collet, il couvre tout ce qui est au-dessus de la cuirasse, et
n'empêche point de voir. Que la cuirasse au reste soit
faite de manière à n'empêcher ni de se baisser ni de s'asseoir. Pour couvrir le nombril, les parties naturelles, et
ce qui les avoisine, on aura des *pennes* (1) en nombre et
grandeur suffisante ; et attendu qu'une blessure au bras
gauche met le cavalier hors de combat, nous approuvons
fort la défense qu'on a inventée (2) pour cette partie, et
qu'on appelle brassard. Ce brassard couvre l'épaule, le
bras, l'avant-bras et la main de la bride, s'étend et se
plie à volonté, en même temps qu'il pare au défaut de

(1) On appelait ainsi des lames circulaires couchées les unes sur les
autres, en queue d'écrevisse, pour couvrir l'épaule et d'autres endroits
du corps, sans nuire aux mouvements.

(2) Cette invention était sans doute d'Iphicrate, qui avait imaginé
beaucoup de changements dans l'armement : plusieurs de ses idées
furent reçues. On a déjà vu Xénophon, dans le discours précédent,
parler d'Iphicrate sans le nommer.

On peut remarquer que Xénophon ne donne point de bouclier à sa
cavalerie. Dans le deuxième livre de l'Histoire, où il parle du bouclier
des cavaliers, il faut prendre garde que ce sont des gens qui font le
service tantôt à pied, tantôt à cheval. Il y eut de son temps, ou peu
après, une grosse cavalerie bardée de toutes pièces ; mais tout le
monde n'approuvait pas l'usage de cette arme. Polybe même se moque
quelque part de la contradiction que présentent ces deux mots, *cavalerie pesante : La cavalerie étant*, dit-il, *une chose de soi légère et
mobile, comment peut-elle être pesante ?*

la cuirasse sous l'aisselle. Soit pour lancer le dard, soit pour frapper de près, il faut lever le bras droit : on ôtera donc de la cuirasse ce qui s'oppose à ce mouvement, et on le remplacera par des pennes à charnières, qui puissent s'ôter et se remettre, et qui, dans l'action de lever le bras, se déploieront, dans celle de le baisser, se serreront. Cette pièce, qui se met autour du bras comme une bottine, nous paroît mieux séparée...... que fixée à la cuirasse. La partie qui demeure à nud quand on lève le bras droit, doit être couverte près de la cuirasse avec du cuir de veau, ou du cuivre; autrement on seroit sans défense dans l'endroit le plus dangereux. Comme le cavalier court un péril extrême quand son cheval est tué sous lui, le cheval aussi doit être armé d'un chanfrain, d'un poitrail et de garde-flancs qui en même temps serviront de garde-cuisses au cavalier; mais surtout que le ventre du cheval soit couvert avec le plus grand soin, car cette partie, où les blessures sont le plus à craindre, est, outre cela, une des plus foibles. On peut le couvrir avec la housse même. Il faudra que le siége soit construit de manière à donner au cavalier une assiette plus ferme, sans blesser le dos du cheval.

Ainsi doivent être armées ces parties du corps de l'homme et du cheval; mais les garde-cuisses ne couvriront ni le pied, ni la jambe de l'homme, qui seront bien défendus, si l'on a des bottes du même cuir dont se font les semelles. Ces bottes servent en même temps de défense à la jambe et de chaussure. Pour se garantir des

3.   28

coups, avec l'aide des Dieux, voilà les armes qu'il faut; mais pour frapper l'ennemi, nous préférons le sabre à l'épée : car dans la position élevée du cavalier, le coup d'espadon vaudra mieux que le coup d'épée. La pique longue étant foible et embarrassante, nous approuvons davantage les deux javelots de cornouiller : on peut, sçachant manier cette arme, en lancer d'abord un, et se servir de l'autre en avant, de côté et en arrière ; ils sont en un mot plus forts et plus maniables que la pique. Darder du plus loin qu'on pourra, ce sera le mieux à notre avis : car ainsi, on a plus de temps pour se retourner et saisir le second javelot. Nous marquerons ici en peu de mots la meilleure manière de darder. En avançant la gauche, effaçant la droite, et s'élevant des cuisses, si on lâche le fer de manière que la pointe soit un peu tournée en haut, le coup partira avec plus de violence, portera le plus loin possible, et le plus juste aussi, pourvu qu'en lâchant le fer on ait soin que la pointe regarde toujours droit au but. Tout ceci soit dit pour l'instruction et l'exercice du simple cavalier. Quant au colonel, ce qu'il devroit et sçavoir et pratiquer a été expliqué dans un autre discours.

FIN DU TOME TROISIÈME.

TABLE

DES MATIÈRES CONTENUES DANS CE VOLUME.

FIN DE LA TABLE DU TOME TROISIÈME.

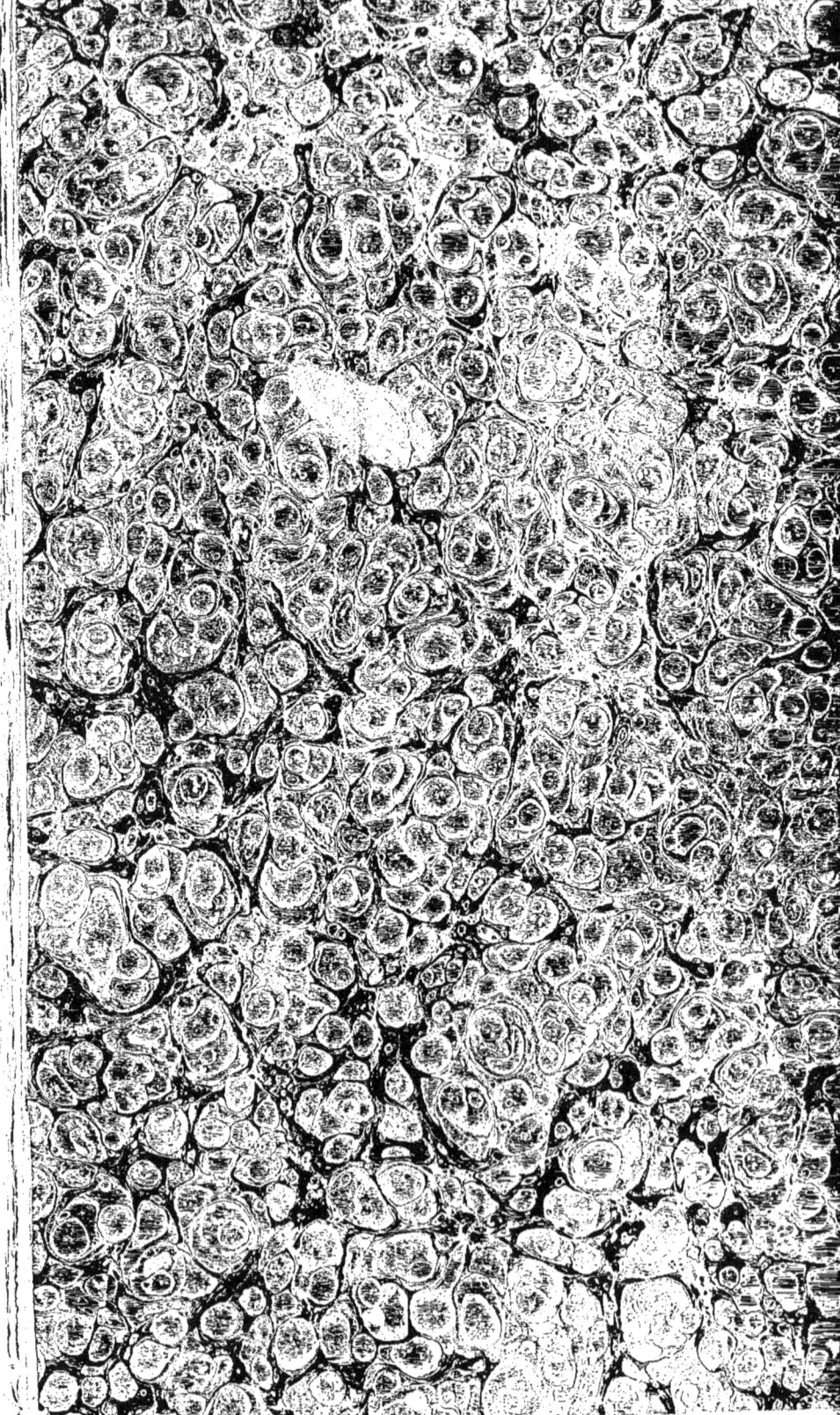

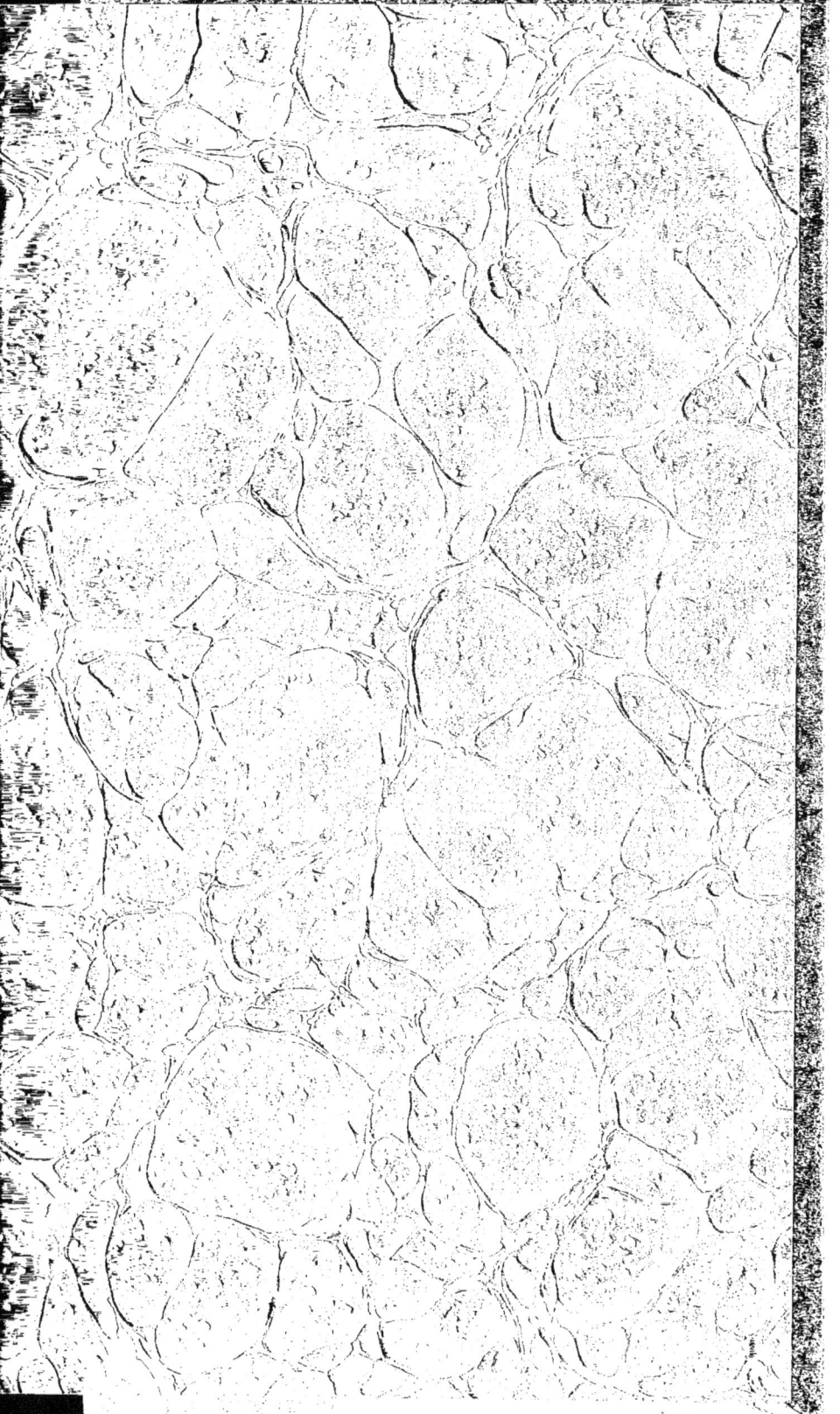

www.ingramcontent.com/pod-product-compliance
Lightning Source LLC
Chambersburg PA
CBHW070751030726
47504CB00003B/516